dtv

S. B. Hayes

Die Besessene

Aus dem Englischen von
Barbara Lehnerer

Deutscher Taschenbuch Verlag

Das gesamte lieferbare Programm von dtv junior
und viele andere Informationen finden sich unter www.dtvjunior.de

MIX
Papier aus verantwortungsvollen Quellen
FSC® C013736

Titel der englischen Originalausgabe: ›Poison Heart‹,
2012 erschienen bei Quercus, London
Published by arrangement with Ruth Powell
Dieses Werk wurde vermittelt durch die
Literarische Agentur Thomas Schlück GmbH, 30827 Garbsen
Umschlagkonzept: Balk & Brumshagen
Umschlaggestaltung: Marion Sauer unter Verwendung
von Bildern von Mauritius Image und Thinkstock
Lektorat: Katja Frixe
Gesetzt aus der Berling 11,25/14,5
Gesamtherstellung: Kösel, Krugzell
Gedruckt auf säurefreiem, chlorfrei gebleichtem Papier
Printed in Germany ISBN 978-3-423-76061-4

Für meinen Mann Peter und meine Söhne
Michael, Christopher und Mark

Prolog

Wir saßen im 57er-Bus, als es geschah – und sich mein Leben für immer veränderte. Dabei war es ein ganz gewöhnlicher Spätnachmittag Mitte September, die tief stehende Sonne knallte durchs Fenster und Dieselgeruch erfüllte die Luft. Meine Nackenhaare stellten sich auf, eines nach dem anderen, und ich wusste sofort: Da starrte mich jemand an. Ich konnte ihn zwar nicht sehen, spürte aber seine Nähe und musste, zwanghaft geradezu, seinen Blick erwidern. Langsam wandte ich den Kopf nach links und sah einen anderen Bus, der neben unserem hielt, darin ein Mädchen, das die Nase gegen die Fensterscheibe presste. Sie hatte ein herzförmiges Gesicht, volle Lippen und glattes braunes Haar, aber es waren die Augen, die besonders hervorstachen: groß und leuchtend grün wie die einer zum Sprung ansetzenden Katze. Ich legte eine Hand auf die Fensterscheibe neben mir und das Mädchen tat es mir nach, in exakter Nachahmung meiner Fingerstellung.

Aus irgendeinem Grund muss diese Geste wohl die Erinnerung an einen Traum ausgelöst haben, den ich seit Kindertagen immer wieder träume. Ich betrete allein ein großes unheimliches Haus. Ich gehe durch die riesige Eingangstür aus buntem Glas, von deren Rahmen schon die

Farbe abblättert, und komme erst auf die Veranda, auf der es durchdringend nach regenfeuchtem Laub riecht, dann weiter durch eine zweite Tür in die Diele des Hauses mit ihren geometrisch angeordneten, blauen und terrakottafarbenen Bodenfliesen, bis ich am Fuß einer Wendeltreppe aus Eichenholz stehe. Ich weiß, jetzt werde ich die Treppe hinaufsteigen und nicht aufwachen, obwohl ich es so sehr versuche. Alle meine Sinne sind hellwach; ich höre jedes Knarzen, spüre jede Rille, jede Unebenheit im Holz des Geländers und nehme den würzigen Geruch verfaulender Erde wahr. Jetzt bin ich oben angelangt. Die Tür vor mir steht offen, aber der Gang, der zu ihr führt, ist doppelt so lang wie beim letzten Mal und ich gehe schneller und schneller, als würde ich eine Rolltreppe in der verkehrten Richtung benutzen. Es dauert eine Ewigkeit, bis ich die Türöffnung erreiche, doch schließlich habe ich es geschafft, atemlos und voller Neugier. Ich sehe ein Mädchen vor einem Frisiertisch sitzen, das in einen kunstvoll geschnitzten, dreiteiligen Spiegel blickt. Sie hat mir den Rücken zugewandt und ich brenne darauf, ihr Gesicht zu sehen, aber da ist kein Spiegelbild. Jetzt stehe ich dicht hinter ihr, berühre sie fast schon; ich lege meine Hand auf ihren Rücken, um sie dazu zu bringen, sich umzudrehen, was sie nicht tut. Da packe ich sie an beiden Schultern, sie wehrt sich noch, dann wendet sie ganz langsam ihren Kopf und endlich sehe ich ihr Gesicht – doch es ist meins, mein eigenes Gesicht, das mich da höhnisch anlacht …

Dann wache ich auf.

Ruckartig kam ich auf den Boden der Wirklichkeit zurück, als der Bus über ein Schlagloch fuhr, und ich versuchte, das Gesicht am Fenster zu vergessen. Mein Leben lang werde ich mich fragen, ob alles anders gekommen wäre, wenn ich den Blick des Mädchens an diesem Tag nicht erwidert hätte.

Kapitel 1

Katy? Du siehst aus, als ob du ein Gespenst gesehen hättest.«

Ich spürte, wie ich eine Gänsehaut bekam. »Ist schon okay, Nat. Da war nur jemand ... ein fremdes Mädchen ... sie hat mich angestarrt, als würde sie mich kennen.«

»Vielleicht seid ihr euch ja in einem deiner früheren Leben schon mal begegnet?«, sagte sie scherzend.

Hannah prustete los. »Oder du hast telepathische Fähigkeiten.«

»Die haben wir alle«, antwortete ich mit voller Überzeugung. »Wir haben nur verlernt, wie wir sie nutzen können.«

Nat fuchtelte mit den Armen über dem Kopf und gab die miserable Imitation eines Gespenstes. »Katy empfängt Botschaften aus einer anderen Dimension.«

»Tu ich nicht.«

Nat stupste mich in die Seite. »Weißt du noch, wie du dir ganz sicher warst, dass Mrs Murphy, die neue Religionslehrerin, eine schlechte Aura hat? Und die hat sich dann ja wirklich als blöde Kuh herausgestellt.«

»Stimmt, da hatte ich tatsächlich recht.« Ich grinste.

»Was ist es denn? Eine spezielle Begabung?«

»Nein … reine Intuition.«

Hannah und ich teilten uns einen Sitzplatz und jetzt stieß sie mich noch heftiger an. »Sagt dir deine Intuition auch, wann Merlin endlich in die Gänge kommt?«

Mein Magen schlingerte wie in einer Achterbahn, kurz bevor sie nach unten in den Abgrund saust. »Na ja, ich dachte schon, da läuft nie mehr was, aber heute … komisch … da war auf einmal etwas anders.«

»Was?«, fragten zwei Stimmen gleichzeitig.

Ich schlang die Arme um mich, als wollte ich die Erinnerung daran in eine warme Decke hüllen. »Er hat mich angesehen … mit einem unglaublichen Blick … als wäre ich der einzige Mensch auf der Welt.«

Aufgeregt klatschte Hannah in die Hände. »Meinst du wirklich, zwischen euch wird was laufen?«

»Ich glaube schon«, antwortete ich zaghaft.

»Schon bald vielleicht?«

»Ich weiß nicht. Es ist so ein Gefühl, als würde jeden Moment ein Gewitter losgehen … die Luft ist richtig aufgeladen … wie elektrisiert.«

»Dein siebter Sinn mal wieder?«

Ich war daran gewöhnt, dass die beiden mich deswegen aufzogen, und streckte Hannah die Zunge raus. »Den brauche ich bei Merlin nicht.«

»Wie ist denn seine Aura?«

»Die ist sagenhaft klar, stark und sehr rein.«

Hannah warf mir einen forschenden Blick zu und zog die Nase kraus. »Dann solltest du doch eigentlich Luftsprünge vor Freude machen … wirkst aber eher bedrückt auf mich.«

Ich hielt mich an dem Sitz vor mir fest, als der Bus plötzlich stoppte. »Und wenn ich sagen würde: Es ist alles viel zu schön, um wahr zu sein?«

Eine Hand langte zu mir herüber und legte sich prüfend auf meine Stirn, doch ich schüttelte sie ab. »Ich weiß schon, es klingt ziemlich jämmerlich, aber ich gehöre einfach nicht zu den Supermädels, die einen Spitzentypen wie Merlin abkriegen.«

»Was für Mädels sollen das denn bitte sein?«, fragte Nat rücksichtsvoll.

»Die Dauergebräunten mit den Strähnchen und der Strandfigur. Die, die überall gewaxt sind.«

Nat und Hannah lachten und ich war ihnen echt dankbar für ihren Rückhalt. Die beiden waren unzertrennlich, beste Freundinnen, so wie ich es selbst nie erlebt hatte, aber da ich mich immer etwas am Rande hielt, schien es für uns alle drei ganz gut zu funktionieren.

»Du könntest durchaus auch eins von den Supermädels sein«, sagte Hannah netterweise.

»Doch nicht mit *den* Korkenzieherlocken, *den* Hüften und *der* exzentrischen Mutter«, sagte ich stur.

Den Punkt mit meiner exzentrischen Mutter führte ich immer schnell an, bevor es jemand anders tun konnte, und mein Äußeres konnte man nun wirklich nicht als hübsch im herkömmlichen Sinn bezeichnen.

»Warum sollte denn ein Typ wie Merlin nicht an dir interessiert sein?«, hakte Nat nach.

Ich richtete meinen Blick auf einen Punkt in der Ferne und sagte: »Habt ihr noch nie davon geträumt, zaubern zu können und den perfekten Typen heraufzubeschwören? Ich schon … und es ist Merlin.«

»Das Leben kann doch auch mal magisch sein!« Nat seufzte. »Das solltest gerade du wissen.«

Ich warf ihr einen liebevollen Blick zu und verstrubbelte ihr abgefahrenes pinkfarbenes Haar. »Aber es geht alles so schnell. Da stehe ich vor einem ganz neuen und aufregenden Lebensabschnitt … und hab totale Angst.«

Hannah nahm eine Puderdose aus der Tasche und frischte ihr ohnehin perfektes Make-up auf. »Es ist für uns *alle* ein Neubeginn«, stellte sie fest. »Keine Schuluniformen mehr, keine grässliche Miss Owens mit Oberlippenbart und statisch aufgeladener Polyesterbluse und keine dieser Typen mit ihren lächerlichen kleinen Cliquen.«

»Stimmt«, gab ich ihr recht. »Das College ist super. Wir haben jetzt viel mehr Freiheiten und alle sind nett zu einem.«

Ich schloss für einen Moment die Augen, um lautlos meinen innigsten Wunsch vor mich her zu sagen.

Und außerdem ist es das Jahr, in dem ich endlich Fuß fassen und ganz groß rauskommen werde. Um die Ecke wartet schon das neue wunderbare Leben auf mich – das weiß ich ganz genau.

Ich stand auf und drückte den Halteknopf, weil ich gleich aussteigen musste.

»Komm doch auch noch mit zu mir«, sagte Hannah in drängendem Ton. »Wir wollen im Internet checken, wo wir in den Ferien hinfahren könnten.«

»Meine Mutter kann es ja nicht mal ertragen, wenn ich nur eine Nacht weg bin«, sagte ich und stöhnte. »Sie würde mich nie fahren lassen.«

»Eines Tages wird sie dich gehen lassen müssen, Katy. Dein Leben gehört schließlich dir.«

Ich schüttelte den Kopf und runzelte die Stirn. »Sie stützt sich total auf mich. Wahrscheinlich tragen wir irgendwann die gleichen Klamotten und beenden die Sätze der jeweils anderen.«

»Hast du mal ›Psycho‹ gesehen?«, fragte Nat.

Gedankenverloren stolperte ich aus dem Bus und plötzlich stieg, wie aus dem Nichts, Hoffnung in mir auf. Hannah hatte recht – ich hatte *wirklich* jeden Grund, vor Freude in die Luft zu springen. Immerhin regelte sich gerade alles zu meinem Vorteil – das College, meine Freundschaften und Merlin; selbst Mum würde es hoffentlich bald wieder besser gehen. Ich packte einen Laternenpfosten und raste um ihn herum, bis mir schwindlig wurde, während Nat und Hannah wild winkend ans Busfenster klopften. Es dauerte eine Weile, bis ich wieder klar sehen konnte, und ich schirmte meine Augen ab, denn es hatte gerade einen Schauer bei vollem Sonnenschein gegeben, die Hitze stieg vom Straßenpflaster hoch und überzog alles mit einem dunstigen Schleier. Und plötzlich sah ich das Mädchen mit den grünen Augen an der Straßenecke stehen. Ich blinzelte heftig, aber sie stand wirklich da, sekundenlang nur, so wie Rauch, der sich rasch wieder auflöst; wie eine Erinnerung, die zerrann, mich jedoch wieder neu verwirrte. Meine Augen mussten mir einen Streich gespielt haben – es wurde Zeit, dass ich auf den Boden der Tatsachen zurückkehrte. Als ich unsere Haustür öffnete, verließ mich gleich der Mut, denn die Vorhänge im Wohnzimmer waren schon am hellen Nachmittag zugezogen.

»Hallo Katy.«

Mum sagte meinen Namen immer so, als wolle sie sich

rechtfertigen. Im Zimmer roch es muffig und nach abgestandener Luft. Mum war noch im Nachthemd und sah mir mit verkniffenen Augen aus dem Halbdunkel entgegen.

»Kopfschmerzen?«

Sie zuckte zusammen, nickte und legte sich wieder zurück auf ihr Kissen. Ich ließ meine Tasche auf den Teppich fallen und dachte, wie gerne ich jetzt nach oben verschwinden und an einem neuen Textildesignentwurf arbeiten würde. Das war wie eine Droge für mich und die einzige Zeit, in der ich mich gelegentlich verlieren konnte, aber Mum war den ganzen Tag allein gewesen und brauchte jetzt Gesellschaft. Ich versuchte, mitleidig zu klingen, als ich sie fragte: »Kann ich dir irgendwas bringen?«

Sie hustete. »Ich habe noch gar nichts gegessen und der Kühlschrank ist ziemlich leer.«

»Ich werde mal sämtliche Schränke durchpflügen«, sagte ich, »und schon irgendwas auftreiben.«

Die Küche sah deprimierend aus – auf dem Boden lag schmutzige Wäsche herum, im Spülbecken stapelte sich Geschirr und meine Füße klebten an den Keramikfliesen fest. Mum war nie sehr stabil gewesen, aber je älter ich wurde, desto schlimmer schien es um sie zu stehen.

Während ich aufräumte, versuchte ich gegen die immer häufiger werdenden Anflüge von Verbitterung anzugehen, und taute schließlich in der Mikrowelle einen gefrorenen Sheperd's Pie für meine Mutter auf. Doch da ich Vegetarierin war, wurde mir von dem Geruch des erwärmten Hackfleischs schlecht. Mir selbst machte ich eine Dose Tomatensuppe warm und tauchte einen Kanten altes Weißbrot hinein.

»Meine Kehle fühlt sich an, als hätte ich Glas geschluckt, und diese Kopfschmerzen treiben mich in den Wahnsinn …«

Kranke Menschen können so egoistisch sein. Wo hab ich das noch gelesen?

»Es wäre schön, wenn du demnächst etwas zeitiger nach Hause kommen könntest. Ich weiß, du bist gern im College, aber der Tag zieht sich so furchtbar in die Länge …«

Und ich wünschte, du würdest mal versuchen, dir selbst zu helfen. Geh in die Selbsthilfegruppe oder rede mit sonst jemandem über deine Probleme …

»Du hast doch wohl nicht vor, im Sommer wegzufahren, Katy? Alleine würde ich hier nämlich einfach nicht zurechtkommem.«

Allmählich fühle ich mich wie in einem Gefängnis, nur dass es hier keine Strafmilderung wegen guter Führung gibt. Und einen Pass beantragen lässt du mich ja auch nicht – wie soll ich da ins Ausland reisen können?

»Könntest du dir nicht vielleicht zwei Urlaubssemester im College nehmen … bis ich mich wieder besser fühle?«

Ich flüchtete in mein Zimmer, weil ich ganz dringend Abstand brauchte, und blieb dort, bis mich Mum am späteren Abend zu sich nach unten rief. Ihre Stimme klang ungewöhnlich enthusiastisch und schon von der untersten Treppenstufe aus sah ich, dass ihre Wangen gerötet waren und auf ihrem Gesicht ein lebhafter Ausdruck lag.

»Du hast sie haarscharf verpasst, Katy. Ich hatte gerade Besuch von einem jungen Mädchen, das Schmuck verkauft hat. Sieh mal, was ich für dich erstanden habe.«

Mum ließ etwas Silbergrünes vor meinem Gesicht baumeln, als wolle sie mich hypnotisieren. Ich streckte die Hand danach aus und sie legte einen Anhänger hinein. Im gleichen Moment spürte ich ein Kribbeln, das so intensiv war, als würden Insekten über meine Haut krabbeln. Der Anhänger war aus smaragdgrünem Glas gefertigt; es war das gleiche Grün wie das der Augen, die mich heute so penetrant angesehen hatten. Mum brauchte ihre Besucherin nicht zu beschreiben. Mein Instinkt sagte mir, um wen es sich bei dem Mädchen gehandelt hatte.

Kapitel 2

Katy – Komm und sieh dir mein neues Atelier an xxx

Ich war so wild darauf, sofort zu antworten, dass ich eine etwas ausladende Handbewegung machte und mein Handy vom Nachttisch stieß. Laut scheppernd schlug es auf den Holzdielen auf, die ich im vergangenen Jahr in meiner Lieblingsfarbe, einem unglaublich schönen Indigoton, gestrichen hatte. Ich wagte kaum nachzusehen, ob das Handy zu Bruch gegangen war, und meine Hände zitterten, als ich es doch tat. Merlins SMS versprach etwas, worüber ich vor lauter Angst gar nicht erst nachdenken wollte, ihn aber nicht zu besuchen war keine Alternative.

In weniger als einer Viertelstunde war ich bereit zum Aufbruch, doch da es uncool gewesen wäre, zu schnell bei ihm aufzutauchen, zitterte ich ein bisschen vor mich hin, knabberte an meinen Fingernägeln und zog mich sechsmal um, bevor ich mich auf den Weg machte. Mum sah mir mit ihrem typischen Ich-bin-einsam-und-verlassen-Ausdruck im Gesicht nach, aber heute konnte mir nichts auf der Welt Schuldgefühle einjagen. Ich beeilte mich, um bloß nicht mit Luke, unserem Nachbarn, sprechen zu müssen, weil er mich immer aufzog und ich damit jetzt gar nicht hätte umgehen können. Vor lauter Vorfreude war ich so nervös, dass alle meine Sinne hochempfindlich reagierten. Es war ein verregneter Sommer gewesen und die Natur von einem so intensiven Grün, dass es mir fast schon in den Augen wehtat. Ein blasser Regenbogen erhob sich direkt hinter Merlins hohem viktorianischem Haus, was mich noch mehr beflügelte. Der angeblichen optischen Täuschung, dass der Regenbogen zurückwich, je näher man an ihn herankam, hatte ich noch nie ganz glauben wollen.

»Hallo, Katy … komm, ich zeige dir den Weg.«

Lächelnd öffnete mir Merlins Mutter die Tür. Sie war groß und schlank und hatte langes glänzendes Haar, das oben auf dem Kopf festgesteckt war. Sie trug eine kimonoartige Tunika und sah auch ohne das geringste Make-up super aus. Ich wusste, dass sie Bildhauerin war und von berühmten Leuten Aufträge erhielt, was mich mit einiger Ehrfurcht erfüllte. Ich folgte ihr nach oben zu dem Speicherraum, der kürzlich in ein Atelier für Merlin umgewandelt worden war, und sie klopfte dezent an seine Tür.

»Merlin, Katy ist da.«

Merlin war so vertieft in sein Gemälde, dass er uns gar nicht hatte kommen hören – mit leicht herausgestreckter Zungenspitze saß er da, die Stirn gerunzelt, die tief liegenden grauen Augen konzentriert und dennoch in die Ferne blickend. Sein Gesicht war auf ungewöhnliche Weise interessant und voller Kanten, da die Wangenknochen rasiermesserscharf hervorstanden und ein tiefer Spalt sein Kinn dominierte. Seine Haut wirkte auffallend blass gegen das wirre dunkle Haar, das ihm in die Augen fiel und er mit einer schnellen Drehung des Handgelenks ungeduldig zur Seite strich. Ich hätte ihn den ganzen Tag ansehen können, aber eine Hand in meinem Kreuz schob mich weiter ins Zimmer hinein und eine Stimme flüsterte: »Dann lasse ich euch zwei jetzt mal alleine.«

Ich wollte die Stimmung nicht zerstören, da Merlin völlig in seine Arbeit versunken wirkte, doch nach kurzer Zeit schon kam ich mir vor wie ein Voyeur. »Merlin … deine Mutter hat mich reingelassen.«

»Katy? Du bist schon da?«

Schnell stand er auf und verhängte die Leinwand mit einem Tuch.

»Darf ich das Bild sehen?«

»Erst wenn es fertig ist. Und? Gefällt dir der Raum?«

»Er ist Wahnsinn«, sagte ich und machte mir nichts vor: Genau dasselbe hätte ich gesagt, wenn es sich um einen nach Katzen stinkenden Schuppen unten im Garten gehandelt hätte. »Die Fenster sind ja riesig und die Aussicht ist umwerfend.«

Meine Schuhe hallten auf dem farbverspritzten Boden, als wir zu den schrägen Dachfenstern hinübergingen. »Das Licht ist wirklich einzigartig«, stimmte Merlin zu. »Ich könnte den ganzen Tag hier oben verbringen.«

So nah hatten wir bisher nie nebeneinandergestanden. Unsere Arme berührten sich und ich wagte nicht die leiseste Bewegung, um diesen magischen Moment nicht zu zerstören. Manchmal konnte ich kaum atmen, wenn ich in Merlins Nähe war. Keiner von uns sagte etwas. Ein Jahrhundert zuvor wäre ich jetzt vermutlich in Ohnmacht gefallen, weil mein Korsett zu eng gewesen wäre, und Merlin – der wie ein verträumter romantischer Held aussah – hätte mich in seine Arme gerissen, als wäre ich leicht wie eine Feder. Aber von uns Mädels heutzutage erwartete man nicht mehr, dass wir ohnmächtig wurden, nur weil wir neben einem Angehörigen des anderen Geschlechts standen. Merlin begann mit einem Finger meine Handfläche zu streicheln, ein weiterer folgte. Mein Herz fing an zu rasen und meine Hand glitt in seine, aber noch standen wir beide steif da und sahen aus dem Fenster.

Warum musste es immer so laufen? Auf einmal konnte ich es nicht mehr ertragen – dieses Mal musste ich etwas sagen.

»Warum küsst du mich nicht einfach?«, platzte ich heraus.

Ich konnte selbst nicht fassen, was ich da gesagt hatte, doch es schien das Eis zu brechen. Er wandte sich mir zu und senkte langsam den Kopf und seine 1,86 Meter meinen 1,65 Metern entgegen, bis sich unsere Lippen berührten und der ganze Raum sich in ein Kaleidoskop der unterschiedlichsten Farben verwandelte.

»Dieser Kuss war das Warten wert, Katy.« Ein Lächeln erhellte sein schönes Gesicht wie die Sonne, die eine Wolke durchbricht.

»Du hast darauf gewartet, dass wir uns küssen?«

Merlin antwortete mit nur einem einzigen wunderbaren Wort: »Sehr.«

Ich aber brauchte noch mehr Bestätigung. »Wann hast du denn zum ersten Mal daran gedacht?«

Merlin seufzte. »Als du das erste Mal an mir vorbeigegangen bist, habe ich gespürt, dass etwas ganz Merkwürdiges passiert. Ich habe mich zu dir hingezogen gefühlt, als ob du … ein Magnet wärst.«

Ich bemühte mich, nicht wie eine Schwachsinnige zu grinsen, scheiterte allerdings kläglich. Außerdem war Merlin mit seinen Komplimenten noch nicht am Ende.

»Und du warst von einem hellen Schein umgeben. Das klingt bescheuert, oder?«

»Nein. Erstaunlich.« Das war eindeutig eine Untertreibung, denn vor lauter Seligkeit hätte ich auf der Stelle tot umfallen können. Nervös betrachtete ich meine Füße. »Heißt das, dass wir … du weißt schon … dass wir ab jetzt zusammen sind?«

Er drückte meine Hand und sah mir in die Augen. »Wir *sind* zusammen.« Nicht eine Sekunde lang schweifte sein Blick ab und ich ließ mich in seine Intensität hineinziehen, bemerkte den vollkommenen Bogen seiner Augenbrauen und seine absurd dichten Wimpern. »Ich muss dir übrigens was sagen.«

»Was denn?«

Er zögerte einen kurzen Augenblick. »Das Bild, an dem ich arbeite … ist ein Porträt von dir.«

Ich wusste gar nicht, was ich sagen sollte. »Und wann kann ich es sehen?«, fragte ich schließlich.

»Erst wenn es fertig ist … ich male es aus dem Gedächtnis.«

Die Vorstellung, dass er mein Gesicht schon gut genug kannte, um es malen zu können, war mehr als überwältigend. Ich hätte diesen Moment so gerne ausgekostet, aber Merlin machte abrupt einen Vorschlag, der beinahe schon wie ein Befehl klang. »Lass uns nach draußen gehen.«

Ich hatte gerade noch Zeit, nach meiner Tasche zu greifen, da wurde ich auch schon aus seinem Atelier und drei

Stockwerke die Treppe hinuntergezogen. »Wohin denn?«, fragte ich keuchend.

»Egal.«

Nur flüchtig bekam ich noch Merlins Mutter zu sehen, die gerade ihren Kunstkurs in den Wintergarten führte, danach das Wohnzimmer mit seinen nicht harmonisierenden Möbeln, den knallbunten Leinwänden und den Orientteppichen, das Esszimmer mit seinem riesigen Tapeziertisch und die Küche mit ihrem original gusseisernen Herd, den Natursteinplatten und der gigantischen Anrichte. In einer Ecke entdeckte ich zwei äußerst mäusefreundliche Fallen und mir kam der seltsame Gedanke, dass selbst das Ungeziefer in Merlins Haus wahrscheinlich mehr als cool war.

Schließlich standen wir draußen auf der Straße und sogen die letzten sommerlichen Sonnenstrahlen in uns auf, was irgendwie besonders und wie ein Abschied von der Sonne schien, bevor der Winter allem ein Ende machte. Wir schlenderten den Kanal entlang und weiter durch die Bahnunterführung in die Stadt hinein. Merlin hob sich auffallend von den anderen Passanten ab und die Leute starrten erst ihn und dann mich an, weil ich seine Begleiterin war. Ich lachte und ging so dicht wie möglich neben ihm. Wir erreichten das »La Tasse«, eine angesagte Espressobar voller Geschäftsleute mit Laptops und Damen, die ihren Lunch einnahmen, und ließen uns auf cremefarbenen Lederstühlen in einer Nische am Fenster nieder, die Rücken an Rücken standen wie in einem Eisenbahnwaggon. Wir waren frisch verliebt und das sah man uns wahrscheinlich an, denn selbst die Kellnerin schaute zweimal hin, als sie uns bemerkte, und ich legte meine Hand auf Merlins Arm, als er unsere Getränke bestellte.

So also fühlte man sich, wenn man eins der Supermädels war, denen die Welt zu Füßen lag; der Typ Mensch, der selbstverständlich davon ausging, sein Glück zu machen, anstatt sich zu entschuldigen, dass er in diesem Universum Platz für sich beanspruchte. Nur ein Mal war mir auf einer Party etwas sehr Merkwürdiges passiert – ich hatte tatsächlich ein einziges Mal geglänzt. Alle hatten an diesem Abend über meine Scherze gelacht, die Mädchen redeten mit mir, als sei ich jemand ganz Besonderes, und die Jungs wollten mit mir tanzen. Ich wusste, dass etwas Magisches in der Luft lag und ich nicht wirklich ich in jener Nacht war – sondern die unsichtbare, andere Katy. Diese andere Katy gab es wohl immer noch in mir, zum Vorschein aber kam sie nach diesem Abend niemals wieder. Und wenn ich mit Merlin zusammen war, wagte ich fast davon zu träumen, ich könnte mein Alter Ego leben – den besten Teil von mir also.

Merlin sah mir zu, wie ich meinen Caffè Latte trank, und küsste mir den Schaum von der Oberlippe. Hier saßen wir nun Seite an Seite in unserer Nische und sprachen über unsere Zukunftspläne. Wir stellten uns Merlins erste Ausstellung und meine erste Modenschau vor. Wir sprachen über Rom, Venedig und Paris, als warteten diese unglaublichen Städte nur darauf, von uns erobert zu werden. Aber dann senkte Merlin plötzlich den Blick und spielte fahrig mit einem Löffel herum.

»Da ist noch etwas anderes, Katy.« Einen Moment lang schien er nicht die richtigen Worte zu finden und dabei kam er mir unendlich attraktiv vor mit seinen großen bittenden Augen, den vollen, leicht geöffneten Lippen und der heiseren Stimme. »Ich bin nicht besonders gut in Beziehungen … die Mädchen erwarten immer, dass ich sie anrufe, wenn ich gerade am Malen bin, und werden schnell eifersüchtig wegen nichts …«

»Ich werde nicht eifersüchtig«, unterbrach ich ihn hastig. »Wenn jemand damit kein Problem hat, dann ich.«

»Das habe ich gleich gespürt«, antwortete er erleichtert. »Ich habe gespürt, dass du da anders bist – und etwas ganz Besonderes.«

Verträumt hing ich jedem seiner Worte nach, glücklich, dass er langsam aus der Reserve zu kommen schien, da lenkte mich etwas ab, blitzte grün auf, doch als ich genauer hinsah, wusste ich, dass ich das Grün inzwischen schon in meinem Kopf gespeichert haben musste. Denn neben mir am Fenster ging zwar das Mädchen aus dem Bus vorbei – gekleidet war sie aber in Jeansblau. Sie drehte sich um und sah mich an.

»Hast du das Mädchen eben gesehen?«, fragte ich Merlin. »Das mit den grünen Augen?«

Merlin hatte jedoch die ganze Zeit nur mich beobachtet.

»Ich sehe es vor mir. Du hast ganz wunderschöne grüne Augen.«

»Aber nicht solche wie sie«, protestierte ich. »Ihre sind … undurchdringlich und unheimlich.«

Er lachte, küsste meine Hand und ging zur Theke, um zu zahlen. Mich schauderte, weil mir erst jetzt bewusst wurde, dass sie zur gleichen Zeit wie wir hier im Café gesessen haben musste.

»Entschuldigen Sie«, wandte ich mich an die Kellnerin. »Meine … Freundin war wohl hier, aber wir müssen uns verpasst haben. Sie hat glattes dunkles Haar, trägt Jeans und …«

»Sie saß da drüben«, antwortete die Frau und zeigte auf die hinterste Nische. Sie sah mich etwas befremdet an und ich flüchtete mich in einen Hustenanfall, um meine Verlegenheit zu kaschieren.

Wieder jagte mir die Vorstellung, dass SIE so nah bei uns gesessen hatte, einen Schrecken ein, wenn Gott sei Dank auch nicht so nah, als dass sie unser Gespräch hätte mithören können. Merlin begleitete mich nach Hause und ich versuchte, den Gedanken an sie zu verdrängen, was mir nicht schwerfiel, denn mit ihm an meiner Seite schwebte ich beinahe. Als wir die Straße erreichten, in der ich wohne, zog ich Merlin in die schmale Gasse hinter unserem Haus, deren Zugang von einer Mauer flankiert war, die uns vor neugierigen Augen schützte. Wir brauchten eine Ewigkeit, bis wir uns endlich voneinander lösen konnten. Immer wenn ich mich gerade loseisen wollte, nahm Merlin meine Hand und zog mich wieder an sich. Mein Gesicht und mein Hals brannten wie Feuer und ich rieb mir verlegen über die Wangen und fragte mich, welche plausible Erklärung ich für meine vom Küssen gerötete Haut abgeben sollte, doch als ich schließlich ins Haus ging, schien Mum nichts aufzufallen. Sie lächelte tapfer, als ich sie fragte, wie ihr Tag gewesen war, und trotzdem hörte ich einen vorwurfsvollen Unterton in ihrer Stimme.

Ich lief im Haus herum und summte, außer mir vor Glück, erlebte jede einzelne Minute des Tages noch einmal und simste Nat und Hannah, um ihnen davon zu berichten. Inmitten meiner zahlreichen Ausrufezeichen hörte ich Mum rufen. Ich rannte ins Wohnzimmer hinunter, wo sie mit grimmiger Miene stand und ein Päckchen Zigaretten durch die Luft schwenkte.

»Ich bin sehr enttäuscht von dir, Katy«, sagte sie mit kaum hörbarer Stimme, was merkwürdigerweise schlimmer war, als wenn sie mich angebrüllt hätte. »Du hast mir immer versprochen, dir niemals eine so ekelhafte Angewohnheit zuzulegen.«

»Das sind nicht meine Zigaretten«, erwiderte ich fassungslos. »Rauchen ist das Allerletzte.«

»Sie sind aber aus deiner Tasche gefallen«, fuhr Mum fort. Ihre Augen bohrten sich in meine. »Vermutlich hat dir Merlin weisgemacht, dass Rauchen cool ist oder so, und du willst ihn beeindrucken.«

»Merlin hasst rauchen«, insistierte ich und merkte, wie ich immer aufgebrachter wurde. »Genau wie übrigens alle meine Freunde … ich habe keine Ahnung, wie die Dinger in meine Tasche gekommen sind.«

Mum schnitt eine imaginäre Linie in die Luft. »Ich will nichts mehr hören, Katy. Wenn Merlin dahintersteckt, werde ich keine Sekunde zögern, dir den Umgang mit ihm zu verbieten. Worauf du dich verlassen kannst.«

Jede weitere Diskussion war sinnlos. Mum hatte immer das letzte Wort. Es war mir ein Rätsel, wie die Zigaretten in meine Tasche geraten waren und einen perfekten Tag so bitter enden lassen konnten. Ich war gekränkt, dass ich so ungerecht beschuldigt worden war, aber Mum hatte mir klar und deutlich zu verstehen gegeben, dass das Thema für sie beendet war. Ich war davon überzeugt, dass ihr meine Freundschaft mit Merlin nicht passte und der Vorfall eben als reiner Vorwand diente, ihr Missfallen darüber zum Ausdruck zu bringen.

In dieser Nacht konnte ich lange nicht einschlafen, ständig wälzte ich mich von einer Seite auf die andere. Jenen wiederkehrenden Traum hatte ich bisher immer geträumt, wenn ich gestresst gewesen war, und nie hatte er sich verändert … bis zu der heutigen Nacht. Denn als ich diesmal die Person, die vor dem Spiegel saß, an ihren Schultern packte, um sie dazu zu zwingen, sich nach mir umzusehen, war ihr Gesicht nicht mehr das meine, sondern das des Mädchens aus dem Bus. Und auch die unergründlich grünen Augen waren diesmal ihre. Tatenlos sah ich zu, wie ich in ihrem Hass ertrank.

Kapitel 3

Wie sehr ich mich auch beschäftigt hielt: Tief in mir lauerte eine ungute Vorahnung, die ich zu verdrängen suchte, indem ich mich auf Merlin konzentrierte. Jetzt war es offiziell – wir beide waren ein Paar. Es musste auch im College nicht groß angekündigt werden – die Neuigkeit verbreitete sich rasch und meine Popularität schnellte in die Höhe. Wir verbrachten so viel Zeit zusammen wie nur möglich und Nat und Hannah flachsten schon herum, sie seien es leid, uns dabei zuzuschauen, wie wir uns schmachtend in die Augen sahen.

Merlin hatte vor, mich am kommenden Samstag zu besuchen, was meine Nerven restlos strapazierte, da Mum ihr Urteil über ihn ja längst gefällt hatte. Den ganzen Vormittag saß ich auf heißen Kohlen und spähte schon zum zwanzigsten Mal aus unserer Haustür, um nachzusehen, ob er im Anmarsch war. Es war deswegen auch unmöglich, Luke zu ignorieren, der nebenan gerade all den Krempel aus seinem alten Auto lud, den er aus seinem Studentenzimmer nach Hause transportiert hatte. Kartons und Plastiktüten und Berge von zerknitterten Klamotten waren dort gestapelt und auf dem Rücksitz flogen Wasserkessel, Teller, Tassen durcheinander.

»Und wo ist meine Lieblings-Kat?«, rief er zu mir hinüber.

Dass er mich bei dem Spitznamen rief, den er mir irgendwann gegeben hatte, entlockte mir ein Lächeln und ich schlenderte auf ihn zu. »Das war's mit dem Studentenleben, oder?«, neckte ich ihn und hielt mir gleichzeitig die Ohren zu, weil ihm ein Glas zu Boden fiel und zerbrach. »Jetzt bist du richtig erwachsen.«

»Nie und nimmer«, grinste er. »Immerhin redest du mit dem Typen, der dir Schnecken den Rücken hinunter- und Spinnen die Nase hinaufgejagt hat.«

Luke Cassidy war fünf Jahre älter als ich und hatte die letzten zehn Jahre nichts Besseres zu tun gehabt, als mich auf jede mögliche Art und Weise zu terrorisieren. Ich dagegen hatte in meiner Kindheit nichts Besseres zu tun gehabt, als ihm und seinen Freunden hinterherzulaufen, obwohl sie es immer irgendwie schafften, mich abzuschütteln. Dann ging Luke weg, um zu studieren, und ich war überrascht gewesen, wie sehr ich ihn vermisste. Und jetzt war er zurück und stichelte noch immer gern.

»Die kleine Kat ist mittlerweile aber auch ganz schön erwachsen«, sagte er und sammelte behutsam die Glasscherben vom Boden auf. »Ich hab dich kürzlich mal mit deinem Freund gesehen und dir auch zugewunken, aber du warst zu beschäftigt, um mich zu bemerken.«

Ich wurde rot, weil mir genau bewusst war, wie fürchterlich entrückt ich aussah, wenn ich mit Merlin Händchen hielt. Hastig wechselte ich das Thema. »Und wie ist es so als Journalist?«

»Bis jetzt habe ich nur über drei Kirchenpartys, eine

Hundeausstellung und einen alten Mann berichtet, der zusammen mit einem Eichhörnchen in einem Baumhaus lebt.«

»Keine Anfragen von überregionalen Zeitungen?«

Luke starrte in den Himmel. »Vielleicht im nächsten Jahr.«

Aus dem Augenwinkel schien er mich genau zu betrachten. »Stimmt was nicht? Ist mein Make-up verschmiert?«

»Du hast dich verändert, das ist alles«, murmelte Luke und senkte schnell den Blick.

Ich streckte einen Finger aus, berührte sein Kinn und grinste. »Du auch. Luke muss sich endlich rasieren.«

»Ich rasiere mich seit Jahren«, protestierte er und ich presste die Lippen aufeinander, um nicht laut loszuprusten. Luke hatte ein glattes Babyface und strohblondes Haar, was ihn jünger wirken ließ, als er war. Jetzt marschierte er unaufgefordert durch unsere Haustür, und obwohl ich versuchte, ihm den Weg zu versperren, gelang es ihm, in unsere Küche zu kommen. Er zog sich einen Stuhl heran und meinte träge: »Setz schon mal Wasser auf, Kat.«

Ich stemmte die Hände in die Hüften. »Du kannst doch nicht immer noch so tun, als ob du hier zu Hause wärst.«

Er zuckte mit den Achseln. »Warum denn nicht?«

Ich dachte gerade über einen plausiblen Grund nach, als Mum auftauchte und alles verdarb. Sie holte Lukes »speziellen« Becher aus dem Schrank und stellte die Keksdose auf den Tisch. Ich weigerte mich aber, mich zu ihm zu setzen, und sah zum zehnten Mal auf die Uhr.

»Du bist nervös, Kat«, sagte Luke, nachdem Mum wortlos wieder im Wohnzimmer verschwunden war.

»Merlin kommt gleich vorbei«, verkündete ich und versuchte, distanziert und abgeklärt zu klingen. »Wir gehen dann zu ihm. Er malt, ist sehr, sehr talentiert und hat sein eigenes Atelier.«

Luke lachte nicht, als er Merlins Namen hörte, doch ich sah ihm an, dass er es sich verkneifen musste. »Wo wohnt er denn?«

»Drüben in der Victoria Street, neben der Reitschule.«

»Ein Snob also.«

Ich schnappte nach Luft wie ein Goldfisch. »Das ist er nicht. Merlin ist ein ganz normaler Typ, auch wenn das Haus, in dem er wohnt, sehr groß ist. Und seine Mutter steckt viel Zeit und Energie in die Arbeit mit mittellosen Studenten, die bei ihr im Haus arbeiten können.«

»Wie nobel von ihr«, bemerkte Luke sarkastisch.

»Sei nicht so voreingenommen, Luke. Mum ist ohnehin überzeugt davon, dass Merlin mich zum Rauchen angestiftet hat, und jetzt hältst du ihn auch noch für überprivilegiert.«

Luke lehnte sich zurück und nahm, genüsslich schlürfend, einen großen Schluck Kaffee. »Auf die Leier vom leidenden Künstler bist du aber hoffentlich nicht reingefallen, oder? Dieser … Merlin kennt bestimmt reihenweise Mädels, deren Porträts er malt.«

Drohend kniff ich die Augen zusammen und wollte gerade zum Gegenschlag ausholen, als es an der Tür läutete. Merlin stand mit gewohnt selbstbewusster Miene auf der Türschwelle, doch es kam mir vor, als habe er sich für den Anlass in Schale geworfen, denn seine Jeans waren heute nicht verwaschen und sein Hemd sah auch gebügelt aus.

Ich zog ihn ins Wohnzimmer und stellte ihn stotternd Mum vor, in der Hoffnung, Luke würde in der Küche sitzen bleiben, aber er kam ebenfalls zu uns ins Wohnzimmer. Luke taxierte Merlin, Merlin Luke. Wäre mir die gesamte Situation nicht so unangenehm gewesen, hätte ich vielleicht gelacht, weil die beiden sehr unterschiedlich waren – Luke stämmig und blond mit offenem freundlichem Gesicht und Merlin groß und dunkel mit eher reservierten Zügen. Ich murmelte, dass Luke unser Nachbar sei, griff nach meinem Mantel und düste los. Merlin nahm meine Hand und sein Daumennagel grub sich so fest hinein, dass es wehtat, aber ich sagte nichts.

»Was ist denn bloß so wichtig?«, fragte ich, als unser Haus aus dem Blickfeld verschwunden war und ich endlich Atem holen konnte. »Wieso soll ich denn so dringend mit zu dir kommen?«

Merlin zögerte. »Es geht um dein Porträt, Katy. Ich krieg die Farben nicht richtig hin.« Er beugte sich zu mir und rieb seine Nase an meiner Wange. »Ich kann mich nicht mehr konzentrieren … weiß auch nicht, warum.«

»Und wie kann ich da helfen?«

»Du kannst für mich Modell sitzen. Zu dieser Tageszeit ist das Licht am allerbesten. Wenn du jetzt für mich sitzt, kann es sein, dass ich es noch hinkriege.«

»Okay, kein Problem, Merlin.« Wir gingen die in einem weiten Bogen zum Haus führende Auffahrt entlang und ich hätte mich dafür ohrfeigen können, dass meine Reaktion so wenig euphorisch ausgefallen war. »Ich meine natürlich, klar sitze ich für dich. Das ist doch das Mindeste, was ich tun kann.«

Ich drapierte mich malerisch auf dem ramponierten Chenillesofa, darum bemüht, meinen Bauch einzuziehen und nicht an Rubens' Gemälde von üppig proportionierten nackten Damen zu denken.

»Muss mich noch umziehen«, sagte Merlin.

Ohne Vorwarnung und mit schneller Handbewegung öffnete er alle Druckknöpfe gleichzeitig an seinem Hemd und warf es auf sein Bett. Dann nahm er ein altes T-shirt vom Haken und zog es sich über den Kopf. Ich versuchte, den Blick abzuwenden, allerdings erst, nachdem ich seine entblößte Brust und die Linie schwarzer Haare gesehen hatte, die sich den Oberkörper hinunter- und an seinem Nabel vorbeischlängelte.

Mein Gesicht glühte vor Verlegenheit und ich befürchtete schon, auf seinem Gemälde mit gigantisch roten Backen verewigt zu werden. Ich schob es einfach auf die Sonne. »Es ist ziemlich … heiß hier oben, findest du nicht?«

Merlin brummte irgendwas von warmer Luft, die nach oben steigt, und öffnete das Dachfenster. Er formte ein Viereck mit seinen Fingern, sah mich an, dann wieder auf die Leinwand. Er schüttelte den Kopf. »Dein Haar lässt sich nicht abbilden … unwirklich sieht es beinahe aus … so wie gesponnenes Gold, durchzogen von einem Ton gerösteter Kastanien, dein Teint … wie alabasterfarbene Sommersprossen.«

Er lächelte. Die meisten Typen hatten Mühe, sich auch nur das dürftigste Kompliment einfallen zu lassen, doch Merlin brachte es fertig, einen einzigen Satz wie ein ganzes Sonett klingen zu lassen. Ich bemühte mich, nicht herumzuzappeln auf meinem Sofa, aber es war eine Tortur für mich, einem so prüfendem Blick standzuhalten, und außerdem stieg die Temperatur im Atelier. Ich musste meine Strickjacke ausziehen und hoffte, dass es nicht wie der verunglückte Versuch eines Striptease aussah. Merlin malte unendlich lange und ich schwieg, da er so versunken in seine Arbeit war. Obwohl er ja mich malte, schien er distanziert zu sein, fast so, als nehme er mich als abstrakte Form wahr. Die Sonneneinstrahlung wurde jetzt noch intensiver; vor meinen Augen fing es an zu flimmern und auf Merlins Augenbraue sah ich einen Schweißtropfen schimmern.

»Sollen wir eine Pause machen?«, schlug ich vor.

Merlin nickte. Er wischte sich die Hände an einem Lappen ab und kam zu mir herübergeschlendert.

»Ist für mich auch noch Platz, Katy?«

Schnell setzte ich mich aufrecht hin und schlug die Beine unter. »Und … wie sind die Farben jetzt?«

»Viel besser.«

Ich rutschte auf dem Sofa herum und starrte zur Tür.

»Es gibt keinen Fluchtweg«, sagte er leise.

Ich rieb mir die Nase, strich mir die Haare glatt und sah mich im Zimmer um, während Merlin ruhig dasaß und mich betrachtete. Ich strich mir über die Arme, da ich plötzlich trotz der Hitze fröstelte.

»Ich will dich ansehen, Katy.«

Lachend versuchte ich, seine Bemerkung abzutun. »Du hast mich doch die ganze Zeit schon angesehen.«

»Nicht so.« Er legte eine Hand unter mein Kinn und zwang mich, seinen Blick zu erwidern. Seine Augen waren durchdringend, stechend und steingrau.

Sein Kopf neigte sich meinem entgegen, dann schob seine Hand den Träger meines Hemdchens von der Schulter und seine Lippen küssten sich an meinem Hals nach oben.

»Und wenn deine Mutter reinkommt …«, murmelte ich und spürte, wie ich mich verkrampfte.

»Sie kommt nicht rein.«

Merlins Lippen arbeiteten sich über Wange und Nase bis zu meinem Augenlid hinauf, ehe sie sich auf meinen Mund konzentrierten und jede weitere Äußerung von mir unmöglich machten. Ich konnte kaum atmen, so fest hatte er die Arme um mich geschlungen, aber es fühlte sich so natürlich an, dass ich – darüber war ich selbst schockiert – eine Hand unter sein T-Shirt gleiten ließ und jede einzelne seiner Rippen mit meinen Fingern abzählte. Ich spürte, wie er erschauderte.

»Hab ich kalte Hände?«, fragte ich lachend, obwohl ich wusste, dass dies nicht der Grund war, und ich empfand ein nie gekanntes Gefühl der Stärke.

Endlich verstand ich, warum so ein Wirbel um das Küssen gemacht wurde. Merlin und ich pressten uns so eng aneinander, dass ich nicht mehr hätte sagen können, wo meine Glieder anfingen und seine aufhörten, und gemeinsam rutschten wir so tief in das Sofa hinein, dass wir uns bald schon in der Horizontalen befanden. Mir war, als würde ich in ihm ertrinken. Dann hörte ich laute Stimmen und zuckte zusammen.

»Die kommen aus dem Garten«, beruhigte mich Merlin. »Mum hat da wohl gerade ihr Grüppchen verirrter Künstler um sich geschart.«

Plötzlich gab es einen Knall, die Ateliertür sprang auf und der entstehende Luftzug wirbelte etliche Bogen Papier durch den Raum. Ich machte mich aus Merlins Umarmung los und setzte mich wieder aufrecht hin.

»Das war doch nur der Wind. Mum ist Frischluftfanatikerin.«

»Tut mir leid«, murmelte ich. »Ich weiß auch nicht, was mit mir los ist.« Ich sah auf den Boden. »Ich … ich bin nicht sicher, ob ich für etwas … Ernstes schon bereit bin.«

»Für etwas Ernstes?« Merlin fuhr sich mit der Hand durchs Haar und atmete langsam aus. »Katy, ich stecke bereits so tief drin … wenn du nur einmal im Monat ins Kino gehen und Händchen halten willst … ich weiß echt nicht, ob ich das kann.«

Beschämt biss ich mir auf die Lippe. »Ich doch auch nicht.« Er streichelte meinen Arm, aber ich blieb starr sitzen. »Vielleicht geht es mir ja nur ein bisschen … zu schnell.«

Seine Stimme klang rau. »Ich wusste innerhalb von sieben Sekunden, was ich für dich empfinde, aber … wenn du sieben Wochen oder sieben Jahre brauchst, bis du das Gleiche für mich fühlst, dann halte ich auch das aus.«

Der Kloß in meinem Hals wurde größer. »Ich fühle genauso wie du, aber vielleicht brauchen wir einfach einen etwas … intimeren Ort für uns.«

Merlin lächelte wissend. »Ich denke ja längst darüber nach, ob ich dich hier in meinem Turm einsperren soll, um dich vom Rest der Welt abzuschirmen.«

Gerade wollte ich etwas darauf erwidern, als ich sah, wie spät es war.

Es ging bereits auf den Abend zu und ich musste nach Hause zu Mum. Wenn ich mit Merlin zusammen war, verflogen die Stunden immer im Nu. Als er für einen Moment aus dem Zimmer ging, warf ich rasch einen Blick auf sein Gemälde. Viel mehr als ein paar zarte Pinselstriche war eigentlich nicht darauf zu sehen und doch hatte mein Gesicht schon etwas Gestalt angenommen und schien blass und ätherisch durch die gedeckten Farben, die so ganz anders waren als sein sonst eher plakativer Stil. Dann hörte ich ihn zurückkommen und wandte mich schnell ab.

Widerstrebend verließen wir das Haus und gingen Hand in Hand durch den Garten auf die Straße zu. Als wir das Tor erreichten, warf ich noch mal einen Blick zurück. Obwohl die Sonne schon tief stand, kniff ich die Augen zusammen, denn zwischen den Bäumen bewegte sich eine Gestalt so schnell und leichtfüßig wie eine Elfe. Irgendetwas beunruhigte mich an ihr. Ich sah Merlin an, aber ihm schien nichts aufgefallen zu sein und allmählich glaubte ich, dass mich dieses Mädchen verhext hatte. Sie konnte doch nicht überall sein, das war unmöglich. Ich ging schneller, weil ich zu spüren meinte, dass zahllose Augen uns beobachteten. Als ich Merlin zum Abschied küsste, tat ich es mit einer merkwürdigen Verzweiflung, die ich mir selbst nicht zu erklären wusste.

In dieser Nacht träumte ich wieder von ihr: Diesmal lag sie mit schmachtendem Blick auf Merlins abgewetztem Sofa und aalte sich in ihrer Schönheit. Ich konnte ihrem Blick nicht ausweichen und musste mit ansehen, wie sie sich anmutig erhob, quer durch den Raum auf die Staffelei zutänzelte und sie in meine Richtung drehte. Das Mädchen auf dem Gemälde war jetzt nicht mehr ich, sondern sie, die purpurroten Lippen verzogen zu einem leise triumphierenden Lächeln.

Ich schreckte aus dem Schlaf hoch und setzte mich kerzengerade im Bett auf. Der Anhänger lag noch immer auf meinem Frisiertisch und mir kam es vor, als leuchte er in der Dunkelheit sogar. Da sprang ich auf und stopfte ihn in meine Tasche.

Kapitel 4

Ich habe einen Stalker.«

Hannah hörte gerade noch rechtzeitig auf zu gähnen, um überrascht zu wirken. »Du hast Merlin – den bestaussehenden Typen im ganzen College. Und jetzt auch noch einen eigenen Stalker? Wie ungerecht ist das denn?«

»Das ist nicht komisch«, protestierte ich und wünschte, Nats Dad würde etwas langsamer über die Bodenschwellen auf der Straße fahren, denn ich schlug jedes Mal mit meinem Kopf gegen das Dach seines Wagens.

»Außerdem ist es kein Typ ... sondern ein Mädchen ... ich hab sie vom Bus aus gesehen, auf der Straße, im Café und danach ist sie auch noch bei uns zu Hause aufgetaucht und wollte Schmuck verkaufen.«

Ich wühlte in meiner Tasche herum und reichte Nat und Hannah den Anhänger.

Nat drehte ihn um und hielt ihn ans Licht. »Ziemlich cool. Woraus ist der gemacht?«

»Seeglas, glaube ich«, brummte ich. »Smaragdgrünes Seeglas ... haargenau die gleiche Farbe wie ihre Augen. Mag sein, dass der Anhänger cool ist, aber ich glaube eher, er soll mir als Warnung dienen.«

»Was ist denn Seeglas?«

»Ganz normales Glas, das so lange im Meer liegt, bis sich seine Ränder geglättet haben und es matt geworden ist.«

Hannah sah auf ihre Armbanduhr. »Aber wovor sollte sie dich denn warnen wollen? Bist du sicher, dass du schon richtig wach bist? Es ist immerhin erst halb sieben.«

Ich senkte die Stimme, um sicherzugehen, dass Nats Dad mich nicht hörte. »Ich glaube ja, dass sie Magie angewendet hat, damit sie immer weiß, wo ich mich aufhalte.«

Nat lachte so laut, dass ich mir die Ohren zuhalten musste. »Du bist wirklich unschlagbar, Katy.«

Ich starrte aus dem Fenster und biss mir auf die Lippe. »Sie ist überall, wo auch ich bin, sie beobachtet mich, belauscht mich und sie weiß, wo ich wohne.«

»Du glaubst also tatsächlich an … Hexerei, oder?«

»Das würde ich so nicht sagen«, antwortete ich betroffen. »Aber irgendwas ist unnatürlich an ihr. An dem Tag, an dem ich sie im Bus gesehen habe … ist irgendetwas zwischen uns passiert und seitdem fühle ich mich nicht mehr so wie vorher.«

Befremdet sahen mich die beiden an. »Und … warum hast du ihr dann den Anhänger abgekauft?«, fragte Hannah.

»Das habe ich ja nicht. Meine Mutter hat ihn für mich gekauft.«

»Und was hat deine Mutter über sie erzählt?«

»Dass sie einen netten, intelligenten Eindruck gemacht hat und sehr überzeugungskräftig wirkte, aber … was wirklich eigenartig war: Während Mum ins Haus ging, um ihr Portemonnaie zu holen, verschwand sie einfach … das Mädchen, meine ich … ohne Geld für den Anhänger zu nehmen.«

Hannah schüttelte den Kopf. »Versteh ich nicht. Ein unbekanntes Mädchen kommt zu euch nach Hause und lässt einen wunderschönen Anhänger da – fast so, als wollte sie euch ein Geschenk machen.«

»Wie ein Geschenk empfinde ich ihn nicht gerade«, murmelte ich.

»Wir sind da, Mädels«, rief Nats Dad, während er durch das große Tor des Landschaftsparks fuhr. Ich wurde ganz aufgeregt, als ich die vielen Autos und Lkws auf der Wiese verstreut parken und die meisten Stände schon aufgebaut sah. Hier fand der größte Kofferraum- und Kunsthandwerkerflohmarkt der Gegend statt und wir drei konnten stundenlang herumstromern und nach Schnäppchen Ausschau halten. Es lohnte sich auf jeden Fall, dafür um fünf Uhr morgens aufzustehen. Wir hatten es so eilig, dass wir fast aus dem Wagen purzelten, und Nat kreischte auf, weil sie um ein Haar in einem Kuhfladen gelandet wäre.

Hannah ging schnurstracks auf den nächstbesten Verkaufstisch zu und griff gleich nach einem riesigen Topf mit blau-weißem Blumenmuster. »Der sieht recht alt aus«, verkündete sie wichtigtuerisch, »stammt vermutlich aus der Zeit Edwards VII. Würde bestimmt sehr hübsch mit einer Pflanze darin aussehen. Ich kaufe ihn für Mum.«

»Das ist ein Nachttopf«, flüsterte mir Nat kichernd ins Ohr. »Da pieselt man rein. Aber sag's ihr erst, wenn wir wieder zu Hause sind.«

Meine Laune stieg erheblich, während wir herumliefen. Das Gras war noch feucht vom morgendlichen Tau und der Saum meiner Jeans und meine Leinenballerinas waren bald völlig durchnässt. Hannah war auch nicht besser dran als ich, wie sie sich in ihrem gesmokten Kleid vorsichtig einen Weg durch die Wiese zu bahnen suchte, dessen Gras sie an ihren nackten Beinen pikste. Nat war die Einzige, die mit pink- und grünfarbenen fluoreszierenden Gummistiefeln und Jeans-Shorts vernünftig angezogen war. Sobald sich aber der frühe Morgennebel gelichtet hatte, wurde der Himmel auf einmal erstaunlich blau und wir zogen alle unsere Jacken aus. Keine von uns hatte sich zu Hause mit einem Frühstück aufgehalten und der Duft von Kaffee, Donuts und Croissants wehte uns verlockend entgegen. Automatisch marschierten meine Füße auf den Essensstand zu, aber zwei Paar Hände zogen mich zurück. »Wir können jetzt noch keine Pause machen, sonst gehen uns die ganzen guten Sachen durch die Lappen.«

Die beiden hatten recht – innerhalb von zehn Minuten, in denen wir fieberhaft herumstöberten, hatte ich einen Filzhut mit Nadelstreifen entdeckt, der Merlin ganz bestimmt gefallen würde, und ein Kleid mit Glockenrock im Stil der Fünfzigerjahre, das mit Kohlrosen verziert war. Ich wusste, dass es nicht wirklich alt war, und es gelang mir, den Preis von acht auf fünf Pfund herunterzuhandeln. Nat schlug bei einer ausgestopften Katze zu, weil sie die sammelte, und bei einer perlenbesetzten Abendtasche aus den Zwanzigerjahren, die sie lockere fünfzehn Pfund kostete. Danach konnten wir unmöglich länger mit dem Frühstück warten, und weil alle Plastikstühle schon besetzt waren, hockten wir uns auf die Wiese, schlürften heißen Kaffee und aßen frittierte und gezuckerte Donuts, die so süß waren, dass uns die Zähne wehtaten. Es war so schön, mit Nat und Hannah hier zu sein, die frühen Sonnenstrahlen zu genießen und zuzusehen, wie sich das Feld langsam füllte. Das schreckte uns keineswegs ab, bedeutete allerdings eine größere Herausforderung und es machte Spaß, die Leute zu beobachten. Hin und wieder seufzte Nat, wenn sie an Merlins Freund Adam dachte, in den sie hoffnungslos verliebt war. Hannah stand auf, um ihren Abfall in einen Mülleimer zu werfen, und ich beugte mich zu Nat hinüber. »Warum versuchst du nicht einfach, ihn mit deiner ganzen Willenskraft für dich zu gewinnen?«, flüsterte ich ihr zu.

Nat machte große Augen und sah mich schelmisch an. »In Magie versuchst du dich jetzt also auch?«

»Nein … nicht Magie«, versuchte ich ihr zu erklären, »es geht einfach nur um die positive Energie, die man braucht, damit die Dinge sich voranbewegen. Das kann man üben, aber es gibt Leute, die haben da einen gewissen … Vorsprung.«

»Und was sind das für Leute?«

»Na ja … man muss eben aufgeschlossen sein und es wirklich deutlich machen, wenn man etwas unbedingt will.«

»Hast du Merlin auch auf diese Art geködert?«, zog Nat mich auf.

Ich presste die Lippen aufeinander und weigerte mich, mit der Antwort herauszurücken. Hannah kam zurück und sah uns fragend an, aber ich sagte ihr, dass es sich um einen Insiderwitz handele. Sie verzog zwar das Gesicht, doch es schien sie nicht weiter zu stören. Ich rupfte ein paar Gänseblümchen aus und verstreute die Blütenblätter um mich herum.

»Hannah? Du kennst Merlin ja am längsten«, sagte ich wie beiläufig. »Hat er schon viele Freundinnen gehabt?«

»Komischerweise nein«, erwiderte sie langsam. »Obwohl es eine ganze Menge Mädels bei ihm probiert haben … aber er ist ja ein so … intensiver Typ und voll von seiner Arbeit in Anspruch genommen. Ich glaube, er hat sich für dich aufgehoben.«

Ich stand auf, versuchte zu verbergen, dass ich mich über ihre Worte freute, und klopfte mir die Krümel von den Jeans. Im gleichen Moment sah ich sie: Obercool arrangierte sie eine kleine Schmuckkollektion auf einem wackeligen Holztisch und grinste mich an. Der Donut blieb mir im Hals stecken und mir wurde auf der Stelle schlecht. Der Pappbecher fiel mir aus der Hand und rollte auf den Boden.

»Da drüben steht sie übrigens gerade«, knurrte ich böse. »Jetzt habe ich die Nase voll, ich stelle sie zur Rede.«

Ohne Nats oder Hannahs Reaktion abzuwarten, marschierte ich auf den Stand des Mädchens zu und wandte dabei nicht den Blick von ihr. Rücksichtslos drängte sich ein Mann an mir vorbei und lenkte mich sekundenlang ab – danach war sie verschwunden. An ihrer Stelle stand jetzt eine verärgert aussehende ältere Frau.

»Wo ist denn das Mädchen hingegangen?«, fragte ich sie.

»Ich kenn sie überhaupt nicht«, schimpfte die Frau. »Sie hat mich gebeten, auf ihren Stand aufzupassen, dabei müsste ich mich dringend um meinen eigenen kümmern.«

Im gleichen Moment sah ich in meinem Blickfeld etwas aufblitzen, nichts weiter als ein Stückchen Stoff, das sofort wieder in der Menge verschwand. Ich wusste, es gehörte zu ihr, und konnte nicht anders, als ihm folgen. Doch wo immer ich mir einen Weg durch die Menschenmenge bahnen wollte, kam ich nur langsam und schwerfällig voran, während sie sich leichtfüßig wie ein Gespinst bewegte, wie eine schwebende, tänzelnde Feder, wie ein entweichender Ballon, wie eine Ballerina, die ihre Pirouetten dreht. Jedes Mal, wenn ich sie gerade aus den Augen verloren hatte, tauchte irgendein Teil von ihr wieder auf, sah ich sekundenlang ihren Ohrring, ihr Haar oder auch nur ihre Mundwinkel, während sie sich umdrehte – fast konnte ich ihr Lachen um mich hören.

Vernünftig wäre es gewesen aufzugeben, zu meinen Freundinnen zurückzukehren, aber ich brachte es nicht über mich und das wusste sie. Es wurde immer schwieriger, sich durch die Menge zu drängen, und inzwischen war es mir auch egal, ob ich dabei jemandem auf die Füße trat oder ihm meinen Ellbogen in die Rippen stieß. Einmal rempelte ich sogar gegen einen Stand und Geschirr und Bücher flogen ins Gras, doch nicht einmal das laute und empörte Protestgeschrei konnte mich aufhalten. Jetzt sah ich vor mir eine Stelle, an der sich die Menge etwas lichtete und Asphalt durchschimmerte, was den Anfang des Parkplatzes signalisierte. Ich legte Tempo zu, und als ich den Rand des Felds erreicht hatte, konnte ich auch endlich wieder Atem holen. Keuchend sah ich ein paar Sekunden lang zu den Wolken hoch, da mich der plötzliche Anblick von so viel freier Fläche verwirrte. Ein schneller Blick nach rechts und links gab gar nichts preis – es war, als habe die Atmosphäre das Mädchen verschluckt. Wie sie sich bewegte, mit welcher Geschwindigkeit und dass sie immer wieder vor meinen Augen verschwand – sie konnte kein Mensch aus Fleisch und Blut sein!

Ein Geräusch ließ mich schließlich zusammenfahren. Jemand räusperte sich. Langsam drehte ich mich um und erstarrte. Kaum anderthalb Meter von mir entfernt sah ich das Mädchen, das gerade aus einem öffentlichen Wasserhahn Wasser in einen Becher laufen ließ. Wie angewachsen stand ich da. Sie war aus Fleisch und Blut, kein Hirngespinst von mir, daran war nicht zu zweifeln. Ich starrte sie an, bis sie endlich aufsah und meinen Blick erwiderte, ohne nur mit der Wimper zu zucken.

Dann kam ich wieder zur Vernunft. Ich ging auf sie zu und streckte ihr meine Hand entgegen, in der der Anhänger lag. »Ich glaube, das ist deiner.«

»Oh ja?«, fragte sie scherzhaft. »Mir ist gar nichts runtergefallen.«

»Aber du warst bei mir zu Hause und hast nicht auf dein Geld gewartet.«

Ihre ovalen Augen schlossen sich halb. »Haben wir zwei denn miteinander gesprochen?«

Eine dumme Situation. Ich fühlte mich plötzlich wie ein kleines Kind. »Ich war nicht … nein, haben wir nicht. Meine Mutter hat aufgemacht. Mit ihr hast du gesprochen.«

Das Wasser lief über den Rand des Bechers und spritzte ihr die Füße nass, doch sie drehte den Hahn nicht ab. »Woher weißt du dann, dass ich es war?«

»Dein Stand …« Ich kam ins Schleudern. »Ich habe den Anhänger an deinem Schmuckstand wiedererkannt.«

Sie kräuselte die Lippen zu einem leichten Lächeln. »So einen habe ich dort gar nicht.«

Ich wurde knallrot im Gesicht. »Okay… meine Mutter hat dich beschrieben, dann habe ich dich hier gesehen und eins und eins zusammengezählt und …«

»Bist mir gefolgt«, beendete sie meinen Satz.

Es war völlig verrückt. Jetzt sah es so aus, als wäre ich der Stalker und nicht sie, und ich konnte auch nicht sagen, ob ein ärgerlicher Tonfall in ihrer Stimme mitschwang oder nicht. »Dann gehört der Anhänger also nicht dir?«, fragte ich herausfordernd.

»Lass mich mal sehen.«

Ihre Finger berührten meine und mir war, als ob ein Stromschlag durch meinen Körper fahren würde. Mein Herz raste so sehr, dass ich sogar einen Schritt von ihr zurücktrat, sie aber schien völlig ungerührt zu sein. Sie runzelte die Stirn und warf mir den Anhänger wieder zu. »Ich bin mir nicht sicher.«

Das Ganze führte zu nichts, trotzdem weigerte ich mich, als Loserin zu Nat und Hannah zurückgekrochen zu kommen. Also versuchte ich, ihr mit fester Stimme und aller Entschiedenheit entgegenzutreten.

»Warst du letzte Woche in der Hillside Street?«

Endlich drehte sie das fließende Wasser ab, kickte sich die Ballerinas von den Füßen und streifte anmutig das Gras mit ihren Zehen. »Ich kann mich nicht erinnern.«

»Daran wirst du dich doch erinnern können.«

Sie zuckte mit den Schultern. »Was ist überhaupt das Problem? Warum behältst du den Anhänger nicht einfach?«

»Weil ich ihn gar nicht will.« Ich kochte innerlich und versuchte, ihr den Anhänger in die Hand zu drücken, doch sie weigerte sich, ihn entgegenzunehmen.

Störrisch sah ich sie an, aber dann wurde ihr Gesichtsausdruck plötzlich etwas milder und sie fing leise an zu lachen, was mich verwirrte. Schon einen Moment später stimmte ich in ihr Lachen ein, da mir auf einmal klar wurde, wie albern es gewirkt haben musste, dass ich mit allen möglichen seltsamen Anschuldigungen auf sie losgegangen war.

»Tut mir leid, dass wir so einen unglücklichen Start hatten«, entschuldigte ich mich. »Ich wollte nur nicht, dass du bei deinem Verkauf schlecht wegkommst.«

»Gefällt dir denn der Anhänger?«

»Er ist sehr hübsch«, gab ich zu.

Sie neigte den Kopf zur Seite und sah mich an. »Dann solltest du ihn behalten, Katy.«

»Du kennst meinen Namen?«

Sie schien immer noch zu lachen. »Ich weiß alles Mögliche über dich.«

Sie war jetzt näher an mich herangekommen und ich konnte ihren Atem auf meinem Gesicht spüren. Ihre Lippen öffneten sich leicht und bewegten sich unmerklich, und obwohl sie keinen Laut von sich gab, verstand ich, was sie sagte. Mal um Mal wiederholte sie den gleichen Satz, ohne dass ich mich hätte losreißen können.

Eine Hand auf meiner Schulter ließ mich zusammenzucken. »Katy«, sagte Nat, nach Atem ringend. »Wir haben dich überall gesucht.«

Und Hannah fügte hinzu: »Warum bist du denn abgehauen?«

Ich sah, wie die beiden erst mich, dann das Mädchen anblickten. Sie lächelte, senkte die Augenlider und winkte mir freundlich zu.

»Alles in Ordnung?«, fragte Hannah.

Ich nickte, hakte Hannah und Nat unter und machte mich mit ihnen wieder auf den Weg zu den Verkaufsständen. Nur einmal warf ich einen Blick zurück und sah, wie mir das Mädchen nachschaute und dastand wie gelähmt. Verärgert schüttelte ich den Kopf, weil meine Fantasie so mit mir durchgegangen war. Doch wie sehr ich auch versuchte, die Begegnung mit ihr zu vergessen, immer wieder hörte ich ihre Stimme sagen: »Ich bin dein schlimmster Albtraum.«

Kapitel 5

Das neue Café in der High Street war in neapolitanischen Farben gehalten – pink, mokka und erdbeerfarben. An der Wand hingen riesige Fotos von Kaffeebohnen und attraktiven Menschen mit makellosen Zähnen, die lachend in lederbezogenen Clubsesseln saßen und überdimensional große Tassen in der Hand hielten. Nat, Hannah und ich hatten beschlossen, das Café zu testen, bevor wir zur ersten Studentenausstellung des Jahres ins College aufbrachen. Ich war zwar nervös wegen meiner Arbeit, aber immerhin lenkte es mich von meinem eigentlichen Problem ab.

Hannah machte ein besorgtes Gesicht und trank in kleinen Schlucken ihren Bananensmoothie. »Wir sind die drei Musketiere, schon vergessen? Alle für einen und einer für alle. Also, was ist los mit dir?«

Nat ließ sich schlechten Gewissens ihren Karottenkuchen schmecken und fragte mit vollem Mund: »Ist was mit Merlin?«

»Nein, mit ihm ist alles bestens.«

»Mit deiner Mutter?«

»Nein, mit der hat es auch nichts zu tun«, antwortete ich. Ich schüttete etwas Pfeffer aus dem Pfefferstreuer und zeichnete mit dem Finger Muster auf dem Tisch.

»Du bist die ganze Woche schon so still«, bohrte Hannah.

Ich sah von einer Freundin zur andern. Die beiden hatten ja recht, ich musste mir die Sache von der Seele reden. »Also gut, ich weiß, das klingt jetzt blöd, aber es geht um das Mädchen, das wir auf dem Kunsthandwerkermarkt gesehen haben.«

»Ah … deine Stalkerin«, zwinkerte Nat.

»Das Problem ist … ich bilde mir ein, dass sie dort etwas zu mir gesagt hat, was mir nicht mehr aus dem Kopf gehen will.«

Zwei Augenpaare hefteten erwartungsvoll den Blick auf mich, doch mein Mund fühlte sich trocken an und in meinem Bauch kribbelte es. Also pustete ich wieder in meinen Kaffee. »Egal …«

»Raus mit der Sprache«, sagte Nat drängend und verzog ihr Gesicht so albern, dass ich lächeln musste.

Ich betrachtete die Sechsecke auf dem Fußboden, um die beiden nicht ansehen zu müssen, kaute auf meiner Unterlippe, rutschte auf meinem Stuhl herum und holte tief Atem. »Sie hat zu mir gesagt: ›Ich bin dein schlimmster Albtraum.‹«

Das Schweigen zwischen uns schien sich unendlich auszudehnen. Schließlich war es Hannah, die die Stille durchbrach. »So einfach … mir nichts, dir nichts. ›Ich bin dein schlimmster Albtraum‹ – das hat sie zu dir gesagt …«

Verlegen rutschte ich hin und her und fand es fürchterlich, mich rechtfertigen zu müssen. »Sie hat mich Katy genannt, und als ich sie fragte, woher sie meinen Namen kennt, da meinte sie, sie wüsste alles Mögliche über mich, und danach sagte sie …«

»Ich bin dein schlimmster Albtraum«, unterbrach mich Nat. »Und du bist dir ganz sicher, dass sie das gesagt hat?«

»Erst dachte ich ja auch, ich hätte es mir nur eingebildet«, antwortete ich defensiv, »aber mittlerweile … Ihre Lippen öffneten sich, doch sie schien nichts zu sagen …«

»Sie schien nichts zu sagen?«, wiederholte Hannah.

Unter dem Cafétisch ballte ich die Fäuste, bemühte mich aber, in gemäßigtem Tonfall zu antworten. »Ich bin mir eben nicht sicher … es ist alles etwas nebulös.«

Wieder trat unbehagliche Stille ein und fast bereute ich schon, mich den beiden anvertraut zu haben.

»Warum hast du es uns denn nicht erzählt, als es passiert ist?«, fragte Nat.

»Es kam mir so unwahrscheinlich vor.«

Hannahs Stimme klang mitleidig. »Aber du bist *ihr* doch an diesem Tag gefolgt. Sie war doch nicht hinter dir her.«

»Sie hat mich aber provoziert«, antwortete ich und merkte, wie skurril das klang, da nicht mal ich es ja verstand. »Ich meine … ich bin ihr nach, weil sie den Anhänger bei mir zu Hause gelassen hat.«

Nat trank einen Schluck von ihrem Getränk und leckte sich die Lippen ab. »Ein normaler Mensch würde so etwas jedenfalls nicht sagen«, bemerkte sie scherzhaft. »Kam sie dir denn normal vor?«

»Ja, total«, seufzte ich und meine Zweifel kehrten in einer heißen Welle der Scham zurück. »Und klar, du hast schon recht. An dem Tag war ich mit meinen Gedanken überall … wahrscheinlich einfach etwas überdreht.«

Nat gähnte. »So oder so ist es blöd, sich über die Sache

aufzuregen. Ich meine, was kann dir so ein Mädel schon anhaben?«

Ich sagte nichts darauf und starrte zu Boden. Ein funkelnagelneuer Penny schimmerte mir entgegen und ich erinnerte mich an den folgenden Vers: »Lacht dir ein Penny vom Boden aus zu, heb ihn schnell auf und das Glück kommt im Nu ...« Aber es war mir zu peinlich, auf dem Boden herumzukriechen und den Penny nach oben zu befördern.

»Das ist jetzt die schönste Zeit unseres Lebens«, ermahnte mich Hannah. »Nichts auf der Welt sollte bierernst sein.«

Ich brachte ein schmales Lächeln zustande. »Okay, ich versuch mich zu entspannen. Du hast ja recht. Was kann einem ein einzelnes Mädchen schon anhaben?«

Wir tranken unsere Getränke aus, verließen bei strömendem Regen das Café und suchten alle zusammen Schutz unter einem einzigen Schirm. Regen machte mir normalerweise nichts aus, aber Hannah hatte Panik, dass ihre Haare sich anfallsartig kräuseln könnten, weshalb sie sich noch weiter unter den Schirm drängte und mich dabei vom Randstein stieß. Der Himmel wurde dunkler und in der Ferne hörte man es donnern, sodass wir schneller gingen.

»In meinen Träumen taucht sie auch schon auf«, sagte ich zerstreut, als hätte es nie eine Unterbrechung unseres Gesprächs gegeben.

Hannah trat in eine Pfütze und kreischte auf. »Vergiss doch diese ... Dingsda ... dieses gruselige Mädchen mit den Katzenaugen. Die hat dich bestimmt längst abgeschrieben und stalkt jetzt lieber einen Promi.«

Ich wollte gerade etwas erwidern, als der Regen noch

heftiger wurde. Innerhalb von Sekunden spritzte er vom Pflaster empor und strömte in die Gosse und die Gullis. Wir rannten, so schnell wir konnten, kamen atemlos im College an und schüttelten uns die Regentropfen aus den Kleidern und den Haaren.

»Danke, dass ihr mitgekommen seid«, flüsterte ich. »Ich wollte hier nicht ganz alleine sein.«

Die meisten Studenten hatten ihre Eltern mitgebracht, die strahlend vor Stolz mit ihnen vor den Schaukästen standen. Plötzlich bedauerte ich, dass Mum nicht auch gekommen war, aber Nat und Hannah waren ja bei mir. Die Ausstellung sollte das Image des Departments für Kunst und Design verbessern und die Lokalzeitung war eingeladen worden, ein Feature darüber zu schreiben. Weder Nat noch Hannah waren auch nur im Ansatz kreativ; sie machten daher einen solchen Wirbel um meine Entwürfe, als seien die einzigartig auf der Welt. Sie traten an meinen Schaukasten heran und bestaunten meine Stickereien und Applikationen und den Stoff, den ich per Hand mit einem Blattdesign bedruckt hatte. Ich sah Merlin, der alle Umstehenden um gut zwei Köpfe überragte, und wartete auf eine Gelegenheit, um zu ihm hinübergehen und mit ihm sprechen zu können.

Und dann schien sich alles wie in Zeitlupe abzuspielen. Merlins Mum kam durch die Glastür, die Hand schützend um die Schultern eines Mädchens gelegt. Ich sah sie nur von hinten, aber mir fiel sofort der bewundernde Ausdruck auf Merlins Gesicht auf und mir wurde schlecht vor Eifersucht. Zu gerne wäre ich selbstbewusst zu ihnen hinübergegangen, hätte mich zwischen sie gestellt, doch etwas hielt mich davon ab und ich blieb wie angewurzelt stehen und beobachtete sie. Die Haare des Mädchens waren glatt und hatten beinahe den gleichen Rotton wie meine und sie trug einen Knautschsamtmantel, der meinem, einem Original, das ich selber entworfen und genäht hatte, ähnelte. Stilmäßig waren beide Mäntel nahezu identisch, bis hin zu dem handbestickten Saum. Ich hörte nichts von dem, was die Leute zu mir sagten, bis jemand mit der Hand vor meinem Gesicht herumwedelte.

»Tut mir leid, ich war mit meinen Gedanken ganz woanders.«

»Sobald sie Merlin sieht, schwebt sie in anderen Sphären«, scherzte Nat.

Ich versuchte, mich ganz normal zu geben. »Das stimmt doch gar nicht. Kein Typ wird es je schaffen, sich zwischen uns zu drängen … oder?«

»Es haben sich viele Leute positiv über deine Arbeiten geäußert«, versicherte mir Hannah. »Eine Frau meinte sogar, dass sie so kunstvolle Stickereiarbeiten seit ihrer Kindheit nicht mehr gesehen hat.«

»Wirklich? Ist wahrscheinlich ein Kompliment, vor allem, wenn sie etwa hundert war.«

»Junge Damen verstanden sich zu jener Zeit aufs Sticken«, spöttelte Nat. »Sie konnten auch Pianoforte spielen und mit Büchern auf dem Kopf und raschelnden Petticoats gehen …«

Das Mädchen flirtete jetzt schon mit Merlin – ganz ohne Frage. Machte sich regelrecht an ihre Beute heran, wie sie da so mit ihren glänzenden Haaren spielte. Verdammt. Gerade hatte ich Nat und Hannah noch erzählt, dass sie mir immer wichtiger sein würden als jeder Mann, aber Merlin wurde nun einmal gerade bei lebendigem Leibe aufgefressen. Ich musste etwas unternehmen.

»Ich sollte jetzt mal zu Merlin rübergehen und ihm Hallo sagen. Danke für eure moralische Unterstützung.«

Hannah verdrehte die Augen. »Heißt das, du servierst uns jetzt ab?«

»Natürlich nicht ... es ist nur, dass ich ihm versprochen habe ...«

Nat drückte liebevoll meinen Arm. »Wahrer Liebe würden wir niemals im Wege stehen wollen ... geh nur zu ihm.«

Sie schubsten mich in Merlins Richtung und ich betete insgeheim, dass er mich nicht in Verlegenheit bringen würde. Wir waren ja noch immer in der heiklen Phase, in der man sich der Reaktion des anderen nicht sicher ist. Doch meine Gebete wurden erhört. Er sah mich schon, bevor ich bei ihm angekommen war, streckte die Arme nach mir aus und hüllte mich in eine Umarmung, die mir schier den Atem nahm und alles sagte: Hierher gehöre ich und Merlin ist *mein* Freund. Er strich mit der Hand leicht über meine Wange und küsste mich vor allen Leuten. Ich stellte mich sogar auf die Zehenspitzen und flüsterte ihm etwas ins Ohr, was ziemlich peinlich war, aber ich konnte es nicht ändern. Ich musste mich gar nicht umdrehen, um den Gesichtsausdruck des Mädchens zu sehen, ich spürte auch so, wie ihre Augen mich versengten, ja, es fühlte sich an, als lösten sie einen stechenden Schmerz zwischen meinen Schulterblättern aus.

Ganz bewusst kehrte ich ihr weiter den Rücken zu, griff gleichzeitig nach Merlins Hand und warf ihm heimlich einen Blick zu, der sagen sollte: ›Lass uns allein woanders hingehen.‹ Er verstand den Wink und entschuldigte sich bei den anderen. Wir waren noch nicht zur Tür hinaus, da schlug er sich an die Stirn, als ob er etwas vergessen hätte, und machte auf dem glatten Boden eine Kehrtwende.

»Katy, ich bin so unhöflich, ich habe ganz vergessen, dich vorzustellen. Das ist Genevieve Paradis, Mums neuster Schützling. Sie geht ab nächster Woche zu uns aufs College.«

In meinem Kopf rauschte das Blut und mir war, als sei draußen vor dem Ausstellungsgebäude ein Zug vorbeigesaust.

Das Mädchen mit den grünen Augen.

Ihre Stimme hallte in dem gesamten Ausstellungssaal wider, prallte an der gewölbten Decke ab und bohrte sich in mein Herz hinein.

Kapitel 6

Merlin konnte mich gerade noch festhalten, sonst wären mir vielleicht die Beine weggesackt. Ich holte tief Luft, lächelte mit finsterer Miene und tat so, als hätte ich nur Spaß gemacht; dabei ärgerte ich mich, dass dieses Mädchen eine solche Wirkung auf mich hatte.

Ich streckte ihr eine Hand entgegen. »Hi, wir sind uns ja schon mal begegnet.«

Sie wandte sich zu mir, machte große Augen und sagte: »Ach ja?«

»Ja, auf dem Kunsthandwerkermarkt. Der Anhänger ... weißt du nicht mehr?«

»Na klar, *die* Katy!«

»Allerdings hast du neulich noch ein wenig anders ausgesehen«, konnte ich mir nicht verkneifen zu betonen.

»Ach wirklich?«

Sie schenkte mir ein warmes Lächeln, aber aus irgendeinem Grund löste es kein gutes Gefühl bei mir aus. »Deine Haare hatten eine ganz andere Farbe, da bin ich mir sicher.«

Der dunkle Haarton hatte ihre Haut auf nicht sehr attraktive Weise weiß erscheinen lassen, während sie jetzt geradezu entnervend frisch – Typ Bauernmädchen – wirkte. Verglichen damit sah meine Haut matt und völlig leblos aus. Gleiches galt auch für den Mantel; ihrer betonte jede Kurve ihres Körpers und ließ den meinen altbacken und schlecht sitzend aussehen.

»Das ist meine natürliche Farbe«, antwortete sie, fuhr sich durchs Haar und runzelte bescheiden die Stirn. »Ich hatte keine Lust mehr, es andauernd zu färben, aber ich mag es auch nicht, wenn man immer gleich aussieht.«

»Veränderungen sind okay«, bemerkte ich gereizt, »ich persönlich bleibe allerdings gern bei meinem eigenen originellen Stil.«

»Nichts ist durch und durch originell«, schlug sie zurück. »Mode, Literatur, Kunst ... alles hat es schon einmal gegeben. Wenn du dir meinen Schaukasten da drüben ansiehst, kann ich dir genau sagen, welche Künstler und Designer mich beeinflusst haben.«

Ich schaffte es nicht, meinen Ärger zu verbergen. »Es ist natürlich ein großer Unterschied, ob man sich beeinflussen lässt oder jemanden vollständig imitiert.«

»Aber Katy«, sagte sie mit süßlicher Stimme, »die Imitation ist doch die ehrlichste Form der Bewunderung.«

Dieses Pingpongspiel zwischen uns begann mich zu ermüden. Ich musste dringend weg von ihr.

»Entschuldige, aber Merlin und ich wollen noch woandershin. Es war nett, dich wiederzusehen ... Genevieve.«

Ich machte mir nicht mal mehr die Mühe, auf ihre Schlussbemerkung zu reagieren, die geradezu unheilvoll klang. »Ich hoffe, wir sehen uns bald öfter, Katy.«

Merlin und ich gingen eine Weile schweigend nebeneinanderher, doch es war ein seltsames, unbehagliches Schweigen.

»Du bist so still«, bemerkte er.

»Ich bin nur müde.«

Er küsste mich auf den Kopf. »Hoffentlich nicht von meiner Anwesenheit?«

»Natürlich nicht.«

Wir setzten uns in eine kleine Hütte im Stadtpark. Merlins Haare sahen im peitschenden Regen noch besser aus als sonst, er selbst wie ein windzerzauster Leonardo DiCaprio, aber meine Haare ähnelten allmählich dem Brombeerbusch vor uns. Ich versuchte, sie mit den Fingern zu bändigen, scheiterte jedoch kläglich. Auf seinen Jeans waren Farbspritzer und die Risse darin nicht künstlich. Er sah aus wie ein Bohèmekünstler aus einem anderen Jahrhundert und jedes Mal, wenn ich die Augen schloss, erschien mir – wie in einem fürchterlichen Albtraum – Genevieve, die auf seinem zerschlissenen Sofa lag und sich darin aalte, von ihm gemalt zu werden.

Dich malt er, versuchte ich mir zu vergegenwärtigen.

Ich hatte den Kopf auf Merlins Schulter gelegt und überlegte, wie ich das gefürchtete Thema anschneiden sollte. Es gab keine andere Möglichkeit, als direkt ins kalte Wasser zu springen. »Und … woher kennt deine Mutter Genevieve?«

»Das ist eine wirklich tragische Geschichte«, fing er leise an zu erzählen und ich musste mir auf die Zunge beißen, um keine sarkastische Bemerkung von mir zu geben. »Sie war erst sieben Jahre alt, da kamen ihre Eltern am Weihnachtsabend bei einem Autounfall ums Leben. Mit ihren Adoptiveltern hat sie sich wohl nicht verstanden und deshalb wurde sie seit dieser Zeit von einem Kinderheim zum anderen geschoben.«

»Wie furchtbar«, murmelte ich, weil Merlin eine Pause machte, als erwarte er eine Reaktion von mir. Seine Stimme klang jetzt noch betroffener. »Schließlich kam es so weit, dass sie eine Zeit lang draußen im Freien schlafen musste, bis eine von Mums Freundinnen eingesprungen ist und sie bei sich in Pflege genommen hat.«

»Und wo wohnen die?«

»In einer umgebauten Scheune, nicht weit von uns ... in der Nähe der Ställe.«

»Hm ... kenne ich. Ist Genevieve nicht ein bisschen zu alt für eine Pflegefamilie?«

»Ja, sie ist schon sechzehn«, erwiderte Merlin, »aber es soll ihr die Übergangsphase erleichtern.«

»Und so hast du sie kennengelernt?«

»Ja, meine Mutter hat sämtliche Hebel in Bewegung gesetzt, um für sie einen Collegeplatz zu bekommen, weil sie nicht alle notwendigen Prüfungen nachweisen konnte.«

Ich setzte mich aufrecht hin. »Sie hat ihr geholfen, einen Collegeplatz zu bekommen? Wo wir so hart dafür arbeiten und obendrein noch gute Noten haben mussten!«

Merlins scharfer Tonfall überraschte mich. »Es ist ja nicht Genevieves Schuld, dass sie nie ein Zuhause gehabt hat. Sie konnte keine Schule länger als ein paar Wochen besuchen, deshalb hat meine Mutter sie dazu angeregt, eine Mappe zusammenzustellen und sie dem Collegevorstand vorzulegen. Und der hat übereinstimmend beschlossen, dass sie einen Platz im College verdient hat. Hast du ihre Arbeiten gesehen?«

Ich biss die Zähne so fest zusammen, dass es schon wehtat. »Nein, aber ich bin sicher, sie sind super.«

»Das Eigenartige ist … sie ist ein richtiges Multitalent … in Kunst, Modedesign, Textilien und Schmuck. Die meisten Leute kriegen ja nur eine Sache hin.«

»Schön für sie.«

»Ihre Arbeiten sind auch schon richtig durchgestaltet und keine tastenden Versuche. Und trotzdem … sie musste ihre Entwürfe auf der Straße verkaufen, wenn sie am gleichen Tag noch was essen wollte.«

Ich reagierte wie ein Roboter. »Verstehe.«

»Wenn man das alles über Genevieve weiß, dann wird einem erst klar, wie gut wir es haben.«

»Allerdings!«

»Erzähl das aber bitte nicht weiter, Katy. Sie möchte sicher nicht, dass das jeder weiß.«

»Nein, auf keinen Fall.«

Das Dach der Hütte hatte ein Loch und der Regen tropfte mir auf den Kopf und rann mir die Nase hinunter. Merlin merkte gar nicht, wie kurz angebunden meine Antworten ausfielen, so begeistert ließ er sich immer noch über Genevieve aus.

Er machte eine kurze Pause und ich zog die Nase hoch. »Du hast sie vorher nie erwähnt.«

»Mum hat sie ja auch erst kürzlich zu uns mitgebracht.«

»Letzte Woche, meinst du?«

Merlin warf mir einen seltsamen Blick zu. »Ja … Samstag, glaube ich.«

Was bedeutete, dass sie sich im Haus aufgehalten hatte, während er mich malte, und es gut möglich war, dass ich sie durch die Bäume gesehen hatte.

»Ist das denn wichtig?«

Ich wedelte lässig mit der Hand durch die Luft. »Ich war nur neugierig, wie lange sie schon zu euch kommt.«

»Noch nicht sehr lange. Aber ihr beide habt viel gemeinsam. Ich glaube, dass ihr Freundinnen werden könntet – enge Freundinnen sogar.«

Es war nicht seine Schuld, doch selbst Merlin schien von ihr verseucht zu sein. So kurze Zeit nur hatte er mir gehört, nur mir allein. Und schon spürte ich, wie er sich von mir davonstahl. Ich sah mich um. Kein Mensch war außer uns zu sehen, nicht mal ein einsamer Hundespaziergänger, der sich tapfer dem Regen ausgesetzt hätte. Ich vergrub mein Gesicht in Merlins Hals und ließ meine Zunge nach oben bis zu seinem Kinn gleiten. Seine Haut schmeckte nach Salz und einem Hauch von Schweiß. Ich ließ meine Beine über seine gleiten, bis ich auf seinem Schoß saß, und begann ihn zu küssen.

»Katy ... so warst du neulich aber nicht.«

Ich lachte. »Vielleicht fühle ich mich draußen ... ähm ...«

»Wilder«, ergänzte er, hielt mich auf Armeslänge von sich und betrachtete verblüfft mein Gesicht. »Ich hätte nie geglaubt, eines Tages bei lebendigem Leib auf einer Parkbank verschlungen zu werden.«

Merlin hielt meinen Kopf fest umklammert, während ich ihn in dem Versuch, auch noch die letzte Spur von Genevieve auszulöschen, weiter küsste. Ich knöpfte die ersten drei Knöpfe seines Hemds auf, lehnte mich mit der Wange an seine Brust und lauschte seinem Herzen.

»Es schlägt wie wild, Katy, hörst du's?«

»Meins dreht auch gerade durch.«

Zögernd schob sich Merlins Hand unter mein T-Shirt,

wie auf der Hut vor einer Reaktion von mir, bewegte sich langsam über meinen Bauch nach oben, bis sie sich schließlich auf mein Herz presste. Mir kam es vor, als rührten wir uns eine Ewigkeit lang nicht.

»Wäre es nicht schön, mal nur für uns zu sein?«, flüsterte er. »Irgendwo weit weg von hier?«

»Aber wo?«, sagte ich mit einem Seufzer.

»Wir könnten auf irgendeinem Campingplatz ein Zelt aufschlagen.«

»Das wäre wunderbar«, hauchte ich, überzeugt davon, dass er es nicht wirklich ernst meinte.

»Es könnte aber kalt werden.«

»Ich liebe die Kälte«, sagte ich und das war die Wahrheit. Ich war immer glücklich, wenn die Tage kürzer wurden und der Sommer dem Ende zuging.

»Was würdest du denn deiner Mutter sagen?«

Ich rückte von ihm ab. »Du meinst es also ernst?«

Merlin lächelte strahlend. »Warum denn nicht? Bei mir zu Hause kannst du dich nicht entspannen und dein Zuhause ist ja wohl tabu …«

Ich wollte ihm das volle Ausmaß von Mums Problemen nicht erzählen, da ich mir nicht sicher war, ob er Verständnis dafür haben würde. »Meine Mutter … klammert ein bisschen«, sagte ich schließlich. »Das könnte schwierig werden. Sie mag es ja nicht mal, wenn ich zu Pyjamapartys gehe und du … du bist ein Typ.«

»Das ist dir also aufgefallen«, frotzelte er. »Nur für eine Nacht, Katy. Ich würde so gern mit dir zusammen sehen, wie die Sonne aufgeht … die Sterne zählen … und mit dir aufwachen.«

Ich versuchte, ein Schaudern zu unterdrücken, und lächelte zuversichtlich. »Nichts ist unmöglich. Ich denke mal darüber nach und lasse mir was einfallen.«

»Aber willst du es denn auch wirklich?«, sagte er drängend.

»Natürlich will ich es.«

Es war ganz untypisch für mich, mich auf eine so riskante Sache einzulassen, doch ich war entschlossen, Merlin einmal ganz für mich allein zu haben, um seine ureigensten Gedanken erspüren zu können. Selbst wenn wir zusammen waren, fühlte ich mich manchmal ausgeschlossen und ich wusste, dass er sich dann an einen Ort in seinem Kopf zurückzog, den ich nicht mit ihm teilen konnte. Vielleicht würden wir uns einander mehr annähern, wenn wir einmal alleine zusammen waren, weit fort von allem Vertrauten. Wir gingen im Schneckentempo nach Hause, um jede Minute unseres Zusammenseins auszukosten, und ich bemühte mich, alle Erinnerungen an Genevieve auszulöschen. Wir küssten uns an der gleichen Stelle neben meinem Haus wie immer, aber sosehr ich mir auch einreden mochte, dass sich nichts verändert hatte … es entsprach doch nicht der Wahrheit. Merlin roch immer noch nach ihr.

Kapitel 7

Mum lag nicht mehr im Bett, als ich nach Hause kam, und hatte sogar etwas Farbe im Gesicht. Auch unser Haus strahlte plötzlich eine andere Atmosphäre aus – wärmer und beinahe gemütlich zur Abwechslung. Ich sah, dass sie sich Mühe gegeben hatte, und hätte mich eigentlich darüber freuen sollen, aber der Gedanke an Genevieve verdarb alles. Mum sah mich erwartungsvoll an.

»Es tut mir leid, dass ich nicht kommen konnte, Katy. Wie ist es denn gelaufen?«

»Gut«, log ich und erfand eine Ausrede, um nach oben gehen zu können.

Ich verzog mich in mein Zimmer, fest entschlossen, nicht zu heulen, und starrte in den Spiegel: Ich strich mein Haar glatt und zog die Wangen ein, um Genevieve zu ähneln. Doch wie immer sah ich entsetzlich normal aus. Hektisch riss ich meinen Schrank auf, streifte mir die Kleider vom Leib und zog wahllos T-Shirts, Kleider, Pullover und Hemden von den Bügeln. Ein Kleidungsstück nach dem anderen probierte ich an, kombinierte, übte verschiedenste Blicke und Posen ein. Es war lächerlich, aber ich versuchte tatsächlich, Genevieves Laisser-faire-Haltung, ihr gelangweiltes Lächeln und ihre lässige Art, sich zu bewegen, anzunehmen, weil mir soeben klar geworden war, dass mein Stil nicht im Entferntesten ausgefallen oder anti-mainstream war, sondern eher dem einer Pennerin glich. Verzweifelt schloss ich die Augen und wollte Genevieve aus meinem Kopf bannen, doch sie blieb dort haften, als wäre sie ein Echo meiner Netzhaut. Ich putzte mir die Nase, kämmte mich und ging wieder nach unten zu Mum. Sie war so selten gut drauf, dass ich ein schlechtes Gewissen hatte, weil ich sie allein gelassen hatte, und ich versuchte, so zu tun, als ob alles in bester Ordnung wäre.

»Und wie ist es heute wirklich gelaufen?«, fragte sie ganz ruhig. Mein Kummer muss direkt unter der Oberfläche gebrodelt haben, denn er entlud sich auf der Stelle, ohne dass ich darüber nachdachte. »Die Ausstellung war super, aber da ist ein neues Mädchen im College … die macht mich echt fertig.«

Mum gab ein ironisches Lachen von sich. »Das hab ich doch gewusst. Neid erkenne ich schon von Weitem und du bist eindeutig grün im Gesicht.«

»Mir geht es ganz genauso«, erzählte ich ihr verblüfft. »Ich sehe auch immer Farben, wenn ich den Leuten ins Gesicht blicke.«

Sie beugte sich zu mir hinüber und tätschelte meine Hand. »Ich meinte aber eher, dass ich sofort erkenne, wenn man einen Teenager vor den Kopf gestoßen hat. Das grünäugige Monster reckt seinen hässlichen Kopf.«

»Das grünäugige Monster?«

»Ein Zitat aus Shakespeares *Othello*. Dort vergleicht er die Eifersucht mit einem grünäugigen Monster.«

Luke zitierte auch immer Shakespeare, aber in der

gegenwärtigen Situation war ich nicht einmal in der Lage, Interesse zu heucheln. Ich verzog nur das Gesicht.

»Willst du über sie reden, Katy?«

Ich holte tief Luft. »Dieses Mädchen, Genevieve heißt sie, scheint überall zu sein, wo ich bin, sie verfolgt mich geradezu und jetzt kopiert sie mich auch noch. Heute habe ich erfahren, dass sie ein ganz schlimmes Leben hatte … erst hat man sie in ein Waisenheim gesteckt und irgendwann hat sie dann wohl in der freien Natur geschlafen. Aber ich empfinde nicht das geringste Mitleid mit ihr, es ist, als ob mein Herz versteinert worden wäre.«

»Das passt ja gar nicht zu dir«, sagte Mum stirnrunzelnd. »Oder ist da noch was anderes?«

Natürlich war doch noch was anderes – etwas, womit ich mich nicht konfrontieren wollte. Ich schluckte, schloss die Augen und zuckte vor Schmerz zusammen. »Ich glaube, sie versucht, mir Merlin wegzunehmen.«

Ich musste wieder schlucken. Das hatte ich eigentlich gar nicht sagen, hatte eigentlich nur vor mich hin murmeln wollen, dass Genevieve mit Merlin flirtete. Aber tatsächlich hatte ich Mum gerade meine allergrößte Angst gestanden, das Schlimmste, was ich mir vorstellen konnte.

Mum lachte etwas spöttisch. »Ihr Teenager seid immer gleich so dramatisch. Euch gefällt der gleiche Junge und schon denkt ihr, die Welt geht unter.«

»Es ist mehr als das«, sagte ich finster.

Mum kniete sich auf den Teppich zu meinen Füßen, um sich vor dem prasselnden Feuer zu wärmen, denn es wurde jetzt abends schon kalt. Ich hatte unser Kaminfeuer immer geliebt, aber es war uns meist zu viel Aufwand gewesen, es anzuzünden, und daher hatten wir oft nur einen hässlichen elektrischen Heizkörper eingeschaltet, sobald die Temperaturen fielen. Zum ersten Mal seit langer Zeit konnte ich wieder einmal tief in die Flammen hineinschauen und darin nach Formen suchen, so wie damals, als ich klein war. Doch selbst jetzt gelang es mir nicht, Genevieve zu entkommen – die flackernden Flammen erinnerten mich an ihr schönes rotes Haar.

»Wenn er wirklich so begeistert von dir ist, wird er dich auch nicht betrügen. Vertreib ihn bloß nicht mit deiner Eifersucht. Eifersucht ist ein Gift, das dich zerstört, nicht aber das andere Mädchen.«

Ich hörte Mum kaum zu. »Das Merkwürdige an der Sache ist … sie repräsentiert all das, was ich sein könnte, aber nicht bin.«

Mum rüttelte mich sanft am Arm. »Was meinst du denn damit?«

»Wir sind ungefähr gleich groß«, sagte ich mit finsterem Blick, »aber sie ist gertenschlank, wir haben den gleichen Hautton, aber ihre Haut schimmert geradezu unerträglich und auch unsere Haare haben die gleiche Farbe, nur dass ihre wunderschön seidig glänzen …«

»Du bist auf deine Art schön, Katy, und die Leute mögen dich so, wie du bist.«

»Ich will eigentlich nur, dass alles so bleibt, wie es war«, antwortete ich wehmütig.

Ich wollte nicht hinzufügen, dass ich Jahre gebraucht hatte, um meinen Platz im Leben zu finden. Ich war immer eine Außenseiterin gewesen, doch während meines letzten Schuljahrs waren Nat, Hannah und ich uns nähergekommen und jetzt war – kaum zu fassen – auch noch Merlin in mein Leben getreten. Tief in mir aber hatte ich immer die Befürchtung, dass all das zu schön war, um wahr zu sein.

Mum war mit ihrem Sermon noch nicht am Ende.

»Du wirst immer auf Menschen treffen, mit denen du nicht klarkommst; betrachte das Ganze doch als eine der kleinen Lektionen, die das Leben uns erteilt.«

»Das will ich aber nicht«, sagte ich schmollend. »Ich will, dass sie mich in Ruhe lässt und wieder von hier verschwindet … am besten ans andere Ende der Welt.«

Jetzt riss Mum der Geduldsfaden. »Katy!«, schimpfte sie. »Du hast immer so viel Mitgefühl für andere gehabt, und ganz besonders für die, die nicht so priviligiert waren wie du. Ich glaube langsam, du bist diejenige, die ein Problem hat, und nicht diese Genevieve.«

Einen Moment lang saß ich ganz ruhig da, um diese unangenehme Anschuldigung zu verdauen. Hatte Mum recht? Eigentlich hatte Genevieve nichts weiter getan, als mir einen schönen Anhänger zu überlassen, für den sie Geld von mir hätte verlangen können. Sie hatte keine Familie und Zustände ertragen müssen, die ich mir nicht einmal vorstellen konnte. Ich schämte mich, als mir klar wurde, wie eifer- und rachsüchtig ich Mum vorkommen musste.

»Das ist doch wirklich nicht typisch für dich«, fügte Mum noch hinzu, etwas milder diesmal. »Wenn deine Freundschaft mit Merlin dich in ein Mädchen verwandelt, das sich von einem empfindsamen Teenager verfolgt fühlt … dann ist er vielleicht auch nicht der Richtige für dich.«

»Der Richtige ist er schon für mich, aber …«

Ich biss mir auf die Zunge, weil ich nicht noch einmal damit anfangen wollte, Mum vorzujammern, dass Genevieve mit Merlin flirtete. Wahrscheinlich bildete ich mir auch das nur ein. Und Mum hatte recht. Dieser Mangel an Mitgefühl war völlig untypisch für mich, passte gar nicht zu mir.

»Du musst Merlin vertrauen, Katy. Man darf die Menschen, die man liebt, nicht einsperren.«

In diesem Augenblick schien Mum vor meinen Augen in sich zusammenzusacken. Ich legte die Arme um sie und spürte, wie meine Wange nass von ihren Tränen wurde.

»Es tut mir leid«, entschuldigte sie sich, »ich weiß nicht, was da gerade über mich gekommen ist.«

Sie zog mich noch näher an sich und ich fühlte mich so eingeengt, als ob ich nicht mehr atmen könnte.

»Wenn ich mir vorstelle, dass ich dich jemals verlieren könnte, Katy … es würde mir das Herz brechen.«

»Warum solltest du mich denn verlieren?«, fragte ich verwundert.

Sie lächelte matt und versuchte, sich zusammenzunehmen. »Manchmal ereignen sich Dinge … rein zufallsbedingt … die alles verändern.«

»Aber meine Mum wirst du trotzdem immer bleiben«, lachte ich.

Mit gequältem Gesichtsausdruck fuhr Mum sich durch ihr schlaffes Haar. »Ich wollte nicht, dass sich die Dinge so entwickeln«, sagte sie schließlich. »Ich wollte die beste Mutter der Welt werden, wollte immer für dich da sein und dich beschützen.«

Ich versuchte, sie zu beruhigen. »Du bist die beste Mutter … ehrlich.«

Mit stockender Stimme sagte sie: »Du hättest ein schöneres Leben verdient … mit viel Spaß und Lachen, mit neuen Erfahrungen und Reisen. Ohne belastet zu sein von mir, die ich in diesem Haus gefangen bin.«

Einen Moment lang sah ich flüchtig eine andere Frau vor mir, eine, an die ich mich kaum erinnern konnte, die voller Leben war. Ich wusste nicht mehr, wann sich das geändert hatte, weil Mum sich schon sehr lange in ihrem jetzigen Zustand befand. Doch ich konnte die Gelegenheit nicht einfach so vorüberziehen lassen. Wir hatten so selten ein vertrauliches Gespräch miteinander, dass sich möglicherweise jetzt die Chance bot, auf die ich gewartet hatte.

»Die Ärzte sagen ja, dass nur du selbst etwas an deinem Zustand ändern kannst. Es gibt durchaus Hilfe für dich, du musst sie nur annehmen.«

Mum sprach so leise, dass ich mich mit meinem Ohr zu ihrem Mund hinbeugen musste. »Ich habe mich sehr darum bemüht, aber irgendetwas hält mich zurück … eine dunkle Wolke, die über mir schwebt.«

»Was für eine Wolke?«

Sie schüttelte bedauernd den Kopf. »Erinnerungen vermutlich …«

»Vielleicht … erscheinen sie dir nicht so schlimm, wenn du sie mit jemandem teilst …«

Sie schloss die Augen und ließ sich in ihren Sessel zurückfallen. »Eines Tages erzähle ich dir davon und ich weiß, dass du mich dann verstehen wirst … aber jetzt noch nicht.«

Ich war enttäuscht, versuchte jedoch, mir nichts anmerken zu lassen. Immer wieder öffnete sich ein kleines Fenster, aber ebenso schnell schloss es sich auch.

»Ich werde mir einen Ruck geben, Katy. Ich gehe wieder zum Arzt und werde seinen Rat befolgen … versprochen.«

»Das ist doch schon einmal ein Anfang«, antwortete ich nüchtern.

»Komm, lass uns ein paar Muffins toasten«, schlug Mum mir etwas zu fröhlich vor.

Ich nickte und bemühte mich, eine begeisterte Miene aufzusetzen. Gemma, unsere Katze, die die Farbe von Orangenmarmelade hatte, schlief in ihrem Korb und ich ging zu ihr hinüber, um sie zu streicheln. Die Krallen ihrer Vorderpfoten berührten ganz leicht meine Hand und zogen sich dann wieder zurück. Ich wusste, was das bedeutete – Gemma gab mir zu verstehen, dass sie der Boss war und dass sie mich ohne jeden Skrupel kratzen würde, wenn ihr danach war, da sie kein Gewissen hatte. Verächtlich öffnete sie die schönen glänzenden Augen, sah mich zornig an und schloss sie wieder. Ich musste mich zwingen, nicht an ein anderes Paar grüne Augen zu denken, das ebenso irritierend war.

Mum kam mit dem Muffinpaket aus der Küche und spießte einen mit einer uralten Toastgabel auf. Bald schon erfüllte ein wunderbarer Duft den Raum. Ich fühlte mich Mum jetzt etwas näher, trotzdem war ich leicht frustriert. Sie hatte Ängste, Bedauern und schwarze Wolken angedeutet, die sie belasteten, mir aber nicht gesagt, aus welchem Grund. Ein Teil von mir hatte immer Angst, dass ihre Depression genetisch war und auch ich irgendwann die

Welt mit ihren Augen sehen würde. In einem Punkt hatte sie allerdings recht – ich musste Merlin vertrauen und mich in Sachen Genevieve entspannen. Merlin fand, dass wir vieles gemeinsam hatten, und vielleicht stimmte das ja. Mum plapperte vor sich hin, während wir aßen und uns die warme Butter übers Kinn lief, und ich fragte mich, was wohl in der Vergangenheit geschehen sein mochte, das sie vom Leben abgebracht hatte.

Der Traum suchte mich immer wieder heim – mit teils mir schon vertrauten, teils veränderten Elementen. In dieser Nacht war ich gezwungen, die ins Unendliche führenden Stufen zu erklimmen, aber als ich schließlich oben ankam, war Genevieve nicht da, ich hielt verzweifelt nach ihr Ausschau und überlegte, wo sie sich versteckt haben könnte. Langsam schob ich mich näher an den Frisiertisch heran und sah im Spiegel ihr Gesicht, in dem ihre Augen stark vergrößert schienen. Sie winkte mir zu und ich konnte nicht widerstehen. Als ich mit meinen Fingern das Spiegelglas berührte, erschienen darauf kreisförmige Wellen, breiteten sich aus und ich wurde in einen tiefen dunklen Teich hineingezogen. Ich schrie und flehte Genevieve an, mir zu helfen, aber sie beobachtete mich nur, als sei sie fasziniert vom Grauen, und erst, als die letzte Blase aus meinem Mund wich, erschien ein Lächeln auf ihrem Gesicht.

Kapitel 8

Vorsatz Nummer 1: Genevieve hatte eine Chance verdient und ich konnte es mir leisten, großzügig zu sein.

Vorsatz Nummer 2: Ich würde darauf achten, meine Eifersucht im Zaum zu halten.

Vorsatz Nummer 3: Merlin war außergewöhnlich und nichts konnte daran etwas ändern.

So dachte ich, als ich am Montagmorgen entschlossenen Schrittes zum College ging. Eifersucht war in der Tat eine destruktive Emotion, über die ich hinauswachsen musste. Ich ging schneller, weil ich Nat und Hannah bei der Fußgängerüberquerung an der Ecke der Hauptstraße warten sah. Der Wind war ziemlich stürmisch und Hannah hielt krampfhaft ihren Glockenrock fest, was mich zum Lachen brachte. Ich grinste Nat zu, gefasst auf ihre stichelnden Kommentare über Merlin, aber sie schien gerade aus keinerlei ersichtlichem Grund einen Betonpfeiler zu betrachten und konnte mir kaum in die Augen sehen. Als sie es dann doch tat, lag ein kleinlauter Ausdruck auf ihrem Gesicht.

»Da ist was, das du wissen solltest …«

Ich spürte, dass etwas nicht in Ordnung war, und wartete, bis sie damit herausrückte.

»Wir … hatten es echt nicht vor«, stammelte sie, »aber als

du und Merlin gegangen wart, kam sie zu uns herüber und fing an, sich mit uns zu unterhalten. Und irgendwann haben wir ihr dann das ganze College gezeigt.«

Hannah mischte sich jetzt auch ein. »Es war komisch. Wir kamen einfach nicht los von ihr und sie wiederholte immer wieder, wie furchtbar es für sie ist, hier niemanden zu kennen und keinen zu haben, mit dem sie zum Lunch gehen kann.«

Die Frage, von wem die Rede war, erübrigte sich, es war zu offensichtlich. »Dann hat Genevieve sich also selbst zum Mittagessen mit uns eingeladen?«

Nat räusperte sich nervös. »Sie fand dich wohl … etwas abweisend und fragt sich nun, ob sie irgendetwas falsch gemacht hat. Das würde sie gerne aus der Welt schaffen.«

Ich legte eine Hand auf meine Stirn, weil sich direkt zwischen den Augen Kopfschmerzen breitmachten. Genevieve hatte natürlich recht. Ich hatte mich nicht gerade so verhalten, dass sie sich wohlfühlte, und sie hatte zweifellos meine feindselige Körperhaltung wahrgenommen.

»Was hast du eigentlich zu ihr gesagt?«, fragte Hannah sanft.

Ich ging auf und ab, wobei meine Schuhe ein unheimliches dumpfes Geräusch machten. »Ich habe mich etwas … über ihr Aussehen geärgert«, gab ich schließlich zu. »Ist euch nicht aufgefallen, wie sehr sie sich verändert hat?«

Hannah zuckte mit den Schultern. »Irgendwie schon, ja. Aber wenn auch. Jeder verändert doch sein Äußeres von Zeit zu Zeit mal und …«

»Sie trägt *meinen* Mantel«, unterbrach ich sie. »Den Mantel, den ich selbst entworfen und mit der Hand genäht und bestickt habe.«

»Katy«, antwortete Nat bedächtig, »Genevieve ist doch erst vor ein paar Wochen in die Stadt gekommen. Sie kann deinen Mantel in so kurzer Zeit gar nicht kopiert haben.«

Ich war wie vor den Kopf geschlagen, weil Nat recht hatte. Die ganzen Sommerferien hatte ich dazu gebraucht, um den Mantel zu nähen. Niemand hätte ihn so schnell nachnähen können. Ich sah von einem Gesicht zum andern und fühlte mich beschämt. Ich musste den beiden beweisen, dass ich kein Problem mit Genevieve hatte, und versuchte, ruhig zu atmen und mich unbekümmert und vernünftig zu geben.

»Hört zu, ich werde euch beweisen, dass ich nichts gegen Genevieve habe. Sie soll ruhig mit uns zum Lunch gehen und dann zeige ich ihr, dass sie hier willkommen ist.«

Hannahs Gesicht strahlte vor Erleichterung. »Du wirst sowieso deine Meinung ändern, wenn du dich erst mal länger mit ihr unterhältst. Sie ist wirklich okay.«

»Wenn man bedenkt, was sie durchgemacht hat«, fügte Hannah teilnahmsvoll hinzu.

Da hatte Genevieve den beiden also ebenfalls ihre Lebensgeschichte erzählt. Weit davon entfernt, ihre tragische Vergangenheit als Geheimnis zu hüten, wollte sie offensichtlich, dass alle davon erfuhren. Ich bemühte mich um einen ganz normalen Tonfall, aber mein Mund fühlte sich an, als steckten in ihm saure Zitronen. »Ich kenne die herzergreifende Geschichte von Annie, dem Waisenkind, bereits ... die hat sie Merlin und mittlerweile sicher auch dem ganzen College schon erzählt.«

Ich erntete erstauntes Schweigen mit meiner Bemerkung. Nat gelang es schließlich mit krächzender Stimme hervorzubringen: »Katy … du klingst so gehässig.«

Ich wurde rot. »Es tut mir leid, ich will wirklich nicht gemein sein, aber … aber sie scheint das Schlimmste aus mir hervorzulocken.«

Das war ein fürchterliches Eingeständnis und ich war durch und durch beschämt – zum zweiten Mal schon heute. Ich lächelte kraftlos. »Noch mal, es tut mir leid. Lasst uns wegen Genevieve nicht aneinandergeraten. Ihr wisst doch, wir sind die drei Musketiere.«

Wir brachen alle in unseren jeweiligen Unterricht auf und ich tat so, als hätte ich nicht gehört, wie Hannah mit ruhiger Stimme darauf hinwies: »Eigentlich waren es ja vier.«

Genevieve zu entkommen war etwa so, wie wenn man vor einem Flächenbrand zu fliehen versuchte. Sie traf – ein einziger Farb- und Energiewirbel – atemlos in der Klasse ein, als der Unterricht schon längst im Gange war, und erntete dafür nichts weiter als ein liebenswürdiges Lächeln unserer sonst so strengen Englischlehrerin. Ich war erleichtert, als sie sich auf die andere Seite des Klassenzimmers setzte, doch in welche Richtung ich mich auch wandte, immer befand sie sich in meinem Blickfeld. Ich lechzte nach Ruhe, um den Kopfschmerz, der hinter meinem linken Auge pulsierte, zu lindern, aber Genevieve bot sich freiwillig an, auf beinahe jede Frage von Mrs Hudson in einer so irritierend lässigen Art und Weise zu antworten, dass ihr die nach kürzester Zeit schon aus der Hand fraß. Genevieves Stimme ging mir auf die Nerven. Und schon bald schimmerte die grausame Wahrheit durch, dass Genevieve nicht nur hübscher, kontaktfreudiger und selbstbewusster als ich war, sondern mir auch in allen Fächern, die ich liebte, um Längen voraus. Mir wurde schlecht. Nach zwanzig Minuten sah ich nur noch verschwommen und in meinem Kopf explodierten zuckende Lichter. Zitternd stand ich auf, murmelte eine Entschuldigung und ging auf die Damentoilette.

Nachdem ich mich über das Waschbecken gebeugt und mein Gesicht mit kaltem Wasser bespritzt hatte, fühlte ich mich schon etwas besser. Mein Magen war leer, sein Inhalt bereits herausgewürgt. Als ich mich aufrichtete, schrie ich vor Schreck beinahe auf, denn Genevieve stand direkt hinter mir und wie in einem schlechten Horrorfilm sah ich ihr Gesicht im Spiegel vor mir. Ich ließ meine Tasche auf den harten Boden fallen und ihr gesamter Inhalt ergoss sich über ihn, aber ich wagte nicht, mich danach zu bücken, weil ich Angst hatte, dass es die Übelkeit verstärken könne. So blieb es Genevieve überlassen, sich hinzuhocken und alles wieder einzusammeln.

»Entschuldige, ich wollte dich nicht erschrecken, Katy. Aber Mrs Hudson hat sich Sorgen um dich gemacht.«

»Ich bin okay«, murmelte ich. »Ich habe nur Kopfweh und mir ist schwindlig …«

»Ist dir auch schlecht? Und deine Augen tun weh?«

»Ja«, grunzte ich.

»Dann ist es Migräne. Habe ich auch manchmal. Das beste Mittel dagegen ist, sich mit einem Eisbeutel in einen abgedunkelten Raum zu legen.«

Von einer weiteren Übelkeitswelle erfasst krümmte ich mich, doch mein Magen war leer.

»Du solltest nach Hause gehen«, sagte Genevieve, tätschelte meine Schulter und zupfte mir ein paar verirrte Haare von der Strickjacke. »Ich werde Mrs Hudson sagen, was passiert ist.«

Sie legte einen Arm um meine Taille, half mir zur Tür und fragte, ob sie mir ein Taxi rufen solle. Ich kniff die Augen zusammen vor lauter Schuldgefühlen, weil sie so nett zu mir war.

»Es geht schon wieder«, versicherte ich ihr, hatte aber plötzlich Pudding in den Beinen und musste mich setzen.

Sie half mir zum nächsten Stuhl, der vor dem Sekretariat stand, und ging dann hinein, um das Taxi zu bestellen.

»Ich warte lieber hier mit dir, falls du in Ohnmacht fällst«, sagte sie danach sehr bestimmt.

»Nett von dir, dass du dich um mich kümmerst«, antwortete ich dankbar.

»Ist schon okay.«

Ich beschloss, reinen Tisch zu machen. »Es tut mir leid, wenn ich dir das Gefühl gegeben habe sollte, nicht willkommen bei uns zu sein. Merlin findet ja, wir beide haben viel gemeinsam …«

Sie wandte sich mir zu und wieder überraschte mich die Farbe ihrer Augen, deren Pupillen auf den jeweiligen Lichteinfall zu reagieren schienen und von leuchtenden Kugeln zu winzigen Schlitzen werden konnten. Der Ausdruck in ihrem Gesicht war von entwaffnender Gelassenheit und ihre Stimme klang beinahe schon beruhigend. »Das ist ja unter anderem das Problem, Katy … dass wir uns ähnlich sind.«

»So?«

»Natürlich. Es ist einfach nicht genügend Platz da.«

»Wofür?«

»Es ist nicht genügend Platz da für uns beide, das musst du doch auch sehen. Und ich will bleiben.«

Die Situation war surreal. Genevieve sagte die schlimmsten Dinge zu mir, aber das Lächeln der Grinsekatze wich dabei nicht aus ihrem Gesicht.

Mir wurde wieder übel. »Ich weiß nicht, was du meinst, aber ich habe keine Lust auf solche Spielchen. Sag Nat und Hannah, was passiert ist und warum ich nicht zum Lunch kommen konnte.«

»Die beiden sind ja nicht mal deine richtigen Freundinnen … du bist nichts weiter als ein Anhängsel für sie … du wirst mit andern nie ganz warm … langweilig und vernünftig wie du bist, Katy. Du könntest deine Flügel ausbreiten und fliegen, aber du weißt nicht, wie …«

»Was zum …«

Ihr Tonfall hatte sich abrupt geändert und ich war schockiert über die Bösartigkeit, die aus ihm herausklang. »Ich bin all das, was du nicht bist, und werde Besitz von deinem Leben ergreifen …«

Ich erhob mich, als draußen ein Auto hupte, und stürzte auf das Taxi zu. Da spürte ich, wie sich hinter mir etwas bewegte, schlug wild um mich, kam mit etwas Weichem in Berührung und hörte, wie jemand vor Schmerz aufschrie. Nur einmal schaute ich noch zurück, als sich das Taxi in Bewegung setzte, und sah die entsetzten Gesichter von Nat und Hannah, die die weinende Genevieve trösteten.

Kapitel 9

Luke stieg gerade aus seinem Auto, als das Taxi losfuhr, aber ich versuchte, mich ungesehen in unser Haus zu verdrücken.

»Kat hat's die Sprache verschlagen«, rief er zu mir hinüber.

Die Muskeln in meinem Gesicht weigerten sich, sich zu einem Lächeln zu bequemen. Ich war überhaupt nicht darauf gefasst, doch Luke sah mich so mitleidig an, dass ich sofort in Tränen ausbrach und bald vor lauter Schluchzen am ganzen Körper zitterte. Im Handumdrehen saß ich an dem großen Eichentisch in Lukes Küche und starrte in eine Tasse mit heißem Tee.

»Ich halte dich doch nur von der Arbeit ab«, sagte ich weinerlich.

Luke warf einen Blick auf sein Handy. »Ich muss erst in zwei Stunden bei Gericht sein, hab also noch Zeit… Jetzt erzähl mir, was passiert ist, du siehst ja furchtbar aus.«

»Ich bin nur wegen meiner Migräne aus dem College nach Hause geschickt worden, nichts weiter.«

»Kat Rivers, du warst schon immer eine entsetzlich schlechte Lügnerin. Sag mir die Wahrheit. Wenn es mit diesem Freund von dir zusammenhängt, dann werde ich …«

»Mit ihm hat es gar nichts zu tun«, beteuerte ich und zuckte zusammen, weil der Tee so süß war. »Ich habe lediglich Probleme mit einem Mädchen im College.«

»Schieß los.«

Luke war ein geduldiger Zuhörer. Ich erzählte ihm, was geschehen war, und kein einziges Mal unterbrach er mich oder verteidigte Genevieve, so wie Mum es getan hatte, indem er mich vor grünäugigen Monstern warnte oder mir genauso viel Schuld zusprach wie ihr. Ich merkte, dass er mir glaubte, und schloss dankbar die Augen. Es war keine große Sache, aber für mich bedeutete es die Welt.

»Glaubst du, dass es Menschen gibt, die Einfluss darauf nehmen können, ob anderen etwas zustößt?«, begann ich zögernd. »Etwas Schlimmes … meine ich.«

Luke verzog die Mundwinkel. »Ich glaube schon, dass jemandem, der empfänglich dafür ist und der glaubt, dass er … verflucht wurde … ein schlimmes Ereignis wie eine sich selbst bewahrheitende Prophezeiung erscheinen kann. Aber nur, weil sein Verstand davon ausgeht.«

»Sie hat mir einen Glasanhänger geschenkt«, sagte ich vorsichtig, weil ich ihm erst mal auf den Zahn fühlen wollte. »Und der macht mir richtig Angst. Er ändert seine Farbe und … fängt ganz plötzlich an zu glühen.«

»So eine Art Lightcatcher also?«

»Vielleicht«, antwortete ich ungläubig.

Luke schüttelte verzweifelt den Kopf . »Deine Besessenheit von allem, was auch nur entfernt mit Magie zu tun hat, werde ich wohl niemals heilen können, oder? Seit du sechs warst, musste ich Jahr für Jahr an Halloween mit dir zum ›Süßes-oder-Saures‹-Rufen um die Häuser ziehen … und deinen Hexenbesen für dich tragen!«

Ich lachte und heulte gleichzeitig und meine Nase lief ganz fürchterlich. Luke reichte mir ein Papiertaschentuch.

»Mir jagst du jedenfalls keine Angst ein«, scherzte er. »Du kannst mich gern mit einem Fluch belegen und die Milch sauer werden oder mich über deine Katze stolpern lassen.«

»Genevieve ist doch die Spezialistin für Flüche«, sagte ich schniefend. »Seit sie aufgetaucht ist, läuft in meinem Leben alles schief. In meiner Tasche sind aus heiterem Himmel und auf rätselhafte Weise Zigaretten aufgetaucht und Mum denkt jetzt natürlich, ich würde heimlich rauchen und schuld daran sei Merlin. Danach hatten Merlin und ich unsere erste kleine Auseinandersetzung, weil ich mit Genevieve, die ein tragisches Schicksal hinter sich hat, nicht mitfühlend genug war, und jetzt finden Hannah und Nat auch noch, dass ich boshaft, unversöhnlich und eifersüchtig auf die … arme, arme Genevieve bin.«

Luke machte eine kreisförmige Bewegung mit seinem Arm, als ob er in seinem Hexenkessel rühren würde, und gab versuchsweise ein scheußlich meckerndes Lachen von sich.

Ich verzog keine Miene. »Sehr witzig. Ich hätte auf meinen ersten Impuls hören sollen. Ich habe gewusst, dass etwas Düsteres sie umgibt.«

»Sie weiß einfach nur, wie sie dich treffen kann, Kat. Wahrscheinlich hat sie rausgekriegt, dass du eine Schwäche für Geschichten von hässlichen alten Weibern mit spitzen Hüten und großen Nasen hast.«

Ich lächelte matt. »Wenn sie mit einem Messer auf mich losgehen würde, wüsste ich wenigstens, woran ich bin.«

»Sag so was nicht. Du willst sie ja wohl nicht so weitermachen lassen, oder?«

»Ich kann sie nicht daran hindern«, sagte ich voller Überzeugung. »Sie ist einfach zu stark für mich.«

Luke furchte konzentriert die Stirn und füllte seine Tasse aus der Espressokanne auf dem Herd nach. Ich sah mich träge in der Küche um, bewunderte die eleganten fleckenlosen Edelstahlgeräte und versuchte, nicht an die Ausstattung unserer eigenen Küche zu denken. Mum hatte die Kiefernholzeinbauten aus den Siebzigerjahren und den uralten braunen Herd behalten, den wahrscheinlich noch nicht einmal der Schrotthändler würde abholen wollen.

Während Luke sprach, konnte ich seinen Kaffeeatem riechen. »Aber das ist doch genau der Punkt, oder?«, knüpfte er an. »Diese Genevieve scheint über all deine Schwächen Bescheid zu wissen, fast so, als ob …«

»Wir uns kennen würden«, beendete ich seinen Satz. »Nur, dass ich sie bis vor ein paar Wochen noch nie in meinem Leben gesehen habe.«

Lukes Mum, die gerade durch die Vordertür ins Haus kam, rief uns einen Gruß zu. Sie kam in die Küche, umarmte mich und plauderte drauflos, während sie ihre Einkäufe verstaute. Luke deutete hinter ihrem Rücken auf die Tür.

»Mum, ich helfe Kat mit … einer Englischhausaufgabe. Wir gehen zu mir nach oben, weil wir dafür meinen Computer brauchen.«

»Alles klar«, antwortete Lukes Mum und räumte Käse und Milch in den Kühlschrank.

»Gut, dass du kein richtiges Mädchen bist«, scherzte er, als er die Treppe hochstieg, immer zwei Stufen auf einmal nehmend. »Mum schätzt es gar nicht, wenn Laura mit auf mein Zimmer kommt.«

Die Bemerkung mit dem ›richtigen Mädchen‹ nahm ich Luke nicht weiter übel; auch für mich war er immer noch der chaotische Junge mit dem blonden Haarschopf, der Modellflugzeuge baute und Plastiksoldaten anmalte. Laura war jetzt schon seit drei Jahren mit Luke zusammen, aber seine Mum behandelte die beiden immer noch wie Teenager, die einen Anstandswauwau brauchten. Ich versuchte, mich beeindruckt von seinem Zimmer zu zeigen, denn der schäbige Teppich war mittlerweile gegen einen hellen Laminatboden ausgetauscht worden und der Kiefernholzschrank gegen einen eleganten Einbauschrank mit Schiebetüren. Außerdem hatte Luke jetzt ein Doppelbett mit einem Kopfteil aus Leder, die Wände waren ebenmäßig und weiß, weit und breit keine Poster mehr. Aber auf dem Boden lagen immer noch schmutzige Socken herum, der Schreibtisch war übersät mit Zetteln und es roch genauso wie damals, als er vierzehn gewesen war.

Luke nahm einen Marker in die Hand und stellte sich vor ein Whiteboard an einer der Wände. Ich kam mir vor wie in einem Krimi und spürte, wie mir ein kleiner Schauer über den Rücken lief. Luke räusperte sich bedeutungsvoll.

»Okay, ich hab mal einen Beitrag über das Stalken gemacht und mir so einiges an psychologischem Kram angeeignet. Ich werde dir jetzt mal ein paar Varianten vorstellen.«

»Okay.«

»Die erste Möglichkeit ist, dass du etwas besitzt, das sie haben will, was dich zu einer Bedrohung für sie macht.«

»Sie will alles haben«, sagte ich seufzend.

Luke fing an zu schreiben. »Außerdem hat sie den Drang, dich leiden zu sehen. Eine zwar absurde, aber gezielte Racheaktion also.«

»So viel ist sicher«, sagte ich düster.

»Was könnte sie denn gegen dich haben?«

»Nichts«, sagte ich klagend. »Ich habe ihr nichts getan … außer … dass ich ihren Blick erwidert habe.«

»Ihren Blick erwidert?«

Ich dachte an jenen Tag zurück und spürte sofort wieder die Sonne, die mir ins Gesicht brannte, und ihre Augen, die sich in mich hineinbohrten. »Ich saß in einem Bus, sie in einem anderen und sie starrte mich einfach an … total intensiv. Da hat alles angefangen.«

»Aber so verhält man sich doch nicht, nur weil man einmal ein Gesicht durch ein Fenster gesehen hat.«

»*Sie schon.*«

Luke kratzte sich am Kinn. »Hm. Sie hat keine Mühe gescheut, um an Informationen über dich heranzukommen. Das ist ihr offenbar sehr wichtig, denn ihr gibt es die Oberhand und dich macht es verletzlich. Es beweist, dass ihre Kampagne sorgfältig durchdacht ist und sie Zeit und Aufwand gekostet hat.«

»Ein sehr ausgeprägtes Sozialleben scheint sie jedenfalls nicht zu haben«, erwiderte ich sarkastisch.

»In jedem Stalker steckt das Verlangen nach Macht. Er will spüren, dass er Kontrolle über dich hat.«

»Und manipulieren wollen sie einen auch. Genevieve spielt ja mit mir.«

»Sehr gut«, lobte mich Luke und absurderweise freute ich mich darüber.

Er zeichnete eine Reihe von Pfeilen auf die Tafel und verband alle Stichpunkte zu einem Kreis. »All das führt mich zurück zu meiner Annahme, dass sie … Genevieve … dich von irgendwoher kennt und …«

»Unmöglich«, unterbrach ich ihn.

»Oder«, fuhr er fort, »dich anvisiert hat, weil sie *glaubt*, dass sich zwischen euch beiden mal etwas ereignet hat … eine Verwechslung also.«

»Sie kann mich nicht mit irgendjemand anderem verwechselt haben«, sagte ich langsam. »Dafür weiß sie zu viel Persönliches über mich.«

Luke setzte sich an seinen Schreibtisch, nahm einen Briefbeschwerer aus Glas in die Hand und drehte ihn um. »Vielleicht ist sie auch nur eine Fantastin, die sich die ganze Sache eingebildet hat und es ohne jeden Grund auf dich abgesehen hat.«

»Das wäre schlimm«, antwortete ich. »Wenn sie nämlich darauf fixiert ist, dann kann ich reden, soviel ich will, und es wird nichts ändern.«

»Willst du meinen Rat hören, Kat?«

»Natürlich will ich das.«

»Solange das so weitergeht, musst du tapfer sein und alles hinnehmen, was sie dir zumutet. Zeige keinerlei Emotionen, denn sie ist auf maximale Wirkung aus.«

Ich verzog das Gesicht. »Alles einfach hinnehmen – auch ihre Beleidigungen und so?«

»Spiel du dein eigenes Spiel und gib dich vernünftig, ruhig und höflich. Das wird sie auf die Palme bringen.«

Ich dachte einen Moment darüber nach. »Wahrscheinlich, ja. Sie will mich unbedingt verletzen … aber ich tue einfach so, als könnte sie mir nichts abhaben.«

»Und versprich mir, dass du dich nicht länger mit diesem bescheuerten Hexenkram aufhältst. Wenn sie es schafft, dich davon zu überzeugen, dass sie mysteriöse Kräfte besitzt, dann wirst du nicht mehr versuchen, sie in ihre Schranken zu weisen. Sie ist eine reale Person … abscheulich, aber real, und wir werden sie mit List und Logik schlagen und mit sonst gar nichts.«

»Mit List und Logik«, wiederholte ich.

Luke streckte aufmunternd beide Daumen in die Luft. »Das Beste kommt allerdings zum Schluss: Sie weiß gewisse Dinge über dich, aber du weißt gar nichts über sie. Und das bedeutet: Jetzt sind wir an der Reihe.«

»Hast du schon einen Plan?«

Luke tippte sich seitlich an die Nase. »Ein Journalist gibt nie seine Quellen preis, aber ich habe dir ja mal versprochen, dass du immer auf mich zählen kannst.«

Ich lächelte kleinlaut. Als Luke in der 11. und ich in der 7. Klasse gewesen war, hatte er mir mit dem Versprechen, immer für mich da zu sein, geholfen, dass ich nicht länger gemobbt wurde. Ein Versprechen, das er offenbar bis heute nicht vergessen hatte.

»Das Komische ist … ich gehöre nicht zu den Mädels, die beneidet werden. Dazu bin ich viel zu normal.«

»Jetzt mach dich doch nicht selbst so klein«, antwortete er leichthin. »Ich finde, du bist was Besonderes.«

Erstaunt riss ich die Augen über dieses ungewohnte Kompliment auf, aber Luke steckte sich sofort einen Finger in den Mund und gab ein würgendes Geräusch von sich.

»Wenn Genevieve dagegen einen Raum betritt ... dann geht die Sonne auf. Sie hat so eine Art ... Charisma, Selbstbewusstsein, Anziehungskraft ... und von allem im Überfluss.«

Luke nahm meine Hand, um mich zu besänftigen. Seine Hände fühlten sich warm und beruhigend, aber überraschend rau an.

»Dad hat mich dazu verdonnert, ihm bei der Renovierung unseres Hauses zu helfen«, erklärte er und sah prüfend auf seine Handfläche. »Und er ist ein richtiger Sklaventreiber.«

Ich wollte eigentlich noch nicht gehen, doch Luke griff jetzt nach seinen Autoschlüsseln und fing an, damit herumzuklimpern. Vorsichtig stand ich auf und hielt mich an einem Stuhl fest, da mir das Zimmer immer noch leicht abschüssig vorkam.

»Und was ist mit Laura?«, fragte ich ihn besorgt. »Ihr habt euch doch gerade erst wieder und schon lässt du dich für mich auf irgendein sinnloses Unterfangen ein.«

»Das wird sie schon verstehen ... da bin ich sicher.«

Auf dem Rückweg zu unserem Haus fühlte ich mich schon sehr viel besser. Luke hatte mir klargemacht, dass es einen Ausweg aus dieser Situation gab. Ich würde um das, was mir gehörte, kämpfen, aber nicht mehr in die gleiche Falle tappen wie zuvor und mir die Schuld in die Schuhe schieben lassen. Ich nahm ein paar Tabletten gegen meine Migräne und ging dann hoch in mein Zimmer, um an einigen Entwürfen weiterzuarbeiten. Mein Schreibtisch war extra so aufgestellt, dass ich von dort aus in den Garten sehen konnte, der zwar nichts weiter als ein kleiner Flecken mit wucherndem Gras und verwilderten Büschen war, mich aber trotzdem inspirierte. Die Wolken waren verschwommen und zerfetzt an diesem Tag und erinnerten mich an Treibgut auf einem Gewässer, aber ein Segelflugzeug hatte eine Spur am Himmel hinterlassen, die wie zwei sich kreuzende Speere aussah.

Ich war noch damit beschäftigt, die Himmelsformationen zu beobachten, als mein Zimmer sich verdunkelte, ein Vogel auftauchte, sich auf dem Sims niederließ und mich durchs Fenster anstarrte. Er sah eindeutig wie eine Krähe aus – pechschwarz, mit großer Flügelspannweite und glänzenden gelben Augen. Er hackte ein paar Sekunden lang an die Fensterscheibe und schien dann plötzlich zu Boden zu fallen. Ich rannte nach unten, um nachzusehen, ob er verletzt und möglicherweise Gemmas scharfen Krallen zum Opfer gefallen war, doch auf der Veranda war nichts von ihm zu sehen als eine große schwarze Schwanzfeder. Ich hob sie auf und fuhr mit den Fingern an ihr entlang. Das glänzende Gewebe ließ mich erschaudern und ich warf sie rasch in die Mülltonne. Dann ging ich wieder nach oben in mein Zimmer, schnappte mir den Anhänger und warf ihn ebenfalls in die Tonne. Keine Ahnung, warum ich das nicht früher schon getan hatte.

Meine Stimmung sank schnell wieder in den Keller, als ich in meiner Tasche kramte und feststellte, dass mein Schlüsselring fehlte. Er enthielt mein erstes Foto von Merlin und war ohne Zweifel mein allerwertvollster Besitz. Als sich im College der Inhalt meiner Tasche über den Boden des Waschraums verteilt hatte, war er bestimmt nicht dort liegen geblieben, und mir kam der unliebsame Gedanke, dass Genevieve ihn aus irgendeinem Grund gestohlen haben könnte.

Als ich zu Bett ging, fiel mir auf, dass niemand angerufen hatte, um nachzufragen, wie es mir ging.

Kapitel 10

Erst in der Mittagspause hatte ich Gelegenheit, mit Hannah und Nat zu sprechen. Mit immer noch geröteten Augen schlich ich zu ihrem Tisch in der Cafeteria hinüber. Mein Auftritt war in keiner Weise geplant, trotzdem war ich stolz auf mich, denn er war absolut oskarverdächtig.

»Darf ich es euch erklären?«, begann ich und zog mir einen Stuhl an ihren Tisch. Die beiden wirkten verlegen, verwirrt und ein wenig distanziert. Meine Stimme zitterte, was nicht aufgesetzt war, denn ich war tatsächlich nervös. »Ich … ich hätte euch sagen sollen, was bei mir zu Hause los war. Ich bin einfach nicht klargekommen und das hat … meine Laune sehr gedämpft und ich war einfach seltsam drauf.« Schon rollte die erste Träne über meine Wange und hinunter auf den hässlichen Kunststofftisch. Einige weitere folgten und ich wischte mir mit der Hand über das Gesicht.

Die beiden reagierten sofort. Gleichzeitig kamen sie zu mir und nahmen mich in die Arme.

»Warum hast du uns denn nichts gesagt?«, rief Hannah. »Wir hätten dich doch unterstützen können.«

»Wir wussten ja, dass du im Stress warst«, fügte Nat

hinzu. »Du hast so viel zu bewältigen, das musste dir doch irgendwann mal an die Nieren gehen.«

Die Gruppenumarmung dauerte noch eine ganze Weile, bis ich mich schließlich daraus losmachte. »Meine Mutter sucht sich jetzt Hilfe, sie will mit verschiedenen Leuten sprechen und es mal mit einer Therapie versuchen.«

Nat trommelte so lange auf meinem Arm herum, bis es mir wehtat. »Das ist super, Katy! Zur Feier des Tages spendiere ich dir jetzt einen doppelten Caffè Latte mit Schokostreuseln.«

»Ich hab euch beide gar nicht verdient«, schniefte ich noch ein bisschen weiter. »Danke, dass ihr so verständnisvoll seid.«

»Wozu hat man schließlich Freunde?«, erklärte Hannah im gleichen Moment, in dem Genevieve zur Tür der Cafeteria hereinkam. Unsere Augen trafen sich und die Zeit blieb stehen. Sie bemühte sich um eine entspannte Miene, als sie unsere drei glücklich strahlenden Gesichter sah, scheiterte allerdings kläglich und ich merkte, wie Wut und Ungläubigkeit sich in ihr bekämpften. Sie ging weiter, versuchte, ebenfalls zu lächeln, doch das Ergebnis glich eher einer Grimasse.

Jetzt zum eigentlichen Star der Szene: Ich stand auf, trocknete meine Tränen und ging ihr entgegen. Ich legte meine Arme um ihren schlanken Körper, worauf sie gleich zurückzuckte, ich sie aber hartnäckig weiter festhielt. Es bereitete mir eine gewisse Freude, ihr Unbehagen zu spüren. Wir waren in einer seltsam symbiotischen Umarmung gefangen und fast war mir, als fließe ein Teil ihres Blutes nun durch meine Adern.

Ich sprach absichtlich mit erhobener Stimme, damit uns alle hören konnten. »Es tut mir leid, wenn ich dir das Gefühl gegeben habe, hier nicht willkommen zu sein. Das ist sonst gar nicht meine Art. Aber … ich hatte Probleme zu Hause.«

»Ist schon okay«, murmelte sie ungnädig. »Hat mir nichts ausgemacht.«

»Nein. Das war unmöglich von mir. Verzeihst du es mir?«

»Ja. Natürlich«, erwiderte sie hölzern.

»Und wir beide sind jetzt Freunde?«

Ich ließ sie los und sie wich zurück, als hätte ich sie geschlagen. Nat hatte sich gerade einen Moment lang mit geöffnetem Portemonnaie abgewandt, um Hannah nach Kleingeld zu fragen, und Genevieve nutzte die Gelegenheit, dass die beiden abgelenkt waren.

»Nur über meine Leiche«, flüsterte sie boshaft.

Ich warf den Kopf in den Nacken und lachte mich halb tot. »Genevieve! Du hast vielleicht einen schwarzen Humor!«

Diese Reaktion hatte sie nicht von mir erwartet und ihr Gesicht wurde so rot, dass es mich in eine Art Machtrausch versetzte. Ich hatte einen Riss in ihrer Fassade entdeckt und beschloss, genau dort weiterzumachen. Während der folgenden Stunde lachte ich viel, wandte mich auf meinem Stuhl hin und her und gab pausenlos ein fröhlich schrilles Geschnatter von mir, um allen zu demonstrieren, wie außerordentlich gelassen ich war.

Ich achtete darauf, Genevieve in jedes Gespräch mit einzubeziehen, und sprach sie auch ständig mit ihrem Namen an, den ich sogar zu Gen abkürzte. Ihre grünen Augen wurden immer größer vor Abscheu, während meine eigenen eine Härte ausstrahlten, die mir selbst neu war. Die schlechten Schwingungen zwischen uns waren so stark, dass ich meinte, jeder hier im Saal müsse sie spüren, aber in den Gesichtern von Nat und Hannah war nichts dergleichen zu erkennen.

Doch nach einer Weile geschah etwas sehr Merkwürdiges – Genevieve fing nämlich an, wie eine welkende Blume zu erschlaffen. Je mehr ich agierte und je mehr ich sprach, umso schwächer wurde sie – es war, als würden wir Tauziehen spielen und ich als die Gewinnerin hervorgehen. Ich blinzelte, weil ich dachte, ich sähe vielleicht nicht richtig. Aber tatsächlich wurden Genevieves Augen stumpf, ihre Haare schienen allen Glanz zu verlieren und ihre Stimme versiegte, bis sie nur noch Einsilbiges von sich gab. Jetzt war sie die Unscheinbare von uns beiden, während ich strahlte.

Nach dem Lunch gingen Nat und Hannah in ihre jeweiligen Kurse, sodass Genevieve und ich allein zurückblieben. Ein Teil von mir fand diese Situation tatsächlich reizvoll, obwohl ich mich bemühte, das Dauerlächeln aus meinem Gesicht zu bannen.

»Du findest dich wohl ganz besonders schlau«, sagte sie.

»Nein.«

»Was immer du da ausheckst, es wird dir nicht gelingen.«

»Du bist doch hier diejenige, die die Spielchen spielt.«

Sie trat näher an mich heran und hypnotisierte mich beinahe mit ihren Augen. »Unterschätz mich nicht, Katy. Das alles ist kein Spiel – da kannst du dir sicher sein.«

Ich baute mich vor ihr auf, streckte den Rücken und

reckte das Kinn. »Es ist so offensichtlich, dass du nach Aufmerksamkeit heischst, egal auf welche Weise.«

Und sie antwortete in drohendem Ton: »Hör auf mit deiner Laienpsychologie … du hast keine Ahnung, mit wem du es zu tun hast.«

Ich tat so, als würde ich vor ihr erschaudern. »Ooooh, du machst mir aber Angst.« Sie regte keinen Muskel und es gelang ihr, mich sehr lange anzustarren, ohne eine Wimper zu rühren. Schließlich musste ich aufgeben und den Blick abwenden. »Ich habe nichts gegen dich, Genevieve, und ich bin auch nicht nachtragend.«

»Offensichtlich strenge ich mich noch nicht genügend an. Wenn das hier vorbei ist, wirst du mich so hassen, dass du …«

Der Rest des Satzes blieb unausgesprochen. Ich erinnerte mich an Lukes Ratschlag, gelassen zu bleiben, und schenkte ihr mein wohlwollendstes Lächeln. »Wir beide sind sehr unterschiedlich, Genevieve. Ich fühle überhaupt nicht so wie du. Wenn du es unbedingt wissen willst … du tust mir leid … all dieser Hass in dir muss dich ja auffressen.«

Sie sah mich verächtlich an, warf sich die Tasche über die Schulter und wandte sich zum Gehen. »Du täuschst dich«, sagte sie entspannt. »Er hält mich wach und macht mich stark.«

Als ich die Cafeteria verließ, lief ich Merlin in die Arme, aber er machte erst einmal einen Schwenk, ging ein paar Schritte zurück und musterte mich von unten bis oben.

»Irgendwas ist anders an dir.«

»So?«, fragte ich kokett. Ich musste in keinen Spiegel sehen, um zu wissen, dass er recht hatte.

»Du siehst heute umwerfend aus … nein .. ich meine, du siehst natürlich immer umwerfend aus, aber heute ganz besonders … und deine Augen leuchten so.«

Er beugte sich zu mir und ließ seine Finger durch meine Locken gleiten. »Wenn das Bild von dir fertig ist, dann möchte ich, dass es dein Gesicht genau so widerspiegelt, wie ich es jetzt sehe, in dieser Sekunde.«

Ich nahm ihn an der Hand und zog ihn in eine Türnische; mir war völlig egal, ob der Leiter des Colleges an uns vorbeiging und uns wegen unangemessenen Verhaltens zeitweise von den Kursen ausschloss. Mir brannten die Wangen von Merlins langen heißen Küssen. Wie hatte ich mir nur einbilden können, dass Genevieve ihn mir nehmen könnte?

»Katy, lass uns von hier verschwinden«, sagte er mit heiserer Stimme. »Wir schleichen uns einfach davon, gehen irgendwohin …«

»Ich kann nicht. Miss Clegg hat mich vorhin schon gesehen.«

»Sag ihr, dass du dich krank fühlst.«

»Aber ich kann es mir nicht leisten, ihren Stoff zu verpassen.«

»Dann eben nach dem College.«

»Da hab ich meiner Mum versprochen, gleich nach Hause zu kommen.«

Er seufzte vor Enttäuschung. »Immer musst du irgendwo sein oder machst dir Sorgen um deine Mutter.«

Ich stellte mich auf die Zehenspitzen und legte die Hände auf seine Schläfen. »Wir werden … sehr bald schon zusammen sein.«

Er schloss die Augen. »Ist das ein Versprechen?«

»Das ist ein Versprechen.«

»Katy Rivers … du bist einfach umwerfend« , sagte Merlin und presste seine Lippen auf meine.

»Du würdest es doch nicht glauben, wenn dir jemand etwas Schlimmes über mich erzählen würde?«, keuchte ich, als wir uns endlich voneinander lösten.

»Niemals. Wieso sollte ich?«

Plötzlich überkam mich Angst. »Es könnte ja sein, dass jemand etwas tut oder sagt, das mich in einem … schlechten Licht dastehen lässt.«

»An meiner Meinung über dich würde es gar nichts ändern.«

»Ehrenwort«, sagte ich grinsend.

»Ehrenwort.« Er grinste zurück und küsste mich auf die Nase.

Kleinlaut schlich ich mich in meinen nächsten Kurs und hütete sorgfältig meine Erinnnerung an jede Berührung und an jedes Wort, das zwischen uns gewechselt worden war. Merlin sah die wirkliche Katy. Nat und Hannah mochten gelegentlich schwanken, aber Genevieve würde es niemals gelingen, Merlin gegen mich aufzuhetzen. Ich fing an zu träumen und spielte alles noch einmal im Geiste durch, was mir wohlige Schauer durch den Körper jagte. Aber dieses Gefühl hielt nicht lange vor, der plötzliche Schrecken, der mich durchfuhr, als ich mich an mein Versprechen erinnerte und sah, worauf ich mich eingelassen hatte, ließ mich ernüchtern. Ich musste mir bei jemandem Rat holen, und zwar schnell.

Kapitel 11

»Mädchen-DVDs, Popcorn, Muffins, Zeitschriften, Smoothies, Marshmallows, Nagellack, Make-up-Kasten … Das war eine super Idee von dir, Katy.«

Hannah hatte die Sachen alle auf ihr Bett geworfen, während Nat an ein Kissen gelehnt saß und las. Sie riss eine Tüte Popcorn auf und fing an, geräuschvoll zu futtern. »Wir haben schon seit Ewigkeiten keinen Mädelsabend mehr gemacht.«

Hannah nahm einen Hula-Hoop-Reifen und ließ ihre Hüften wild kreisen. Selbst wenn sie in einem schlecht sitzenden Jogginganzug, ohne Make-up und mit straff aus dem Gesicht gekämmtem Haar zu Hause abhing, sah sie noch großartig aus. »Was darf's denn als Erstes sein, Katy? Film oder Frisur? Wer hätte Lust auf eine toupierte Hochfrisur im Stil der Sixties?«

»Ich würde eigentlich am liebsten reden«, murmelte ich. »Über … na ja.«

Augenblicklich schlug Nat ihre Zeitschrift zu und kam zu mir herübergeschlurft. »Klingt ernst.«

»Nein, nein, gar nicht«, beteuerte ich kraftlos. »Aber manches ist eben … eher persönlich und verlangt … eine gewisse Intimsphäre.«

Hannahs Augen wirkten plötzlich riesengroß in ihrem zarten Gesicht. Sie ließ den Hula-Hoop-Reifen fallen und kam zu uns aufs Bett, wo ich jetzt wie in einem Sandwich zwischen beiden saß. Ich ließ mich, die Füße auf dem Boden, rücklings aufs Bett fallen, starrte auf den rosaroten Kronleuchter und überlegte, ob ich tatsächlich schon bereit war, mich den beiden gegenüber zu outen. Hannahs Zimmer war so cool. Es war in französischem Shabby-Chic-Stil eingerichtet, hatte einen Baldachin über dem Bett, und an den zartblauen Wänden hing eine Reihe vergrößerter Fotos von Hannahs letztem Aufenthalt in Paris, auf denen immer sie selbst neben berühmten Wahrzeichen zu sehen war.

»Was hast du ausgefressen?«, fragte Nat geradeheraus.

Ich holte tief Luft. »Hm … etwas, das eigentlich gar nicht typisch für mich ist.«

Hannah streckte die Hände aus und legte sie auf Nats Ohren. »Das darf sie jetzt nicht hören, sie will doch Nonne werden, seit sie sieben ist.«

Nat schnaubte verächtlich. »Stimmt gar nicht.«

»Doch, du hast das Sound-of-Music-Musical gesehen und danach angefangen, den Schleier zu tragen und dich Schwester Natalie zu nennen.«

Nat stieß Hannah mit dem Ellenbogen in die Rippen. »Halt jetzt die Klappe und lass Katy endlich erzählen.«

Ich fing an zu kichern und bekam eine Weile kein Wort heraus. »Also … die Sache ist die … Merlin hat mich gefragt, ob ich mit ihm campen gehe … nur für eine Nacht … und ich hab Ja gesagt.«

Hannah riss die Hände vor den Mund. »Oh, wow, wie verrucht.«

»Da hat es aber jemand eilig«, bemerkte Nat in einem völlig anderen Ton.

»Ich weiß«, antwortete ich und ging gleich in die Defensive. »Ich meine, wir sind noch nicht sehr lange zusammen, aber mir kommt es vor, als ob ich Merlin schon immer kennen würde. Er hat mir gestanden, dass er mit mir gehen wollte, seit er mich zum ersten Mal gesehen hat. Allerdings brauchte er ein bisschen Zeit, um den ersten Schritt zu tun …«

»Das kann man wohl sagen«, stimmte mir Hannah zu.

»Aber jetzt holt er auf«, entgegnete ich errötend.

»Katy ist verliiiiiebt«, säuselte Nat.

Hannah hockte sich auf ihre Knie. Ihr Gesicht glühte. »Bist du's wirklich?«

Ich streckte die Hände aus. »Ich glaube schon … aber es ist mir vor Merlin noch nie passiert, deshalb bin ich mir nicht so sicher.«

Hannah sah mich eindringlich an. »Symptome?«

»Na ja … ich habe dauernd Schmetterlinge im Bauch … Herzklopfen, Schlafstörungen, merkwürdige Träume, Fieber … ich fühle mich, als ob ich krank wäre.«

»Verliebtsein *ist* eine Krankheit«, antwortete Hannah sachkundig. »Ich habe irgendwo gelesen, dass ein Wissenschaftler mal sämtliche physischen Symptome analysiert hat – es waren die gleichen wie bei einer vorübergehenden geistigen Störung.«

»Das hilft weiter«, sagte ich grinsend.

Nat beleuchtete das Problem mit ihrem mathematisch denkenden Hirn. »Statistisch gesehen ist die Chance, seinem Seelenpartner zu begegnen 1:700 000 000.«

»Das ist aber ungerecht«, rief Hannah. »Und wie kann man seine Chancen verbessern?«

»Kann man nicht, ist reiner Zufall.«

»Umso erstaunlicher«, sagte ich versonnen, »dass Merlin und ich uns zur richtigen Zeit am richtigen Ort begegnet sind. Es sollte wohl so sein.«

»Du musst dir ja seiner Gefühle sehr sicher sein«, bemerkte Nat.

»Natürlich«, antwortete ich schnell, musste dann allerdings einen kleinen Rückzieher machen. »Na ja, ziemlich sicher. Merlin ist umwerfend, aber manchmal … kommt es mir so vor, als müsste ich um seine Aufmerksamkeit kämpfen; er kann so … unergründlich sein … so geistesabwesend.«

»Zieren tut er sich ja wohl nicht«, sagte Nat scherzhaft. Sie rührte mit einem Strohhalm in ihrem Smoothie und trank dann mit laut saugendem Geräusch. »Wir wollen alle schmutzigen Details hören.«

Ich sah von einer zur anderen. »In Merlins Haus geht es zu wie in einem Bahnhof … all diese *Künstler*, die bei denen herumlaufen. Wir wollen einfach mal allein sein … das ist alles.«

»Das ist alles?«

»Ja. Wir wollen nur mal zusammen die Sonne aufgehen sehen und in den Armen des andern aufwachen.«

Nat fing an, wie eine Wilde auf einer imaginären Geige zu spielen, während Hannah mich im Nacken kitzelte. »Bist du wirklich so naiv, Katy? Um gemeinsam aufwachen zu können, muss man vorher erst mal zusammen geschlafen haben.«

»Wir übernachten in einem Zelt ... in Schlafsäcken.«

Nat packte mich an den Schultern und sprach übertrieben langsam zu mir, als wäre ich ein Kind oder völlig beschränkt. »Du weißt schon, auf was du dich da eingelassen hast, oder, Katy? Du gehst hier nicht mit Pfadfinderinnen campen. Merlin wird ganz andere Vorstellungen haben.«

Nat rollte sich auf den Rücken, strampelte mit den Beinen in der Luft und bog sich vor Lachen. Gleich darauf lachte ich mit ihr und spürte, wie sich die ganze Anspannung der letzten Wochen in mir löste. Auf diese Weise plänkelten wir eine geschlagene Stunde lang weiter und stippten zwischendurch Marshmallows in Flüssigschokolade. Wir redeten über alle Jungs, mit denen wir je gegangen waren, was in meinem Fall eine kurze Angelegenheit war – ein paar eklige Küsse und viel kalte Spucke.

»Ich muss euch aber noch was anderes gestehen«, sagte ich, während mir die Schokolade am Kinn hinunterlief. »Ich kann die Sache nicht alleine durchziehen, ich brauche ein Alibi. Könnte ich vielleicht sagen, dass ich bei dir übernachte?«

Hannah sah mich etwas betroffen an. »Meine Eltern sind cool, aber sie reagieren sehr empfindlich, wenn ich sie anlüge ... Wenn sie es rauskriegen ...«

»Es geht doch nur um eine Nacht, das kriegen sie nicht raus. Ich habe zu Hause schon vorgesorgt und erwähnt, dass deine Eltern wegfahren und du nicht allein im Haus bleiben willst.«

»Und was ist, wenn deine Mutter die beiden zufällig trifft?«

»Wird nicht passieren. Sie geht kaum aus, ihr Auto steht meist in der Einfahrt und sie würde mich immer auf dem Handy anrufen, wenn sie mich sprechen will.«

»Merlin setzt dich aber nicht unter Druck, Katy, oder?«, fragte Nat und ihre Stimme klang eine Spur alarmiert.

»Nein, so ist er nicht.«

»Vielleicht merkst du es ja gar nicht.«

Ich lächelte selbstgefällig und es war mir ganz egal, wie widerlich ich dabei aussah. »Nein, irgendwie habe ich ein gutes Gefühl.«

Nat öffnete Hannahs Laptop. »Dann wollen wir das mal in Facebook stellen. Katy ist verliiiebt und auch bereit …«

Sie unterbrach sich, starrte auf den Bildschirm und wurde von Sekunde zu Sekunde bleicher. Sie öffnete den Mund, brachte aber kein Wort heraus und ihre Unterlippe fing an zu zittern. So hatte ich Nat noch nie erlebt, es war furchtbar, sie so zu sehen – als sei man Zeuge eines Autounfalls, der in Zeitlupentempo vonstattenging und bei dem man nicht helfen konnte. Für einen Moment hob sie den Blick und ließ ihn auf mir ruhen. Ich hatte keine Ahnung, warum, aber ich fühlte mich auf der Stelle schuldig. Nach einer Erklärung suchend sah ich Hannah an, doch die schüttelte nur bestürzt den Kopf. Nat gab einen unterdrückten Schluchzer von sich und rannte aus dem Zimmer, Hannah hinterher. Ich hörte, wie die Tür zum Bad verriegelt wurde und die Türklinke mehrmals klapperte, während Hannah versuchte, mit Nat durch die Tür zu reden. Allein und völlig verwirrt blieb ich auf dem Bett sitzen.

Ich kam mir wie eine Schnüfflerin vor, aber ich musste

wissen, auf welcher Seite sie gewesen war. Als ich anfing zu lesen, erschrak ich zutiefst. Auf Nats Facebookseite wimmelte es in einem nie dagewesenen Ausmaß an Demütigungen. Zahlreiche Leute aus dem College hatten dort ihre Kommentare zum Thema ›Nat steht auf Adam‹ gepostet, einige der Sprüche waren extrem peinlich, andere richtiggehend grausam. Nein, das ging über jede Demütigung hinaus, und war es einmal weitererzählt, so würde es sich bald überall herumgesprochen haben – kein Wunder, dass Nat außer sich war. Verstört mampfte ich mich Stück für Stück durch das restliche Popcorn und versuchte mir vorzustellen, wie ich mich an ihrer Stelle fühlen würde. Mir fiel nichts ein, womit ich sie hätte trösten können.

Eine bleiche Gestalt mit geröteten und verquollenen Augen tauchte aus dem Bad auf. Nat kam auf mich zu, blieb vor mir stehen und sagte nur fünf Worte: »Hast du es irgendjemandem erzählt?«

Darauf war ich nicht gefasst gewesen. »Nein«, rief ich. »Natürlich nicht. Ich war es ganz bestimmt nicht. So etwas würde ich niemals jemandem erzählen.«

»Aber nur wir drei wissen, dass ich in Adam verliebt bin, Katy.«

Ich legte eine Hand auf mein Herz. »Ich habe es keiner Seele gegenüber erwähnt, das schwöre ich. Ich verstehe das einfach nicht. Adam ist doch nicht mal in unserm College und es kennen ihn gar nicht so viele Leute.«

Beide Mädels sahen mich jetzt an und es war, als ob ein Schatten zwischen uns vorbeigleiten würde. Ich wusste, was das bedeutete – die beiden trauten mir nicht.

Nat bemühte sich um ein schwaches Lächeln. »Wenn du schwörst, dass du niemandem etwas verraten hast, dann glaube ich dir auch.«

Selbst in einer solchen Situation wurde Nat nicht wütend und versuchte, mir zu glauben. Diese versöhnliche Haltung war typisch für sie und machte die ganze Sache noch viel schlimmer. Ich war nicht schuld, aber ich fühlte mich schuldig. Die Atmosphäre im Raum war jetzt unerträglich geworden und ich musste von hier verschwinden. Ich umarmte Nat und machte mich auf den Heimweg. Da es erst zwanzig Uhr war, schrieb ich Luke von unterwegs eine SMS, in der Hoffnung, einen Teil meiner Ängste vielleicht bei ihm abladen zu können.

Er schrieb mir umgehend zurück. *Operation Genevieve – hab da was, das dich interessieren könnte X*

»Du siehst aus wie eine Zeichentrickfigur mit einer Regenwolke überm Kopf«, scherzte er, als er meinen niedergeschlagenen Ausdruck im Gesicht bemerkte.

Mit bleiernen Füßen und völlig erschöpften Gliedern schleppte ich mich nach oben in sein Zimmer und erzählte ihm, was vorgefallen war.

»Irgendwie schwant mir, dass Genevieve mit der Sache zu tun hat«, sagte ich kläglich, »aber einen Beweis dafür habe ich natürlich nicht. Wenn sie *mich* ins Visier nimmt, ist das eine Sache … dass sie jetzt auch noch Nat kränkt, zerreißt mir echt das Herz. Bei diesem Tempo werde ich bald keine Freunde mehr haben.«

Luke nickte verständnisvoll. »Ich weiß … und deshalb musst du jetzt zurückschlagen.« Er nahm ein Blatt Papier aus seiner Tasche und reichte es mir. »Freu dich aber nicht zu früh. Es könnte eine Spur sein, vielleicht aber auch nicht …«

Schnell überflog ich die Seite. Es war die Kopie eines Zeitungsartikels über einen Hausbrand, in dem ein Ehepaar ums Leben gekommen war. Ich las zu Ende und stieß einen erschöpften Seufzer aus.

»Sieh dir mal das Datum des Brandes an«, sagte Luke drängend. »Heiligabend 2001. Du hast gesagt, dass Genevieves Eltern am Heiligen Abend umkamen, als sie sieben Jahre alt war … und jetzt rechne mal nach.«

»Aber sie hat doch jedem erzählt, dass ihre Eltern bei einem Verkehrsunfall ums Leben gekommen sind«, betonte ich. »Und was ist mit dem Namen? Die Leute hier heißen Jane und Paul Morton, aber Genevieves Familienname ist Paradis.«

Luke stieß einige Male Luft aus, formte mit seinen Händen einen Bogen und legte sein Kinn auf die Fingerspitzen. »Ich habe alle tödlichen Un- und Vorfälle innerhalb eines Zeitraums von zwei Jahren im ganzen Land mehrfach überprüft. Und dieser hier war der einzige, der sich an einem Heiligabend ereignet und ein Einzelkind – eine Tochter – elternlos gemacht hat.«

»Wie hieß denn die Tochter?«

»Grace.«

Ich sprang von Lukes Bett und umklammerte meinen Kopf mit beiden Händen, um einen klaren Gedanken zu fassen. »Das würde ja bedeuten, dass Genevieve ihren Namen geändert hat. Und der Unfall eine Lüge war.«

»Ist alles möglich.«

»Dann … kann sie natürlich auch bezüglich des Datums gelogen haben.«

»Klar«, stimmte Luke zu, »aber meiner Erfahrung nach steckt in jeder Lüge ein Körnchen Wahrheit … und dieses Datum ist sehr speziell.«

Ich trat näher an das Whiteboard heran, weil ich hoffte, dort eine Eingebung zu bekommen. »Sie ist tatsächlich ein völliges Rätsel, weil sie keine Vergangenheit hat. Sie könnte sich als wer weiß wer ausgeben und den Leuten sonst was über ihr Leben erzählen.«

Lukes Augenbrauen hoben sich fast bis zum Haaransatz. »Aber … lohnt es sich, die Sache unter die Lupe zu nehmen oder nicht?«

Ich nickte eifrig. »Niemand, der Genevieve einmal begegnet ist, vergisst sie so leicht.«

»Das Feuer ist in einem kleinen Bauerndorf außerhalb von York ausgebrochen … und es heißt … warte … Lower Craxton. Wir fahren morgen da hin, sprechen mit den Einheimischen und sehen uns mal ein bisschen um.«

Ich zuckte leicht zusammen. »Morgen bin ich eigentlich mit Merlin verabredet … aber … das eine Mal macht es ihm bestimmt nichts aus. Ich überlege mir irgendeine Ausrede.«

Luke sah mich überrascht an. »Du willst es ihm gar nicht sagen?«

»Nein … ist ja nur eine kleine Lüge und die Sache ist mir wichtig. Ich rufe ihn später an. Wenn alles vorbei ist, wird er es schon verstehen.«

»Von mir aus brechen wir schon früh auf«, schlug Luke vor.

Aufgeregt schloss ich die Augen. »Sollen wir verdeckt ermitteln?«

»Ja, du kannst dir einen falschen Bart ankleben und eine Brille aufsetzen … und ich … ich gehe so, wie ich bin.«

Ich nahm ein Kissen und prügelte damit so lange auf ihn ein, bis er mir versprach, mich nicht mehr zu veräppeln.

Kapitel 12

Der Kick, den es mir gab, in welcher Form auch immer zurückschlagen zu können, dämpfte die schreckliche Erinnnerung an Nats gekränktes Gesicht, das mich so anklagend angesehen hatte. Ich hatte kaum geschlafen und erwachte bereits vor sieben Uhr nervös und derart aufgedreht, als hätte ich schon vor dem Frühstück einen doppelten Espresso getrunken. Luke hatte mir kleidungstechnisch keinerlei Anweisungen gegeben, sodass ich meinen Schrank aufriss und erst mal seinen Inhalt prüfte. Es war kühler geworden, was bedeutete, dass ich etwas Warmes brauchen würde, und da wir in die Einöde fahren wollten, waren wahrscheinlich auch praktische Schuhe sinnvoll; es konnte ja sein, dass wir über Felder marschieren oder einer Kuhherde ausweichen mussten oder was immer man sonst so auf dem Land machte. Ich entschied mich für Military-Hosen und eine Regenjacke, die Mum mir mal für meine Geografieexkursion gekauft hatte, und zweckmäßige Schuhe, die ich normalerweise nie im Leben angezogen hätte. Vielleicht war es ja vorteilhaft, älter auszusehen, jedenfalls klatschte ich mir ein bisschen Make-up ins Gesicht und steckte mir die Haare hoch, aber weil ich so erst recht wie ein Schulmädchen aussah, ließ ich die Haare offen. An ein

Frühstück war um diese Uhrzeit gar nicht zu denken, doch ich nahm eine kleine Tasche mit Chips, Keksen, Schokolade und einer Wasserflasche mit.

Luke sah ausgesprochen ungepflegt aus in seinen alten Jeans und dem dicken Pulli, mit demonstrativ ungekämmten Haaren und Stoppelbart. Ich merkte, wie gut es mir gefiel, unsere Stadt hinter mir zu lassen, die mir jetzt oft beengend vorkam, seit Genevieve sich überall herumtrieb.

»Macht es Laura denn nichts aus, dass du den Tag heute mit mir verbringst?«

Lukes Gesicht verzog sich zu einem schiefen Lächeln. »Laura geht samstags gerne shoppen. Eigentlich hast du mich vor einem schlimmeren Schicksal bewahrt als dem Tod.«

Ich war erleichtert, denn ich hatte mir schon Sorgen gemacht, ob es wegen unseres Trips wohl zu Spannungen zwischen den beiden kommen könnte.

»Und was ist mit Merlin?«

»Ich habe ihm gesagt, dass es Mum nicht so gut geht ... ist ja nur eine winzig kleine Lüge. Natürlich möchte ich ihn gerne sehen, aber unser Trip ist mir zu wichtig, den können wir nicht aufschieben.«

»Findet er die Sache mit Genevieve nicht auch seltsam?«

»Das kann ich ihm nicht so richtig erklären«, gab ich zu. »Merlins Mutter hält sie nämlich für wundervoll und begabt, dabei trickst Genevieve nur alle aus.«

»Arme Kat. Dieses Mädel scheint ja wirklich jeden in ihr Netz zu verstricken.«

»So ähnlich.« Ich drehte meinen Kopf zur Fensterseite und betrachtete die vorüberfliegende Landschaft. Warum war das Leben nur so kompliziert geworden?

»Warst du schon mal in Yorkshire?«, fragte Luke.

Ich schüttelte den Kopf.

»Wir haben ein paarmal hier Ferien gemacht, als ich ein Kind war. Es hat unheimlich viel Atmosphäre – windumtoste Moore, Hügellandschaft und kahle Berge, Wälder, Wasserfälle, Täler, ganz zu schweigen von den vielen uralten Häusern, in denen es spukt. Genau genommen ist York die am meisten heimgesuchte Stadt in Großbritannien.«

»Du klingst ja wie ein Werbeposter des Fremdenverkehrsamtes«, lachte ich.

Er zwinkerte mir verschmitzt zu. »Ich habe ganz vergessen, die berühmten Hexen zu erwähnen, die früher dort gelebt haben.«

»Von Hexen bin ich mittlerweile geheilt ... du erinnerst dich?«

Luke schien aufzuleben, als wir die Autobahn erreichten, und erzählte mir während der folgenden zwei Stunden lauter amüsante Geschichten über seinen Job und seinen Chef. Zum ersten Mal seit Wochen spürte ich mich wieder selbst. Es war fast so, als würde Genevieves Einfluss auf mich nachlassen, je weiter wir uns von zu Hause entfernten.

»Puh ... jetzt sind wir aber definitiv auf dem Land angekommen.« Hastig schloss ich das Fenster, als der Geruch von Dünger zu uns hereingeweht kam.

Luke befragte sein Navi. »Wir sind gleich da. Nur noch fünf Meilen.«

So weit das Auge reichte, erstreckten sich hier mosaikartig Felder mit Reihen voller Kohlköpfe und knallgelbem Raps. Der Wind fegte über das weite Land, rüttelte an den erst seit Kurzem kahlen Bäumen und wühlte die herabgefallenen Blätter auf. Obwohl wir sicher geschützt im Auto saßen, konnte ich seine Kraft spüren.

»Das ist es«, verkündete Luke und fuhr auf einen Grünstreifen am Straßenrand.

Das Dorf bestand aus nicht mehr als etwa fünfzig Anwesen, die um einen Anger herum verstreut lagen. Die meisten Häuser sahen aus wie ehemalige Arbeiterhäuschen mit kleinen Glasfenstern und niedrigen Türrahmen. Es gab auch ein paar Neubauten, die aber in scharfem Kontrast zu den alten verwitterten Ziegelsteinen und Schieferdächern standen. Eine Farm mit den dazugehörigen Scheunen thronte stolz auf einem Hügel. Es dauerte einen Moment, bis ich herausgefunden hatte, was so eigenartig an Lower Craxton war – es war die Stille, die hier herrschte. Ich hatte mir vergnügte Bauern auf Traktoren vorgestellt, von der Sonne geküsste Kinder, die durch Kornfelder rannten, und Frauen, die Hauben auf dem Kopf und Körbe mit frisch gelegten Eiern und warmer Milch in den Armen trugen – aber weit und breit war hier kein einziger Mensch zu sehen.

»Die müssen alle in ihren Häusern sein«, sagte Luke.

»Unmöglich, hier nicht aufzufallen«, murrte ich; gerade hatte ich gesehen, wie eine Gardine sich bewegt hatte. »In diesem Dorf kommt doch nie einer einfach so vorbei.«

Luke streckte sich, als er aus dem Wagen stieg, und sah sich um. »Wir sollten nach dem Pub suchen, in den gehen auch die Einheimischen.«

Bei dem Wort ›Einheimische‹ schnitt ich eine Grimasse und Luke zog mir die Kapuze über die Augen. »Wir sind hier nicht im *Dorf der Verdammten*, Kat.«

Ich runzelte die Stirn. »Sieht nicht so aus, als ob es irgendwo einen Pub geben würde.«

Luke zeigte geradeaus. »Und das Haus da drüben? Da hängt ein Schild draußen.«

»Das war einmal die Molkerei«, sagte ich, ohne nachzudenken, und Luke starrte mich verblüfft an.

»Weißt du das sicher?«

»Nein.« Ich lachte verlegen, weil ich keine Lust hatte, ihm zu erklären, welches Déjà-vu-Erlebnis ich gerade gehabt hatte. »Ich meine, es sieht so aus wie eine Molkerei.«

Wir gingen auf das Schild zu, das für frische Farmerzeugnisse warb, und Luke hakte mich auf seltsam altmodische Weise unter.

»Ich bin noch zu jung, um schon wie eine verheiratete Frau aufzutreten«, beschwerte ich mich.

Er blieb stehen und sah mich mit abschätzendem Blick an. »Als ich zur Uni bin, warst du noch eine Göre mit vorstehenden Zähnen und Zahnspange.«

»Du bist in den letzten drei Jahren ziemlich häufig zu Hause gewesen, Luke«, witzelte ich. »Aber du warst immer viel zu sehr mit deinen Vergnügungen beschäftigt, als dass du mich wahrgenommen hättest.«

»Dafür nehme ich dich jetzt wahr«, sagte er und aus irgendeinem Grund beschlich mich ein komisches Gefühl in der Magengegend. »Und du bist immer noch eine Göre, Kat.«

Während ich neben ihm herging, gelang es mir, ihn von hinten in die Wade zu treten. Luke jagte mich auf die Grünfläche und zwang mich mit einem Rugbyangriff zu Boden, während ich schrie, er solle mich sofort loslassen, und mich dabei fragte, was die Dorfbewohner wohl von uns denken mochten.

»Mit der Frau des Farmers fangen wir an«, sagte Luke und klopfte sich das Gras von seinen Jeans. »Die wiegt bestimmt fünfundneunzig Kilo, hat rote Backen und Arme wie eine Ringerin. Sie lebt seit fünfzig Jahren hier und weiß von jeder Geburt und jedem Todesfall in der ganzen Gegend. Ihre Töchter sehen wie Milchmädchen aus und ihre Söhne tragen Latzhosen und kauen auf Strohhalmen.«

Ich konnte nicht mal lächeln, weil mich allmählich Panik überkam. »Wir können da nicht so einfach reinplatzen. Erst müssen wir uns doch eine Story einfallen lassen.« Aber Luke ignorierte mich und ging einfach weiter.

»Luke? Wir müsssen uns erst einmal auf eine Story einigen … auf unser Lügenmärchen, meine ich …«

Er machte eine wegwerfende Handbewegung. »Das überlass nur mir. Ich bin Journalist und so was können wir am besten.«

Das Mädchen, das auf einem hohen Schemel saß, hatte rabenschwarzes Haar, purpurfarbene Lippen und schwarz umrandete Augen. Auch der Lederminirock, die Netzstrümpfe und die Doc Martens passten nicht so ganz zu dem Bild von einem Milchmädchen, genauso wenig wie die Piercings in Nase, Augenbraue und Wange. Ich musste mir auf die Lippe beißen, um nicht laut loszuprusten, als ich sah, wie Luke der Kiefer nach unten klappte. Sie schien es nicht im Entferntesten zu interessieren, warum wir hier waren oder eine Bemerkung über ›Leute von auswärts‹ fallen zu lassen. Sie taxierte uns und kehrte dann wieder mit trotzigem Gesichtsausdruck zu ihrer Buchlektüre zurück. Luke blieb sprachlos – trotz meiner Versuche, ihn mit dem Ellenbogen in die Rippen zu stoßen. In einer Ecke sah ich einen kleinen runden Tisch und zwei Stühle.

»Können wir hier Sandwiches oder was zu trinken bekommen?«, fragte ich hoffnungsvoll.

»Ich kann euch ein Schinken- oder Käsebrötchen mit einem Heißgetränk anbieten«, sagte sie und blätterte die nächste Seite um.

»Dann zwei Schinkenbrötchen mit Tee, bitte. Wir haben eine lange Autofahrt hinter uns.«

Keine Antwort. Aber sie verschwand ins Hinterzimmer, während Luke und ich uns ansahen.

»Milchmädchen!«, zischte ich und Luke verpasste mir einen Tritt unter dem Tisch.

»Sie sieht aus wie ein Wesen aus einem Zombiefilm«, flüsterte er.

Luke teilte meine Liebe zu alten Gebäuden nicht, weshalb ich es für überflüssig hielt, ihm von den dicken, bröckeligen Wänden oder der Schönheit der uralten Querbalken vorzuschwärmen. Doch alles hier war originalgetreu belassen worden, bis hin zu den zurückliegenden Fenstern. Dann hörten wir etwas rascheln und ich legte einen Finger auf meine Lippen, um Luke zum Schweigen zu ermahnen. Eine Frau mit zwei Tellern in den Händen kam geschäftig ins Zimmer geeilt und ich versuchte ganz bewusst, Lukes Blick zu meiden. Die Frau entsprach nämlich exakt der Karikatur einer Farmersfrau, überspitzter sogar noch als in Lukes Beschreibung – sie hatte ein großflächiges rotes Gesicht mit Grübchen, das von grauem Haar umrahmt war, und einen von einer langen Schürze verdeckten apfelförmigen Körper.

»So, so«, begann sie das Gespräch und stellte die Teller vor uns ab. »Und was führt Sie in unsere Breitengrade?«

Ich unterdrückte ein Lächeln. »Wir sind ... auf der Durchreise. Wir wollten die Panoramastraße nehmen und uns ein bisschen die Gegend ansehen. Wir kommen aus der Stadt ... Rauch, Smog und so, Sie wissen schon.«

»Aber Kühe haben wir schon mal gesehen«, witzelte Luke auf meine Kosten.

Hinter dem Rücken der Frau schnitt ich eine Grimasse. »Leben Sie schon lange hier?«

»Seit meiner Heirat«, antwortete sie sehr entschieden. »Die Farm gehört seit drei Generationen der Familie meines Mannes. Sie sitzen hier in der ehemaligen Molkerei.«

Luke gab ein überraschtes Geräusch von sich, doch ich ignorierte ihn. »Dann kennen Sie also alle hier im Dorf?«

Ihre Augen huschten misstrauisch zwischen uns hin und her. »Allerdings.«

Luke öffnete den Mund, um etwas zu sagen, aber ich kam ihm zuvor. »Es ist nämlich so ... ich versuche, ein Familientreffen zu organisieren, und in Ihrem Dorf scheinen Leute zu leben, die möglicherweise ... Verwandte von mir sind.«

»Dann wollten Sie also gar nicht die Landschaft bewundern«, bemerkte die Farmersfrau und rührte energisch in einer Teekanne herum. Ich war fast am Verdursten, aber sie machte keinerlei Anstrengung, die Kanne an unsern Tisch zu bringen. »Wie heißen sie denn?«

»Morton, Jane und Paul Morton.«

Jetzt fiel eindeutig ein Schatten über ihr Gesicht. »Sind das nahe Verwandte von Ihnen?«

Ich spürte, wie die mir so vertraute Röte vom Nacken in die Wangen stieg. »Nein … nein … nur ein Cousin zweiten Grades, mütterlicherseits, der irgendwann verzogen ist. Meine Mutter hat schon vor Ewigkeiten den Kontakt zu ihm verloren.«

Arglistige Augen bohrten sich in meine. »Aber Sie sind sich sicher, dass die beiden hier leben, in Lower Craxton?«

Ich wand mich sichtlich, da sie nicht gerade auskunftsbereit zu sein schien. »Meine Mutter hatte noch eine alte Weihnachtskarte von den beiden«, sagte ich mit piepsiger Stimme, »und darauf steht die letzte uns bekannte Adresse.«

Die Farmersfrau verschränkte die fleischigen Arme, nachdem sie uns endlich Tee eingeschenkt hatte. »Tja, dann tut es mir leid, Ihnen eine schlechte Nachricht überbringen zu müssen. Jane und Paul haben tatsächlich hier gelebt, sind aber vor fünf Jahren bei einem Hausbrand ums Leben gekommen.«

Ich verdeckte mein Gesicht mit den Händen. »Wie grauenhaft.«

Sie machte ein schnalzendes Geräusch mit der Zunge. »Alle hier im Dorf waren erschüttert, dass so was Schreckliches passieren konnte. Es war am Heiligen Abend, das werde ich nie vergessen … keiner hier kann das.«

»Ist denn das Haus …? Ich meine, steht es noch?«

»Niedergebrannt bis auf das Fundament«, antwortete sie lapidar.

Lukes Stimme klang dem Anlass angemessen. »Gab es

denn Überlebende? Ist irgendjemand dem Feuer entkommen?«

Die Frau entfernte sich von unserem Tisch und machte sich hinter dem Tresen zu schaffen. »Nein. Jetzt muss ich aber weitermachen. Werfen Sie einfach zwei Pfund in den Krug neben der Tür – und einen guten Tag Ihnen beiden.«

Ich war betroffen, dass sie so plötzlich aufbrach, und rief ihr nach. »Und was ist mit …«

Aber Luke beugte sich zu mir hinüber und hielt mir den Mund zu. Verärgert schüttelte ich seine Hand ab. »Sie hat uns noch gar nichts über die Tochter erzählt. Die muss sie doch auch gekannt haben.«

Luke weigerte sich, mir zu antworten. Ich sah ihm zu, wie er sein Sandwich zu Ende aß, den letzten Schluck Tee trank, Münzen auf den Tisch zählte und sich seine Jacke wieder anzog. Ärgerlich folgte ich ihm mit gesenktem Kopf, um dem Wind zu entgehen.

»Tut mir leid wegen eben«, entschuldigte er sich. »Ich wollte nicht, dass sie uns hört.«

»Aber warum sollte sie uns denn anlügen? In dem Artikel stand doch alles über Grace Morton. Es ist doch gar nicht möglich, dass sie sie nicht gekannt hat … in einem so kleinen Dorf.«

»Wir können sie ja nicht zwingen, uns was darüber zu erzählen«, antwortete Luke resigniert.

»Lass uns noch jemand anders fragen«, sagte ich, und ehe mich Luke aufhalten konnte, winkte ich einem Mann zu, der an einem der Häuschen arbeitete. Er bemerkte mich sehr wohl, schleifte aber unbeirrt seinen Fensterrahmen ab und reagierte auch nicht, als ich näher kam.

»Wir sind auf der Suche nach Informationen über die Familie Morton, die hier im Dorf gelebt haben soll. Kannten Sie die vielleicht?«

Seine schroffe Antwort grenzte schon an Unhöflichkeit. »Nein.«

»Jemand anders vielleicht? Möglicherweise erinnern sich die Hausbewohner hier an die Familie?«

»Ganz sicher nicht«, knurrte er.

Luke zog mich an meiner Kapuze in Richtung Auto. »Eins habe ich in diesem Job gelernt.«

»Und was?«

»Das Schweigen der Leute sagt genauso viel wie ihre Worte.«

Ich war froh, wieder im Auto zu sitzen, ärgerte mich aber, dass unser Trip offenbar umsonst gewesen war und Luke auch noch in Rätseln sprach. »Du meinst, es ist von Bedeutung … dass hier keiner mit uns sprechen will? Wieso denn?«

»Das weiß ich jetzt noch nicht, aber ich bin erst mal froh, hier wieder wegzukommen … dieses Dorf ist mir nicht geheuer.«

Er stieg aufs Gas, doch die Räder blockierten und drehten auf der Schotterstraße durch. Mit quietschenden Reifen fuhr er schließlich los.

»Ich weiß, was du meinst«, sagte ich seufzend, eigentlich mehr zu mir selbst als zu Luke.

Ich warf einen letzten Blick aus dem Fenster und meine Hand flog entsetzt an den Mund. Eine Radfahrerin näherte sich von links und es blieb keine Zeit, ihr eine Warnung zuzurufen. Ein unerträglich dumpfes Geräusch war zu hören, als sie direkt in unser Auto fuhr.

Kapitel 13

Luke riss die Tür auf und sprang mit aschfahlem Gesicht aus dem Wagen. Ich folgte dicht hinterher und versuchte, die alte Dame davon abzuhalten, aufzustehen, da ich Angst hatte, sie könnte sich etwas gebrochen haben. Wir waren beide verblüfft, als sie auf die Füße sprang und sich den Staub von dem Gewirr an Unterröcken, dicken Strumpfhosen, langem Tweedrock und Regenmantel klopfte. Sie wog bestimmt nicht mehr als 45 Kilo und versank in ihren vielen Schichten.

»Das war einzig und allein meine Schuld«, beteuerte sie. »Ich leide an grauem Star und die misslichen Folgen haben Sie ja gerade selbst erlebt.«

»Sind Sie auch sicher, dass Ihnen nichts passiert ist?«, flüsterte Luke. Ich tat so, als würde ich nicht merken, dass er an einem Baum lehnte, um sich zu stützen.

»Alles in Ordnung, meine Einkäufe haben den Sturz abgefangen.«

Ihre zahlreichen Kleidungsstücke hätten sie vermutlich ohnehin geschützt, aber so war sie auf etlichen Stofftaschen gelandet, die entschieden zerdrückt aussahen.

»Wir kommen natürlich für alles auf, was zerbrochen ist«, sagte ich zu ihr.

»Selbstverständlich«, stimmte Luke ein, »das ist das Mindeste, was wir tun können.«

»Nein, ist schon gut, wirklich. Ich habe nichts Zerbrechliches da drin, nur ein Stück Käse, ein paar Stangen Lauch, Kartoffeln und ein paar Scheiben Speck …«

Jetzt, da er sicher wusste, dass sie unverletzt geblieben war, sah Luke sehnsüchtig zu seinem warmen Auto hinüber, aber ich kniff ihn in den Arm, um ihm begreiflich zu machen, dass wir sie nicht so stehen lassen konnten.

»Wir begleiten Sie lieber nach Hause«, schlug ich vor, »und überzeugen uns davon, dass Sie nicht doch ein bisschen … wackelig auf den Beinen sind.«

Die alte Dame machte eine Geste in Lukes Richtung und kicherte spitzbübisch. »Ihr Freund sieht aus, als ob er in schlechterer Verfassung wäre als ich.«

Trotzdem ließ sie mich unterwegs ihren Arm nehmen. Widerwillig schloss Luke den Wagen ab und folgte uns. Knapp hundert Meter weiter blieb sie vor einem kleinen strohgedeckten Haus mit einem Holzschild an der Mauer stehen, auf dem »Snuff-in-the-wind« stand, und wühlte in ihrer Tasche nach dem Schlüssel.

»Und, kommen Sie auf eine Tasse Tee herein?«

Luke lehnte höflich ab. »Danke, aber wir haben noch eine lange Fahrt vor uns.«

Ich entschuldigte mich nochmals bei der alten Dame, als sich zum zweiten Mal an diesem Tag eine Hand auf meine Kapuze legte und mich mit sich zog. Wir waren noch keine zehn Schritte gegangen, da rief uns eine Stimme hinterher: »Dann wollen Sie also gar nichts über die Familie Morton erfahren?«

»Wer hat Ihnen davon erzählt?«, fragte ich überrascht.

Sie lächelte wissend. »Neuigkeiten verbreiten sich hier schnell.«

Das Innere des Häuschens sah aus, als stamme es aus einer anderen Zeit – niedrige Deckenbalken, die bitterschokoladenbraun gebeizt waren, ein Holzofen und ein unebener Fliesenboden mit einem großen Teppich. Eine schwarze Katze lag zusammengerollt vor dem prasselnden Ofen und wärmte sich.

Luke kniff die Augen zusammen und versuchte, sich an das trübe Licht zu gewöhnen. »Sie sieht richtig unheimlich aus«, flüsterte er. »Schmales Gesicht, große Nase und dann lockt sie uns auch noch hier rein. Gleich wird sie einen Riesenkessel aufsetzen und uns darin schmoren, wart nur ab.«

»Pst … sie kommt.«

»Und ich weigere mich, Nesseltee mit Froschlaich zu trinken.«

Die alte Dame trat aus einem schmalen Gang wieder zu uns ins Zimmer. In der Hand hielt sie zwei auf ihren Untertassen hin- und herrutschende Tassen. Ich sprang auf und nahm sie ihr ab.

»Tee schmeckt doch immer besser in Porzellantassen, finden Sie nicht, meine Liebe?«

Luke verzog das Gesicht, als ich ihm die Tasse reichte.

»So … dann lassen Sie mich mal nachdenken, was ich Ihnen zu Jane und Paul Morton sagen kann.«

Ich nickte. »Wenn es Ihnen nichts ausmacht … alles, woran Sie sich erinnern können.«

Die alte Dame rieb sich die Hände vor dem Ofen und änderte die Sitzhaltung in ihrem Sessel, dessen verschlissener Überzug aus verschiedenfarbigen Stoffen zusammengeflickt war. Sie sah aus, als genieße sie es, Zuhörer zu haben, und befeuchtete die Lippen, bevor sie zu sprechen begann. »Die beiden blieben lieber für sich, so viel steht fest. Ich glaube, nur deshalb sind sie auch hierher gezogen … um der Welt aus dem Weg zu gehen. Es waren tiefreligiöse Leute, wenn auch … für meinen Geschmack ein bisschen zu viel Gift und Galle dabei war. Sehr freudlos leider und sehr damit beschäftigt, die Sünden anderer aufzudecken.«

Ich bemühte mich, nicht zu ungeduldig zu erscheinen. »Wie lange vor dem Feuer sind sie denn hierher gezogen?«

»Ich glaube … nein, ich bin mir sicher … vier Jahre vorher. Wir haben nicht so viele neue Familien hier und so was bleibt im Gedächtnis haften.«

Ich räusperte mich nervös. »Waren Sie … ich meine, haben Sie auch das Feuer in dieser Nacht gesehen?«

Die alte Dame nickte ernst. »Es war eine stürmische Nacht und die Flammen waren sechs Meter hoch … der Wind fachte das Feuer wie wild an … Trümmerteilchen, Ruß und Asche flogen in der Luft herum, während das ganze Dorf zu verhindern suchte, dass es sich noch weiter ausbreitete … Genau in diesem Moment sahen wir sie …«

»Wen?«, wollte ich wissen, aber die alte Frau schien mit ihren Gedanken weit fort zu sein, als habe sie vergessen, dass wir noch da waren. Es dauerte sicher eine Minute, ehe sie weitersprach.

»Mitten durch die Flammen ging sie, als sie das Haus

verließ … schlendernd fast, als gäbe es keinen Grund zur Eile.«

»Wer kam denn aus dem Haus?«, wiederholte ich.

»Grace«, stieß sie hervor. »Grace Morton blickte starr um sich mit ihren beunruhigenden grünen Augen. Mir ließ es das Blut in den Adern gefrieren.«

»War Grace die Tochter der Mortons?«, fragte Luke.

»Ja. Sie war erst sieben, hatte aber eine Art an sich, dass man sie für Jahre älter halten konnte.«

Der Henkel der weißen Porzellantasse war so klein, dass ich Daumen und Zeigefinger zusammendrücken musste, um sie hochzuheben. Ich war neugierig, wie Luke dieses Problem bewältigte, und stellte fest, dass er seinen Tee heimlich aus der Untertasse schlürfte. »Dann hat also Grace diese Nacht überlebt?«, merkte ich an. »Ich frage nur, weil die Frau im Farmladen uns sagte, es habe keine Überlebenden gegeben.«

Die alte Dame schnaubte. »Die Leute reden nicht gern darüber. Wir haben hier versucht, das Ganze zu vergessen, und das sollten auch Sie tun.«

Ich war mir nicht sicher, was genau sie meinte. »Wir sollen Grace vergessen? Warum denn?«

Sie gab einen unverbindlichen Grunzlaut von sich und hob die knochigen Schultern. »Es geht mich ja nichts an, aber ich denke, Sie sollten die Vergangenheit ruhen lassen. Alle fanden Grace hier ein wenig … nun ja, verstörend. Sie konnte einen anstarren, dass man versteinerte.«

Luke hüstelte irritiert. »Aber sie war doch noch ein Kind.«

Die alte Dame verschränkte die Arme vor der Brust und ihr Ton wurde abwehrender. »Sie sprach aber nicht wie ein

Kind und die anderen Kinder im Dorf waren auf der Hut vor ihr. Ich glaube, das passte ihren Eltern ganz gut in den Kram, sie hielten sowieso nichts von der Schule und haben sie zu Hause unterrichtet.«

Wir verstummten alle, bis auf die Katze, die ein behagliches Schnurren von sich gab. Ich war etwas besorgt, dass wir hier unsere Zeit verschwendeten. »Hat sie keine Brandverletzungen davongetragen?«

Die alte Dame neigte den Kopf zur Seite und überlegte. »Nein, ich glaube nicht. Sie war eine Weile im Krankenhaus, hatte aber nicht einen Fleck auf der Haut, nicht einmal einen Rußfleck. Es war schauerlich, wie sie da in die kalte Nachtluft hinausschwebte.«

Luke ballte die Fäuste. »Dann ist ... dieses kleine Mädchen also durch sechs Meter hohe Flammen gelaufen ... was für ein Wunder!«

»So würde ich es nicht nennen wollen«, kam die scharfe Antwort. »Ich lebe lange genug, um zu wissen, dass es Dinge auf dieser Welt gibt, die man nicht erklären kann, und Dinge, mit denen ich mich nicht auseinandersetzen will. Grace gehört dazu und kein gefühlsduseliger junger Mann muss mir weismachen, dass es anders ist.«

Dieser Angriff kam überraschend für Luke und er lehnte sich in seinem Stuhl zurück. Die Hitze aus dem Ofen war mittlerweile so stark, dass ich kaum atmen konnte. »Und wo ist Grace jetzt?«

»Sie hat eine Tante und einen Onkel, die in einem Vorort von York leben. Er ist Pastor der Saint-John's-Kirche. Das Letzte, was wir gehört haben, war, dass die beiden sie zu sich genommen haben.«

Luke wurde allmählich ungehalten. Er wippte mit dem Fuß auf dem Teppich und schien am ganzen Körper zu zucken. Ich trank meinen Tee aus, stand auf und bedankte mich bei der alten Dame. Als wir schon an der Tür standen, wurde sie noch einmal lebhafter. »Unser Dorf mag ja klein sein, aber es hat eine gewisse Berühmtheit erlangt.«

»Wie das?«, fragte ich lächelnd.

»Durch den Hexenprozess, meine Liebe. Er fand natürlich in der Stadt statt, aber die Angeklagte stammte hier aus dem Dorf.«

»Wirklich?« Ich spürte, wie mich Luke, der dicht hinter mir stand, in den Rücken stupste und leise schnaubte.

»Und der Fall war umso erschreckender, als sich herausstellte, dass die Frau, die gehängt wurde, von ihrer eigenen Tochter verdammt worden war … die zu der Zeit noch ein Kind war.«

Ich sah Luke ganz bewusst nicht an. »Dann … hat sie ihre eigene Mutter hinrichten lassen?«

»Ja, und es ging das Gerücht, dass eigentlich sie die Hexe war, nur viel zu schlau, um selbst gefasst zu werden. Ihre Tarnung war perfekt, verstehen Sie – sie lebte im Körper eines schönen Kindes, doch das Böse tritt am Ende doch immer zutage.«

Es war mir unmöglich, darauf eine passende Antwort zu finden. »Hm … gut. Noch einmal vielen Dank … für den Tee und überhaupt.«

Luke war schon weitergegangen, als sich plötzlich ein Arm nach mir ausstreckte und mich näher zu sich heranzog. Die Haut, die meine berührte, hatte die Farbe und Beschaffenheit von Pergament und ein Lippenpaar flüsterte mir ins Ohr: »Sie haben auch die Gabe, es ist Ihnen nur noch nicht bewusst. Sie müssen ihre Schwachstelle finden.«

Vor Schreck riss ich mich los und holte Luke ein, der endlich seinem Ärger Luft machte. »Die spinnt doch, ganz eindeutig. Du weißt, auf was sie rauswill, oder? Dass Grace eine Art reinkarnierte Hexe ist.«

»Den Zusammenhang habe ich gar nicht gesehen«, flunkerte ich. »Außerdem, es ist doch nur eine Geschichte.«

»Damals hielt man ja jeden für eine Hexe. Ich meine, sieh dich nur selber an, Katy – mit deinen roten Haaren, den grünen Augen und deiner Katze … du wärst als Allererste auf dem Scheiterhaufen gelandet.«

»Vielen Dank für dieses Vertrauensbekenntnis«, sagte ich gedehnt.

»Und was soll der ganze andere Scheiß?«, beschwerte er sich. »Eine Siebenjährige kann doch nie und nimmer unverletzt durch Flammen gehen.«

»Sie hat immer wieder von ihren Augen gesprochen«, sagte ich leise. »Niemand, der Genevieve einmal begegnet ist, wird jemals ihre Augen vergessen.«

»Dann glaubst du also, dass sie das Mädchen ist?«

»Ich weiß es einfach nicht.«

»Sie hat gesagt, dass das Mädchen außerhalb der Stadt Familie hatte. Wenn Genevieve früher einmal Grace war, dann wäre sie doch nie auf der Straße gelandet … nicht mit Verwandten, die sich ihrer angenommen haben.«

»Vielleicht hat sie die ja auch verschreckt.«

»Sind dir bei Genevieve irgendwelche Narben aufgefallen?«

»Nein«, antwortete ich bitter, »sie hat eine wunderschöne Pfirsichhaut.«

Lukes Mund verzog sich zu einem resoluten Strich, den ich schon kannte. »Ich glaube, das ist die falsche Spur … ist alles viel zu weit hergeholt.«

Ich biss mir in die Innenseite meiner Wange, als wir ins Auto stiegen, fest entschlossen, Luke nichts von den Abschiedsworten der alten Dame zu erzählen.

»Trotzdem ist etwas faul an der Sache, Luke. Sie hat uns davor gewarnt, Grace zu nahe zu kommen, so als ob sie Angst hätte oder da etwas wäre, das sie uns nicht erzählen will.«

Ich war niedergeschlagen und konnte es auch nicht verbergen. »Du glaubst nicht daran, dass Grace Genevieve ist, oder?«

Luke lächelte betrübt. »Nein, das alles ist viel zu unwahrscheinlich … die misstrauischen Dorfbewohner, das Feuer, das sie nicht verbrannt hat, und diese komische alte Frau mit ihren abergläubischen Warnungen.«

Ich streckte die Hand nach Luke aus, um ihn daran zu hindern, loszufahren, und riss unvermittelt die Wagentür auf. »Ich habe meinen Schal vergessen … bin gleich wieder da.«

Mit klopfendem Herzen rannte ich den ganzen Weg zu dem Haus der alten Frau zurück, übermannt von dem unwiderstehlichen Drang, sie zu fragen, was ihr rätselhafter Ratschlag zu bedeuten hatte. Ich klopfte an die Tür, doch niemand machte auf und so spähte ich durch die winzigen Fenster, weil ich dachte, sie sei vielleicht schwerhörig. Ich sah ein zweites, ein drittes Mal hinein, rieb mir die Augen, aber nein, ich bildete es mir nicht ein – das warme gemütliche Zimmer, das wir eben erst verlassen hatten, sah kalt und leer aus; kein knisternder Holzofen, keine Katze, die sich träge an ihm wärmte. Ich hämmerte wieder an die Tür und gab auf, weil ich Luke ungeduldig nach mir rufen hörte. Ich achtete darauf, dass keine Regung meines Gesichts etwas verriet, als ich zu ihm ins Auto stieg.

Luke ließ den Motor an. »Kann's losgehen?«

Ich nickte und wir fuhren los, beide erleichtert, endlich wieder auf der einzigen Straße zu sein, die aus dem Dorf herausführte.

Kapitel 14

Sie war das schönste Kind, das ich jemals gesehen hatte – ihre Haare glichen gesponnenem Gold, ihre Haut Porzellan und sie strahlte die reinste Unschuld aus. Sie glitt die geschwungene Treppe hinauf, ohne mit den Füßen das Holz zu berühren, und schwebte dann den Gang entlang bis zu dem Zimmer, in dem der Frisiertisch stand. Ich folgte ihr, zum ersten Mal ganz ohne Angst und Sorge. Das Kind war Genevieve, aber noch gänzlich unverdorben, rein. Sie winkte mich auf den Stuhl neben sich, nahm meine Hand in ihre und unsere Finger schlangen sich ineinander. Doch irgendetwas störte diese Harmonie; ihre winzigen, vollkommen gerundeten und rosigen Fingernägel stachen mir in die Handfläche und ich versuchte, meinen Griff zu lockern. Doch es gelang mir nicht und der Schmerz wurde heftiger und heftiger. Als ich hinab auf ihre Nägel sah, da waren sie zu gelben, eingerollten Klauen geworden, die sich in meine Hand hineinbohrten, bis Tröpfchen scharlachroten Bluts den Boden färbten. Doch Genevieve ließ mich nicht los, sie würde mich nie wieder loslassen. Ich wollte den Kopf nicht heben, musste aber in den Spiegel sehen, aus dem mir Genevieve entgegenblickte, die jetzt zu einem runzeligen alten Weib mit

Hakennase, schwarzen Zähnen und Luchsaugen geworden war.

Sie verhöhnte mich und wippte mit hysterisch schrillem Lachen hin und her. Da wachte ich auf und zitterte am ganzen Körper.

Sobald die Schrecken des Traums von mir abfielen, war mein erster Gedanke, dass ich Nat unbedingt treffen musste, bevor wir uns morgen im College begegneten. Ich musste ihr in die Augen sehen und mich davon überzeugen, dass sie mir auch noch glaubte, nachdem sie Zeit gehabt hatte, alles zu überdenken. Das mochte schmerzlich für mich ausgehen, aber meinem Seelenheil war ich es schuldig. Ich warf die Bettdecke zurück und streckte die Zehen nach meinen Hausschuhen aus, da ich wusste, wie kalt die Holzdielen mit einem Mal geworden waren. Dann sah ich durch einen Spalt im Vorhang kleine Pfützen mit Kondenswasser auf den Fensterbrettern. Das war schon ewig nicht mehr vorgekommen. Im Winter war es meist so kalt in meinem Zimmer, dass ich gelegentlich meinen Atem sehen konnte, und einmal war die Innenseite meines Fensters sogar vereist gewesen. Ich zog meinen dünnen Morgenmantel enger um mich und überlegte, ob es Zeit war, meinen wollenen Lieblingsbademantel mit den Streifen und den dicken Schlafanzug herauszuholen.

Es war erst acht Uhr morgens, zu früh also, um Nat anzurufen, und unruhig überlegte ich, wie ich die nächsten Stunden verbringen sollte, bis es mir möglich war, herauszufinden, ob ich noch Freunde hatte. Meine alte Unsicherheit schien zurückzukehren. Bevor ich Nat und Hannah kennenlernte, war ich im Grunde immer voller Angst gewesen, dass niemand sich mit mir befreunden wollte, war deshalb immer viel zu sehr darum bemüht gewesen, dass man mich mochte. Genauso fühlte ich mich jetzt, als müsste ich mich von Neuem selbst beweisen. Ich tapste runter in die Küche und stellte fest, dass nur noch wenige Löffel Kaffee in der Dose übrig waren. Ich kochte mir daher einen mehr als schwachen Kaffee und wartete darauf, dass Mum aufwachte. Hier in der Küche gab es nur ein Nordfenster und bis zum späten Nachmittag kaum Licht, was sie besonders deprimierend machte. Ich setzte mich ins Esszimmer, das Flügeltüren hatte, die in den Garten hinausführten, und trank, tief in Gedanken, meinen Kaffee. Mein Herz machte einen richtigen Satz, als ich mein Handy piepsen hörte, weil ich hoffte, es sei Nat. Doch dann war es nur Luke. Er musste wohl gesehen haben, dass meine Vorhänge schon aufgezogen waren.

Nicht nach der Hexe von Lower Craxton suchen, Katy. Alles schon überprüft. Im Netz ist nichts zu finden, nicht mal ein Hinweis auf irgendeine Stadtlegende. Ich hab dir ja gesagt, die Alte spinnt, haha, X

Luke konnte ein solcher Besserwisser sein. Ich ärgerte mich, weil er mich so gut kannte und vorausgesehen hatte, dass ich mich auf die Story der alten Frau fixieren würde. Ich saß noch eine Weile länger da, inzwischen fast ein wenig verzweifelt, weil sich der heutige Tag entsetzlich in die Länge ziehen würde. Merlin war mit einer kurzfristigen Abgabe für seinen Kurs beschäftigt und Mum schlief immer noch. Ich zog mich wieder nach oben in mein Zimmer zurück und schaltete meinen Computer an. Luke bildete sich ein, dass er der Einzige war, der Recherchen anstellen konnte, und ich hatte das ganz dringende Bedürfnis, ihm das Gegenteil zu beweisen. Dazu musste man kein Journalist sein, sagte ich mir mit hartnäckigem Optimismus. Am vernünftigsten war es, sich gleich in die Arbeit zu stürzen, und meine Finger tippten los, als führten sie ein Eigenleben. *Die Hexe von Lower Craxton* ergab nicht viel Konkretes – da war ich ja schon vorgewarnt – und ich erweiterte die Suche auf den Begriff *Hexen,* der kurz und pointiert war. Tausende von Webseiten für zeitgenössische Hexen und Heiden tauchten auf, auf einige klickte ich auch zerstreuungshalber, beschloss dann aber, mich nicht ablenken zu lassen. So engte ich den Begriff auf *Hexen im Britannien des Mittelalters* ein, stieß unvermeidbar auf die grässlichen Beschreibungen von Foltermethoden und Tod durch Ertränken, Erhängen, Enthaupten und Verbrennen. Hatte eine Hexe eine besonders schlimme Tat gestanden, verwendete man manchmal ein extra langsam brennendes Holz, um ihre Qualen zu verstärken. Nach ihrem Tod trieb man dann eiserne Nieten durch ihre Knie und Ellenbogen, damit sie aus dem Grab nicht auferstehen konnte. Mit einem ganz seltsamen Gefühl im Magen schüttete ich den Kaffeesatz aus meiner Tasse.

Mum war inzwischen nach unten gegangen und ich riss mich von meinem Computer los, um ihr Gesellschaft zu leisten und weil ich am Verhungern war. Zum Frühstück gab es zwar nur zwei nach Pappe schmeckende Scheiben Brot mit Rühreiern, aber beides war mir mehr als willkommen.

»Weißt du irgendwas über Hexenverfolgungen?«, fragte ich Mum.

Sie hob die Augenbrauen und schüttelte vage den Kopf. »Ich meine mich daran erinnern zu können, dass die Hexenjäger nach Teufelsflecken Ausschau hielten«, sagte sie langsam, »und die konnten alles Mögliche sein – Sommersprossen, Muttermale, Warzen oder irgendwelche anderen Schönheitsfehler.«

Ich beschloss, mir noch eine Schüssel Getreideflocken zu genehmigen, denn Luke und ich hatten am Abend vorher nichts gegessen und mein Magen fühlte sich entsprechend leer an. Ich räusperte mich bedeutungsvoll, gewappnet mit meinem frisch erworbenen Wissen. »Viele Fachleute meinen ja, dass die ganze Hexenhysterie auf Hass und Furcht der Männer vor den Frauen zurückzuführen ist.«

Mum nickte ganz begeistert. »Die meisten Hingerichteten waren Frauen, die man für hinterhältiger und durchtriebener als Männer hielt.«

»Hm«, stimmte ich ihr zu, »aber … es gab durchaus auch Frauen, die mit dem Finger auf andere Frauen zeigten. Und das Risiko, verfolgt zu werden, erhöhte sich noch, wenn man alt, hässlich, arm oder alleine war, und oftmals lagen einer Anklage wegen Hexerei Streitigkeiten in einem Dorf zugrunde. Selbst Kinder zog man schon als glaubwürdige Zeugen zu Aussagen vor Gericht heran.« Plötzlich fielen mir die Worte der alten Frau wieder ein und mich fröstelte.

»Das ist alles sehr interessant, Katy«, sagte Mum lächelnd. »Wird aus dem Thema eine Collegearbeit?«

»Gewissermaßen«, log ich.

»Wenn du Hilfe brauchst, frag mich ruhig. Ich bin richtiggehend fasziniert von deinen Nachforschungen.«

»Wirklich?«

»Ja, wirklich.«

Jetzt fühlte ich mich wieder beschwingt, ging zurück in mein Zimmer und schrieb eine SMS an Nat, auf die sie nicht umgehend antwortete, was ich als schlechtes Omen wertete. Ich machte mich an meine Recherche und durchforstete alle dokumentierten Hexenprozesse in der Umgebung von York, doch Luke hatte recht gehabt: Keine der Yorkshire-Hexen passte zu dem Profil einer Mutter, die von der eigenen Tochter angeklagt worden war. Als ich das nächste Mal auf die Uhr sah, stellte ich fest, dass ich fast drei Stunden lang mit kurzen Unterbrechungen vor dem Computer gesessen hatte und nur noch verschwommen sah.

Ich stand auf, streckte mich, gähnte, ging auf und ab und zermarterte mir das Hirn, weil ich noch immer fest entschlossen war, Luke einen Beweis zu liefern. Die alte Dame hatte mir auf kryptische Weise zu verstehen gegeben, dass ich nach Genevieves Schwachstelle suchen solle; ich verstand es als Anspielung darauf, ein Mittel zu finden, wie ich sie abwehren konnte. Ich beugte und streckte meine Finger, als ob ich gleich ein Klavierkonzert geben müsste, und ging wieder auf Google.

Wie man eine Hexe abwehrt.

Meine Augen leuchteten auf. Das war spannend, weil die Methoden so unterschiedlich waren. Sie umfassten die Anwendung von Stechpalme, Weißdorn und Eichenholz zum Schutz des Außenbereichs eines Hauses über das Verscharren einer Katze im Fundament bis dahin, einen Besenstiel oder ein eisernes Schwert auf die Türschwelle eines Hauses zu legen. Ich hörte Mum rufen, ich solle herunterkommen, doch mir war noch etwas anderes ins Auge gesprungen. Es war ein kurzer Text über einen renommierten Historiker, der viele außergewöhnliche Artefakte in einem Haus entdeckt hatte, das unter Denkmalschutz stand und das er vor dem Verfall gerettet hatte. Was meine Aufmerksamkeit jedoch mehr erregte, war die Tatsache, dass dieses Haus in Appleby, dem Nachbardorf von Lower Craxton, stand, durch das Luke und ich auf dem Nachhauseweg gefahren waren. Genauso malerisch, war es viel größer, mit eigenem Pub, alter Kirche und Dorfschule. Aus irgendeinem Grund zitterten meine Finger, als ich die Seite nach unten scrollte.

Während der Renovierungsarbeiten von ›Martinwood‹ brachte Thomas Winter einige ungewöhnliche Artefakte zutage und berichtete den Reportern der lokalen Zeitung, dass man vor vielen Hundert Jahren Gegenstände, die dem Aberglauben verhaftet waren, an ausgewählten Orten deponierte, um böse Geister abzuwehren. Winter selbst war davon überzeugt, dass in seinem Haus ein böser Geist sein Unwesen trieb. Später allerdings setzte er eine schriftliche Entschuldigung in Umlauf, in der er zugab, den Bericht nur erfunden zu haben, um das Interesse an der Geschichte des Dorfes zu wecken und den Tourismus in der Gegend anzukurbeln.

Mit schwirrendem Kopf trabte ich nach unten. Mum sah sehr zufrieden mit sich aus. Offenbar war sie in den nächstgelegenen Laden gegangen, während ich vertieft in meine Recherche gewesen war, und hatte uns Bohnenkaffee und leicht klebrige Schoko-Eclairs spendiert. Sie drückte den Stempel in die Druckkaffeekanne und schenkte mir eine

Tasse Kaffee ein. Ich atmete den köstlichen Duft ein und nahm einen großen Schluck, bevor ich Mum die Frage stellte, die mir auf der Seele brannte.

»Mum? Welchen Grund könnte ein anerkannter Historiker haben, eine Geschichte zu erfinden, in der er behauptet, in seinem uralten Haus spuke es und er habe lauter gespenstisches Zeug darin gefunden?«

Nachdenklich strich sie sich mit der Hand über das Kinn. »Die Leute lassen sich alle möglichen verrückten Sachen einfallen, Katy.«

»Aber es kommt mir so skurril vor«, bohrte ich weiter, »trotz seiner späteren Erklärung.«

»Vielleicht wollte er ja nur öffentliche Aufmerksamkeit«, meinte Mum, »oder er hat sich wirklich verrannt und wollte etwas finden, was es dort gar nicht gab … oder aber … er war einfach besessen von Hexen, so wie wir.« Sie lachte. »Ist es nicht komisch, Katy, dass wir das gemeinsam haben?«

Ich sah sie vernichtend an. »Nicht wirklich, Mum. Man nennt es schlicht und einfach Vererbung.«

»Schon klar«, antwortete sie fröhlich und pustete in ihren Kaffee. »Was hat er denn genau erfunden?«

»Keine Ahnung.« Ich zuckte mit den Achseln. »Ist ja schon einige Jahre her. Offenbar hat er wegen des allgemeinen Interesses an seinem Haus einen Artikel in der lokalen Zeitung geschrieben, aber sonst habe ich in Google nichts weiter auftun können.«

»Hast du es mal in den Archiven versucht? Die meisten Zeitungen haben eins.«

Mein Interesse war jetzt neu erwacht und ich setzte mich aufrecht hin, froh darüber, dass die Spur noch nicht kalt war. So schlecht ließ sich der Tag dann doch nicht an, denn Mum war lebendig wie schon lange nicht mehr. Ich hätte mir nur gewünscht, Nat würde sich bei mir melden, damit ich mich beruhigen konnte. Ich verschlang die Schoko-Eclairs, leckte mir die Finger ab und sagte zu Mum, dass ich jetzt in den Archiven forschen wolle. Mein Morgenmantel klaffte vorne auf und nur deshalb wurde mir bewusst, dass es schon drei Uhr nachmittags und ich noch nicht mal angezogen war.

Dann saß ich startbereit an meinem Schreibtisch. Ich musste systematisch vorgehen. Thomas Winters öffentliche Entschuldigung war 2007 erschienen, also musste seine Kolumne früher publiziert worden sein. Ich klickte auf *Archive* und war erstaunt, wie leicht man darauf zugreifen konnte. Auf der Archivseite der besagten Lokalzeitung gab es einen kleinen Kalender für jeden Monat eines jeden Jahres. Die Zeitung erschien nur wöchentlich, was die Suche weiter abkürzte. Und dann fand ich ihn: einen kurzen Bericht über Thomas Winters Restaurierung von ›Martinwood‹ und seine Entdeckungen zum Leben im siebzehnten Jahrhundert. Die langweiligen Passagen darüber, wie man seinerzeit mittelalterliche Bautechniken kopiert hatte, überflog ich nur, verweilte dann aber auf der Mitte der Seite, wo es interessanter wurde.

Ich begann die Bausubstanz des Hauses auseinanderzunehmen und legte etliche Gegenstände frei, die mich zu der Annahme führten, dass die Bewohner von ›Martinwood‹ offensichtlich das Bedürfnis verspürten, sich selbst und ihre Behausung vor unheilvollen Einflüssen zu schützen. Unter diesen Gegenständen befanden sich ein Kinderschuh – Sym-

bol für Glück und Geborgenheit zu jener Zeit –, verschiedene Kreuze, die man in die uralten Balken geschnitzt hatte, sowie Hufeisen, die den Teufel daran hindern sollten, in das Anwesen einzudringen, wie es die Legende berichtet. Bei der Demontage des Hauptkamins und des Schornsteins wurde ein verdeckter Sims oder eine Nische freigelegt, die sich etwa zwei Meter von der Feuerstelle entfernt befand. Dort entdeckte man einen kleinen Holzklotz, in den ein Name – Greta Alice Edwards – und ein Auge hineingeschnitzt worden waren. Im Mittelalter wurde dem Schornstein eine große Bedeutung beigemessen, weil er eine Öffnung darstellte, durch die bösmeinende Geister in ein Haus eindringen konnten. Zweifellos war der Holzklotz für die Flammen bestimmt gewesen, was Teil eines Rituals zur Abwehr einer Person mit unheilvollen Absichten darstellte. Warum das Holz trotzdem nicht verbrannt ist, lässt sich heute nicht mehr sagen.

Ich las mit angehaltenem Atem, denn dies bedeutete aller Wahrscheinlichkeit nach, dass der Holzklotz tatsächlich den Namen der real existierenden Hexe aus dem siebzehnten Jahrhundert trug. Falls das Ganze nicht lediglich ein Schwindel war. Ich bekam Stielaugen, während ich mich in die Geschichte vertiefte, und versuchte, nicht daran zu denken, dass dieser merkwürdige Mann sein Wissen dazu benutzt hatte, jedermann zu täuschen. Es gab noch einen Nachtrag, in dem stand, dass Thomas Winter das Kirchenregister des Ortes konsultiert und festgestellt hatte, dass besagte Person tatsächlich gelebt hatte. Sie wurde 1675 geboren, war 1691 gestorben und in St. Mary's, einer Kirche aus dem 12. Jahrhundert, beigesetzt worden.

Ich sah aus dem Fenster. Draußen stand Luke im weißbestäubten Overall und blickte zum Hausdach hinauf. Er hatte schon erwähnt, dass er seinem Vater bei Arbeiten am Haus half, und normalerweise hätte es mich ja auch interessiert, aber nicht heute. Ich senkte den Kopf, damit er mich nicht entdeckte und Steinchen gegen meine Fensterscheibe schleuderte.

Eine kurze Suche nach »Martinswood« brachte nur das kleine Foto eines schwarz-weißen Holzhauses zutage, das so alt war, dass es sich aus seinem Fundament hinauszubeugen schien. Viel Text gab es dazu nicht, aber das Haus schien über die Jahrhunderte eine bewegte Geschichte gesehen zu haben. Seit den Sechzigerjahren hatte es sich im Besitz der Gemeinde befunden und war 2007 an einen privaten Kaufinteressenten versteigert worden. Ich trommelte mit den Fingern auf den Tisch. Zeit für die nächste Pause.

»Du siehst aus, als ob du ein Gespenst gesehen hättest, Katy … oder eine Hexe.« Mum lachte mit heiserer Stimme über ihren eigenen Scherz. Dann erst sah sie den nachdenklichen Ausdruck auf meinem Gesicht.

»Gerade habe ich etwas über eine gelesen«, sagte ich seufzend, »aber sie war nicht echt. Ich meine, existiert hat sie, aber sie war keine Hexe.«

»Hat das wieder dieser Historiker verbreitet?«

Ich nickte niedergeschlagen.

»Mach dir nichts draus«, antwortete Mum heiter. »Ein Körnchen Wahrheit war ja wenigstens dabei. Es sind immer wieder große Teile der Geschichte durch Legendenbildung verschleiert worden.«

»Aber in diesem Fall ist es anders«, brummte ich. »Was er behauptet hat, klang so stringent.«

»Er ist einfach ein guter Geschichtenerzähler«, sagte Mum lachend. »Vielleicht sollte er seinen Job als Historiker an den Nagel hängen und Romanautor werden.«

Ich wollte es nicht dabei belassen und Mum sollte es auch nicht tun. »Für mich ist das genauso, wie wenn ich mir einen guten Film ansehe, aber das Ende nie erfahre.«

»Manchmal, Katy«, sagte Mum warnend, »bist du neugieriger, als dir guttut.«

»Findest du?«

»Als du klein warst«, erinnerte sie sich mit zärtlichem Lächeln, »hast du immer so merkwürdige Sachen behauptet ... dass du Orte wiedererkennen würdest, an denen du noch nie zuvor gewesen warst ... und dann hattest du ja auch diese schrecklichen Albträume.«

»Das hast du mir nie erzählt. Worüber denn?«

»Ich weiß es nicht, Katy, aber du hast jedes Mal geweint und wild um dich geschlagen ... selbst im Winter durfte ich dich nicht zudecken, so als ob du Fieber hättest und ... innerlich verbrennen würdest.« Mum schluckte. »Aber irgendwann hat sich das mit den Träumen dann Gott sei Dank gelegt.«

»Wow. Daran kann ich mich gar nicht erinnern. Ich muss ja eine lebhafte Fantasie gehabt haben.«

Ich ging zurück auf mein Zimmer und machte mir Sorgen, weil Nat sich immer noch nicht bei mir gemeldet hatte. In dieser Nacht spukte beim Einschlafen immer noch in meinem Kopf herum, was Mum mir erzählt hatte, und ich fragte mich, warum das Gefühl, etwas wiederzuerkennen – das Déjà-vu-Erlebnis also –, so plötzlich wieder zum Vorschein kam, nachdem es viele Jahre lang geschlummert hatte.

Kapitel 15

Genevieve war ein Chamäleon. Im Laufe des Wochenendes hatte sie erneut ihr Aussehen verändert. Ihr Gesicht war jetzt von Locken umrahmt, doch nicht von drahtigen, wilden, so wie meine – nein, ihre fielen weich um die Schultern, sie hüpften und tanzten in der Oktobersonne, golden wie Herbstlaub. Ihre Gesichtszüge schienen noch zarter als sonst und sie trug eine bunte Tunika über Leggings, mit der sie wie ein wunderschönes Straßenkind aussah. Wenn ich versuchte, mich so zu stylen, dann wirkte ich wie ein Kalb, das man in einen Sack gesteckt hatte. Ich gab mir alle Mühe, Genevieve zu ignorieren, denn ich war fest entschlossen, Nat offen zu begegnen, die mit dem Rücken zu mir saß. Ich zupfte sie am Ärmel und einen Moment lang setzte tatsächlich mein Herzschlag aus, so sehr fürchtete ich mich vor der Feindseligkeit in ihren Augen. Aber sie drehte sich zu mir um und sah mich freundlich an wie immer.

»Alles okay?«, fragte ich nervös.

Sie nickte etwas schuldbewusst und flüsterte: »Sorry wegen gestern. Ich musste ein bisschen Zeit mit meiner Familie verbringen ... und SMS-Tippen war strengstens verboten. Der reine Horror!«

»Und was ist mit den … du weißt schon … mit den dämlichen Sprüchen auf Facebook?«

»Das stehe ich jetzt einfach durch«, antwortete sie tapfer. »Die werden bald ihr nächstes Opfer mobben, dann bin ich Schnee von gestern.«

Mir kamen schier die Tränen vor Erleichterung, weil sie so cool mit allem umging, und ein großer Stein fiel mir vom Herzen, obwohl ich immer noch sehr wütend war auf Genevieve, die sich schlichtweg nicht ignorieren ließ. Im Gegenteil, jetzt kam sie auf mich zu und spielte eingebildet mit ihren prächtigen Locken. Hannah und Nat mussten wohl wittern, dass irgendwas im Gange war, das merkte ich an ihren Seitenblicken.

»Schön sind deine Haare heute«, säuselte ich, um die beiden zu beruhigen.

»Findest du?«, antwortete Genevieve völlig ungerührt. »Mein Glätteisen ist mir kaputtgegangen, nur deshalb sehen sie so aus.«

Ich streckte einen Finger aus, wickelte eine ihrer Locken darum und spürte, wie sie zurückzuckte.

»Und, hattest du ein schönes Wochenende?«, fragte sie spitz und lächelte so wissend, dass mir das Blut in den Adern gefror. Vermutlich hoffte sie, dass Nat mich wie Luft behandelt hatte, und ich war heilfroh, dass sich nichts zwischen uns geändert zu haben schien.

»Ja, danke.«

Zusammen gingen wir in unseren Kurs. »Hast du viel für dein Projekt getan, Katy?«

Deshalb also war sie derart selbstzufrieden. Heute hatten wir die letzte Sitzung vor Abgabe unseres Erstsemesterprojekts und Genevieves Entwürfe würden garantiert fantastisch sein. Obwohl sie später als wir ins College eingetreten war, war sie uns allen meilenweit voraus. Ich konnte nicht mit ihr mithalten und das wusste sie genau.

»Dieses Wochenende hab ich nichts mehr gemacht«, gab ich zu. »Ich war schon vorher fertig.«

»Na, dann viel Glück«, sagte sie grinsend. »Ich hoffe für dich, dass du gut abschneidest.«

Ihre Stimmungswechsel waren mir ein Rätsel und ich war froh, an meinen Arbeitstisch gehen zu können und ihr zu entkommen. Dieser ständige mentale Hickhack laugte mich allmählich aus und kostete mich meine ganze Energie. Ich öffnete meine Kunstmappe und starrte entsetzt auf ihren Inhalt. Die Zeit schien plötzlich stehen zu bleiben. Wie benommen nahm ich Blatt für Blatt heraus und sah es an. Halluzinierte ich oder gehörten die Arbeiten jemand anderem? In meinen Ohren rauschte es, als tauche man mich unter Wasser, und der blanke Schrecken kam wie eine Welle über mich. Blaue Farbe hatte meine handgezeichneten Entwürfe nahzu unkenntlich gemacht, und auch meine Stoffmuster waren nicht mehr wiederzuerkennen. Wochenlange Arbeit war zerstört.

Miss Clegg musste mein entsetztes Gesicht bemerkt haben, denn sie kam zu mir herüber. Sie spähte über meine Schulter und gab einen Seufzer von sich.

»Das tut mir leid, Katy. Da hast du wohl keine farbechte Lösung verwendet … dann passiert so etwas manchmal. Schade nur, dass dadurch auch deine anderen Entwürfe beschädigt worden sind.«

Meine Stimme klang unnatürlich schrill und panisch.

»Aber am Freitag haben sie noch ganz anders ausgesehen. Sie waren alle schon getrocknet und die Farben noch ganz kräftig. Ich wär doch nicht so dumm gewesen und …«

Sie lächelte verständnisvoll. »Das kann jedem mal passieren, Katy. Du hast ja eine Woche Zeit, um sie noch mal zu machen.«

»Aber es ist die Arbeit von sechs Wochen«, sagte ich mit Tränen in den Augen. »Das kann ich nie und nimmer schaffen, und wenn ich mich zu sehr beeilen muss, dann krieg ich es nicht hin und ich besteh den Kurs nicht …«

Miss Clegg hob die Hand, um mich in meinem Redefluss zu stoppen, und meinte dann mit freundlicher, doch sehr entschiedener Stimme: »Jetzt sieh mal zu, wie du zurechtkommst, Katy. Wenn du nicht fertig wirst mit dem Projekt, dann finden wir schon eine Lösung.« Und damit drehte sie sich um und entfernte sich eilig.

Ich versuchte, das Zittern meiner Unterlippe zu unterdrücken, da ich Angst hatte, dass ich sonst ganz zusammenbrechen würde. Ausgerechnet Miss Clegg, meine Lieblingslehrerin, hatte meinen Auftritt als Drama Queen miterleben müssen und mich energisch in die Schranken gewiesen – für mich beinahe genauso schlimm wie meine ruinierte Arbeit. Ich hätte ihren Rat annehmen und meine Würde wahren sollen. Als ich den Kopf von meinem Tisch hob, schien der ganze Kurs mich anzustarren. Ich kam mir vor wie in dem Traum, den ich gelegentlich träume und in dem ich nackt über eine Straße laufen muss, um nach Hause zu gelangen. Ich fühlte mich so bloßgestellt, dass ich beide Arme um mich schlang, um mich vor den Blicken der anderen zu schützen.

Doch nach einigen Minuten nahm ich meinen ganzen Mut zusammen und sah wieder in die Klasse. Noch immer starrten sie mich alle an, lächelten verlegen. Alle bis auf eine – Genevieve. Konzentriert und ganz vertieft in ihre eigene Arbeit, schien sie nichts um sich herum zu registrieren. In meinem Kopf begann es zu rattern und der erste Anflug eines Verdachts schimmerte auf. An meine Mappe hatte sie doch ganz bestimmt nicht kommen können, oder? Eigentlich hatte ich sie immer bei mir gehabt, nur am Freitag hatte ich den Kursraum mal für fünf Minuten verlassen, um ins Sekretariat zu gehen und das Formular mit meinen Kontaktdaten abzugeben. In unserem Raum hatte jede Menge Arbeitsmaterial herumgelegen, und wenn sie sich geschickt verhalten hatte, war auch keinem etwas aufgefallen. Warum war ich nur so schockiert? Diese hinterhältige Racheaktion war doch so typisch für sie. Sie hatte mir schon längst den Krieg erklärt und keinen Zweifel daran gelassen, dass sie mich zerstören wollte. Aber Luke hatte recht. Ich musste dem Drang widerstehen, zum Gegenschlag auszuholen, denn es würde nur zu meinen Ungunsten ausgehen.

Nur leider war das alles nicht so einfach. Ich war so erbost über diese Ungerechtigkeit, dass meine Hände zitterten und ich nur mit Mühe einen Stift in der Hand halten konnte. Ich versuchte zu arbeiten, doch sosehr ich mich auch zur Gelassenheit mahnte, die Wut brodelte in mir, bis sie den Siedepunkt erreichte. Irgendwann hielt ich es nicht mehr aus, stand auf und bewegte mich wie eine Schlafwandlerin voran, aber mein Blick war getrübt und der Raum mir plötzlich gar nicht mehr vertraut. Mir war, als habe sich Genevieve in meinem Gehirn eingenistet, fache die Glut in mir an und treibe mich dazu, eine Szene nach der anderen hinzulegen. Und plötzlich war ich fest entschlossen, mich zu wehren. Aber noch konnte ich meinen Ärger nicht verbergen. Mit einem kleinen, kaum hörbaren Aufschrei lief ich nach draußen auf den Gang und schlug meinen Kopf gegen die kühlen weißblauen Wandkacheln.

Beim Mittagessen war mein Mund so trocken, dass ich nicht schlucken konnte. Das überbackene Thunfischsandwich hatte sich in Sägemehl verwandelt und sogar der feuchte zähflüssige Muffin blieb mir im Hals stecken. Stattdessen trank ich brühheißen Kaffee in großen Schlucken und mein Herz raste noch schneller als ohnehin.

Dann betraten Genevieve, Nat und Hannah die Cafeteria.

»Wir haben schon gehört, was dir passiert ist«, sagte Nat. »Das ist ja wirklich fürchterlich!«

»Können wir irgendwas für dich tun?«, bot Hannah an.

Ich zog die Nase hoch und zwinkerte vor lauter Angst, gleich wieder flennen zu müssen. »Nein … aber danke. Da muss ich mich jetzt selbst durchwursteln.«

»Ich könnte dir ja helfen, damit du rechtzeitig fertig wirst«, sagte Genevieve und mir blieb nichts anderes übrig, als sie zu beachten. Ihre kalten grünen Augen sahen mich völlig emotionslos an.

»Dann wird man mir nur anlasten, abgekupfert zu haben«, sagte ich ganz offen und fragte mich, ob das wieder einer ihrer Tricks war. »Und das wäre noch schlimmer, als gar nichts abzugeben.«

Sie zuckte bedauernd mit den Achseln. »Vermutlich.«

»Trotzdem vielen Dank für dein Angebot, Genevieve«, bemerkte ich mit zusammengebissenen Zähnen. »Wirklich sehr aufmerksam von dir, ich weiß es zu schätzen.«

Nach dem Unterricht machte ich abseits der Hauptstraßen einen großen Umweg nach Hause, obwohl ich schon wusste, dass Mum das nicht gefallen würde. Das Wetter trat in Sympathiestreik mit mir – Dauernieselregen und der Himmel bedeckt von tief hängenden grauen und schwarzen Wolken. Ich hob nicht mal die Füße, wenn ich durch die Pfützen ging, und meine Schuhe machten glucksende Geräusche. Diese Strecke führte durch eine schmale Straße mit Reihenhäusern aus dem 18. Jahrhundert, die in unterschiedlichen Farben gestrichen waren – von zartem Blassrosa bis Taubengrau – und weitläufige Gärten besaßen. Es war friedlich hier, fernab von Autolärm und Abgasen. Die Straße war nicht einmal richtig befestigt, im Grunde nur ein Pfad, auf dem früher einmal Pferdekutschen gefahren waren.

Immer wieder ging ich im Geiste durch, was heute geschehen war. Ich führte sogar laute Selbstgespräche mit mir, da außer einer lästigen Krähe, die mir krächzend folgte und auf- und niederhüpfte, niemand in der Nähe war. Misstrauisch sah ich sie an und versuchte herauszufinden, ob ihr eine Schwanzfeder fehlte, musste aber selber lachen, weil ich es so albern fand. Dann plötzlich überfiel mich ein diffuses, sehr unbehagliches Gefühl, und obwohl ich keine Schritte gehört hatte, drehte ich mich abrupt um und schnappte nach Luft. Genevieve. Sie musste sich so leise wie ein Panther bewegt haben und stand mir nun gegenüber.

»Du wohnst in der entgegengesetzten Richtung, Genevieve«, sagte ich unhöflich.

»Stimmt, aber ich wollte dir mein Mitgefühl ausdrücken.«

»Sehr freundlich. Und warum?«

»Ich weiß, wie es ist, wenn das eigene Leben zu Bruch geht.« Sie trat einen Schritt näher an mich heran, sodass ihre Nase beinahe die meine berührte. »Bilde dir bloß nicht ein, dass dein Spielchen mit Luke Erfolg haben wird. Ihr zwei haltet euch für so clever …«

Unwillkürlich fing ich am ganzen Körper zu zittern an. »Ich weiß nicht, wovon du sprichst … Luke ist mein ältester Freund …«

»Ich bin dir immer einen Schritt voraus … vergiss das nicht, Katy.« Und sie verschwand genauso leise, wie sie gekommen war.

Zu Hause ging ich ungeduldig in meinem Zimmer auf und ab. Ich konnte mich einfach nicht beruhigen, bevor ich nicht mit Luke gesprochen hatte. Sobald sein Auto in unsere Straße einbog, lief ich hinunter und rief ihm schon durchs offene Fenster entgegen: »Genevieve muss Wanzen in unserm Haus angebracht haben … sie sagt, sie weiß von uns und unseren Plänen.«

Luke schloss in aller Ruhe sein Fenster und stieg aus. »Wie soll sie das denn hinkriegen, Kat? Ist sie etwa auch noch Elektronikexpertin?«

Er nahm mich mit zu sich ins Haus und bot mir, völlig ungerührt von meiner Hysterie, einen Stuhl in der Küche an. »Dafür muss es eine Erklärung geben. Sie ist uns nicht gefolgt und übersinnliche Kräfte hat sie auch nicht. Also, Katy, denk nach.«

»Ich kann nicht denken, Luke, mein Kopf ist vollkommen benebelt.«

»Wer hat alles gewusst, dass wir am Samstag weggefahren sind?«

»Niemand«, antwortete ich schnell.

»Deine Mutter?«

»Na ja, die natürlich schon.«

»Dann ruf sie an«, wies Luke mich allen Ernstes an.

Ich tat, was er sagte, und nach weniger als zwei Minuten steckte ich beschämt mein Handy weg. Ich konnte Luke kaum in die Augen sehen.

»Nat und Hannah haben nicht bei uns angerufen, aber dafür Genevieve. Mum und sie scheinen sich über alles Mögliche unterhalten zu haben … unter anderm über dich. Mum hat nur vergessen, es zu erwähnen.«

»Ich hab dir ja gesagt, es gibt eine Erklärung … eine ganz simple, stinknormale Erklärung.« Er setzte sich neben mich und verstrubbelte mein Haar, weil er wusste, dass mich das ärgerte. »Du gestehst dieser Genevieve übernatürliche Kräfte zu und machst sie damit unangreifbar. Aber sie ist ein ganz normales Mädchen und alles, was sie tut, ist auch normal. Bau sie nicht zu einer fantastischen Figur auf.«

Ich legte einen Moment lang meinen Kopf an Lukes Schulter und fragte mich, wie es wohl um mein seelisches Heil stehen würde, wenn ich ihn nicht hätte.

Kapitel 16

Merlin schickte mir eine SMS, in der er mich bat, ihn irgendwo außerhalb des Colleges zu treffen. Er schlug das ›La Tasse‹ vor, was mir ein gutes Omen schien – war es doch das Café, in dem wir unser erstes richtiges Date gehabt hatten. Ich konnte es kaum erwarten, ihn zu sehen. Das Wochenende war im Nu vergangen, ohne dass wir viel Kontakt gehabt hätten, und der gestrige Tag so ereignisreich gewesen, dass mir kaum aufgefallen war, dass wir uns nicht getroffen hatten. Schwierig war nur, dass die wenige Zeit, die wir gemeinsam hatten, noch begrenzter sein würde, wenn ich jede einzelne Minute meiner Freizeit mit der Zusatzarbeit für den Kurs verbringen musste, und ich fragte mich, ob Genevieve es darauf angelegt hatte.

Ausnahmsweise zog ich mich heute verführerischer an als sonst – und ich musste zugeben, dass ich mich ohne meinen üblichen Schlabberlook in Röhrenjeans und taillierter weißer Bluse ziemlich sexy fand. Schwungvoll öffnete ich die Tür des Cafés und sah mich erwartungsvoll nach Merlin um, konnte ihn aber nirgends entdecken. Er kam zu spät, sah niedergeschlagen aus, sein halbherziger Kuss landete auf meinem Kinn und nicht auf meinen Lippen, und statt zu mir auf die Bank zu rutschen, setzte er sich auf einen Stuhl mir gegenüber. Nach einigen beklemmenden Eingangsminuten drehte ich mich um, als erwartete ich geradezu, Genevieve dabei zu ertappen, wie sie mich beobachtete, und mir wurde klar, dass selbst dieser Ort bereits durch sie vergiftet worden war.

»Es tut mir leid, dass ich dich am Samstag nicht besuchen konnte«, sprudelte es schließlich aus mir heraus.

Merlin schien so abwesend zu sein, dass er mir gar nicht zugehört hatte. Die Kellnerin kam an unseren Tisch und ich bestellte eine Ofenkartoffel, Salat und einen Milchshake, während Merlin sich mit einem großen Cappuccino begnügte.

»Wie war dein Wochenende, Merlin?«

Er atmete hörbar aus. »Ziemlich öde.«

»Hast du was unternommen?«

»Nicht wirklich … ich habe ein bisschen gemalt und meiner Mutter bei ihrem Kurs geholfen.«

Ich bemühte mich, ihn ganz gelassen anzusehen. Merlins Mum und ihr Kurs bedeuteten für mich nur eines – Genevieve. »Ist alles okay, Merlin?«

»Ja, ja.«

Merlin hob nicht einmal den Kopf, als er antwortete, sondern fuhr mit seinen langen Fingern über den Tisch. Und schon beschlich mich wieder das Gefühl, dass er Lichtjahre von mir entfernt war.

»Willst du mir nicht sagen, was los ist?«

Jetzt erst sah er mich an, aber seine dunklen Augen waren so weit weg wie die Regenwolken am Himmel.

»Das kann ich nicht so einfach …«

Er unterbrach sich und mein Herzschlag setzte aus, denn

ich wartete nur darauf, dass jetzt kommen würde, wovor ich mich am meisten fürchtete.

Ich habe mich in jemand anderen verliebt … weiß selber nicht, wie es passiert ist, wir haben es jedenfalls nicht geplant. Es tut mir wirklich leid, dir wehzutun … ja, es ist Genevieve … aber sie trifft keine Schuld, ich bin verantwortlich dafür. Ich hoffe, Katy, wir beide bleiben Freunde.

»Jetzt sag schon.« Meine Stimme klang gereizt.

»Läuft da … ich meine … läuft irgendetwas zwischen dir und Luke?«

Ich legte den Kopf auf den Tisch und fing erleichtert an zu lachen. Als ich nach einer Weile wieder aufsah, musste ich mir mit dem Ärmel die Tränen aus den Augenwinkeln wischen. Ich streckte meine Hand nach Merlin aus.

»Jetzt sei nicht albern, Merlin. Luke ist doch wie mein großer Bruder. Ich kenne ihn seit Jahren und außerdem … er hat auch eine Freundin, fast schon Verlobte eigentlich.« Merlins Gesicht zeigte noch immer keine Regung und so musste ich weiterplappern. »Er betrachtet mich ja nicht mal als … als richtiges Mädchen und er kennt meine allerschlechtesten Seiten. Einmal habe ich ihn angeniest, als ich erkältet war, und … du kannst dir vielleicht vorstellen, was da auf seinem T-Shirt landete. Damit zieht er mich noch heute auf.«

Aber Merlin lächelte noch immer nicht. Er griff in seine Hosentasche und legte so sorgfältig ein Foto auf den Tisch, als würde er mir einen Kartentrick zeigen wollen. Das Foto lag verkehrt herum, aber trotzdem konnte ich erkennen, dass zwei Personen darauf abgebildet waren, und plötzlich überkam mich große Angst.

»Was ist das für ein Foto?«

»Sieh es dir an.«

Ich griff über den Tisch und zog das Bild zu mir her.

Es war nicht überdeutlich, aber doch erkennbar, dass Luke und ich darauf zu sehen waren – in inniger Umarmung. Das war es, was mich selbst verblüffte, und ich versuchte gleich, mich zu verteidigen. »Es ist nicht, wie es aussieht, Merlin … Luke umarme ich andauernd. Woher hast du eigentlich das Foto?«

»Es hing heute Morgen an der Anschlagtafel im College. Zum Glück war ich als einer der Ersten da.«

Mir schwirrte der Kopf bei dem Versuch, mit Genevieves Bösartigkeiten Schritt zu halten. Am Freitag hatte sie diese Facebook-Sache angezettelt sowie meine Kunstmappe ruiniert und jetzt war auch noch Merlin davon überzeugt, ich sei ihm untreu, und mein Verrat würde die Runde im College machen. Gestern hatte Genevieve zu mir gesagt, jetzt gehe es erst richtig los, und es sah ganz so aus, als ob sie ihre Drohung wahr machen wollte. Wie konnte sie nur eine solche Macht über mich haben?

»Da ist noch etwas anderes, Katy«, fuhr Merlin mit ernster Stimme fort. »Du und Luke, ihr wart anscheinend den ganzen Samstag zusammen und mir hast du gesagt, dass du bei deiner Mutter bleiben müsstest.«

Ich stopfte die Ofenkartoffel in mich hinein, um Zeit zu gewinnen, hatte allerdings nicht bedacht, wie heiß sie war, und musste nun den ganzen Milchshake auf einmal austrinken, um meinen Mund zu kühlen. Ich hatte niemandem erzählt, dass ich mit Luke zusammen gewesen war, und es gab nur eine Möglichkeit, wie Merlin es erfahren haben konnte. Ich leckte mir den Erdbeerschaum von den Lippen und wünschte, ich könnte die Zeit um einige Wochen zurückstellen, als alles zwischen uns noch neu und unbeschwert gewesen war.

»Weißt du noch, wie ich dir sagte, dass jemand mir … gewisse Dinge unterstellen könnte? Dinge, die nicht wahr sind? Okay, genau das habe ich gemeint.«

Merlin nickte äußerst kühl. »Was ist denn so geheim daran?«, fragte er. »Warum hast du mir nichts davon erzählt?«

Ich konnte ihm einfach nicht die Wahrheit sagen. Eine ausweichende Antwort war meine einzige Chance – eine Art Schadensbegrenzungsmanöver.

»Ich helfe Luke zur Zeit bei etwas und deshalb habe ich dir nichts gesagt. Du weißt ja, er ist Journalist … und … na ja … er stellt gerade Nachforschungen über jemanden an. Es handelt sich nicht direkt um eine verdeckte Ermittlung, aber es ist auch keine Sache, die man laut herausposaunen sollte.«

»Vielleicht stellt ja auch jemand Nachforschungen über dich an«, kommentierte Merlin trocken.

»Wüsste nicht, wer.« Ich zog eine Grimasse.

Merlin hatte noch nichts von dem Zwischenfall mit meiner Kunstmappe erfahren, deshalb informierte ich ihn über die Einzelheiten und warum das kein Zufall sein konnte. Er saß da und dachte nach, signalisierte auch Verständnis, aber berührt hatte er mich immer noch nicht. Ich wusste genau, wie sehr es mich treffen würde, wenn er einen ganzen Tag mit einem anderen Mädchen verbringen und es mir verschweigen würde. Ich konnte ihm seine Reaktion also kaum verdenken und seltsamerweise schmeichelte mir seine Eifersucht auch ein wenig. Ich stand auf, beugte mich über den Tisch, küsste ihn mitten auf den Mund und atmete den Geruch von Farbe und etwas Einzigartigem ein, das nicht definierbar, eben einfach Merlin war.

»Ich würde dir nie wehtun wollen und auch nicht untreu sein … das finde ich erbärmlich.«

Merlin lehnte sich auf seiner Lederbank zurück und ich sah, wie die Anspannung langsam von ihm abfiel. »Verzeih mir das Verhör, aber diese Geschichte hat mich beinahe aufgefressen.« Er legte eine Hand auf den Tisch, spreizte die Finger und ich legte meine darauf.

Das Eis zwischen uns war jetzt gebrochen und ich fasste mir ein Herz und fragte: »Wer hat dir denn erzählt, dass Luke und ich zusammen weggefahren sind?«

Einen kurzen Moment lang huschte ein Hauch von schlechtem Gewissen über Merlins Gesicht und er rieb sich leicht verlegen die Nase. Dann musste er mir reinen Wein einschenken.

»Es war nur eine harmlose Bemerkung«, murmelte er. »Keine böse Absicht. Genevieve wollte shoppen gehen, um ein Geschenk für Nat zu kaufen, konnte dich aber nicht erreichen. Deine Mutter muss wohl erwähnt haben, wo du warst.«

Keine böse Absicht! Das sollte wohl ein Witz sein. Durch jede einzelne von Genevieves Adern floss pure Bosheit, doch offensichtlich war ich die Einzige, die es bemerkte. Auch Mum konnte ich nicht dafür verantwortlich machen. Es blieb nur eine Lösung: Ich musste ein Doppelleben führen, so wie Luke es mir geraten hatte, und mich in eine Art gespaltene Persönlichkeit verwandeln.

Auf dem Rückweg liefen wir am Kanal entlang. Ein paar Lastkähne in bunten Farben fuhren an uns vorbei und ich stellte mir vor, wie schön es wäre, wenn man das ganze Jahr lang unterwegs sein könnte, niemals am gleichen Ort, und an Deck schlafen würde, wenn es warm genug war. Merlin musste meinen sehnsüchtigen Blick gesehen haben, denn er legte beide Arme fest um mich.

»Wir könnten auch so leben ... wie Zigeuner ... so lang es uns gefiele.«

Für einen Moment verdrängte ich Genevieve und alles, was mit ihr zusammenhing, und malte mir aus, wie es wäre, wenn Merlin und ich ganz für uns wären und es niemanden gäbe, der Missverständnisse verursachte.

»Viel Geld würden wir nicht brauchen«, stimmte ich ihm zu. »Du könntest malen und ich könnte Kleider nähen oder ändern. Und niemand würde uns dabei stören.«

Er zog mich auf die nächste Bank und drückte sein Gesicht an meines, sodass wir wie die Eskimos mit unseren Nasen aneinanderstießen. Dabei hielt er mich so fest am Arm, dass ich am nächsten Tag sicherlich blaue Flecken haben würde, aber das war mir egal. Ich wollte, dass die Zeit genau jetzt stehen blieb, wollte mir diesen vollkommenen Augenblick bewahren. Wir schwiegen beide lange und mir kam der kindische Gedanke, dass ich nie mehr in meinem Leben so stark für jemanden empfinden würde.

»Ich sehe dich überall«, flüsterte er. »Auf der Straße, an jeder Ecke, auch wenn du gar nicht da bist. Du hast mich verhext, Katy. So habe ich noch nie für ein Mädchen gefühlt.«

Einen Moment lang beschworen seine Worte ein entsetzliches Bild in mir herauf – das von Genevieve mit ihrer betörenden Schönheit und ihrer mysteriösen Gabe, überall gleichzeitig zu sein. Ich kniff die Augen zusammen, weil ich es unbedingt aus meinem Kopf verbannen wollte. *So habe ich noch nie für ein Mädchen gefühlt*. Ich war es ja, die Merlin meinte, und er verglich mich nicht mit Genevieve.

»Ich auch nicht«, antwortete ich scheu und bemerkte dann erst meinen Schnitzer. »Ich meine, ich habe noch nie so für einen Jungen gefühlt.«

»Weißt du noch, dass ich dir einmal gesagt habe, du hättest einen Lichtschein um dich gehabt, als ich dir das erste Mal begegnet bin? Ich glaube, es war einfach Liebe auf den ersten Blick.«

Ich schlang die Arme um seinen Hals. »Mir ging es ganz genauso.«

»Dann sag es mir«, drängte er.

»Du zuerst.« Ich war so überwältigt, dass meine Stimme piepste.

Er holte Luft, sah um sich, schluckte. »Katy … ich liebe dich.«

Ich war zu schüchtern, um ihn anzusehen. Mein Kopf war tief in seiner Achselhöhle vergraben, als ich flüsterte: »Ich liebe dich auch.«

Merlin küsste mich aufs Ohr. »Aber wirst du mich auch immer lieben?«

»Natürlich«, antwortete ich ohne Zögern.

»Auch noch, wenn ich so alt bin wie Luke?«

Ich kitzelte ihn an den Rippen. »Er ist doch erst einundzwanzig.«

»Das ist uralt«, sagte Merlin frotzelnd, knöpfte seine Jacke auf und hüllte mich darin ein.

Merlin liebt mich, Merlin liebt mich, Merlin liebt mich.

Eine Stimme in meinem Kopf fing vor lauter Glück an zu singen und ich musste mich selber kneifen, damit ich glauben konnte, was geschah. Schlagartig wurde mir bewusst, dass sich die Dinge auch ganz anders hätten entwickeln können und ich kurz davor gewesen war, Merlin zu verlieren.

Ich holte tief Luft. »Merlin? Wir sollten endlich unsere Übernachtung auf dem Campingplatz planen und sie nicht länger vor uns herschieben.«

Er reagierte auf der Stelle. »Wie wäre es mit diesem Wochenende? Vielleicht ... kannst du dir ja ein Alibi dafür beschaffen?«

Mir wurde flau im Magen. »Dieses Wochenende? Aber ... ich muss mich um mein Kursprojekt kümmern.«

Merlins Enttäuschung spürte ich eher, als dass ich sie gesehen hätte, und ich hätte mich ohrfeigen können. »Vielleicht ... wenn ich ... ich meine, ja ... ich tue alles, dass es klappt.«

»Echt?«

»Echt.«

»Kriegst du das hin?«

»Ja«, antwortete ich spontan. »Wir sollten für den Augenblick leben ... es einfach durchziehen.«

»Für den Augenblick leben«, wiederholte er und drückte mich dabei beinahe zu Tode.

»Ich habe schon für optimale Voraussetzungen gesorgt ... ich hab Mum erzählt, dass Hannahs Eltern wegfahren und sie nicht allein zu Hause bleiben will.«

»Dann kümmere ich mich um die Buchung«, antwortete Merlin eifrig. »Ich muss so tun, als ob ich achtzehn wäre, aber das ist kein Problem. Bist du okay, Katy? Du zitterst ja.«

Er griff nach meiner Hand und unsere Finger verknoteten sich ineinander. »Versprich mir, dass du mir immer vertrauen wirst«, flüsterte ich so leise, dass er es gar nicht hören konnte.

Die Erste, der ich an diesem Nachmittag im College begegnete, war Genevieve. Mit selbstgefälligem Lächeln saß sie in unserem Kursraum und arrangierte ihre Locken neu. Zielstrebig ging ich auf sie zu und konnte es mir nicht verkneifen, einen dummen Spruch zu machen.

»Tut mir ja leid, dass ich nicht zu Hause war, als du angerufen hast«, sagte ich mit gespieltem Bedauern. »Du wolltest mit mir in die Stadt gehen und nach einem Geschenk für Nat suchen? Wie wär's denn heute nach dem College?«

Sie sollte merken, dass ich ihr auf die Schliche gekommen war, und sich tausend Ausreden einfallen lassen, warum sie keine Zeit hatte; aber sie sah mich – kaum zu fassen – mit ihren schillernden Augen an und meinte träge: »Warum nicht?«

Es war der reine Horror. Ich hatte schon den Mund geöffnet, um mein Angebot zurückzuziehen, doch Hannah stand gerade hinter uns und hatte meinen Vorschlag mitgehört. Schnell fragte ich, ob sie uns nicht begleiten wolle, doch sie musste ihren kleinen Bruder von der Schule abholen. Was hatte ich da nur angezettelt? Da versuchte ich, Genevieve zu meiden, wann immer es mir möglich war, nur um sie jetzt auf einmal aufzufordern, mit mir gemeinsam shoppen zu gehen. Und ausnahmsweise konnte ich sie nicht dafür verantwortlich machen – in diese Situation hatte ich mich ganz alleine manövriert.

Kapitel 17

Der Busfahrer drehte sich zu uns um. »Hallo, Mädels. Jetzt hab ich tatsächlich gedacht, ich sehe doppelt.«

Es war frustrierend – selbst Fremden fiel schon auf, dass wir uns immer ähnlicher geworden waren, und aus der Nähe entdeckte ich sogar noch mehr Gemeinsamkeiten. Genevieve trug neuerdings genau wie ich einen Seitenscheitel und kopierte mein Make-up. Lidschatten benutzte ich ja kaum und mir gefielen die dunklen Lippenstifttöne, weil sie so gut zu meinem hellen Teint passten. Außerdem hatte ich in den vergangenen Wochen wohl abgenommen, denn meine Jeans hingen jetzt eher auf Hüfthöhe, was uns noch ähnlicher erscheinen ließ. Genevieve hatte im Gegensatz zu mir offensichtlich kein Problem damit. Ich spielte sogar mit dem Gedanken, meinen Mantel auszuziehen, aber es war kalt und ein feuchter Nebel war aufgekommen, der einem den Atem nahm und so dicht war, dass er in meinem Mund den gleichen Geschmack hinterließ wie ein verpuffter Feuerwerkskörper.

»Was mag Nat denn so?«, fragte Genevieve, als wir aus dem Bus stiegen. Die Leute starrten sie an, das fiel mir auf, und ich wusste ja, dass sie etwas an sich hatte, das sie, genau wie Merlin, von der Menge abhob.

Ich beschloss, meinerseits eine kleine Gemeinheit zu inszenieren. »Was hältst du von Mütze und Schal?«

Nat hasste Mützen in jeder Form, weil ihre Haare so unbändig waren, und Schals erinnerten sie an Vogelscheuchen und an alte Leute, wie sie immer sagte.

Genevieve fixierte mich mit ihrem starren Blick. »Und das gefällt ihr, meinst du?«

»Sie wird es lieben«, log ich.

»Das könnte ich hinkriegen. Warum macht sie eigentlich keine Party?«

Ich grinste in mich hinein, weil ich an letztes Jahr denken musste. Da hatten wir bis zum Morgengrauen getanzt und waren dann auf dem Nachhauseweg in den Stadtbrunnen gesprungen. Ich hatte mir eine schlimme Erkältung geholt und konnte eine Woche lang nicht in die Schule gehen, aber das war es mir wert gewesen.

»Ihre Mutter hat es ihr nicht erlaubt ... ihr sechzehnter Geburtstag war ... na ja, ein bisschen wild.«

»Kann mir hier absolut nichts Wildes vorstellen«, sagte Genevieve leicht säuerlich.

Obwohl wir erst Ende Oktober hatten, waren die Läden schon voller Weihnachtsschmuck und die Schaufenster mit künstlichen Weihnachtsbäumen und noch künstlicherem Schnee dekoriert – verschnürte Päckchen, prasselnde Pappfeuer, Lametta, Weihnachtskugeln –, alles, was das Herz begehrte. Es war kitschig, doch mich packte die gleiche Aufregung wie mit sieben Jahren. Ich folgte Genevieve in einen Laden mit Kunsthandwerk und ein freudiger Schauder lief mir über den Rücken, als ich mir mein erstes Weihnachtsfest mit Merlin vorstellte.

Genevieve entschied sich für etwas Wollenes in einem scheußlichen Flaschengrün, das Nat mit Sicherheit nicht leiden konnte, da sie viel eher der Typ sonniges ausgeflipptes Hippiemädchen war. Ich hatte bereits ein riesiges Kissen für sie genäht und mit gelben und orangefarbenen Katzen bestickt, weil sie auf die total stand. Es war mehr als fies von mir, aber ich musste einfach grinsen, wenn ich mir vorstellte, wie Nat sich bemühte, Begeisterung vorzutäuschen, wenn sie Genevieves Geschenk auspackte und anschließend Schal und Mütze tragen musste, um sie nicht vor den Kopf zu stoßen.

»Okay … das hätten wir«, murmelte ich, als wir den Laden verließen. »Ich muss nichts anderes mehr besorgen … dann mache ich mich jetzt mal auf den Heimweg.«

Ungläubig stieß Genevieve hervor: »Jetzt tu nicht so, Katy. In Wahrheit kannst du dich doch gar nicht von mir losreißen.«

»Ich bin nur Nat zuliebe mit dir hier … freiwillig halte ich mich ganz sicher nicht in deiner Nähe auf.«

Ihre Stimme klang weich wie Seide, als sie sagte: »Gib es doch einfach zu. Du hast die Sache eingefädelt. Mag sein, dass es dir selbst nicht klar ist, aber dein Unterbewusstsein möchte gern in meiner Nähe sein.«

Allmählich begriff ich, dass Genevieve die natürliche Ordnung der Dinge auf den Kopf stellte; sie konnte alles so hinbiegen, dass Weiß Schwarz war und Schwarz Weiß. Ich musste mich zusammenreißen, damit mich nicht die helle Wut packte, versuchte also, ruhig zu atmen und an Luke zu denken, der mir geraten hatte, mich nicht von ihr aus dem Konzept bringen zu lassen.

»Pass auf, was du dir wünschst«, flüsterte Genevieve und sah zum Himmel hinauf. »Du hast dir den perfekten Freund gewünscht und hast Merlin bekommen ... und du hast dir einen Menschen gewünscht, der eine ganz besondere Rolle in deinem Leben spielt. Hier bin ich, Katy. Jemand, der dich ... durch und durch versteht.«

Was Genevieve da sagte, kam der Wahrheit bedenklich nahe. Ich hatte mir tatsächlich einen Freund und eine beste Freundin gewünscht, die ich ja nie gehabt hatte.

Sie ging jetzt langsamer und betrachtete ihr eigenes Spiegelbild im Schaufenster. »Hast du etwa schon genug?«

»Wovon?«

Sie gab mir keine Antwort und starrte weiter in die Fensterscheibe, aber dieses Mal auf mich. »Wie fühlt es sich denn an, Katy, wenn einem das Leben vor den eigenen Augen zerrinnt? Nur eine winzig kleine Welle noch und du bist nicht mehr da. Und kaum jemand wird es bemerken.«

»Merlin lässt sich von dem Foto nicht beirren«, sagte ich. »Diese nette kleine Intrige ist dir also wohl misslungen.«

Sie klopfte sich an die Schläfe. »Das sagt er so ... aber im Geist wird er es immer wieder sehen und auch nicht verdrängen können, sosehr er sich darum bemühen mag. Bilder haben eine solche Macht über uns, sie tauchen einfach auf, auch wenn man es nicht will.«

»Merlin hat absolutes Vertrauen zu mir.«

Genevieve ließ sich nicht aus dem Konzept bringen. »Schon der geringste Zweifel wächst und dehnt sich aus wie ein schlechtes Samenkorn, das irgendwann verrottet. Jedes Vertrauen ist dann zerstört.«

Ich fragte mich, ob sie auf Nat und die fürchterlichen Sprüche auf Facebook anspielte. Auf Nat, die mich für immer verdächtigen würde, dass ich Klatschgeschichten über sie erzählt hatte. Ich ballte die Fäuste, um den Schmerz wegzudrücken.

»Du wirst immer schwächer, Katy.«

Ich streckte den Arm aus. »Hau einfach ab, Genevieve.«

»Es spielt keine Rolle, wohin du gehst oder wie weit du läufst, Katy … so oder so, du bist gebrandmarkt.«

Dieses Mädchen war einfach nicht normal. Ihre Äußerungen wurden immer heftiger.

»Ich gehe hier lang«, brummte ich böse, weil ich sie endlich abschütteln wollte.

»Ich auch.«

Sie hing an mir wie eine Klette und ich nahm an, dass ich sie nicht mehr loswerden würde, bevor wir die Bushaltestelle erreichten, von wo aus wir in verschiedene Richtungen nach Hause fuhren. Wir kamen an einem Wohltätigkeitsladen vorbei, blieben – mehr als seltsam – beide gleichzeitig stehen und starrten ins Schaufenster. Ein Schild warb für Abendgarderobe für alle Gelegenheiten. Eine männliche Schaufensterpuppe war mit einem schwarzen Anzug ausstaffiert, eine weibliche mit einem langen rückenfreien Kleid. Im Bruchteil einer Sekunde wusste ich sicher, woran Genevieve dachte, denn ich dachte an genau das Gleiche – den Weihnachtsball im College. In diesem Jahr war das Thema Hollywood, was ich super fand, weil es bedeutete, dass Merlin im Smoking und ich wie ein Filmstar in einem Traum aus Spitze kommen würden. Ich wünschte mir sehnlichst, den Laden zu betreten, aber nur, wenn ich es alleine tun konnte.

»Könnte sich lohnen, da mal einen Blick reinzuwerfen«, sagte Genevieve arrogant.

»Dieses Jahr ist das Thema ziemlich schwach«, beklagte ich mich, um ihr die Lust zu nehmen. »Hollywood ist eine bescheuerte Idee.«

Genevieve rümpfte die Nase. »Okay, wenn du nicht mitkommen willst …«

Sie drängte mich mehr oder weniger zur Seite und riss schwungvoll die Tür auf, doch ich ließ mich nicht von ihr abwimmeln und es gelang mir, mit ihr Schritt zu halten. Ihr Kopf drehte und wendete sich nach allen Seiten wie der einer Eule, während sie ihren Blick durch den Laden schweifen ließ, aber ich hatte bereits das fantastischste Kleid aller Zeiten entdeckt, das in der hinteren Ecke des Ladens hing. Die Schleppe fiel mir als Erstes auf. Sie war aus einem graugrünen Stoff, der in zweierlei Farben schimmerte, und erinnerte mich an den Schwanz einer Meerjungfrau. Ich ging schnurstracks darauf zu und wollte gerade den Bügel in die Hand nehmen, als ich feststellen musste, dass ihn jemand auf der anderen Seite der Stange bereits fest im Griff hatte.

»Ich hab das Kleid zuerst gesehen«, rief eine vertraute Stimme, aber ich hielt es hartnäckig fest.

Genevieve steckte ihr vor Ärger gerötetes Gesicht durch die übrigen Kleider auf der Stange. »Du wirst es noch zerreißen, wenn du es nicht loslässt.«

»Lass du es doch los«, entgegnete ich kindisch.

»Es würde dir ja sowieso nicht passen.«

Eine ehrenamtlich tätige Mitarbeiterin musste den Tumult gehört haben, kam zu uns herübergelaufen und stellte sich zwischen uns. Sie hatte zementartiges Haar, trug rosa Lippenstift und einen Chiffonschal um den Hals.

»Bitte, ihr zwei, es reicht jetzt.«

Widerwillig gaben wir beide unseren Anspruch auf das Kleid auf. Die Frau hielt es in die Höhe. Es war noch schöner, als ich gedacht hatte, und schimmerte wie das Meer an einem stürmischen Tag. Es war glamourös, aber nicht so wie die Kleider, die irgendwelche Stars tragen, und dass auf dem Preisschild 20 Pfund stand, war schlichtweg nicht zu fassen.

»Das ist die Stange mit den beschädigten Kleidern«, belehrte uns die Frau. »Dieses Abendkleid hat einen Riss und außerdem ist es nicht gesäumt. Man kann es kaum noch reparieren, also werdet ihr es euch wohl noch mal überlegen müssen …«

Ich war überzeugt, dass Genevieve die Stelle ganz wunderbar, viel geschickter als ich und nahezu unsichtbar ausbessern würde, doch ich wollte das Kleid trotzdem haben. Wenn sie es mir vor der Nase wegschnappte, war die Party für mich verdorben, denn kein anderes Kleid kam an diesen unglaublichen Fund heran. Die ehrenamtliche Mitarbeiterin beschloss, sich als Beziehungstherapeutin einzubringen.

»Vielleicht ist es besser, wenn keine von euch es kauft, Mädels; es lohnt sich wirklich nicht, eine Freundschaft wegen eines Kleides aufs Spiel zu setzen.«

Freundschaft! Ich versuchte, mir ein Grinsen zu verkneifen, und knuffte Genevieve spielerisch in den Arm. »Das würden wir doch nie zulassen, oder?«

Genevieve streckte trotzig das Kinn nach vorn. »Wem von uns beiden das Kleid passt, der geht damit zum Ball … und ich probiere es als Erste an.« Genauso gut hätte sie noch hinzufügen könne, dass auch der Märchenprinz bald ihr gehören würde und die gläsernen Schuhe wie angegossen saßen.

Mitleidige Blicke richteten sich auf mich. Warum, das war eindeutig – Genevieve würde in dem Kleid tausendmal besser aussehen als ich und wahrscheinlich würde es noch mehr zerreißen, wenn ich versuchte, mich hineinzuquetschen. Sie brauchte nicht lange, um sich umzuziehen. Eine selbstbewusst blasierte Gestalt trat aus der Umkleidekabine, die eigentlich nur aus einem Vorhang bestand, den man um eine dunkle Ecke des Ladens herum angebracht hatte. Es war einfach zu ärgerlich: Das Meerjungfauenkleid hätte eigens für sie entworfen sein können und eine Messerklinge wand sich in mir mit stechender Eifersucht. Sie tänzelte im Laden auf und ab und betrachtete sich stolz in einem großen durchgehenden Spiegel. Selbst die anderen Kunden blieben stehen, um sie zu bewundern. Mein Gesicht erstarrte zu einem idiotisch süßlichen Grinsen, als ich sah, wie eine Dame auf Genevieve zuging, um ihr die Schleppe zu halten.

Hätte ich in diesem Moment weggesehen, wäre mir entgangen, was jetzt geschah, aber ich war auf grauenhafte Weise wie hypnotisiert und starrte sie weiter an, fast so, als wollte ich mich selber quälen. Zwei Hände nahmen Genevieves Haare im Nacken zusammen, um zu sehen, wie es wirkte. Ich erwartete, dass sie den Kopf in alle Richtungen drehen und in der allgemeinen Aufmerksamkeit schwelgen würde, aber ihre Reaktion war mehr als überraschend. Ärgerlich wich sie zurück und schüttelte den Kopf, bis ihre Locken wieder die Schultern bedeckten. Dann stapfte sie zurück in die Kabine und zog den Vorhang mit einem Ruck zu.

Doch bevor all das geschah, hatte ich die Narben auf ihrem Rücken gesehen. Narben, die beinahe so aussahen, als ob Genevieve einmal Brandwunden davongetragen hätte.

Kapitel 18

Nach allem, was Luke für mich getan hatte, war es natürlich unverzeihlich, ihm nicht sofort zu erzählen, was ich gesehen hatte. Aber ich musste mich einfach auf das wichtigste Ereignis in meinem Leben konzentrieren: den Ausflug mit Merlin am Freitag. Die noch verbleibenden Tage befand ich mich in einem Zustand nervöser Ekstase, weil ich versuchte, alles so perfekt wie möglich vorzubereiten. Merlin hatte einen Campingplatz gebucht, der zwar nur etwa 25 Meilen – eine Stunde Fahrtzeit also – von uns entfernt lag, doch immerhin weit genug, dass wir uns keine Sorgen machen mussten, von jemandem gesehen zu werden. Mum hatte mir grünes Licht gegeben: Ich durfte am Freitag bei Hannah übernachten und dort auch schon zu Abend essen, was bedeutete, dass ich nach dem College gar nicht mehr nach Hause kommen musste. Ich hatte eine kleine Tasche gepackt, die ich mitnehmen wollte, und Merlin war für den Rucksack verantwortlich, in dem sich unser Zelt und all das befand, was wir für unseren Trip benötigten. Wir wollten ihn zusammen bei Merlin zu Hause abholen und dann direkt zum Bahnhof gehen.

Donnerstagnacht war es mir völlig unmöglich einzuschlafen. Alle paar Minuten sah ich auf meine Digitaluhr, aber die Zeit war buchstäblich stehen geblieben. Irgendwann musste ich dann doch eingedöst sein, aber am nächsten Morgen war ich mit den Nerven am Ende. Innerhalb von fünf Minuten fiel mir erst eine Müslischale aus der Hand und dann schüttete ich eine Tasse Kaffee über den ganzen Tisch. Mum schien es allerdings gar nicht aufzufallen. Als wir uns voneinander verabschiedeten, konnte ich ihr nicht in die Augen sehen. Ich war mir sicher, dass sie meinen Verrat sofort darin entdecken würde, aber dann strich sie mir nur den Kragen glatt und gab mir einen Kuss auf die Wange. Sie war geradezu fröhlich und das machte meine Täuschung umso schlimmer. Auf dem Weg zum College führte ich eine Art Streitgespräch mit mir selbst.

Warum sollte sie denn was merken, Katy? Du tust doch gar nichts Ungewöhnliches, du übernachtest lediglich bei einer Freundin. Sinn und Zweck der ganzen Vorbereitungen war doch nur, dass sie keinen Verdacht schöpft. Du hast jede Eventualität bedacht. Hör jetzt auf, ein schlechtes Gewissen zu haben, es ist nur eine kleine Lüge.

Merlin und ich warfen uns den ganzen Tag über fiebrig verschwörerische Blicke zu, hielten aber bewusst Abstand für den Fall, dass einer von uns – und höchstwahrscheinlich ich – sich verplapperte. Es war der beste Auftritt meines Lebens: Nach außen hin gab ich mich cool und gelassen, aber innerlich schlug mein Magen Purzelbäume. Als wir aufbrachen, umarmten Nat und Hannah mich einmal mehr, um mir viel Glück zu wünschen, und winkten etwas wehmütig. Ich warf noch einen Blick zurück und sah, dass uns die beiden nachschauten, was mich kurioserweise ein wenig traurig machte. Wir waren gerade erst am Fuß der Collegetreppe angekommen, als ich eine SMS bekam.

Katy, könntest du bitte erst zu Hause vorbeikommen, bevor du zu Hannah gehst – Mum

Ich machte ein langes Gesicht. Wir hatten Fahrkarten für den Zug um 16.30 Uhr gebucht, sodass uns nur noch eine Stunde blieb, um den Rucksack zu holen und den Zug zu erreichen.

Ich fing an, auf Merlin einzureden. »Ich sause schnell nach Hause, finde raus, was meine Mutter von mir will, und treffe dich dann am Bahnhof. Es wird nichts Wichtiges sein.« Ich küsste ihn hastig. »Keine zehn Pferde können mich davon abhalten, in diesen Zug zu steigen. Vielleicht ist es ja sogar sicherer so … falls uns gewisse Leute beobachten.«

Ich verfiel in diese schnelle Gangart, bei der man eigentlich fast läuft und trotzdem wie ein Lahmarsch wirkt, was mir egal war. Mum zitierte mich ja ständig wegen irgendwelcher Belanglosigkeiten herbei, aber wenn sie mich jetzt sah, dann war es weniger wahrscheinlich, dass sie mich später noch einmal belästigen würde. Ich fiel mehr oder weniger mit der Eingangstür ins Haus, und weil es keinerlei Hinweis darauf gab, dass irgendetwas nicht in Ordnung war, rief ich mein übliches ›Hallo‹, als eine Gestalt mit wächsernem und wutverzerrtem Gesicht aus dem Dunkeln auf mich zutrat. Die Tasche glitt mir aus der Hand und plumpste auf den Boden der Diele. Eine Ewigkeit lang sagte keine von uns ein Wort. Schließlich hielt ich es nicht mehr aus und fragte flüsternd: »Was ist denn los?«

»Das hier … war heute Morgen in der Post«, sagte Mum

heiser, wohl den Tränen nahe. »Noch mehr Lügen, Katy, noch mehr Schwindel, noch mehr ... Merlin.«

Der Brief in ihrer Hand sah so zerknittert aus, dass ich mich fragte, ob sie ihn den ganzen Tag umklammert hatte. Mir blieb nichts anderes übrig, als ihn ihr abzunehmen. Als Erstes fiel mir Merlins Name auf dem Umschlag auf, darunter aber unsere Adresse. Ich entnahm ihm mit zitternden Händen ein einzelnes Blatt Papier; es war die Quittung vom Campingplatz samt Buchungsbestätigung und Datum von heute. Ich erstarrte vor Schreck und war nicht in der Lage, auch nur einen Muskel zu rühren. Ich muss den Brief ewig lange angestarrt haben, bemüht, mir meine Schuldgefühle nicht anmerken zu lassen, aber schließlich war ich gezwungen, Mum anzusehen. Sie blinzelte kein einziges Mal und mir kam es vor, als blicke ich in einen Abgrund. Mir wurde schlecht, als ich in Gedanken zu den verheerenden Konsequenzen vorspulte.

»Du hast also die Übernachtung bei Hannah als Tarnung arrangiert?«

»N-nein«, sagte ich beteuernd. »Merlin und ich haben mal ... aus Spaß über so etwas gesprochen, aber wir hatten es nicht wirklich vor.«

Mum fuhr sich mit der Hand über das Gesicht. »Aha, und warum macht Merlin dann eine Buchung für den gleichen Tag, an dem du deine Übernachtung bei Hannah geplant hast ... wenn ihr euch das alles nur ... vorgestellt habt?«

»Das muss ein Irrtum sein«, rief ich, »oder es hat uns jemand einen üblen Streich gespielt. Du hast ja keine Ahnung, was mir in letzter Zeit passiert ist ... jemand hat meine Projektarbeit absichtlich zerstört und das ist nicht einmal das Schlimmste …«

Mum ignorierte meinen Ausbruch. »Also, Katy? Wolltest du wirklich heute Abend bei Hannah übernachten, weil ihre Eltern weggefahren sind?«

»Ja.«

»Hör auf, mich für dumm zu verkaufen«, brummte sie böse. »Ich habe längst Hannahs Mum angerufen, die mir bestätigt hat, dass sie nicht weggefahren sind und nichts davon weiß, dass du bei ihnen übernachten wolltest. Also … was hast du dazu zu sagen?«

»Es ist nicht so, wie es aussieht«, murmelte ich kraftlos.

Mum verschränkte die Arme auf eine Weise, die mir bedeutete, dass sie es ernst meinte. »Seit du diesen Jungen kennst, Katy, habe ich herausgekriegt, dass du rauchst, hast du deine Arbeit fürs College in den Sand gesetzt und jetzt lügst du mich auch noch an und planst, mit ihm eine Nacht zu verbringen. Und um dich zu verteidigen, schiebst du die ganze Schuld sogar noch auf ein anderes Mädchen. Ich kenne meine eigene Tochter nicht mehr. Du widerst mich an.«

Sie drehte sich auf dem Absatz um und ließ mich im Halbdunkel der Diele stehen. Ich war viel zu eingeschüchtert, als dass ich mich hätte rühren können.

Aber es kam noch schlimmer, denn Mum machte noch einmal kehrt. »Du hast bis auf absehbare Zeit Hausarrest und außerdem will ich, dass du mir jetzt sofort dein Handy gibst.«

Meine Hand fuhr entsetzt an meinen Mund. Merlin! Er

wartete doch schon die ganze Zeit am Bahnhof auf mich. Ohne Handy konnte ich ihm keine Nachricht übermitteln.

Es war gewagt, aber ich hatte nichts mehr zu verlieren. »Selbst Gefangene dürfen noch ein letztes Mal telefonieren.«

Mum presste die Lippen aufeinander, kniff die Augen zusammen und sagte: »Du hast genau eine Minute, ich stoppe die Zeit.«

Ich ließ das Handy fallen, hob es wieder auf und vertippte mich ständig, weil meine Finger zitterten und starr und unbeweglich waren, als ob ich Handschuhe anhätte. Aber ich schickte Merlin lieber eine SMS, denn seine Stimme zu hören und dann getrennt zu werden hätte mir das Herz zerrissen.

Mum weiß alles. Es tut mir leid, Merlin. Ich habe Hausarrest und muss mein Handy jetzt gleich abgeben. PS Ich liebe dich. X

Dann rannte ich nach oben in mein Zimmer, warf mich aufs Bett und schluchzte in mein Kopfkissen. Ich war sauer, auf mich und auf die ganze Welt und ich fragte mich, was Merlin jetzt von mir denken mochte. Irgendwann wurde mir klar, wie egoistisch das eigentlich war. Denn nicht nur Merlin und ich waren ja in die Sache involviert – auch Hannah würde Schwierigkeiten bekommen, denn sie hatte mir das Alibi verschafft. Hoffentlich war sie clever genug, mir die Schuld in die Schuhe zu schieben und zu behaupten, dass sie nichts von meinem Plan gewusst habe. Beschämt ließ ich den Kopf hängen, wenn ich daran dachte, was Hannahs Mutter jetzt von mir halten mochte.

Mum setzte den ganzen Abend keinen Fuß in meine

Nähe und fragte auch nicht, ob ich Hunger hätte. Vom vielen Weinen war ich so erschöpft, dass ich um acht Uhr schon in einen unruhigen Schlaf fiel, mal fror, mal furchtbar schwitzte und die Decke von mir schleuderte. Ich träumte fiebrig, in Fragmenten. Stundenlang lief ich von hier nach da, doch nirgendwo konnte ich mich verstecken; jedes Gebäude, jede Mauer fiel wie ein Kartenhaus in sich zusammen, sobald ich angekommen war, und jeder Winkel war von einer riesigen Taschenlampe angestrahlt. Dann stolperte ich in eine Art Theaterraum hinein, befand mich plötzlich auf der Bühne. Reihe für Reihe des Zuschauerraums wurde erhellt und die Plätze füllten sich mit Menschen, deren Gesichtszüge alle auf gleiche Weise ausdruckslos wirkten, aber deren Augen aus grünem Glas waren und mir Lichtstrahlen entgegenschleuderten. Die Strahlen versetzten mir Stiche wie von winzig kleinen Schwertern und ich rollte mich zu einer Kugel zusammen, um ihnen auszuweichen, doch bald schon war ich nur noch ein weinendes blutbeflecktes Etwas, in dessen Ohren Genevieves Lachen hallte.

In derselben Sekunde, in der ich wach wurde, stürzte jede winzige und grauenvolle Einzelheit des vergangenen Tages auf mich ein. Das Morgenlicht tat mir in den Augen weh und der Gedanke, mich noch mal umzudrehen und im Bett zu bleiben, war enorm verführerisch, aber ich war fest entschlossen, mich Mum zu stellen und die Sache hinter mich zu bringen. Mit verquollenen Augen und zerknirschter Miene schlich ich mich in die Küche. Mum bestrich sich gerade in aller Ruhe einen Toast mit Butter und erst sein Duft machte mir deutlich, wie ausgehungert ich war – seit fast vierundzwanzig Stunden hatte ich nichts mehr gegessen und getrunken. Ich räusperte mich, doch Mum sprach nicht mit mir und sah mich auch nicht an. Niedergeschlagen wandte ich mich ab, schaffte es aber nicht einmal mehr durch die Küchentür. Um mich wurde es dämmerig, Sterne tauchten vor meinen Augen auf und vermehrten sich so lange, bis sie aufeinanderstießen, eine verschwommene Finsternis auslösten und ich den Boden unter den Füßen verlor. Ich konnte mich an nichts erinnern, als sich meine Lider zuckend öffneten und ich sah, dass Mum, mit ängstlich aufgerissenen Augen, meinen Kopf in ihren Schoß gebettet hatte.

»Tut mir leid, Mum. Mir wurde plötzlich schwarz vor Augen.«

»Wann hast du denn zuletzt etwas gegessen?«, fragte sie schroff.

»Weiß nicht, ich kann mich nicht erinnern.«

Mum half mir auf die Beine, dann auf einen Stuhl und blieb dicht neben mir, damit ich nicht heruntersackte. Ich sah noch immer etwas unscharf, fühlte mich aber nicht mehr so schwach. Mum steckte zwei grob geschnittene Scheiben Brot in den Toaster, wartete, bis sie heraussprangen, und bestrich sie mit Marmelade. Dann stellte sie einen Teller mit dem Toast und eine Tasse starken Tee vor mich.

»Kein Junge ist es wert, dass man seinetwegen ohnmächtig wird«, fuhr sie mich an, doch als ich mich endlich traute, ihr ins Gesicht zu sehen, merkte ich, dass sie es mit einem kleinen Augenzwinkern gesagt hatte. Sie setzte sich neben mich an den Tisch. »Glaubst du vielleicht, ich kann mich nicht daran erinnern, wie man sich mit sechzehn fühlt?«

Da ich nicht sicher war, ob sie ihre Frage rein rhetorisch gestellt hatte, aß ich erst mal gierig weiter.

»Ich erinnere mich sehr wohl und deshalb möchte ich auch nicht, dass du einen Kardinalfehler begehst. Deine Hormone spielen verrückt, dein gesunder Menschenverstand hat ausgesetzt und du denkst natürlich, es ist Liebe.«

»Das ist es auch«, entgegnete ich ruhig und machte mich darauf gefasst, dass sie mir gleich an den Hals sprang.

»Katy«, seufzte sie. »Mit sechzehn ist es immer die wahre Liebe … aber ich kann natürlich nicht erwarten, dass du mir das glaubst. Du musst es selbst herausfinden.« Mum taute langsam auf, das war eindeutig, doch sie war immer noch entschlossen, ihre Autorität zu wahren. »Ich kann und will mich nicht von dir anlügen lassen und du solltest einsehen, dass es zu deinem eigenen Besten ist. Nächste Woche kannst du zu Nats Geburtstag gehen, aber bis dahin hast du Hausarrest.«

Ich nickte kleinlaut.

»Ach übrigens, sieh doch mal, was ich gefunden habe.« Mum streckte die Hand aus. Auf ihr lag der Anhänger. »Gemma hat auf der Terrasse damit rumgespielt … ich kann mir gar nicht vorstellen, wie sie es geschafft hat, ihn die ganze Treppe herunterzuschleifen.«

Mir blieb nichts anderes übrig, als den Anhänger aus Mums Hand zu nehmen. Wahrscheinlich hatte Gemma auf der Suche nach Leckerbissen eine unserer Mülltüten aufgerissen und jetzt musste ich zum zweiten Mal versuchen, das Ding loszuwerden. Ich war erleichtert, dass ich bei Mum mit einem blauen Auge davongekommen war, trotzdem war mir das Herz so schwer, als würde ich eine Kugel an einer Eisenkette hiner mir herschleifen. Ich ging hoch in mein Zimmer und starrte auf den Computer. Mum hatte nichts davon gesagt, dass ich ihn nicht benutzen durfte, aber ich widerstand dem ungeheuren Drang, mich einzuloggen. Wenn sie mich dabei erwischte, wie ich mit jemandem kommunizierte, würde sie den Hausarrest vielleicht um eine Woche verlängern und ich würde Nats Geburtstagsfeier definitiv verpassen. Es gab also keinerlei Grund, meine Projektarbeit nicht rechtzeitig fertigzustellen – ich war von der Außenwelt abgeschnitten und befand mich in einem merkwürdigen Schwebezustand, ohne etwas tun oder mit jemandem sprechen zu können.

Luke musste sich gewundert haben, dass ich nicht auf seine Nachrichten geantwortet hatte, und schaute nach dem Abendessen bei uns vorbei. Ich sah ihn den Weg zu unserem Haus heraufkommen, rannte an die Tür und teilte ihm per Lippensprache mit, dass ich Hausarrest hatte. Aber so leicht gab Luke nicht auf. Er weigerte sich, wieder zu gehen, und flüsterte mir ins Ohr, er habe da eine Idee. Ich schüttelte den Kopf und signalisierte ihm, das werde wohl nicht funktionieren, doch er drängte mich genau in dem Moment ins Haus, als Mum zur Tür kam.

»Ich habe Kats Englischhausaufgabe jetzt durchgesehen«, sagte er und setzte sein gewinnendstes Lächeln auf. »Ich müsste allerdings noch ein paar Kleinigkeiten mit ihr besprechen.«

»Dann bring die Aufgabe doch hierher«, sagte Mum

misstrauisch, strich ihm aber dennoch eine widerspenstige Locke aus der Stirn, als ob er noch ein Kind wäre.

»Es ist nur … ich habe die Arbeit auf meinem Computer.«

Mum sah von Luke zu mir und meinte resigniert: »Dann geh jetzt, Katy, aber bleib nicht länger als eine halbe Stunde.«

»Du bist genial«, sagte ich überschwänglich und überschlug mich förmlich dabei, ihn in Sachen Genevieve auf den neuesten Stand zu bringen. Er musste wohl gemerkt haben, wie verzweifelt ich war, denn er kam mir viel verständnisvoller vor als sonst, ließ mich auf seinem Stuhl sitzen und gab an den richtigen Stellen betroffene kleine Ahs und Ohs von sich.

Nur einmal merkte er kritisch an: »Wieso hast du mir das nicht schon viel früher erzählt? Wir haben doch jetzt schon Samstag.«

»Ich … ich hatte mich in meiner Projektarbeit so festgefahren, dass mir keine Zeit mehr blieb, und dann ist alles gleichzeitig passiert.« Mein Gesicht verfinsterte sich. »Genevieve war ungeheuer aktiv diese Woche.«

»Sieht so aus.«

»Aber kannst du mir sagen, wie sie es geschafft hat, all diese Gemeinheiten einzufädeln?«

Luke legte seine nachdenklichste Miene auf. »Du hast mir ja erzählt, sie war auch auf dem Kunsthandwerkermarkt … da wird sie aufgeschnappt haben, wie ihr euch über Nat und Adam unterhalten habt, und hat dann auf die passende Gelegenheit gewartet, die Sache an den Mann zu bringen. Deine Mappe hat sie kaputt gemacht, als du sie mal einen Moment lang unbeaufsichtigt gelassen hast, und bei irgendeiner Gelegenheit … hat sie uns eben fotografiert, was wir natürlich nicht gemerkt haben, weil wir nicht ständig auf der Lauer nach einem durchgeknallten Mädchen mit einer Kamera sind. Danach war sie vor allen anderen im College und hat das Foto heimlich ans Schwarze Brett gehängt – ganz simpel.«

»Aber das ist noch nicht alles«, sagte ich voller Wut. »Sieh dir mal diesen Brief an … den hat sie uns nach Hause geschickt, mit Merlins Namen über unserer Adresse. Nicht mal frankiert ist er. Den muss sie Freitagmorgen bei uns eingeworfen haben, als ich schon auf dem Weg ins College war.«

Ich gab Luke den Brief zu lesen und seine Reaktion überraschte mich sehr. Verblüfft, ja beinahe angewidert, riss er den Mund auf. »Das übertrifft bei Weitem alles, was sie bisher gebracht hat, Katy. Damit begibt sie sich auf eine völlig neue Ebene.«

»Tja … ein ganz besonders fieser Trick.«

»Dir so eine Falle zu stellen und deiner Mum zu suggerieren, dass du mit Merlin wegfahren wolltest … obwohl ihr euch noch gar nicht lange kennt.«

Ich musste schlucken. Natürlich gab es da etwas, das ich ihm noch nicht erzählt hatte, etwas, das schließlich auch der Grund gewesen war, weshalb ich keine Zeit gefunden hatte, um mit ihm zu reden. »Der Punkt ist nur … wir hatten es tatsächlich vor … das heißt, wir wollten … ähm … für eine Nacht zum Campen gehen.« Ich war so durcheinander, dass ich beinahe hinzugefügt hätte, »in zwei getrennten Zelten«, aber da meine Gesichtsfarbe mich sowieso immer verriet und Luke mich schon seit Jahren kannte, war es nicht leicht, ihn anzulügen.

Luke senkte nur den Kopf und begutachtete ungewöhnlich lange den Briefumschlag vor sich, als sei er Sherlock Holmes. »Okay … dann haben wir ja die Lösung. Genevieve hängt bei Merlin ab, um sich da ihren künstlerischen Aktivitäten zu widmen … durchsucht sein Zimmer und scannt die Quittung.«

»Wahrscheinlich hast du recht«, murmelte ich.

»Wo hast du denn das Foto von uns?«

Ich wollte unter keinen Umständen, dass Luke das Foto sah, und hatte es in den hintersten Winkel einer Schublade in meiner Kommode gestopft. »Ich … ich habe es nicht mehr. Wahrscheinlich hat Merlin es weggeworfen.«

»Und wie sahen wir darauf aus?«

Ich verzog das Gesicht. »Na ja, wie gute Freunde eben …«

»Aber warum war Merlin dann so eifersüchtig?«

»Er ist ein bisschen … unsicher.«

Ich sah Luke zu, wie er die neuesten Entwicklungen auf dem Whiteboard festhielt. »Sie ist tatsächlich clever, Kat. Ich habe sie wahrscheinlich unterschätzt und das Problem ist … wir haben keine weitere Spur. Ich weiß nicht, wie wir weitermachen sollen.«

Ich strahlte übers ganze Gesicht. »Das ist genau der Punkt, Luke. Da ist noch etwas anderes, das ich dir bisher nicht erzählt habe. Den Knüller habe ich mir bis zum Schluss aufgehoben.«

Kapitel 19

Es war ein seltsames Gefühl, am Montagmorgen wieder ins College zurückzukehren – ich kam mir vor wie ein entlassener Sträfling. Bei dem Gedanken, Hannah zu begegnen, war mir nicht wohl gewesen, doch dann sah sie die ganze Sache recht entspannt. Sie erzählte mir, sie habe ihre Mutter davon überzeugen können, dass alles nur ein großes Missverständnis sei – denn Katy Rivers würde etwas so Riskantes nie und nimmer wagen. Merlin und ich schlichen uns bei allererster Gelegenheit davon. Er nahm alle Schuld auf sich und war der festen Überzeugung, das Kuddelmuddel mit den Briefen sei entstanden, weil er auf seinem Computer aus Versehen irgendetwas vertauscht habe. Ich hielt es nicht für nötig, groß mit ihm zu diskutieren und darauf hinzuweisen, wie unwahrscheinlich seine These war.

Jetzt mussten wir noch vorsichtiger sein, wenn wir zusammen waren, damit nicht wieder etwas gegen mich verwendet werden konnte. Wir küssten uns, wann immer es uns möglich war, und entdeckten einen kleinen Durchgang hinterm College, in den wir uns zurückziehen konnten. Von hier aus sah man auf das Bahngelände und auf einen Platz mit Müllcontainern, Gestank von Abfall stieg uns in die Nasen, der Wind fuhr uns durch alle Glieder und das Geräusch von Zugbremsen hallte uns in den Ohren.

Ich hatte angefangen, Genevieve so heimlich zu beschatten wie sie mich, und war verblüfft, wie sehr es mich befriedigte, fast so, als hätte ich ihr raubtierhaftes, rachsüchtiges Wesen in Teilen übernommen. Ich zählte jeden einzelnen Tag und wartete auf den Moment, an dem das Wochenende endlich anfing. Schließlich gab es eine Menge, worauf ich mich freuen konnte – am Samstag endete mein Hausarrest, ich durfte Merlin wiedersehen und auch für Luke und mich stand eine wichtige Sache an.

Wir beide hatten nämlich vor, noch einmal an den Stadtrand von York zu fahren, und zwar in die Pfarrei, in der man Genevieve nach dem Brand untergebracht hatte. Was sie auch zu verbergen hatte – wir würden es herausbekommen und sie als Lügnerin entlarven. Endlich hatte ich die unangenehme Tatsache geschluckt, dass sie niemals freiwillig ihren Kampf gegen mich aufgeben würde. Es war an mir, ihn – stellvertretend – zu beenden.

Am Samstagmorgen brachen wir vor sieben Uhr schon auf.

»Und? … Wie geht's dem Magier?«, fragte Luke ein wenig hinterhältig, während er um eine scharfe Kurve fuhr, sodass ich ziemlich unsanft gegen meine Tür geschleudert wurde.

»Dem? … Dem geht's ganz okay.«

»Macht es ihm denn nichts aus, dass du schon wieder einen ganzen Tag mit mir verbringst?«

»Nein, überhaupt nicht«, antwortete ich mit Nachdruck. »Ich sehe ihn ja heute Abend. Wir konnten uns die Woche über gar nicht treffen … dafür ist aber meine Projektarbeit rechtzeitig fertig geworden. Miss Clegg meinte, sie sei jetzt sogar eine Note besser.«

»Super, Kat!«

»So hat mein Hausarrest ja wenigstens etwas Sinn gemacht.«

Luke sagte nichts dazu. Seit er von Merlins und meinem Campingtrip erfahren hatte, war die Stimmung zwischen uns leicht angespannt, was mich ein wenig stutzig machte, weil ich bisher wie selbstverständlich davon ausgegangen war, ihm alles erzählen zu können. »Bist du sauer wegen irgendwas?« Luke fingerte am CD-Player herum, bis ich seine Hand nahm und auf das Lenkrad zurücklegte. »Komm schon, raus mit der Sprache.«

»Sauer? Nein … es ist nur … ich will nicht, dass dir einer wehtut, Katy, das ist alles.«

»Aber Merlin würde mir nie wehtun.«

Da Luke noch immer schlecht gelaunt aussah, insistierte ich weiter. »Da ist doch noch was anderes, oder?«

»Nein … wie man's nimmt, na, irgendwie schon. Ich habe eigentlich gedacht, ich würde dich ein bisschen besser kennen, Katy.«

Lukes Worte verletzten mich so sehr, dass ich mich ganz geknickt in meinem Sitz verkroch. Doch schon einen Moment später wurde ich wütend und hatte das Gefühl, ich müsste mich verteidigen. Mit kühler, ausdrucksloser Stimme sagte ich: »Das war mal, Luke. Ich bin inzwischen kein kleines Mädchen mehr.«

Luke nickte übertrieben heftig. »Du hast ja recht. Das Ganze geht mich überhaupt nichts an.«

»Nein«, korrigierte ich ihn in etwas sanfterem Ton, »es

geht dich durchaus etwas an, weil wir befreundet sind. Und weil ich längst schon ausgerastet wäre, wenn du mir nicht so sehr geholfen hättest.«

Meine Worte schienen Luke aufzuheitern, denn er streckte die Hand aus und ich klatschte – wenig enthusiastisch – ab. »Auf die Freundschaft, Kat.«

»Auf die Freundschaft«, wiederholte ich.

Aber Luke musste unbedingt das letzte Wort behalten. »Pass einfach auf, dass dir nicht schon der Erstbeste, den du kennenlernst, das Herz bricht, Kat.«

Ich schloss die Augen, konzentrierte mich auf die Bewegung des fahrenden Autos und dachte an Genevieve und den Vorfall mit dem Abendkleid, der ja der Anlass für unseren neuerlichen Ausflug war. Nachdem Genevieve den erschrockenen Ausdruck auf dem Gesicht der Verkäuferin gesehen hatte, hatte sie das Kleid auf der Stelle ausgezogen und erklärt, sie fände es ›fürchterlich‹. Ich hatte so getan, als sei ich in ein Buch mit Strickanleitungen vertieft, und voller Unschuld aufgesehen, als wollte ich wissen, ob es ein Problem gäbe. Genevieve zog eine finstere Miene und hatte es auf einmal eilig, den Laden zu verlassen. Sie wechselte kaum noch ein Wort mit mir, bis wir uns an der Bushaltestelle trennten.

Nach dieser Szene hatte ich den konkreten Hinweis, den ich brauchte – die Spur zu Genevieves Vergangenheit. Sie hatte wohl gedacht, sie könne sich ein neues Image zulegen und die Vergangenheit ausradieren, aber die Narben würden sie für immer zeichnen und daran erinnern, dass sie den Flammen doch nicht gänzlich unversehrt entkommen war.

Luke holte mich aus meinen Tagträumen zurück. »Wir hätten vielleicht doch erst in der Pfarrei anrufen sollen. Die Nummer steht bestimmt im Telefonbuch.«

»Wir wollten doch niemanden vorwarnen«, sagte ich gähnend. »Und außerdem durchschaut man Menschen sehr viel besser, wenn man ihnen gegenübersteht.«

»Mach dir nicht allzu große Hoffnungen«, warnte Luke mich. »Gut möglich, dass der Pfarrer die Pfarrei gewechselt hat, vielleicht ist er sogar gestorben oder was weiß ich …«

»Der wird schon noch vor Ort sein«, murmelte ich. »Die alte Frau in Lower Craxton hätte es uns bestimmt erzählt, wenn er dort nicht mehr Pfarrer wäre.«

»Er kann ja auch im Urlaub sein, auf Exerzitien oder was man sonst als Pfarrer eben tut …«

Ich lachte. »Er ist bestimmt noch da und passt auf seine Schäfchen auf.«

»Vielleicht will er auch gar nicht mit uns reden und anlügen können wir einen …«

»Kirchenmann wohl kaum«, ergänzte ich Lukes Satz. »Warum soll er denn nicht mit uns reden wollen?«

Luke klopfte mit den Fingern auf das Lenkrad. »Die Leute tun nicht immer, was man von ihnen will, Kat. Vielleicht ist ihm die Sache zu privat.«

»Schließlich ist es sein Job zu helfen«, insistierte ich gereizt. »Grace hin, Genevieve her – immerhin gehört sie zu seiner Familie. Er hat kein Recht dazu, sie einfach auf die Menschheit loszulassen … damit sie andere stalkt und ihnen Schlimmes antut, ihr Leben ruiniert, davon Besitz ergreift und was ihr sonst noch alles einfällt …«

»Du hast ja recht«, sagte Luke besänftigend und fügte

mit einem listigen Zwinkern hinzu: »Aber der Gedanke, dass sie übernatürliche Kräfte haben könnte, quält dich doch jetzt nicht mehr, oder?«

»Nicht wirklich«, murmelte ich.

»Weißt du, Katy«, sagte Luke in belehrendem Ton, »dieser ganze Hokuspokus ist nichts weiter als das Produkt einer total naiven Denkweise. Wenn du nicht an ihn glaubst, kann er dir auch nichts anhaben …«

Plötzlich schrie ich auf und schlug die Hände vors Gesicht. Etwas war gegen unsere Windschutzscheibe gekracht. Aus dem Augenwinkel nahm ich wahr, wie Luke verzweifelt das Lenkrad herumriss, um die Kontrolle über den Wagen zu behalten, und wir quer über die ganze Straße schlitterten. Aber dann gelang es ihm, das Auto mit einem heftigen Ruck, der uns beide nach vorne schleuderte, zum Stehen zu bringen. Instinktiv verbarg ich den Kopf in meinen Händen und hörte eine erschrockene Stimme sagen: »Es war nur ein Vogel, Katy … sieh einfach nicht hin.«

Es war pervers, doch sobald er es gesagt hatte, konnte ich nicht anders: Ich musste einfach einen Blick aufs Fenster werfen, an dessen Scheibe eine tote Krähe klebte, die mich aus ihren erloschenen Augen ansah.

»Da haben wir aber Glück gehabt, dass wir nicht auf der Autobahn gewesen sind«, sagte Luke mit gespielter Heiterkeit. »Und dass die Krähe auf deiner Seite gegen die Scheibe geflogen ist, sonst lägen wir jetzt nämlich im Straßengraben.«

Ich fühlte mich, als ob mein ganzer Körper in der Waschmaschine herumgewirbelt und dann zum Trocknen aufgehängt worden wäre, und versuchte, nicht zuzusehen, wie

Luke Blut, Federn und den geschundenen Kadaver mit einer Plastiktüte von der Scheibe kratzte. Dann stieg er wieder ins Auto und schaltete die Scheibenwischer ein, um letzte Überreste zu entfernen.

»Die hat bestimmt ein Farmer abgeschossen«, sagte er. Ich atmete tief ein, um irgendwie das Gefühl von Übelkeit loszuwerden, öffnete das Fenster und vermied die aufkommenden Gedanken an geflügelte Unheilsboten, die uns davon abhalten wollten, die Kirche zu erreichen. Wir schwiegen beide, bis wir in St. John's Place ankamen.

Ich hatte mir eine winzig kleine, malerische Kirche mit buntem Fensterglas und einem Vordach über dem Eingang vorgestellt, aber diese hier war schlicht und modern und hatte eher den Charakter einer Veranstaltungshalle. Draußen auf der Straße parkten viele Autos und an der Anschlagtafel hing ein handgeschriebenes Schild, das für einen Basar zugunsten des örtlichen Wohlfahrtverbandes warb.

»Zumindest können wir mit allen anderen zusammen in die Kirche gehen und wirken nicht so fehl am Platz«, sagte Luke, als er aus dem Auto stieg und sich streckte. Seine Haare sahen aus, als hätten sie tatsächlich schon einmal einen Kamm gesehen, und selbst seine Hose war nicht so zerknittert wie sonst immer. Einen Moment lang betrachtete ich ihn voller Zuneigung und Verwunderung darüber, dass er schon wieder einen ganzen Tag opferte, nur um mir zu helfen. »Los, komm, lass uns mal sehen, ob wir ein Schnäppchen machen und gleichzeitig ein bisschen Detektiv spielen können«, sagte er.

Normalerweise stand ich sehr auf Trödelmärkte, weil ich dort Secondhandklamotten kaufen konnte. Ich änderte sie dann oder trennte sie auf und nähte mir irgendetwas Neues daraus. Doch der Markt hier war von einem seriösen Landfrauenverband organisiert worden; es gab nichts als Tweedröcke, karierte Hosen und Blusen mit Paisleymuster und den dazu passenden Schals. Auf den Tischen reihten sich Gläser mit Marmelade, eingelegten Zwiebeln und Rote Bete, gigantische Biskuitrollen und Obstkuchen. Daneben standen Pflanzen, scheußliche Porzellanfigürchen und trist aussehende Bücher.

»Halt nach dem Pfarrer Ausschau«, erinnerte mich Luke, während er den Damen an den Ständen lächelnd zunickte.

Ihn nötigte man zu einem Früchtestollen und Aprikosenmarmelade für seine Mutter, während ich mich für eine schlappe Zimmerpflanze entschied, die angeblich sehr wenig Pflege brauchte. Luke schien der einzige Mann im Saal zu sein, der unter sechzig war. Er stürzte sofort hilfsbereit herbei, als einer der Verkaufsstände zusammenbrach. Binnen kürzester Zeit wurde er dazu verdonnert, diverse Bücherkisten zu stemmen und den Tombolastand zu bemannen. Ich stellte mich neben ihn, trank schlechten löslichen Kaffee aus einem Plastikbecher und hörte einer alten Dame zu, die über ihre Fußballen klagte.

Der Mann im schwarzen Anzug mit dem Kragen eines Geistlichen stach mir sofort ins Auge, als er den Gemeindesaal betrat, da alle auf ihn zugingen, um ihn zu begrüßen. Ich wollte Luke ein Zeichen geben, doch fünf violett getönte Dauerwellen, wenn nicht mehr, versperrten mir die Sicht auf ihn. Der Pfarrer war wohl um die fünfzig, mit Bart und grauen Haaren, groß, schlank und Träger einer

Goldrandbrille. Luke integrierte sich mitnichten in die Menge, ragte vielmehr wie ein Leuchtturm aus ihr empor, weshalb wohl auch der Pfarrer schnurstracks auf ihn zuging. Ich sah, wie sich die beiden die Hand gaben, und stand mitten in dem Bericht über eine Gallenblasenentfernung auf, um zu Luke hinüberzugehen und ihm Schützenhilfe anzubieten.

»Ich bin nur heute hier«, hörte ich Luke sagen, »zusammen mit einer Freundin.«

»Wir bräuchten dringend junge Leute, die sich in unserer Gemeinde engagieren. Wie schade, dass Sie hier nur zu Besuch sind.«

Luke zögerte, dann sagte er: »Ach, übrigens … hier in der Gegend hat mal eine andere Freundin von mir gelebt … ob Sie sich wohl an die erinnern können?«

Der Pfarrer lächelte ihm aufmunternd zu. »Wie heißt sie denn?«

Lukes Entschlossenheit schien ein wenig ins Wanken zu geraten, aber dann räusperte er sich und sagte selbstbewusst: »Sie heißt Grace … Grace Morton.«

Die Reaktion des Pfarrers war erschütternd. Alle Muskeln seines Körpers schienen sich zu verkrampfen und seine Miene versteinerte sich. Diese Veränderung ging so rasant – geradezu beängstigend – vonstatten, dass mir war, als verwandele sich meine Lieblings-Disneyfigur vor meinen Augen in den Serienmörder Freddy Krueger. »Tut mir leid, ich kann mich an niemanden erinnern, der so heißt.«

Was da gerade vorgefallen war, empfand ich als so beklemmend, dass ich Luke signalisierte, dass wir hier auf verlorenem Posten waren. Aber so leicht ließ Luke sich nicht einschüchtern. Er folgte dem Mann, der eilig den Saal verließ, nach draußen. Ich versuchte, Schritt zu halten.

»Verzeihen Sie … ich denke, Sie können sich sehr wohl erinnern. Ein Mitglied der Familie vergisst man schließlich nicht so leicht.«

Der Pfarrer drehte sich mit funkelnden Augen zu uns um. »Sie *ist* kein Mitglied meiner Familie.«

Luke konnte sich ein Lächeln nicht verkneifen. »Dann erinnern Sie sich also. Wir haben da ein paar Fragen, die uns sehr wichtig sind.«

Doch der Pfarrer war nicht umzustimmen. »Ich habe nicht die Absicht, Ihre Fragen zu beantworten, und wäre dankbar, wenn Sie mich jetzt unbehelligt ließen und weder mich noch die mir nahestehenden Personen in aller Zukunft kontaktieren würden.«

Er drehte sich auf dem Absatz um und Luke und ich sahen ihm nach, wie er zurück in den Gemeindesaal ging. Ich setzte mich auf eine kleine Mauer in der Nähe und spielte mit dem Reißverschluss an meiner Jacke, die Arme eng an mich gedrückt, weil ich meiner Nervosität oder der beißenden Kälte wegen völlig durchgefroren war. »Das ist ja nicht gerade gut gelaufen.«

Luke war ganz offensichtlich sauer, aber er bemühte sich, es zu verbergen. »Was für ein aufgeblasener Typ. Ich habe dir ja gleich gesagt, wir bringen ihn nicht zum Reden.«

Ich seufzte. »Hier gibt es jetzt für uns nichts mehr zu tun. Aber eins ist wirklich komisch … kein Mensch will über Genevieve sprechen. Es ist fast so, als hätte es sie nie gegeben.«

Luke setzte sich neben mich und kickte mit den Absätzen seiner Schuhe gegen die Mauer. »Du meinst wohl, alle *wünschten* sich, es hätte sie hier nie gegeben.«

»Und was sollen wir jetzt machen?«

Luke drückte seine Zunge in die eine Backenhälfte und gab eine dumpfes Lachen von sich. »Für einen Journalisten ist das erst der Einstieg …«

»Dieser Typ wird doch bestimmt nur noch wütender.«

»Er vielleicht schon … aber was ist mit den anderen?«

»Mit welchen anderen?«

Luke starrte vor sich hin und plötzlich wirkten seine Augen hart wie Stahl. »Er meinte, dass wir die ihm nahestehenden Personen nicht kontaktieren sollten … und gerade deshalb werden wir genau das tun. Er wird ja schließlich nicht der Einzige sein, der sie gekannt hat. Wir warten einfach, bis sich eine Gelegenheit ergibt.«

»Wie lange willst du darauf warten?«

»So lang wie nötig«, sagte Luke entschieden.

Kapitel 20

Ich friere.«

»Wenn ich die Heizung einschalte, ohne den Motor laufen zu lassen, dann ist die Batterie gleich leer.«

Ich konnte meinen Atem vor mir sehen. »Können wir nicht aussteigen … und ein bisschen rumlaufen?«

»Wir müssen die Pfarrei überwachen«, erinnerte mich Luke zum dritten Mal, »und zwar ohne Aufmerksamkeit auf uns zu lenken.«

»Haben wir noch Sandwiches?«

»Nein.«

»Und Wasser?«

»Nein.«

Luke war nur mir zuliebe hier und ich benahm mich wie ein verzogenes Gör. Aber ich hatte mir nun einmal eingebildet, Journalisten würden ein spannendes Leben führen und nicht stundenlang in kalten Autos hocken – in Beobachtung des immer gleichen Hauses.

Luke sah auf seine Uhr. »Ich weiß, dass du es satthast. Ich übrigens auch. Wir geben ihm jetzt noch eine halbe Stunde und dann ist Feierabend.«

»Tut mir leid, dass ich so rumgejammert habe«, sagte ich kleinlaut und jammerte gleich nahtlos weiter: »Warum kann es im richtigen Leben nicht genauso wie im Fernsehen sein? Da ist jeder Fall nach einem Tag gelöst, alle offen stehenden Fragen sind geklärt und die Guten gewinnen immer.«

»Na, weil sie monatelange Drehzeit in eine halbe Stunde quetschen und so tun, als sei's ein Kinderspiel, dass …«

Ich packte Luke am Arm, weil sich die Haustür der Pfarrei geöffnet hatte. »Da kommt jemand raus. Es ist der Pfarrer … und er ist allein.«

Wir beobachteten, wie die schlanke Gestalt des Pfarrers die Einfahrt hinunterging und dort, wo die Straße eine Kurve machte, aus unserem Blickfeld verschwand. Ich wusste ganz genau, was Luke als Nächstes vorhatte, und mein Herzschlag setzte einen Moment lang aus. »Er kann … er kann doch jeden Augenblick zurückkommen.«

Luke zog die Autoschlüssel aus dem Zündschloss und öffnete die Wagentür. »Ich denke eher, er wird jetzt eine Weile weg sein, Kat. Er war doch richtig eingemummt, mit Mantel, Schal und Hut.«

Ich blieb auf dem Beifahrersitz sitzen, senkte den Kopf und klemmte die Hände zwischen die Knie. »Ich glaub, ich kann das nicht.«

Luke kam zu meiner Wagenseite herüber und zog erst sehr behutsam meine Füße, dann mich ganz heraus. »Was kann uns schon passieren, Katy? Sie können uns die Tür vor der Nase zuknallen oder der Pfarrer kommt zurück und rastet aus. Wir tun doch nichts Verbotenes und außerdem ärgerst du dich hinterher halb tot, wenn du jetzt aufgibst.«

Luke hatte recht, wie immer. Ich würde es mir nicht verzeihen können, wenn ich jetzt kehrtmachte, ohne dass wir etwas herausgefunden hatten. »Ja … stimmt. Also gut, ich komme mit.«

Eine beruhigende Hand schob sich unter meinen Arm. »Um es mit Genevieve aufzunehmen, braucht man sehr viel mehr Mut als für diese Sache hier.«

Ich warf Luke ein dankbares Lächeln zu, weil er immer wieder die richtigen Worte fand. Dann holte ich tief Luft und es gelang mir auch, am Tor vorbeizugehen, doch der Weg zum Pfarrhaus kam mir jetzt doppelt so lang vor und meine Schuhe knirschten auf den Kieselsteinen. Um mich ein wenig abzulenken, sah ich in den Himmel hinauf, wo gerade die Abenddämmerung einsetzte – ein schwarzvioletter Bluterguss verwischte langsam die rosaroten und weißen Töne und den Hauch von Taubenblau. Dann standen wir vor der roten Eingangstür, die ein Fenster aus farbigem Glas hatte und deren Lack schon abblätterte. Jetzt gab es kein Zurück mehr. Wir hatten die Wahl zwischen einem Türklopfer aus Messing und einer altmodischen Glocke mit einem Zugseil daran. Luke zögerte und ich wusste, jetzt kam der gruseligste Teil: diese kurzen Momente auf der Türschwelle, in denen man sich nicht sicher war, wer einem öffnen würde und was man dann sagen sollte. Doch wir mussten weder Türklopfer noch Glocke benutzen, denn die Tür ging plötzlich von selbst auf.

»Ich … ich weiß, warum Sie hier sind«, stammelte die Frau, die uns geöffnet hatte. »Mein … Mann hat Sie beschrieben und ich hab Sie schon vom Fenster aus gesehen.«

Es war eine kleine Frau und ihr zerzaustes graues Haar

und die verschreckten Augen, die zwischen Luke und mir hin- und herhuschten, verliehen ihr ein vogelartiges Aussehen.

Luke machte einen Schritt auf sie zu. »Wir kommen von weit her. Es tut mir leid, dass wir so aufdringlich sind, aber es ist sehr wichtig.«

Die Frau zog sich noch weiter in den Eingang zurück und hielt sich am Türrahmen fest. »Ich kann Ihnen nichts sagen … bitte lassen Sie mich … lassen Sie uns zufrieden.«

»Lass es mich versuchen«, flüsterte ich, denn jetzt war meine Angst verflogen. Luke hatte recht: Das Einzige, was mir wirklich Angst einflößte, war die Tatsache, dass ich nicht wusste, warum Genevieve mich derartig hasste und zerstören wollte. Ich sah die Frau an und versuchte, mit ruhiger Stimme zu sprechen. »Ich weiß nicht, was ich ihr getan habe, aber … seit … Grace in unsere Stadt gezogen ist, scheut sie keine Mühe, mir das Leben schwer zu machen. Ich muss wissen, warum sie das tut, sonst halte ich es nicht mehr aus. Bitte helfen Sie mir doch.«

Die Pfarrersfrau verschränkte die Hände ineinander, als ob sie beten wollte, und auf ihrem Gesicht zeigten sich die widersprüchlichsten Gefühle. Schließlich spähte sie in den Garten hinaus und sagte schnell: »Dann folgen Sie mir. Aber wenn mein Mann zurückkommt, müssen Sie das Haus sofort durch die Küchentür verlassen. Das hintere Gartentor ist zugesperrt, aber im Zaun ist ein Loch, da kommen Sie problemlos durch.«

Sie ging uns durch die große Diele voraus, in deren Boden blaue und terrakottafarbene Fliesen eingelassen waren. Gegenüber der Eingangstür stand eine alte Standuhr und auf der linken Seite führte eine Wendeltreppe aus Eiche mit knorrigem Holzgeländer und verschnörkelten Spindeln ins obere Stockwerk. Überall muffelte es nach regenfeuchtem Laub. Meine Haut fühlte sich kalt und gereizt an und ich rieb mir die Arme.

»Stimmt was nicht?«, fragte Luke.

»Nein, mir ist nur etwas unheimlich zumute … als ob ich schon mal hier gewesen wäre.«

»Sag ihr bloß nicht, dass ich Journalist bin«, flüsterte er.

Dann standen wir in einer großen Bauernküche mit frei stehender Anrichte, beweglichem Küchenblock und eingebauten Regalen, in denen Töpfe und Pfannen, Gefäße und Geschirr untergebracht waren. Die Pfarrersfrau winkte uns an den alten Tisch heran, auf dessen abgenutzter Oberfläche tiefe Kerben sichtbar waren. Mit bebenden Lippen trank sie einen Schluck Wasser.

»Wie ist es Ihnen denn gelungen, Graces Spur bis zu uns zurückzuverfolgen? Wir haben lange nichts von ihr gehört.«

»Luke kennt sich hervorragend mit Computern aus«, erklärte ich und hoffte, dass das nicht auch für diese Frau zutraf. »Ich habe ihm von Grace erzählt und er hat es tatsächlich geschafft, sie ausfindig zu machen.«

Sie wand ein Taschentuch zwischen ihren Händen. »Was wollen Sie denn wissen?«

Nachdem ich nun so weit gekommen war, schien ich plötzlich einen Filmriss zu haben und Luke musste eingreifen.

»Was ist mit Grace passiert, nachdem sie Sie verlassen hat? Was können Sie uns dazu sagen?«

»Nicht viel«, antwortete sie mit tonloser Stimme. »Sie

wurde in ein Kinderheim gebracht, hier in der Nähe. Ich habe versucht, mit ihr in Verbindung zu bleiben, und hätte sie auch gern besucht, aber sie wollte mich nicht sehen. Sie hat mich … hat uns beide stark abgelehnt.«

»Wie alt war sie denn damals?«

»Acht wahrscheinlich.«

Ich schnappte nach Luft. »Dann hat sie aber nicht sehr lang bei Ihnen gelebt. Sie war erst sieben, als das Feuer …«

Ich unterbrach mich schlagartig und die Frau bemerkte leise: »Dann wissen Sie das also schon.«

Wir nickten beide und jetzt konnten wir sie heftig atmen hören. »Nein, sie hat nicht sehr lange bei uns gewohnt.«

Sie verstummte ohne jede weitere Erklärung, während ich über die uns fehlenden Jahre in Genevieves-Graces Leben nachdachte. Ich hatte immer noch Probleme, zwischen diesen beiden Namen hin- und herzuschalten.

»Es war wohl keine sehr glückliche Zeit?«, fragte Luke teilnahmsvoll. Einen Moment lang wurden ihre Augen glasig, dann fasste sie sich wieder und zog ihre Strickjacke enger um den schmächtigen Körper.

»Nein, es war keine glückliche Zeit mit ihr. Wir haben ja nicht gewusst, dass es … bereits Schwierigkeiten gab, bevor Grace zu uns kam, und später …«

Der Rest blieb ungesagt. Sie zuckte zusammen, als ein Geräusch im Garten zu hören war, und ich merkte ihr an, wie nervös es sie machte, dass ihr Mann jederzeit nach Hause kommen konnte.

»Haben Sie Fotos von ihr?«, fragte ich.

»Nein, sie sind alle im Feuer verbrannt und die, die ich gemacht habe, habe ich … verlegt.«

»Haben Sie mit irgendjemandem über Graces … *Schwierigkeiten* gesprochen?«, fragte Luke behutsam.

»Ich … kann hier nicht auf Einzelheiten eingehen. Grace kam in Obhut und ihre Erziehung wurde mir aus der Hand genommen. Es war kein *gewöhnliches* Kinderheim, wissen Sie …«

Diese Information mussten Luke und ich erst einmal verdauen. »Was hat Grace denn getan, als sie bei Ihnen gewohnt hat?«, fragte ich.

Es schien, als würde sie mir darauf keine Antwort geben wollen, doch schließlich sagte sie mit kaum hörbarer Stimme: »Sie saß im oberen Stock … und sah starr in den Spiegel der Frisierkommode. Tag für Tag … diese vor sich hin starrenden Augen. Und manchmal sagte sie die absonderlichsten Dinge …«

»Zum Beispiel?«

»Dass man ihr ihr Spiegelbild genommen und ihr Herz in zwei Hälften zerschnitten habe.«

Ein Windstoß fuhr in den Kamin und ein Schauder lief mir über den Rücken. »Mochte sie irgendetwas besonders gern?«

Die Frau des Pfarrers nickte. »Das Meer hat sie geliebt. Sie hat uns immer gedrängt, mit ihr dorthin zu fahren, und hat dann Muscheln, Kieselsteine und Glasscherben gesammelt und daraus Schmuck gemacht. Mein Mann fand das nicht gut, das war ihm zu heidnisch.«

Ich sah, dass Luke innerlich kochte, obwohl er bemüht war, sich nichts anmerken zu lassen. »Es muss schwer für Sie gewesen sein, den Kontakt zu Ihrer Nichte zu verlieren«, bemerkte er. »Ist Grace das Kind Ihrer Schwester?«

Sie reagierte genauso heftig wie ihr Mann. »Nein, wie kommen Sie denn darauf? Sie hat lediglich den Namen meiner Schwester angenommen, um ganz neu anzufangen.«

Ich trat Luke unter dem Tisch wie zufällig gegen sein Bein. »Wie? Sie ist gar nicht das Kind Ihrer Schwester?«

»Nicht ihr leibliches«, antwortete sie ausweichend. »Meine Schwester hatte Grace als Baby adoptiert.«

Ich sah Luke verblüfft an, aber er blieb ruhig und beherrscht. »Wissen Sie denn irgendetwas über ihre leibliche Mutter?«

»Nicht wirklich ... nur, dass sie wohl nicht sehr stabil gewesen ist ... meine Schwester wollte nie darüber sprechen, was mit Grace damals passiert ist, obwohl die Adoptionsbehörde sie vermutlich darüber informiert hat.«

»Kam sie denn hier aus der Gegend?«, fragte ich. Ich war immer noch damit beschäftigt, die letzte Information zu verdauen.

Die Pfarrersfrau nickte. Einen Moment war es still, dann brach es aus ihr hervor: »Auf alle Fälle hätte meine Schwester nichts Schlimmeres tun können, als dieses Mädchen zu adoptieren.«

»Aber sie war doch noch ein Kind!«, bemerkte Luke.

»Aber kein normales Kind.« Sie hüstelte verlegen. »Mein Mann glaubt ja, dass niemand böse auf die Welt kommt. Er ist der Überzeugung, dass uns das Böse in der Welt zu schlechten Menschen macht ...«

»Sie sind sich da allerdings nicht so sicher«, ergänzte ich.

Sie stierte vor sich hin. »Ich kann sie immer noch hier

spüren ... ich weiß, dass das nicht sein kann, aber es ist so, als ob etwas ... von ihr zurückgeblieben wäre.« Sie warf einen Blick auf die Uhr auf dem Kaminsims und stand hastig auf. »Sie müssen jetzt gehen – und zwar am besten durch die Hintertür.«

Ich ließ mich nicht abschütteln. »Sie haben uns noch nicht erzählt, warum Grace nicht bei Ihnen bleiben konnte.«

»Ich habe Ihnen alles gesagt, was ich sagen kann.«

Ich packte sie an ihrem schmächtigen Handgelenk. »Aber sie gibt mir die Schuld an irgendetwas, wovon ich nichts weiß, und sagt, sie wird mein Leben zerstören.«

Die Pfarrersfrau legte eine Hand auf ihr Herz, als wolle sie prüfen, ob es noch schlug. »Dann sollten Sie sich in Acht nehmen. Sie ist zu Dingen fähig, von denen die meisten Menschen nicht mal träumen würden.«

»Aber das können Sie doch nicht so einfach sagen«, entgegnete ich in drängendem Ton. »Ohne mir zu erklären, was Sie damit meinen.«

Die Pfarrersfrau war jetzt so blass geworden, dass ich mir sicher war, sie würde gleich in Ohnmacht fallen, und vorsichtshalber blieb ich neben ihr stehen. Aus der Heftigkeit, mit der sich ihre Brust hob und senkte, ließ sich schließen, dass sie mit sich kämpfte, und mir war schlecht vor Anspannung. Ihr Mund öffnete und schloss sich wieder, bis sie schließlich mit rauer Stimme sagte: »Wenn Sie das an irgendjemanden weitergeben, dann werde ich es einfach abstreiten. Grace meinte, sie habe meine Schwester getötet, weil sie an allem schuld sei, und sie würde sich noch weiter rächen.«

Luke entgegnete mit ruhiger Stimme: »Wahrscheinlich

war sie wütend und extrem verletzt. Das hat sie ganz bestimmt nur so dahingesagt.«

»Sie war erst sieben Jahre alt und hatte ein Gesicht wie ein Engel, aber sie hat meine Schwester und ihren Mann bei lebendigem Leib verbrennen lassen, weil sie ihr nicht die Wahrheit über ihre leibliche Mutter gesagt haben, und … sie hat es nicht allein getan, sie hatte Hilfe.«

Ich runzelte die Stirn. »Hilfe? Von wem?«

»Von dem, der sich an geweihten Orten nicht aufhalten darf.«

Und damit endete das Interview. Wir wurden kurzerhand durch die Hintertür in die kalte Nacht hinausgedrängt, doch mir fiel noch etwas ein. Ich machte einen Schritt zurück und es gelang mir, einen Fuß zwischen Türrahmen und Tür zu klemmen, bevor sie sich schließen konnte.

»Das Kinderheim«, flüsterte ich. »Hatte das einen Namen?«

Stumpfe, leblose Augen starrten in meine. Ihre Lippen bewegten sich kaum und ich hörte sie nur ein einziges Wort sagen, das wie ein langer Seufzer klang: »Martinwood.«

Luke und ich gingen bis zum Ende des Gartens und krochen im Dunkeln durch ein Loch im Zaun. Mein Hemd zerriss und in meinen Haaren verfingen sich Zweige, aber ich drängte weiter, weil ich so schnell wie möglich wieder in Lukes Auto sitzen wollte. Sobald er die Türen geöffnet hatte, sprang ich hinein und kauerte mich – die Hände in den Ärmeln – zusammen.

Wir starrten beide vor uns hin und ich sagte bedauernd:

»Wir hätten uns nach Graces richtigem Namen erkundigen sollen.«

»Willst du noch mal zurück?«, fragte Luke lachend.

Ich schüttelte den Kopf. »Ganz sicher nicht.«

Lukes Stimme klang verächtlich, als er sagte: »Diese Leute sind so abergläubisch und ignorant. Ebenso gut hätte sie sagen können, dass Grace mit dem Teufel im Bunde war. Und, hast du jetzt erfahren, was du wissen wolltest, Kat?«

»Gewissermaßen schon .. einen Beweis haben wir aber immer noch nicht … die Frau des Pfarrers wird nichts von dem, was sie erzählt hat, wiederholen.«

»Wahrscheinlich nicht«, erwiderte Luke.

»Und was sagst du zu dem Haus?«

Er zuckte mit den Achseln. »Ein typisches Pfarrhaus eben – groß, zugig, altmodisch. Warum? Hast du da etwa einen Geist gesehen?«

»Ich bin … ich bin da schon einmal gewesen«, antwortete ich zögernd.

»Wann? Als du klein warst, Kat?«

Ich war plötzlich froh, mich in der Dunkelheit verstecken zu können. »Nein … nur in meinen Träumen.«

Luke lachte. »Wir haben doch alle Albträume mit gruseligen Schauplätzen …«

Ich schüttelte den Kopf und sah Luke an. »Das hier ist etwas anderes. Diese Treppe bin ich mein ganzes Leben lang hinaufgestiegen.«

Kapitel 21

Wir waren ohnehin spät dran und ich fand, dass es jetzt auf eine halbe Stunde mehr oder weniger auch nicht mehr ankam. Deshalb fragte ich Luke, ob er nicht einen kleinen Abstecher mit mir nach Appleby machen wolle – eine günstige Gelegenheit, die wir uns nicht entgehen lassen sollten. Er schien weder überrascht zu sein noch fragte er nach dem Grund dafür. Ich glaube, wir beide waren gleichermaßen verstört darüber, wie sich dieser Tag entwickelt und wie er geendet hatte, und jeder von uns hing seinen eigenen Gedanken nach. Das Dorf lag nicht weiter als zehn Minuten von Lower Craxton entfernt, aber ich versuchte trotzdem, im Kopf zu behalten, dass ich Luke zusätzlich Benzingeld anbieten wollte, obwohl er es vermutlich ablehnen würde. Die Straßen waren eng und der Verkehr, obwohl es erst neun Uhr war, spärlich und ich fragte mich, was die Menschen hier wohl samstagsabends machten, sofern sie nicht zu Hause fernsahen.

Luke steuerte auf die Hauptstraße von Appleby zu, die am Marktplatz entlangführte. Um einen kleinen Brunnen herum standen mehrere Bänke und am Fuße eines Kriegerdenkmals waren Kränze niedergelegt worden. Luke fand problemlos einen Parkplatz, da nur zwei Autos auf der

Straße parkten. Im Pub brannte noch Licht, ansonsten wirkte der ganze Ort düster und ausgestorben. Luke schaltete die Scheibenwischer aus, blieb ruhig im Wagen sitzen und wartete auf eine Anweisung von mir. Er schien nichts dagegen zu haben, Teilnehmer einer magischen Entdeckungsreise zu sein. Wortlos öffnete ich meine Tür und er folgte mir mit einem kleinen zustimmenden Nicken. Es war schön, dass zur Abwechslung einmal er den unfreiwilligen Zuschauer gab.

Mit listigem Lächeln und einer kleinen, etwas affektierten Handbewegung bedeutete ich ihm, er solle mir folgen, und steuerte auf die Kirche Saint Mary's zu. Das Tor in der Kirchenmauer war von einem Weißdorn abgeschirmt, der jetzt, ohne seine Blätter, krumm und nackt aussah und mich an eine knotige Hand erinnerte, die sich flehend dem Himmel entgegenstreckte. Am Tor war ein Vorhängeschloss festgemacht und ich gab Luke ein Zeichen, mit mir über die Mauer zu klettern. Er ließ mich als Erste klettern und machte eine Räuberleiter für mich. Ich hievte mich die Brüstung hoch, ohne zu ahnen, wie spitz die Ziersteine darauf waren, und steckte plötzlich so fest, dass ich wie ein gestrandeter Pinguin hin- und herwippte. Luke musste sich über die Mauer schwingen, mir vorsichtig über die Brüstung helfen und mich von unten auffangen. Ich rieb mir meinen schmerzenden Bauch, wütend über meine Ungeschicklichkeit.

Wir hatten Glück, dass die Kirche so versteckt lag, denn die Einheimischen würden bestimmt nicht begeistert sein, wenn sie uns hier herumlungern sahen. Schnell verließ ich den Weg und ging zwischen den Gräbern umher. Der

Untergrund war von federndem Farnkraut gesäumt, dazwischen aber lagen harte Eicheln, die sich unter den Füßen wie kleine Kieselsteine anfühlten.

Stachelige grüne Hülsen ohne ihre glänzenden rostbraunen Kastanien lagen überall verstreut herum und an meinen Schuhen klebten zerquetschte Johannisäpfel. Ich wies Luke auf ein kleines Licht hin, das oberhalb eines Stützpfeilers der Kirche angebracht war und uns den Weg wies.

»Wir haben übrigens heute Vollmond«, sagte Luke und streckte den Hals gen Himmel. »Und stehen mitten auf einem sehr alten Friedhof viele Meilen von zu Hause entfernt. Muss ich mir Sorgen machen?«

»Ich muss Greta Alice Edwards finden«, sagte ich nur.

Ich konnte gerade genug von Lukes Gesicht erkennen, um zu sehen, dass er zwar leicht verwirrt, doch nicht verärgert war. »Wann ist sie denn gestorben?«

»Ähem … 1691. Geboren 1675.«

Luke lachte leise. »Dann wirst du sie hier nicht mehr finden, Kat. Sieh dich mal um.«

Mit gerunzelter Stirn ließ ich meinen Blick von einem Grabstein zum anderen schweifen, verstand aber immer noch nicht. Erst als Luke mit dem Finger eine Linie unter die Geburts- und Todesdaten zog, wurde mir klar, was er meinte. Die frühesten Daten stammten aus den Zwanzigerjahren des neunzehnten Jahrhunderts.

»Aber … sie hat hier mal gelegen«, sagte ich zu Luke. »Irgendwann jedenfalls.«

»Vielleicht liegt sie auch immer noch hier«, antwortete Luke behutsam, »aber nach so vielen Jahren müssen sie … na ja, die Grabstelle aus Platzgründen neu belegen.«

»Das heißt … sie bestatten da dann jemand anderen?«, fragte ich ungläubig, »und entfernen auch den Grabstein?«

Luke nickte entschuldigend, als sei er persönlich dafür verantwortlich. »Manchmal kommt es sogar noch schlimmer, Kate. Dann räumen sie die Gräber aus und stapeln die sterblichen Überreste in einem sogenannten Gebeinhaus, um für neue Verstorbene Platz zu schaffen.«

»Und was ist das – ein Gebeinhaus?«

»Na ja, ein Ort eben, an dem ausgebuddelte Gebeine aufbewahrt werden«, antwortete Luke ohne Umschweife.

Ich fand die Vorstellung ungeheuerlich, hatte aber keinen Grund, Luke nicht zu glauben, zumal er wie ein wandelndes Lexikon voller interessanter Informationen für mich war. »Das wusste ich ja gar nicht.«

»Wieso auch? Ist ja nicht gerade ein Allerweltsthema.«

»Auf alle Fälle stecken wir in der nächsten Sackgasse«, sagte ich schmollend. »Ich hatte mir irgendein Zeichen erhofft … keine Ahnung, was für eins genau … irgendwas Bedeutsames eben.«

»Willst du mir sagen, wer sie ist, Kat, oder muss ich raten?« Ich sah in die Ferne und atmete den harzigen Geruch von Kiefernzapfen ein, der sich mit einem kräftigen Wildblumenduft mischte. Ich weiß nicht, ob es an der wunderbaren Mondnacht lag oder daran, dass mir Luke zugänglicher vorkam als sonst, auf alle Fälle unternahm ich nicht mal den Versuch, meine okkulte Geschichte abzuändern, und setzte mich freiwillig Lukes Spötteleien aus. Im Flüsterton – kaum lauter, weil sich hier jedes Geräusch zu verstärken schien – schilderte ich ihm die Zusammenhänge von Thomas Winters Geschichte.

»Und das hast du alles allein rausgekriegt?« Luke klang ernsthaft beeindruckt.

»Na ja … Mum hat mir ein bisschen geholfen«, gab ich zu.

»Und der Typ hat sich diese Schauergeschichte nur einfallen lassen, um damit andere zu beglücken?«

Ich blies die Backen auf und stieß die Luft dann wieder aus. »Anscheinend.«

»Aber … *du* glaubst nicht daran, sonst wären wir ja nicht hier.«

Luke durchschaute mich dermaßen gut, dass ich einfach nichts vor ihm verbergen konnte.

»Als ich seinen Bericht las … war ich mir sicher, dass er die Wahrheit sagte.«

»Weil du es in den Knochen gespürt hast«, zog er mich auf.

Ich betrachtete Lukes Gesicht im weichen Mondlicht, während ich mich innerlich darauf vorbereitete, die letzte Bombe platzen zu lassen. »Da ist noch etwas anderes, Luke … etwas, das ich selbst erst seit heute Abend weiß. Die Frau des Pfarrers hat mir erzählt, dass Genevieves Kinderheim in Martinwood untergebracht war, dem gleichen Geisterhaus also, über das Thomas Winter geschrieben hat.«

Luke ließ seine Knöchel knacken, was so klang, als ob jemand auf einen Zweig trat. »Also gut. Dann schildere mir mal deine Theorie«, sagte er aufmunternd.

Der Mond verschwand hinter einer Wolke, als ich zu sprechen begann, und es half mir, dass nur ein Teil meines Gesichts zu erkennen war. »Ich glaube, dass alles stimmt, was in Thomas Winters Bericht steht«, sagte ich ernst, »und dass er seine Geschichte nur deshalb zurückgenommen hat, weil irgendetwas ... na ja ... vorgefallen ist.«

»Oder weil ihm jemand erschienen ist«, zischte Luke und pustete mir in den Nacken, sodass ich einen kleinen Satz machte.

»Okay ... sagen wir, jemand ist ihm erschienen«, stimmte ich ihm zu. »Martinwood ist jedenfalls das Verbindungsglied zwischen Greta, der Hexe und Genevieve.«

»Der Hexe?«

»Warum denn nicht? Nachdem er sämtliche ... hm ... Vorrichtungen zum Schutz des Hauses durcheinandergebracht hatte, war das Böse gewissermaßen ... entfesselt und die Hexe kam, um ihn ...«

»So lange gefangen zu halten, bis er seine Geschichte zurückgenommen hat«, ergänzte Luke glucksend.

Ich hob die Augenbrauen. »Auf alle Fälle ereignen sich in Genevieves Dunstkreis äußerst mysteriöse und destruktive Dinge ...«

»Das Ganze muss sich natürlich unbedingt wieder mit Genevieve in Verbindung bringen lassen, oder?«, bemerkte Luke etwas resigniert. »Du wirst sie einfach nicht los, Kat.«

Ich stockte einen Moment. »Vielleicht ... kennt sie mich ja wirklich von irgendwoher.«

»Du bist ihr nie begegnet, Kat, bevor sie zu euch aufs College gekommen ist.«

»Vielleicht ja nicht in diesem Leben.«

Luke stöhnte auf und fing dann an zu lachen.

»Na schön«, sagte ich provozierend. »Wie erklärst du dir

dann, dass ich Orte wiedererkenne, an denen ich noch nie gewesen bin, und in Genevieves Nähe immer das Gefühl habe, manche Dinge schon einmal erlebt zu haben?«

»Das weiß ich nicht«, sagte er schnell. »Aber … wenn sich die Geschichte tatsächlich wiederholen sollte und die Hexe zurückgekehrt ist, um ihre dreihundert Jahre alte Suche oder Blutrache fortzusetzen … dann musst du dir auch nicht mehr lange Sorgen machen.«

»Warum?«

»Weil sie mit sechzehn schon gestorben ist.«

Ich sagte nichts mehr und kaute nachdenklich auf meiner Unterlippe, denn darauf war ich nicht gekommen.

»Kat Rivers«, sagte Luke mit gespielter Enttäuschung. »Du kannst einen zur Weißglut bringen, du bist so stur, dass es einen wahnsinnig macht, und du bist … total crazy.«

Ich war alles andere als beleidigt und lachte leise. In meine Nase drang der Geruch von verbranntem Holz und in einer Ecke sah ich einen Haufen Blätter und Gestrüpp liegen, daneben noch den Rechen.

»Mir kommt es vor, als ob wir heute Abend die einzigen Menschen auf der Welt wären«, sagte ich staunend. »Ist das nicht ein merkwürdiger Ort? Ich weiß, dass da drüben eine Mauer steht, aber wenn man in die Ferne sieht, dann meint man, dass sich der Friedhof ins Unendliche ausdehnt … bis in den Wald hinein.«

»Das ist nur eine optische Täuschung«, murmelte Luke.

»Und die Kirche steht schon seit dem zwölften Jahrhundert hier. Stell dir mal vor, was die schon alles gesehen hat.«

»Weiß nicht, ob ich das wirklich will«, sagte Luke grinsend.

Plötzlich schüttelte es mich unwillkürlich. »Luke, was war das gerade? Ich habe Stimmen gehört.«

Er nahm mich an der Hand und wir duckten uns und liefen auf die hintere Friedhofsmauer zu, die mit Efeu und anderen Kletterpflanzen bewachsen war. Tatsächlich waren jetzt durchdringende Stimmen zu hören, was vermuten ließ, dass man uns entdeckt hatte. Ich glaubte zu hören, wie sich das Friedhofstor öffnete und Schritte auf uns zukamen, doch das konnte ich mir auch eingebildet haben. Mein Herz klopfte so laut, dass es sicher nicht zu überhören war.

Luke wird das schon hinbekommen, dachte ich. Wir richten hier ja schließlich keinen Schaden an und er schafft es immer, sich aus allem rauszureden. Jetzt war eindeutig ein raschelndes Geräusch zu hören, das von allen Seiten gleichzeitig zu kommen schien, was hieß, wir würden jeden Augenblick umzingelt sein. Gleich würden wir uns erklären müssen. Ich warf Luke einen ängstlich nervösen Blick zu. Er schloss die Augen und spannte die Muskeln an, als habe er gerade einen Plan ausgeheckt, den er sofort in die Tat umsetzen wollte. Das Letzte, womit ich allerdings gerechnet hätte, war, dass er einen Satz auf mich zu machte, beide Arme um mich schlang und seine Lippen auf meine presste.

»Tu so, als ob es dir gefällt«, glaubte ich ihn flüstern zu hören.

Es war kein harmloser kleiner Kuss, sondern ein lang anhaltender forschender Kuss, den ich einfach erwidern musste. Meine Lippen öffneten sich ganz automatisch, mein Kopf neigte sich zur Seite und meine Hände umfassten seinen Nacken. Einer von uns stöhnte sogar ein bisschen auf und ich hatte Panik, dass ich es gewesen sein könnte. Luke zu küssen kam mir so selbstverständlich vor, dass es für sich gesehen schon erschreckend war. Mindestens fünf Minuten lang blieben wir so stehen, bis ich eine tiefe Stimme lachen hörte. »Das sind nur zwei verliebte Teenager. Lasst sie in Ruhe.« Die Schritte entfernten sich, dann wurde es still.

Irgendwann schaffte ich es, Luke von mir zu schieben, und kauerte mich für einen Moment auf den Boden, um wieder Atem zu schöpfen und das Zittern in meinen Knien loszuwerden.

»Entschuldige, Kat«, sagte Luke vergnügt. »Das machen sie im Film doch auch immer, wenn sie von sich ablenken wollen, und diesmal scheint es ja geklappt zu haben.«

»Gute Idee«, sagte ich. Ich atmete immer noch etwas schwer und konnte ihm nicht in die Augen sehen.

»Du siehst ganz aufgewühlt aus.« Luke lachte. »Ich war auch etwas nervös, aber wir sind ja noch mal davongekommen.«

Ich blieb am Boden kauern, weil ich mich immer noch nicht ganz beruhigt hatte und mir auch nicht sicher war, was mich mehr mitgenommen hatte – Lukes Kuss oder die erzürnten Männer aus dem Dorf. Ich stützte mich mit einer Hand auf einen Stein, der etwas mehr als einen halben Meter von der Friedhofsmauer entfernt lag. Erst als ich aufstehen wollte, entdeckte ich zwischen Flechtensporen und verwildertem Gezweig einen verblichenen Schriftzug auf dem Stein. Es musste einmal ein Grabstein gewesen sein, der schräg in die weiche Erde eingesunken war und jetzt nur noch die Form eines Dreiecks hatte.

»Mann, sieh dir das an.«

Ich ging in die Hocke und Luke kauerte sich neben mich.

»Kannst du den Namen entziffern?«, fragte ich ihn.

Er schüttelte den Kopf und sah mich eindringlich an. »Da ist nur noch ein G zu sehen, aber zieh bitte keine Rückschlüsse daraus.«

»Da steht doch auch eine Zahl«, sagte ich triumphierend und fuhr mit dem Finger über den verwitterten Sandstein. »Eine 1 und ... da ist eine 6. Das Grab stammt folglich aus dem siebzehnten Jahrhundert. Hier liegt jemand, den man ganz offensichtlich nicht wieder ausgebuddelt hat.«

»Da könntest du recht haben«, antwortete Luke. »Aber ich habe gerade noch etwas viel Interessanteres entdeckt. Sieh dir mal das an.«

Er schob eine der Kriechpflanzen zur Seite und eine in den Stein gemeißelte Hand kam zum Vorschein.

»Und was ist das? Klar, offensichtlich eine Hand, aber was hat sie zu bedeuten?«

Luke stand auf und legte grübelnd beide Hände an die Schläfen. »So etwas hab ich doch schon irgendwo gesehen, ich überleg nur gerade, wo.«

Ich schwieg, während Luke auf und ab ging und schließlich triumphierend die Faust in die Luft stieß.

»Ich wusste es doch, ich vergesse nie eine Geschichte! Ich hab an Halloween davon gelesen ... da tauchen doch die ganzen abgedrehten Spukgeschichten auf und in der, die ich meine, ging es um einen Friedhof in den Midlands, in dem man Hand- und Fußreliefs gefunden hat. Die Einheimischen sagen, dass man an diesen Zeichen eine Hexe erkennt und dass demjenigen, dessen Hand oder Fuß in die Abdrücke passt, schweres Unglück widerfährt.«

»Und daran glaubst du?«, fragte ich. Ich fing unwillkürlich an zu zittern und zog rasch die Hand weg, um ja nicht mit den Umrissen des Reliefs in Berührung zu kommen.

»Natürlich nicht, aber … es könnte eine Erklärung dafür sein, warum Thomas Winter die Geschichte zurückgezogen hat. Wenn man zusätzlich zu seinen Funden auch noch das Grab entdeckt hätte, dann wären vermutlich Hunderte von Geister- und Hexenjägern über das Dorf hereingebrochen.«

»Vermutlich«, sagte ich skeptisch.

Luke sah zum Himmel hoch und plötzlich hatte ich große Lust, ihn noch einmal zu umarmen. Es ist nur Luke, sagte ich mir, doch es war, als sei an diesem Abend ein anderer an seine Stelle getreten, und ich war verwirrt.

»Ist das der Nordstern, Kat?«

Ich sah ihn fragend von der Seite an. »Ich habe nicht die leiseste Ahnung.«

»Mir fällt da nämlich noch was ein, das dir einen Schreck einjagen könnte«, sagte er lächelnd. »Wenn dieser Teil des Friedhofs hier nach Norden ausgerichtet ist, dann stehen wir auf der Teufelsseite.«

»Ach komm!«, rief ich. »Wieso denn das?«

»Das ist die Seite, auf der die Ungetauften, Selbstmörder und Exkommunizierten in anonymen Gräbern beerdigt wurden.«

Das klang so traurig, dass ich nicht mehr länger bleiben wollte, zumal mir daran lag, etwas auf Abstand zu Luke zu gehen. Kurz angebunden sagte ich daher: »Wir sollten uns jetzt auf den Weg machen, Luke. Ich hätte dich gar nicht erst hierherbringen sollen ... das war mal wieder eine meiner Schnapsideen.«

»Kat, sieh mich an.« In Lukes Stimme klang etwas mit, das mich dazu bewegte, stehen zu bleiben und mich langsam zu ihm umzudrehen. Sein Gesicht zeigte nichts von seiner üblichen Leichtfertigkeit. »Der heutige Abend war ... eine Ausnahme ... aber jetzt muss Schluss damit sein. Ich mache mir Sorgen um dich.«

»Ich glaube doch gar nicht wirklich an dieses ganze Zeug«, flunkerte ich. »Es war einfach nur eine gute Story, um meinen Lieblingsjournalisten zu beeindrucken.«

»Versprich mir, dass du jetzt die Finger davon lässt«, sagte er in bittendem Ton. »Von Thomas Winter, seinem baufälligen Haus und all dem andern okkulten Reinkarnationsscheiß.«

»Ich verspreche es«, antwortete ich ernst und meinte es auch so. Luke hatte recht, das alles war viel zu wahnsinnig, um sich noch länger damit aufzuhalten. Ich musste die Sache sein lassen.

Als wir in Lukes Auto saßen und das Dorf verließen, warf ich noch einen Blick zurück und bemerkte auf einer kleinen Anhöhe ein schwarz-weißes Fachwerkhaus, das von einem Gerüst umgeben war. An den Eisentoren, die den Zugang versperrten, hingen Warnschilder und das Ganze sah aus wie eine Baustelle. Da fiel mir das Foto aus dem Artikel ein und ich hatte keinen Zweifel mehr daran, wie das Haus hinter uns hieß – ›Martinwood‹.

Wieder einmal war es herrenlos geworden.

Kapitel 22

In dieser Nacht schlief ich tief und traumlos, so tief sogar, dass ich meinte, nichts würde mich mehr an die Oberfläche des Bewusstseins zurückholen können. Aber dann wurde ich doch von dem Licht, das durch meine dünnen Schlafzimmervorhänge schimmerte, gegen zehn Uhr geweckt, blieb unter meiner warmen Decke liegen und dachte noch einmal gründlich über die Ereignisse des vergangenen Tages nach. Jetzt wusste ich schon einiges mehr über Genevieve. Sie hatte einen familiären Hintergrund und eine Vorgeschichte, was bedeutete, dass ich über mehr Munition verfügte, die ich verschießen konnte, um die Oberhand zu gewinnen. Bei Licht betrachtet war ich nicht wirklich überzeugt davon, dass sie zu einem Mord fähig sein sollte, aber immerhin waren Luke und ich in unserer Vermutung bestätigt worden, dass sie verhaltensgestört war und Hilfe brauchte.

»Du siehst ja so strahlend aus heute Morgen«, flötete mir Mum entgegen, als ich nach unten kam, musterte mich dabei jedoch kritisch. »Aber du hast abgenommen … du musst versuchen, mehr zu essen, Kind.«

Sie bestand darauf, mir ein anständiges Frühstück zu machen, und ich genoss es sehr, entspannt dazusitzen und mich bedienen zu lassen. Mum gab sich deutlich Mühe seit unserer letzten Unterhaltung. Sie klagte nicht mehr annähernd so viel und hatte auch schon einen Arzt aufgesucht, um es mit einer neuen Therapieform zu versuchen. Ich war zuversichtlich, dass sich alles zum Besseren wenden würde.

»Gestern haben alle nach dir gefragt«, sagte sie mit strahlendem Gesicht und stellte einen Teller mit Rühreiern, Tomaten, Pilzen und Toast vor mich hin.

»Alle?«

»Nat, Hannah … und Merlin. Offenbar haben sie verzweifelt versucht, dich auf deinem Handy zu erreichen.«

Ich schlug die Hände vors Gesicht, weil mir meine Verabredung mit Merlin wieder einfiel. Ich hatte ihm nicht einmal mitgeteilt, dass ich sie nicht einhalten konnte, aber er würde mich ganz bestimmt verstehen, und auf Nats Geburtstagsfeier hatte ich genügend Zeit, es wiedergutzumachen.

»Ich hatte einen miserablen Empfang, Mum, und danach gar keine Verbindung mehr, deshalb habe ich es abgeschaltet. Ich war schon etwas besorgt, weil ich dir nicht schreiben konnte, wann wir zurück sein werden.«

»Wenn du mit *Luke* unterwegs bist, bin ich nicht so ängstlich«, antwortete sie verschmitzt. »Wie war denn euer Ausflug?«

Ich machte eine abwiegelnde Handbewegung. »Super war er, aber … was wollten denn die anderen von mir?«

»Ach, irgendetwas wegen einer Party.«

Ich war erleichtert, dass es nicht um etwas anderes ging. »Nat feiert heute Abend ihren Geburtstag, wahrscheinlich hat sich die Uhrzeit geändert. Ich rufe sie dann später an.«

Als ich mein Handy einschaltete, hatte ich acht oder neun neue Anrufe und ebenso viele SMS. Eine Voicemail kam von Hannah. Ihre Stimme klang etwas schrill und enthusiastisch, im Hintergund war Lärm zu hören und ihre Ansage muss etwa so gelautet haben: ›Katy – WIESO BIST DU NICHT HIER, ruf mich unbedingt zurück.‹ Aber Hannah hatte schon immer etwas von einer Drama Queen gehabt. Ich versuchte, sie zu erreichen, doch ihr Telefon war ausgeschaltet. Nat und Merlin gingen auch nicht an ihr Handy, deshalb erschien es mir am sinnvollsten, mich an den ursprünglichen Plan zu halten und mich um die Mittagszeit herum in aller Ruhe auf den Weg zu Nat zu machen. Ich sah, wie Mum im Garten die letzten noch herabgefallenen Blätter in einem kleinen Ofen verbrannte – *die* Gelegenheit, den Anhänger ein für alle Mal loszuwerden. Als sie einen Moment nicht hinsah, warf ich ihn schnell in den Einfülltrichter, wo er getrost verglimmen konnte. Der heutige Tag kam mir vor wie ein Neuanfang.

Der Himmel war von einem blendenden Blau mit kleinen weißen Sahnewolken und der erste Frost des Jahres überzog alles mit seiner knackig frischen Schönheit. Ich ließ mir Zeit, nahm den Weg durch den Park und blieb sogar stehen, um zuzusehen, wie die Enten im See nach Futter suchten, und einem kleinen Mädchen zuzulächeln, das Brot für sie ins Wasser warf. Ich hatte wegen Genevieve jetzt ganz auf meinen Mantel verzichtet und ihn nach hinten in den Schrank verfrachtet. Ersatzweise trug ich einen dicken Wollpullover über einem Hemd, das ich in die Jeans gestopft hatte. Meine Garderobe war nicht so umfangreich wie die von Hannah, aber seit ich abgenommen hatte, saßen alle meine Kleider besser, und anstatt wie sonst nachlässig vor mich hin zu schlurfen, kam ich mir vor, als schwebte ich nur so dahin. Es war ein berauschendes Gefühl, mich endlich einmal wohl in meiner eigenen Haut zu fühlen. Unterwegs hielt ich immer wieder in den Wolken nach Gesichtern Ausschau – eine Angewohnheit, die ich schon als Kind gehabt hatte.

Nats Haus machte einen seltsam verlassenen Eindruck und die Vorhänge im Erdgeschoss waren auch noch zugezogen. Ich wartete eine halbe Ewigkeit vor der Haustür, bis mir Nats Mum endlich öffnete.

»Katy? Ach du meine Güte! Nat liegt noch im Bett und ist total erschöpft. Das müsstest du doch eigentlich auch sein. Ich bin erstaunt, dass du schon so früh auf bist.«

Ich sah sie verblüfft an – es war nach zwölf Uhr mittags! Da stand ich nun, Nats Kissen – in drei Schichten Alufolie eingewickelt – in der einen Hand und in der anderen einen riesengroßen Erdbeer-Käsekuchen, mein Beitrag zum Geburtstagsessen. Nats Mutter schien allmählich zu begreifen, dass ich keine Ahnung hatte, was sie meinte. Sie machte ein verlegenes Gesicht, ließ mich herein und sagte allerlei Beschwichtigendes – sie würde Nat jetzt wecken gehen, damit sie es mir erklären konnte –, um dann nach oben zu verschwinden.

Was sollte Nat mir denn erklären? Ich war doch ohnehin spät dran. Merlin und Hannah hätten auch schon hier sein sollen, aber es war totenstill im ganzen Haus. Weit und breit keine Luftballons, keine Geschenke und keine Küchendüfte. Aus dem oberen Stock rief eine Stimme: »Du kannst jetzt raufkommen, Katy.«

Ich stieg die Treppe hoch und öffnete Millimeter für Millimeter Nats Zimmertür. Nats Zimmer war genau wie sie – chaotisch, schillernd, warm; ein Stilmischmasch, der irritierend hätte sein können, doch sehr gut funktionierte. Das Rollo war noch heruntergelassen und nur mit Mühe konnte ich die Gestalt erkennen, die im Bett lag. Plötzlich kam mir in den Sinn, dass Nat vielleicht krank geworden war und niemand es mir mitteilen konnte, weil ich nicht erreichbar gewesen war. Ich trat näher an ihr Bett heran.

»Du siehst ja furchtbar aus«, sagte ich mitleidig. »Hat dich die Grippe erwischt?«

Nat griff sich an die Stirn und krächzte etwas Unverständliches.

Behutsam legte ich mein Geschenk auf ihr Bett. »Ich glaube, ich geh dann lieber wieder, damit du noch ein bisschen schlafen kannst. Sehr schade wegen deinem Geburtstag, aber feiern können wir auch nächstes Wochenende.«

»Katy – geh noch nicht.«

Nat versuchte, sich aufrecht hinzusetzen, und ich sah sie mir genauer an – ihre dunklen Augenringe waren das Resultat verwischter Mascara und die Blässe war auf zu dick aufgetragenes Make-up zurückzuführen, das sich auch auf ihrem Kopfkissen verteilt hatte. Ihre Haare waren wild zerzaust und ein paar bunte Luftschlangen hatten sich darin eingenistet.

»Es tut mir ja so leid«, murmelte sie. Sie trank einen großen Schluck Wasser aus dem Glas, das neben ihr auf dem Nachttisch stand. »Wir haben stundenlang versucht, dich zu erreichen. Ich wusste selber nichts davon … es war eine Überraschungsparty und Merlin meinte, du seist abends wieder da.«

»Was für eine Überraschungsparty?«, fragte ich. »Hier? Bei dir?«

»Nein … bei Merlin.«

»Bei Merlin zu Hause?«, wiederholte ich und wäre vor Entsetzen beinahe vom Bett gefallen.

Ein Redeschwall ergoss sich über mich. »Seine Mum hatte noch ein Zeltdach im Garten stehen, von einer kleinen Party, die sie für ihre Studenten gegeben hat, und da hat Genevieve sie überredet, eine Überraschungsparty für mich zu schmeißen – in allerletzter Minute. Fast alles Essen war noch von der Party übrig, aber …«

Hier unterbrach sie sich, weil sie wohl meine Reaktion bemerkte. Mir war übel vor Enttäuschung, Eifersucht, Verletztheit, Wut und fast jeder anderen Regung, die ich von mir kannte. Das Haus von Merlins Eltern war fantastisch – ein herrschaftliches Anwesen – umso mehr mit ihm darin! Schier unaushaltbar daher auch die Vorstellung, dass alle – bis auf mich – dort Nats Geburtstag gefeiert haben sollten – ein Schlag in die Magengrube hätte nicht schlimmer sein können.

»Wo bist du nur gewesen, Katy? Wir haben ständig versucht, dich auf dem Handy zu erreichen.«

Plötzlich geschah etwas sehr Seltsames mit meinem Gesicht. Es fühlte sich mit einem Mal so straff und unbeweglich an, als hätte ich eine Schönheitsmaske aufgelegt und dürfte weder lächeln noch die Stirn in Falten legen, um sie nicht zu sprengen. Ich konnte kaum den Mund zum Sprechen öffnen.

»Ich wurde aufgehalten ... da war nichts zu machen. Luke und ich saßen da und mussten auf jemanden warten, mit dem wir ein Gespräch führen wollten.«

Nat sah mich aufmerksam an und ich versuchte verzweifelt, mit einigermaßen normaler Stimme zu sprechen, um wenigstens einen Rest an Würde zu bewahren. »Und, wie war die Party?«

Nat rieb sich die Augen, streckte sich und lächelte verträumt. »Es war unglaublich. Merlins Mum war es egal, wie viele Leute kamen, und kaum hatte sich die Party rumgesprochen, wurde die Liste lang und länger und beinahe alle kreuzten auf. Es war zwar eine kalte Nacht, aber auf der Terrasse gab es Heizstrahler und Christbaumkerzen, und sie hatten eine Live-Band organisiert, die von Oldies bis Rock alles spielte. Es war so abgefahren, im Mond- und Sternenlicht da draußen auf dem Rasen zu tanzen – und das bis vier Uhr morgens, dann hab ich schlappgemacht und ... Adam musste mich nach Hause tragen.«

»Das freut mich wahnsinnig für dich«, murmelte ich, hin- und hergerissen zwischen meinem Kummer und dem Wunsch, mich aufrichtig mit Nat zu freuen.

Nats Augen leuchteten, als sie mein lieblos verpacktes Geschenk sah, doch dann machte sie ein betroffenes Gesicht. »Katy, es tut mir wirklich total leid. Ich wusste selbst nichts von der Party, bis ich bei Merlin ankam, und wir haben dich den ganzen Abend immer wieder angerufen ...«

»Ist schon okay«, murmelte ich wenig überzeugend. »Es war doch eine wunderschöne Überraschung und du hast sie verdient.«

»Mit dir hätte es aber noch mehr Spaß gemacht.«

Ich versuchte, einen dankbaren Laut von mir zu geben, aber er klang eher wie das Röcheln einer strangulierten Katze. »Merlin war den ganzen Abend unglücklich, weil er nicht wusste, was er tun sollte.«

»Wirklich?« Das machte es mir etwas leichter, denn die Vorstellung, dass Merlin sich ohne mich amüsiert haben könnte, war schmerzlicher als alles andere.

Nats Handy piepste, sie griff danach und checkte ihre Nachrichten.

»Tut mir leid, dass ich deinen Anruf heute nicht gehört habe«, sagte sie entschuldigend. »Und hier kommt eine SMS von Gen.«

Ich zog eine Grimasse, aber Nat war so in ihre SMS vertieft, dass sie es nicht bemerkte.

»Aha ... sie schreibt, sie hat die Fotos von der Party schon bei Facebook hochgeladen.«

Ich musste masochistische Tendenzen haben, denn als Nat leicht schwankend ihr Bett verließ, um den Computer einzuschalten, verabschiedete ich mich nicht etwa, sondern stellte mich mit eingefrorenem Lächeln hinter sie. Widerwillig musste ich mir eingestehen, dass die Fotos super waren – nicht wie die gängigen Aufnahmen, auf denen man den Mund zu einem ›cheese‹ verzog, blöd in die Kamera grinste oder albern poste. Genevieve musste sich quasi unbemerkt von einer Stelle zur anderen bewegt haben, um Atmosphäre und Stimmung der Party einzufangen. Zwei Fotos gefielen mir am besten: das von Nat, auf dem sie mit geschlossenen Augen die Kerzen auf ihrem Geburtstagskuchen ausblies, und eins von dem nächtlichen

Zeltdach, das von sich wiegenden hohen Eichen eingefasst und von Lichterketten angestrahlt war. Erleichtert stellte ich fest, dass kein einziges Foto von Genevieve darunter war, da sie hinter der Kamera gestanden hatte.

»Wow ... die sind ja richtig gut«, flüsterte Nat.

»Sie sind mehr als okay«, gab ich zu und schlang die Arme um Nat. »Es freut mich wirklich sehr für dich, dass dir die Party so gefallen hat, ganz ehrlich; und hab bloß keine Schuldgefühle wegen mir. Die nächste Party verpasse ich bestimmt nicht.«

Nat bewegte schon die Maus, um das Programm zu beenden, als die nächsten Fotos hereinkamen. Nat zögerte erst und erstarrte dann. Ich folgte ihren Augen, die auf das prominente Kernstück dieser neuen Fotoserie stierten, und es gelang mir nicht, die meinen abzuwenden, obwohl ich es mir sehnlichst wünschte. *›Ich bin dein schlimmster Albtraum!‹* – das hatte Genevieve zu mir gesagt, als wir uns zum ersten Mal begegnet waren, und jetzt sah ich ihn direkt vor mir, unauslöschlich und für alle Zeiten ins Gedächtnis eingeprägt: Genevieve und Merlin, eng umschlungen miteinander tanzend. Sie hatte ihre Arme um seinen Hals gelegt, er sah mit schmachtendem Blick auf sie herab. Das Schlimmste daran war – ich kannte diesen Blick, denn so hatte mich Merlin immer angesehen.

KAPITEL 23

»Das ist ja reizend, dass jemand diese Aufnahme gemacht hat«, sagte ich sarkastisch. »Ich kann mich glücklich schätzen, dass Merlin mich so sehr vermisst hat.«

Nat lachte schrill. Sie schien nervös zu sein. »Da war nichts, Katy, wirklich nicht. Es war nichts weiter als ein Scherz spätnachts. Wir haben alle – wirklich alle – Cheek-to-Cheek getanzt, so wie in den guten alten Zeiten … und haben dann Partnertausch gemacht. Dieses Foto hat überhaupt nichts zu bedeuten … Merlin hat sich nach dir – und nur nach dir! – verzehrt.«

Was immer Nat auch sagen oder mir verständlich machen mochte – die Kamera log nie. Schon Genevieve hatte mich irgendwann mal darauf aufmerksam gemacht und völlig recht damit gehabt. Der Augenblick mochte nur eine Sekunde lang gedauert haben, doch jetzt war er wie eingefroren in der Zeit, und wenn ich Merlin sah, dann würde ich mich an nichts anderes mehr erinnern können. Ich fing an, auf und ab zu gehen, um einen klaren Gedanken zu fassen, musste aber meinem Unmut freien Lauf lassen.

»Ich weiß, dass sie von Anfang an auf Merlin stand und nur auf die passende Gelegenheit gelauert hat, ihn endlich anmachen zu können.«

»So ist es aber nicht gewesen«, sagte Nat geduldig. Sie saß an ihrer Frisierkommode, entfernte das Make-up des gestrigen Abends und versuchte, ihre Haare zu entwirren. »Die Party war nicht ohne dich geplant, Katy. Vergiss nicht, dass wir mit dir gerechnet haben, weil du mit Merlin verabredet warst.«

Das stimmte zwar, hob meine Stimmung allerdings ganz und gar nicht. »Ich weiß ja, Nat, aber ich wurde nun mal aufgehalten und SIE hat es genau gewusst.«

Nat drehte sich zu mir um und sah mich mit ihren ruhigen grauen Augen an. »Und woher sollte sie das wissen? Hellseherei oder reine Telepathie?«

»Keine Ahnung«, sagte ich schmollend, »aber gewusst hat sie es. Sie kann hervorragend manipulieren, ist raffiniert und schlicht und einfach ...«

›Böse‹ lag mir auf der Zunge, aber ich hielt mich gerade noch zurück. So viel zum Thema cool zu sein und Genevieve mit ihren eigenen Waffen zu besiegen. Doch sie hatte mich nun einmal dort getroffen, wo es am meisten schmerzte – bei Merlin. Nat klopfte auf ihren gepolsterten Stuhl und machte mir ein Zeichen, mich neben sie zu setzen. Ich kam mir vor wie eine Fünfjährige, die man gleich schimpfen würde.

»Hör zu, Katy, ich weiß genau, wie es dir geht«, begann sie ihre kleine Rede. »Genevieve ist witzig, schlau und sehr, sehr hübsch und ihr zwei scheint auch die gleichen Vorlieben zu haben, aber ... ganz bestimmt ist sie nicht das, wofür du sie hältst.«

»Du siehst halt immer nur das Gute in den Menschen«, entgegnete ich liebevoll, »das ist ja vielleicht dein Problem.

Stell dir mal vor, es ginge hier um Adam, wie würdest *du* dich dann fühlen?«

Nat ging gar nicht darauf ein. »Du hast dich so verändert, seit sie da ist«, sagte sie und zupfte an meinen Haaren. »Weißt du überhaupt noch, wie viel Spaß wir immer zusammen hatten?«

»Das haben wir doch immer noch … oder?«

Nat senkte den Kopf und spielte mit den Knöpfen an ihrem Schlafanzugoberteil.

Was Nat da sagte, war ganz fürchterlich. Wenn *sie* sich schon mit mir langweilte, was mussten dann alle anderen von mir denken?

»Ich weiß ja, Katy, dass die letzten Monate sehr schwer für dich gewesen sind … und dass ihr zwei euch aneinander reibt, aber ich finde trotzdem, du bist zu hart zu Genevieve.«

»Danke, dass du so ehrlich zu mir bist«, murmelte ich schlecht gelaunt.

Sie fuhr sich mit der Hand durch die zerzausten Locken. »Was sie auch tut, du siehst es immer negativ, und wenn du von ihr sprichst, kommt es mir vor, als ob du eine völlig andere meinen würdest, die niemand sonst in Genevieve sieht.«

»Das weiß ich«, räumte ich ein und biss mir heftig auf die Unterlippe.

»Die Party gestern Abend war nicht ihre Schuld; aber ganz automatisch machst du sie dafür verantwortlich, ohne jeglichen Beweis. Und das passiert ja nicht zum ersten Mal.«

»Ich brauche keinen Beweis … ich weiß es eben einfach.«

Nat deutete in eine Ecke ihres Zimmers. »Sieh dir mal das da drüben an. Das hat mir Genevieve zum Geburtstag gemacht. Es ist unglaublich schön und es zu malen, muss sie endlos Zeit gekostet haben.«

Genevieves Geschenk war ein circa fünf Fuß hoher, getäfelter Paravent, der aus drei verschiedenen, mit Scharnieren aneinander befestigten Teilen bestand, und auf jede Tafel war eine andere Blume in zarten Rosa-, Lavendel-, Blassblau- und Elfenbeintönen aufgemalt. Der Paravent war wunderschön und ich hasste Genevieve umso mehr dafür, weil sie mir hatte weismachen wollen, dass ihr kein Geburtstagsgeschenk für Nat eingefallen war. Mein Kissen verblasste völlig neben diesem Paravent. Und plötzlich dehnte sich meine Zukunft auf beängstigende Weise vor mir aus: Genevieve würde mich niemals mehr in Ruhe, würde sich vielmehr jede Woche eine neue Foltermethode einfallen lassen, mit der sie mich ausschließen oder vorführen konnte. Ich hatte mir eingebildet, stark genug zu sein, um ihren Bösartigkeiten standhalten zu können, aber ich hatte mich geirrt. Doch wenn meine Freunde sich schon zwischen ihr und mir entscheiden mussten, war ja das vielleicht die Chance, die ich nutzen konnte.

Ich fuhr mit der Zunge über meine trockenen, aufgesprungenen Lippen und hörte das Herz in meiner Brust wie eine Trommel schlagen. »Nat, es gibt da etwas, das du über Genevieve erfahren solltest. Eigentlich wollte ich es für mich behalten, aber ich glaube, es ist Zeit, es zu erzählen.«

Doch Nat konterte sofort: »Nein, Katy, *du* musst etwas über Genevieve erfahren. Sie hat Hannah, Merlin und mir gestern Abend ein riesengroßes Geheimnis anvertraut.«

Natürlich wollte ich unbedingt wissen, welche neuerlichen Lügen Genevieve verbreitet hatte, und so drängte ich Nat, ihre Neuigkeit zuerst zu erzählen. Aber sie sprang auf und sagte: »Erst mal hole ich uns was zu trinken. Warte du hier auf mich.«

Als ich allein im Zimmer war, ging ich zum Fenster und ließ meine Hand über den Paravent gleiten; seine Oberfläche fühlte sich angenehm an und er war anspruchsvoll und einzigartig in der Gestaltung. So etwas ließ sich leicht für Hunderte von Pfund in einer Kunsthandlung verkaufen; kein Wunder, dass sich Nat so sehr darüber freute. Dann sah ich durch das Rollo auf die Alltagsszene unter mir – auf Nats Vater, der sein Auto wusch, ihre Mutter, die das feuchte Laub zusammenrechte, und ihre kleine Schwester, die mit dem Rad durch eine Pfütze fuhr. Ich war an einem Wendepunkt in meinem Leben angekommen. Ich würde vielleicht niemals mehr mit Nat hier sitzen und stinknormale Dinge tun, denn was ich über Genevieve zu sagen hatte, das konnte ich nicht mehr zurücknehmen. Ich war kurz davor, Genevieve als Mörderin anzuprangern, und zu behaupten, dass ich den Beweis dafür erbringen könne. Genevieves Geheimnis mochte groß sein, aber meines war noch größer.

Fünf Minuten später kam Nat mit zwei dampfenden Bechern Tee zu mir zurück. Ihr Gesicht glänzte vom Make-up-Entferner und ihre Haare hatte sie mit einem Riesenhaarclip festgesteckt, wodurch sie noch wilder wirkten als vorher. Sie sah so knuddelig und drollig aus, dass ich beinahe einen Rückzieher gemacht hätte, dann aber allen Mut zusammennahm – ich musste da jetzt durch. Nat streifte einen flauschigen Morgenmantel über, der an der Tür hing, und schlüpfte in ihre Schweinchenhausschuhe.

»Genevieves Eltern sind gar nicht bei einem Verkehrsunfall ums Leben gekommen«, begann sie zu erzählen. Ich horchte sofort auf. »Sie starben bei einem Brand in ihrem Haus und Genevieve war mit ihnen dort.«

»Und warum hat sie dann gelogen?«, fragte ich Nat mit bangem Gefühl.

»Der Gedanke, dass ihre Eltern bei lebendigem Leib verbrannt sind, sie selbst aber überlebt hat, verfolgt sie eben immer noch«, sagte Nat in verteidigendem Ton. »Das ist allerdings noch nicht alles …«

»Da ist noch mehr?«

»Genevieve ist nach dem Brand von ihrer Tante und ihrem Onkel aufgezogen worden, aber die beiden waren wohl recht grausam und haben Lügen über sie verbreitet.«

Mir wurde schwindelig, so fassungslos war ich darüber, wie sich die Dinge nach und nach entwickelten. »Was denn für Lügen?«

Nat lachte ungläubig. »Sie haben in die Welt gesetzt, dass sie gefährlich sei und Hilfe bräuchte – professionelle Hilfe. Dabei war sie erst acht damals.«

In mir schrie alles auf, doch ich konnte meine Ängste nicht zum Ausdruck bringen, weil es so offensichtlich war, dass Nat nicht den geringsten Zweifel an Genevieves Version hatte.

Was wäre, wenn diese Anschuldigungen zuträfen und Genevieve tatsächlich böse wäre, kein Kind mit ihr zu tun haben wollte und selbst Erwachsene sich vor ihr fürchteten? Wenn sie inzwischen einfach nur gelernt hätte, ihr Alter

Ego zu verbergen, und ich die Einzige wäre, die sie durchschaut?

»Es kommt noch schlimmer«, fuhr Nat fort und ich fiel noch mehr in mich zusammen.

»Genevieve ist schon als Baby adoptiert worden, nachdem ihre Mutter sich das Leben genommen hatte und sie allein zurückließ.«

Ich schlug die Hände vors Gesicht, um meine Gedanken zu sortieren, was zusätzlich den Vorteil hatte, dass es zugleich mitfühlend und erschüttert wirkte.

Nats Stimme klang ungewohnt erwachsen, als sie sagte: »Ich wusste doch, wie nah dir das gehen würde.«

»Es ist entsetzlich«, sagte ich und überlegte gleichzeitig, wie ich noch mehr aus Nat herausholen konnte, ohne dabei gleichgültig zu wirken. »Dann hat sie ja wahrscheinlich auch einen anderen Namen angenommen?«

»Wie kommst du denn darauf?«

»Ist mir nur so eingefallen«, flunkerte ich. Ob Genevieve sich einen solch poetischen Namen ausgedacht hatte, damit man sich an sie erinnerte?

»Das hat sie nicht gesagt. Sie meinte allerdings, dass die Person, die sie mal war, für sie gestorben ist – und zwar für immer.«

»Ich glaube, ich bin mal wieder nicht sehr einfühlsam gewesen«, sagte ich etwas hölzern. »Aber die Art, wie sie sich Merlin gegenüber aufführt, macht mich einfach fertig.«

Nat nickte heftig. »Ich würde ganz genauso reagieren, wenn ich mit jemandem wie Merlin zusammen wäre. Die beiden sind aber wirklich nur befreundet. Sie hat ihm dabei geholfen, ein … Geschenk für dich zu machen.«

»Im Ernst?« Mich schauderte bei dem Gedanken.

»Wenn ich ganz ehrlich bin, Katy... Hannah und mir fällt schon seit geraumer Zeit auf, dass du kratzbürstig wie ein Stacheltier geworden bist.«

Die beiden hatten also über mich gesprochen und hielten mich für schwierig. Ich war zwar froh, dass Nat sich traute, mir reinen Wein einzuschenken, doch es traf mich. »Es tut mir leid, dass ihr euch nicht mehr wohl in meiner Gegenwart gefühlt habt«, murmelte ich. »Aber jetzt hab ich mich wieder im Griff, besonders nach dem, was du mir über Genevieve erzählt hast.«

Einmal mehr war mir Genevieve mit allem zuvorgekommen, was ich im Sinn gehabt hatte. Diesmal trieb sie mich jedoch zum Äußersten. Als wir uns zum ersten Mal begegnet waren, hatte sie gesagt, dass ich das Leben, das ich führte, nicht verdiene und dass sie es mir nehmen werde. Ich musste einfach immer wieder dafür sorgen, dass ich sie enttäuschte. Ich umarmte Nat noch einmal und verabschiedete mich von ihr.

»Genevieves Problem ist«, fügte ich abschließend hinzu, »dass sie niemals finden wird, wonach sie sucht, und damit glücklich wird.«

»Das glaub ich jetzt nicht«, flüsterte Nat.

»Was?«

»Genau das Gleiche hat sie über dich gesagt. Ach übrigens ... was wolltest du mir eigentlich über sie erzählen?«

Ich lächelte matt. »Das spielt jetzt keine Rolle mehr ... war auch nichts Wichtiges.«

Kapitel 24

Ich ging in meinem Zimmer wie ein Tiger auf und ab. Genevieve konnte nicht gewusst haben, dass Luke und ich gestern Abend aufgehalten worden waren – wir waren ja selbst nicht darauf eingestellt gewesen. Die ganze Sache war unglaublich und ich war wirklich sehr gespannt, welche plausible Erklärung Luke mit der ihm eigenen Logik dafür finden würde. Wie machte Genevieve das nur? Und dieser blöde Anhänger war auch schon wieder aufgetaucht, diesmal verpackt in einem Blatt Papier, auf dem Mum mich ermahnte, ich solle nicht so nachlässig sein. Der Anhänger musste wohl aus einem der Lüftungslöcher des Ofens herausgerutscht sein. Während ich ihn ansah, spukte mir wieder im Kopf herum, was Genevieve einmal zu mir gesagt hatte: *Ich muss dir nirgendwohin folgen, Katy … so oder so, du bist gebrandmarkt*. Ich spielte mit dem Anhänger herum, erstaunt, weil er mir schwerer schien als vorher, doch dann verlor ich plötzlich die Beherrschung und warf ihn kurz entschlossen gegen die Wand. Er selbst war zwar unversehrt geblieben, hatte aber in den Putz der Wand ein Loch geschlagen. Hastig verhängte ich die beschädigte Stelle mit einem Poster.

An diesem Nachmittag arbeitete ich so fleißig – beinahe

fieberhaft – an meinen Entwürfen, dass es ein Wunder war, dass das Papier, auf dem ich zeichnete, nicht schier in Flammen aufging. Ständig kamen Anrufe und SMS herein, die ich aber ignorierte – ich musste mich irgendwie von der in mir angestauten Wut befreien.

»Du weißt, ich kann gut zuhören«, meinte Mum dezent zu mir, als ich dann schließlich doch zu einem späten Lunch nach unten kam. Der finstere Blick schien schon mein ständiger Begleiter zu sein und mir fiel wieder ein, wie Granny mich als Kind gewarnt hatte: ›Wenn du solche Fratzen schneidest und die Uhr schlägt zwölf, bleibt dein Gesicht so stehen.‹

»Danke, lieb von dir, Mum, aber mit dieser Sache muss ich selbst zurechtkommen.«

»Geht es wieder um dieses Mädchen?«

Ich war fest entschlossen, diesmal gar nichts zu erzählen, da Mum mir bislang auch nicht geglaubt hatte und mich der bloße Gedanke an Genevieve bereits erschöpfte.

»Falls du doch darüber reden möchtest – ich bin da«, sagte Mum leicht pikiert.

Sie hatte die Tür noch nicht erreicht, als meine Entschlossenheit schon schwand. »Ganz ehrlich, Mum … wir haben in allem den gleichen Geschmack, wir stehen auf den gleichen Jungen und jetzt äußern wir sogar auch schon die gleichen Dinge übereinander. Genevieve und ich verschmelzen derart miteinander, dass ich manchmal kaum noch weiß, wer sie ist und wer ich.«

»Offensichtlich ist sie nicht sehr selbstbewusst«, war die diplomatische Antwort. »Du magst es nicht als Kompliment empfinden, aber sie scheint dich zu bewundern.«

»Nein, das tut sie überhaupt nicht. Sie verachtet mich sogar und … ist mir sowieso in jeder Hinsicht überlegen.«

»Das ist sie sicher nicht. Du darfst nur nicht den Glauben an dich selbst verlieren.«

Wieder packte mich die kalte Wut, und einmal da, war sie auch nicht mehr zu vertreiben.

»Wie eine Katze sieht sie aus mit ihren unheimlichen grünen Riesenaugen. Die Leute finden ja alle, Katzen sind so hübsch, aber im Grunde haben sie ein fürchterliches Wesen … kalt sind sie und egoistisch, hochnäsig, arrogant und eitel wie kleine Raubtiere …«

Gemma gab ein vorwurfsvolles Miauen von sich, so als habe sie jedes einzelne Wort verstanden, und schlug träge mit dem Schwanz nach mir.

»Sie scheint dir ja wirklich zuzusetzen«, sagte Mum bekümmert.

»Sie nennt sich Genevieve«, schimpfte ich. »Aber ihr eigentlicher Name passt überhaupt nicht zu ihr. Er ist viel zu schön für sie.«

Mum schmunzelte nachsichtig. »Warum, wie hieß sie denn?«

»Grace.«

Ich musste wohl eine Sekunde zur Seite geblickt haben, sah aber gerade noch, wie Mum die Tasse aus der Hand glitt und auf dem Küchenboden in unzählige Einzelteile zerbrach. Sie sah so schockiert aus, dass es mir die Sprache verschlug und ich zunächst zu keiner Reaktion fähig war. Mum und ich sahen uns eine Ewigkeit lang an, dann bückte sie sich schnell, hob mit zitternden Händen jede einzelne Scherbe auf und schnitt sich dabei in den Finger.

Während ich mit ihr zum Spülbecken ging, die Wunde reinigte und ein bisschen Mull und Pflaster um den Finger wickelte, versuchte ich, das in mir schwelende unbehagliche Gefühl zu ignorieren.

»Ich bleibe hier«, murmelte sie. »In diesem Zustand kann ich dich doch nicht alleine lassen.«

Sofort bekam ich Schuldgefühle. Mum hatte ausgemacht, beim Kirchenflohmarkt mitzuhelfen – es war ihre Art, gelegentlich aus dem Haus und unter Menschen zu kommen. Nicht gerade aufregend, aber für sie bedeutete es viel. Das hatte ich ihr jetzt verdorben.

»Mir geht es gut, Mum, wirklich«, sagte ich beschwichtigend. »Geh ruhig und hab dort Spaß, du musst dich nicht beeilen.«

Mum war zwar immer noch etwas blass, machte sich aber mit entschlossenem Gesicht auf den Weg und vergaß sogar nachzusehen, ob alle Türen und Fenster geschlossen waren, ganz gegen ihre sonst so zwanghafte Gewohnheit. Sie hatte mich nicht mal gefragt, woher ich Genevieves richtigen Namen kannte. Aus irgendeinem Grund hatte ich das Gefühl, als sei Mum froh, sich so weit wie möglich von zu Hause entfernen zu können.

Ich ging zurück an meine Arbeit, zählte alle Anrufe von Merlin, die ich nicht entgegennahm, und empfand ein fast pervers zu nennendes Vergnügen an ihrer Häufigkeit, besonders, als der dreizehnte erreicht war. Aber bald schon meldete es sich wieder – dieses schreckliche Gefühl der Irritation, das nicht mehr von meiner Seite wich. Ich musste endlich damit aufhören, meinen Verstand mit diesem Hokuspokus zu vernebeln, so wie Luke es mir geraten hatte, und das Thema Genevieve vernünftig angehen. Ich atmete tief durch, weil mir Mums Reaktion auf den Namen Grace wieder einfiel, und in meinem Kopf wirbelte herum, was Luke einmal zu mir gesagt hatte. »*Genevieve kennt dich von irgendwoher … und hat es wegen irgendetwas, das sie mit dir in Verbindung bringt, auf dich abgesehen.*«

Auf den Gesichtern der alten Dame, der Pfarrersfrau und jetzt auch noch dem meiner eigenen Mutter war jedes Mal der gleiche angsterfüllte Blick zu sehen gewesen. War Mum denn etwa auch schon in Genevieves Spinnennetz gefangen? Es war mir jetzt unmöglich, untätig herumzusitzen, und so schickte ich Luke eine SMS. Fünf Minuten später klopfte er an meine Tür und sah wie üblich aus, als sei er gerade aus dem Bett gestiegen.

»Du hättest wirklich nicht gleich kommen müssen«, sagte ich entschuldigend, »aber ich kann das alles nur mit dir besprechen.«

»Dann schieß mal los, Kat«, sagte er erwartungsvoll und mir kam es vor, als ob ihm dieses Katz-und-Maus-Spiel geradezu gefallen würde, auch wenn er mich bestimmt nicht leiden sehen wollte.

Ich erzählte ihm von der Party, von Genevieves Enthüllungen und von Mums Reaktion, als ich den Namen Grace erwähnt hatte. Luke raufte sich die Haare, dann stand er auf und setzte den Wasserkessel auf. Er füllte zwei gehäufte Löffel Kaffee in einen Becher, gab drei Stück Zucker dazu, goss Wasser aus dem Kessel in den Becher, rührte energisch um und trank einen großen Schluck. Dann machte er sich über unsere Keksdose her, tauchte zwei Schokokekse in seine Tasse und sah mich nachdenklich an.

»Warum fragst du sie nicht einfach?«

»Mum spricht nicht gerne über ihre Vergangenheit«, erinnerte ich ihn. »Sie erzählt mir weder von meinem Dad noch, wo sie früher mal gearbeitet hat, und auch meine Großeltern sehe ich nur einmal jährlich. Es ist, als ob sich Mum absichtlich abgekapselt hätte.«

»Du könntest es ganz vorsichtig probieren ... ohne sie zu drängen.«

Ich atmete geräuschvoll aus. »Zurzeit gibt sie sich so viel Mühe, das will ich nicht kaputt machen. Eine einzige Verunsicherung – und sie ist wieder da, wo sie begonnen hat ... in ihrem Einsiedlerleben, wenn du so willst.«

Luke hob die Augenbrauen. »Dann weiß ich auch nicht weiter.«

»Mir fällt da noch was ein ... es ist nur eine Idee, wahrscheinlich voll daneben und ich bräuchte auch deine Hilfe ...«

Luke stöhnte und hielt sich die Ohren zu. »Ich weiß schon jetzt, dass das nur wieder Ärger bringt – wenn nicht noch Schlimmeres. Und um was geht es?«

»Um unseren Dachboden«, erzählte ich ihm schnell. »Mum hebt dort ihre ganzen Fotos und Briefe, Bücher, Möbel und so weiter auf ... den ganzen alten Krempel eben.«

Luke sah mich skeptisch an. »Aber versteckt hat sie da ganz bestimmt nichts. Sie ahnt doch sicher, dass du da oben stöbern könntest.«

»Genau das ist der Punkt ... früher einmal hatten wir dort eine ausziehbare Leiter ... und eines Tages, als ich etwa zehn war, bin ich sie hochgeklettert und Mum ist völlig ausgerastet.«

»Wahrscheinlich hat sie Angst gehabt, du könntest runterfallen.«

Ich warf ihm meinen finsteren Blick zu. »Oder sie versteckt dort eben etwas. Nach diesem Zwischenfall verschwand die Leiter nämlich auf geheimnisvolle Weise und quasi über Nacht …«

»Ich kann Speicher nicht ausstehen«, brummte Luke. »Ich hasse den Staub da oben und die Spinnweben und diese gruseligen Fledermäuse und Gerippe.«

»Gerippe gibt's da keine«, sagte ich lachend und sah auf meine Uhr. »Mum ist bestimmt zwei Stunden unterwegs. Bist du bereit?«

Luke nickte widerwillig und rollte sich die Ärmel hoch. Doch ausgerechnet jetzt, wo er eingewilligt hatte mitzukommen, war ich mit meinem Latein am Ende. Plötzlich schoss mir alles Mögliche durch den Kopf, was ich nicht bedacht hatte. Es war mir peinlich, aber ich musste den Rückzug antreten und Luke meine neuesten Bedenken mitteilen.

»Tut mir leid, mir fällt gerade ein, dass wir nur eine Stehleiter haben … die ist nicht hoch genug, um an die Luke ranzukommen, und außerdem … falls Mum doch früher wieder da ist … das würde sie mir nie verzeihen, vor allem nicht, dass ich da dich mit reingezogen habe.« Nervös trank ich einen Schluck von Lukes Kaffee. »Es war wohl doch keine so gute Idee.«

»Du denkst nicht präzise genug, Kat. Es gibt einen viel einfacheren Weg, sich zu eurem Speicher Zugang zu verschaffen; den kriegt auch deine Mutter nicht raus.«

Ich hasste es, wenn Luke so arrogant war, aber sosehr ich

mir auch den Kopf zerbrach, ich sah nur einen einzigen Weg – den durch die Dachluke.

Luke deutete zur Tür. »Komm mit, ich zeig ihn dir.«

»Muss ich eine Jacke mitnehmen?«

Er schüttelte den Kopf und gab sich immer noch verschwiegen, um mich zu provozieren. Zwei Minuten später stiegen wir die Treppe im Haus von Lukes Eltern hinauf und blieben im Flur stehen, von dem vier Türen abgingen, was exakt den Grundriss unseres Hauses widerspiegelte. Wie ich wusste, führte die erste Tür zu Lukes Zimmer, die beiden anderen zum Schlafzimmer seiner Eltern und zum Bad. Hinter der letzten Tür lag ein sehr kleiner Raum, in dem kaum Platz war für ein Einzelbett und den meine Mum als Wäschekammer benutzte. Gespannt stupste ich Luke an, aber er grinste nur auf seine irritierende Art und stieß die Tür zu dem kleinsten Zimmer auf. Bis auf eine steile Holztreppe, die zum Speicher führte, war es völlig leer.

Luke neigte den Kopf nach unten und machte eine schwungvolle Bewegung mit der Hand. »Dad baut unseren Speicher zum Büro um und ich helfe ihm dabei. Und weißt du was?«

»Ja?«

»Unsere Dachspeicher sind miteinander verbunden. Du musst nur durch einen kleinen Zwischenraum treten.«

Ich fiel Luke um den Hals und drückte ihn, so fest ich konnte.

Kapitel 25

Der Speicherraum, in dem wir standen, war hell und luftig, weil er komplett ausgeräumt und bereits ein neuer Boden gelegt worden war. Nur Wände und Decke mussten noch eingezogen werden. Auch ein neues Schrägdachfenster, wie das in Merlins Atelier, hatte man schon eingebaut, von dem aus ich auf Schornsteine, kleine Flecken blauen Himmels und ein Amselpärchen sah, das sich auf einer Telefonleitung ausruhte.

Ein Blick auf unsere Speicherhälfte ließ erkennen, wie dunkel, vollgestopft und schmutzig es dort drüben war. Einen Moment lang stand ich blinzelnd da und versuchte, die Konturen unterschiedlichster Kisten und Kästen zu unterscheiden. Einige Schieferplatten hatten Löcher und ich fragte mich, wann Mum sie wohl das letzte Mal hatte reparieren lassen.

»In einer Woche wird die Öffnung zwischen unseren Speichern zugemauert sein«, sagte Luke. »Da wir uns an die Brandschutzbestimmungen halten müssen, wird es dann keinen Zugang mehr zu eurem Speicher geben und ich kann nicht mehr in euer Haus einbrechen, Kat.«

Ich lächelte abwesend, denn mir wurde eben klar, dass dies heute meine allerletzte Chance war, mich hier oben umzusehen, und mir kam es fast wie eine Fügung vor. Hier oben lag etwas verborgen, von dem ich nichts erfahren sollte, doch jetzt, wo der Moment gekommen war, es zu entdecken, wurde ich nervös. Ich warf Luke einen besorgten Blick zu, überwand mich und ging auf unseren Speicher zu.

»Pass auf, wo du hintrittst«, warnte mich Luke, als ich den schmalen Bereich zwischen den beiden Speichern betrat.

»Ich glaube, es ist nicht gefährlich … ich war ja schon einmal hier oben.«

Luke ging dicht hinter mir und setzte etwas zögerlich einen seiner großen Füße auf den Boden unserer Hälfte. Erleichtert sagte er: »Der Estrich ist mit Holzdielen verschalt.«

»Iiiiih«, schrie ich auf, denn schon klebte das erste feuchte Spinnennetz an meiner Wange.

Ich sah mich um und fragte mich, warum mich plötzlich eine solche Traurigkeit überkam. Es lag nicht nur am Staub allein, an der Verwahrlosung und dem Gerümpel hier, es war etwas Konkretes und wieder einmal war ich froh, dass Luke bei mir war.

»Da drüben steht eine Schneiderbüste«, sagte er, »und sieh mal da, der alte Vogelkäfig.«

Ich befasste mich genauer mit ein paar Umzugskisten voller Bücher und Spielsachen und war erstaunt, dass Mum so alten Krimskrams aufgehoben hatte.

»Was wohl in dem Koffer drin ist?«, fragte Luke.

Er zeigte auf einen altmodischen Schrankkoffer, auf dem mehrere Tüten mit Kissen und Vorhängen lagen, aber er war fest verriegelt und kein Schlüssel weit und breit zu sehen. Ich hob ihn etwas an und hörte einen dumpfen Ton.

»Den brech ich auf«, sagte Luke.

»Nein, lass das…«, sagte ich und legte eine Hand auf seinen Arm, um ihn zurückzuhalten. »Die Scharniere sind ja schon verrostet. Und eines ist schon ganz kaputt.«

An dieser Stelle schob ich meine Hand in den Koffer und fühlte ein Stück Stoff, das um etwas langes Dünnes gewickelt war. Darunter ertastete ich einen kühlen metallischen und mit kleinen Löchern durchsetzten Gegenstand.

»Ich weiß, was das ist – Mums Flöte.«

»Ich wusste gar nicht, dass sie Flöte spielt.«

»Das tut sie ja auch nicht… nicht mehr auf alle Fälle, aber sie hat erzählt, dass sie mal richtig gut war.«

Ich schlängelte mich zwischen Weidenkörben, Kunstblumen, Tennisschlägern, einem alten Petroleumofen und einem Kessel durch, besorgt, dass ich mich doch getäuscht hatte und hier nur unerwünschter Krempel abgeladen worden war.

»Ein paar von den Sachen sind einiges wert«, rief Luke. Er fuhr mit der Hand über einen kleinen eichenen Arbeitstisch mit Lederplatte.

Ich ging zu ihm hinüber und öffnete die Schreibtischklappe. Im Innern lag ein Stapel unterschiedlich großer Fotos. Ich sah sie durch und war verblüfft, darunter Aufnahmen von Mum zu sehen, als sie in meinem Alter war. Aufgenommen waren sie am Strand und auf einem Jahrmarkt. Sie hatte lange, windzerzauste Haare, sie lachte und sah unbekümmert aus, so anders als die Mutter, die ich kannte, dass mich von Neuem Traurigkeit überkam. Absurderweise hatte sie den glücklich lächelnden Teil von ihr, den Teil, der so gern Musikerin geworden wäre, zusammen mit den anderen Gegenständen auf dem Speicher deponiert, wo er jetzt Staub ansetzte. Ich hockte da und sah die Fotos an, während Luke schon weitersuchte und mir ein bisschen Zeit für mich alleine ließ. Ich war sehr versucht, ein paar der Fotos mitzunehmen, entschied mich aber dann dagegen, weil sie mich nur daran erinnern würden, wie wenig glücklich meine Mutter im Gegensatz zu damals war. Sorgfältig legte ich die Fotos wieder weg.

Dann fiel mein Blick auf eine große schwarze Reisetasche, deren Reißverschluss ich hastig öffnete. »Da drin sind sogar Babysachen«, sagte ich zu Luke. »Ein winzig kleiner Strampelanzug und ein Babyjäckchen, gestrickte Babyschuhe und eine kleine Decke.« Ich hielt ein weißes Umschlagtuch mit Stickereien hoch, durch dessen Saum ein Satinband gefädelt war. »Wow, das ist wunderschön.«

Luke deutete auf eine kleine Stickerei. »Da ist so etwas wie ein kleines Monogramm.«

»HOPE«, las ich. »Merkwürdig! Ob das als Wunsch gemeint ist für das Baby, so wie *peace* und *love*?«

»Vor Jahren war das mal ein ganz beliebter Name«, antwortete Luke. »Da haben viele Eltern ihre Kinder nach den Tugenden benannt: *Hope, Patience, Mercy* und …« Er unterbrach sich. Schnell stopfte ich das Tuch in die Reisetasche zurück. Ich wusste ganz genau, woran Luke dachte – an Grace, den Namen, den ich niemals wieder hören wollte. Ich warf einen letzten sehnsüchtigen Blick auf Mums Fotos, klappte den Deckel des Schreibtischs zu und ließ mich auf den Boden sinken.

»Es war ein Fehler, dich hierherzuschleifen, Luke … hier gibt es nichts, was für uns interessant sein könnte.«

»Na ja, hier ist es auch nicht öder als auf den meisten anderen Speichern. Als Dad und ich unsern Dachboden ausgeräumt haben, sind wir viermal mit voller Wagenladung zum Sperrmüll gefahren.«

Ich spürte die Verzweiflung in mir aufsteigen. »Seit dieser ganzen Geschichte mit Genevieve bin ich total gestört, Luke. Ich seh mich ständig um, weil irgendjemand mich verfolgen könnte, bin immer ängstlich auf der Hut vor ihrem nächsten bösen Streich – mein Leben ist ganz einfach nicht mehr so wie früher.«

»Du bist doch nicht gestört, Kat«, sagte Luke beruhigend und setzte sich im Schneidersitz mir gegenüber auf die schmutzigen Bodenbretter. »Obwohl sie dich wahrscheinlich nur zu gerne dahin treiben würde.«

Ich lachte gequält auf. »Na ja, ich finde, dass sie ganz erfolgreich damit ist. Ich meine – was machen wir hier eigentlich? Wir sind total verrückt.«

»Ist aber doch ganz lustig«, sagte Luke und grinste, um mich aufzuheitern.

»Das Schlimmste ist, sie hat mir eine Seite an mir gezeigt, die ich bisher nicht kannte.«

»Was denn für eine Seite?«

»Die hasserfüllte«, antwortete ich nüchtern. Luke schwieg und ich schlug mir frustiert auf die Schenkel. »Ich sehe überall idiotische Zusammenhänge … jetzt zieh ich auch noch meine Mutter in dieses üble Spiel mit rein.«

»Du musst ganz einfach stark bleiben, Kat, und dich auf dich selbst besinnen. Sie will doch nur, dass du zusammenbrichst.«

Ich rappelte mich auf. »Komm, lass uns gehen.«

Als ich mich umdrehte, hielt Luke ein Kästchen in der Hand. Es war aus dunklem Holz mit eingelegter Schnitzarbeit in etwas hellerem Ton. Bewundernd sagte er: »Die Dinger sind total gefragt.«

»Wo hast du das gefunden?«

»Es lag neben dem Wassertank. Ich hatte da was glänzen sehen.«

»Ich kann mich an das Kästchen gut erinnern«, sagte ich flüsternd. Ich musste an meinen Granddad denken und wie er es für mich geöffnet und immer so getan hatte, als wäre es eine kleine Seemannskiste, in der sich ein Piratenschatz verbarg.

»Wem hat es denn gehört?«

»Meinem Granddad. Das Futter muss aus roter Seide sein.«

Luke öffnete das Kästchen. Das noch immer leuchtend rote Futter wurde sichtbar und ich atmete den mir so vertrauten Geruch von Zigarren ein. »Er hat mich immer damit gepiesackt, dass er mir das darin verborgene Geheimnis erst verraten würde, wenn ich das richtige Alter dafür hätte.«

»Um was für ein Geheimnis ging es da?«

»Um das Geheimnis des verborgenen Schatzes.«

»Und wo war der versteckt?«

»Das ist es ja, das habe ich nie rausgekriegt, wahrscheinlich hatte er es nur erfunden.«

Luke drehte und wendete das Kästchen, dann runzelte er die Stirn und meinte ungeduldig: »Versuch doch du es mal.«

Ich legte einen Finger um den Rand des Kästchens, einen

anderen darunter und schüttelte es ärgerlich. »Ich hab schon jahrelang versucht, den Mechanismus rauszukriegen.«

Luke lachte etwas zynisch. »Bestimmt kein falscher Boden?«

»Nein.«

»Es ist sehr aufwendig gemacht«, sagte er nachdenklich. »Wenn du genau hinschaust, dann siehst du, dass es aus zwei geschnitzten Einzelteilen besteht, die wie eine Schwalbenschwanzverbindung ineinanderpassen.«

Wahrscheinlich sah ich Luke mit großen Augen an, denn ich verstand kein Wort. Er nahm mir das Kästchen aus der Hand und drückte mit geschickten Fingern auf verschiedene Punkte. Da er das ewig zu betreiben schien, verlor ich fast schon das Interesse, als es mit einem Mal einen Ruck gab und ein kleiner Hohlraum aus dem Kasten sprang.

»Eine Schublade«, sagte er grinsend. »Ich liebe diese Art Geduldsspiel. Wenn man die zwei aufeinander ausgerichteten Punkte nicht findet, dann funktioniert das Ganze nicht.«

Luke überreichte mir die kleine Lade so behutsam, als ob sie wirklich etwas Kostbares enthielte, obwohl ich selber nur gefaltetes Papier darin entdecken konnte. Ich war mir sicher, dass ich etwas Bedeutsames in der Hand hielt, aber ich wollte es nicht hier ansehen. So traten wir den Rückzug in Lukes Haushälfte an, erleichtert über diesen kleinen Aufschub, denn meine Nerven lagen blank und ich spürte, wie sich mein Bauch verkrampfte. Luke reichte mir ein Tuch, damit ich meine Hände säubern konnte, und mir fiel auf, wie rußverschmiert er war, was in Kontrast zu seinen blonden Haaren besonders lustig aussah. Ich lächelte nervös und begann mit zitternden Fingern, den ersten Bogen auseinanderzufalten.

»Es ist … meine Geburtsurkunde«, flüsterte ich. Ich überlegte, wieso Mum sie wohl hier oben aufbewahrte, und kam dann auf den Grund, der mir am naheliegendsten schien: mein Dad! Schnell sah ich auf die Spalte ›Vater‹. Das Blut schoss mir in den Kopf, denn da stand nichts. Damit Luke nichts bemerkte, tat ich so, als würde ich etwas anderes anschauen. Da fiel mir ein kleines rundes Band aus durchsichtigem Kunststoff auf, das noch zusammengerollt in einer Ecke der kleinen Schublade lag. Ich nahm es in die Hand und hielt es gegen das Licht.

»Das ist ein Babyarmband«, klärte Luke mich auf. »Da müsste eigentlich ein Name draufstehen.«

»Baby Rivers«, las ich, »und außerdem sind da zwei sechsstellige Zahlen.«

»Das sind Krankenhausnummern«, gab Luke schnell zur Antwort. »Ist sonst noch irgendwas da drin?«

»Nein, nur ein Foto.« Ich drehte es um und sah einen verblichenen Schriftzug, der nicht mehr zu entziffern war. »Ich glaube, Mum hat nur das Unvermeidliche hinausgeschoben. Ich könnte ja mit achtzehn meinen Vater aufspüren wollen. Vielleicht ist sie ja deshalb auch so angespannt. Mit meinem Dad muss irgendetwas sein, das ich nicht rausfinden soll.«

»Mit Genevieve hat all das aber nichts zu tun, oder?« Luke seufzte.

»Sieht nicht so aus. Das Foto könnte uns wahrscheinlich weiterhelfen, aber ich habe keine Ahnung, wer das Baby darauf ist.«

Lukes Stimme klang leicht amüsiert. »Na, du natürlich.«

»Das bin ich aber nicht«, beharrte ich. »Auf der Rückseite steht zwar etwas, aber es ist schon verblichen.«

»Wie war das noch mal mit dem Trick, den wir in unserem Spionageclub gelernt haben? Wie sich verblasste Schriften wieder lesen lassen?«

»Da durfte ich ja kein Mitglied werden«, erinnerte ich ihn. »›Mädchen haben keinen Zutritt‹, hieß die Regel.«

Luke zog mich spielerisch an den Haaren und nahm einen Bleistift aus der Hosentasche. Fasziniert sah ich ihm zu, wie er vorsichtig die Rückseite des Fotos mit einer dicken Schicht Grafit ausschraffierte. Wenn man genau hinschaute, sah man, wie die Schrift nach und nach zum Vorschein kam und sich weiß von der grauen Fläche abhob.

»Und was steht da?«

Luke war hoch konzentriert und sah nicht ein einziges Mal auf. »Ich kann nur ein Datum erkennen ... 5. Juni und das Jahr ist ... 1994.«

»Das ist mein Geburtsdatum«, sagte ich völlig entgeistert.

Luke starrte auf das Foto. »Jetzt kommt auch noch ein Name, Katy. Da steht eindeutig ... ›Katy Rivers‹.«

Ich schnaubte durch die Nase. »Ich bin das Baby aber nicht, da bin ich mir ganz sicher.«

»Du erkennst dich selbst nicht«, sagte Luke und lachte. »Babys schauen doch alle gleich aus, behauptet jedenfalls meine Mutter.«

»Irgendetwas übersehen wir bei der ganzen Sache«, sagte ich seufzend. »Es ist genauso, wie wenn einem etwas auf der Zungenspitze liegt, aber man nicht draufkommt.«

Ich sah mir noch mal die Geburtsurkunde an und las jede einzelne Spalte. »Hey, sieh dir das an. Ich bin in einer Entbindungsklinik in Nord Yorkshire geboren worden.« Ich klatschte in die Hände, doch Luke schien diese Nachricht nicht besonders zu beeindrucken.

»Na und?«

»Da haben wir doch in Genevieves Vergangenheit herumgestöbert – wenn das kein Zufall ist?«

»Na ja … Yorkshire ist eine der größten Grafschaften Englands, aber … wenn du meinst, Katy. Was hat denn deine Mutter da gemacht?«

Ich schüttelte den Kopf. »Keine Ahnung. Mum hat nie erzählt, dass sie mal woanders gelebt hat, und mir selbst ist auch nie eingefallen, sie danach zu fragen.«

Da war es wieder, das Gefühl, dass mich etwas anstarrte; doch ich war zu blind, um es zu erkennen. Ich versuchte, alle Einzelteile zu einem Bild zusammenzusetzen, aber es verflüchtigte sich gleich wieder und ich hätte vor Verzweiflung schreien können. Völlige Kraftlosigkeit schien meinen ganzen Körper zu befallen und ich musste auf der Stelle weg von hier. Der Blick von der obersten Stufe der steilen Holztreppe war ungleich beängstigender als umgekehrt, und mir wurde etwas schwindlig. Trotzdem stieg ich die Treppe so schnell hinunter, dass ich auf der untersten Stufe stolperte, mit dem Fuß umknickte und auf dem Boden lag, als Luke herunterkam. Mit beiden Händen hielt ich meinen Fuß umklammert, fast schon froh darüber, dass der Schmerz mich ablenkte.

Kapitel 26

Wir legen gleich ein bisschen Eis drauf, Katy, dann wird die Schwellung vielleicht nicht so stark.«

»Ich kann noch nicht mal aufstehen … stützt du mich?«

Luke half mir auf die Beine, legte seinen Arm um meine Taille und meinen über seine Schulter, um mich zu entlasten, während ich aus seiner Haustür hüpfte. Selbst die wenigen Schritte bis zu unserem Haus waren mir kaum möglich. Mein Knöchel war längst angeschwollen und mein Schuh wurde von Sekunde zu Sekunde enger.

»Wenn ich dich jetzt kitzeln würde, wärst du aufgeschmissen«, scherzte er.

»Wag nicht mal, dran zu denken!«, sagte ich mit einem matten Lachen, denn mir war übel, da mein Fußgelenk so heftig pochte.

Ich hörte jemanden kräftig husten, blickte auf und hätte fast das Gleichgewicht verloren. Wenn Luke mich nicht gehalten hätte, dann wäre ich vermutlich in Mums Rosenbusch gefallen.

»Hi Merlin«, gelang es mir zu flüstern. »Ich … habe mich am Fuß verletzt und Luke hilft mir, ins Haus zu kommen.«

Er sah uns finster an. »Lass mich das machen«, sagte er.

Luke zwinkerte mir heimlich zu, ließ Merlin übernehmen und ging diskret nach Hause. Aber Merlin war zu groß, um mich zu stützen. Er hätte mir fast den Arm ausgehebelt, sodass ich ihn loslassen und allein ins Haus hüpfen musste, mit einem kurzen Zwischenstopp, um in der Jeanstasche nach meinem Hausschlüssel zu fischen. Auf dem Weg in unser Wohnzimmer hangelte ich mich an der Wand entlang und ließ mich dann aufs Sofa plumpsen. Das Gesicht, das mir im Spiegel über dem Kamin entgegensah, war noch schmutziger als das von Luke und ich erschrak ein wenig. Meine Wangen waren verschmiert und in meinen Haaren hatte sich ein riesiges Spinnennetz eingenistet. Merlin hatte die vergangene Nacht mit einer perfekt gestylten, glamourös aussehenden Genevieve in mörderischem kleinem Schwarzen, High Heels und Netzstrümpfen verbracht, nur um am nächsten Morgen seiner Freundin zu begegnen, die zur Kaminkehrerin mutiert war. Was aber noch viel schlimmer war – mein Handy piepste ausgerechnet jetzt, sodass ich nicht mal schwindeln konnte, ich hätte keine seiner Nachrichten erhalten.

»Tut mir so leid, dass ich deine Anrufe nicht annehmen konnte«, sagte ich in meinem charmantesten Ton. »Aber wir waren auf Lukes Dachboden und da oben konnte ich mein Handy nicht mal sehen… deshalb bin ich auch so verdreckt und… staubig.«

Merlin tat verärgert und zupfte mir eine Spinnwebe aus den Haaren.

»Du kannst unmöglich hier alleine bleiben… der Knöchel könnte ja auch gebrochen sein. Komm mit zu mir nach Hause, dann kann sich meine Mutter ihn ansehen.«

»Nein … danke, aber … wirklich … ich komme schon zurecht und muss mich erst mal waschen …«

Doch Merlin ließ mir keine Chance. Er hatte längst sein Handy in der Hand und rief den Taxiservice an. An sich gefiel es mir, dass Merlin so entschieden war, doch heute irritierte es mich, weil ich den Eindruck hatte, dass er mich gar nicht ernst nahm. Nach nicht mal fünf Minuten hörten wir ein Auto hupen und ich hüpfte neben Merlin nach draußen auf die Straße. Der Taxifahrer plauderte die ganze Fahrt mit uns, sodass wir uns nicht miteinander unterhalten mussten. Natürlich war mir nicht entgangen, dass bisher keiner von uns beiden die Party nur mit einem Wort erwähnt hatte.

Als wir das Haus betraten, war niemand weit und breit zu sehen und Merlin tat verlegen und meinte, das habe er nicht ahnen können, was ich ihm ganz und gar nicht glaubte. Er nahm mich in die Küche mit und kochte mir dort erst mal einen stark gesüßten Tee. Dann wollte er mir unbedingt den Knöchel bandagieren, doch dazu kam es nicht – denn als ich mit der leeren Tasse zum Geschirrständer hinüberhumpelte und zufällig in den Garten sah, da wäre ich fast zum zweiten Mal gestolpert. Da, wo gestern Abend noch das Zeltdach gestanden hatte, war jetzt das Gras kreisförmig platt getreten, und in den Bäumen hingen noch die Teelichte. Die Stelle, an der das Foto von Genevieve und Merlin aufgenommen worden war, erkannte ich sofort und sah auch gleich den Blick vor mir, mit dem er sie beim Tanzen angesehen hatte. Die altbekannte Messerklinge wand sich wieder in mein Herz und ich suchte Halt am Spülbecken.

»Alles okay?«

»Ja … mir geht's gut«, log ich, bemühte mich um eine Miene, die einem Lächeln halbwegs nahekam, und drehte mich zu ihm herum.

»Wir waren für gestern Abend verabredet, Katy«, sagte Merlin vorwurfsvoll, was mich natürlich nicht ganz unerwartet traf.

»Das war doch keine Absicht, Merlin. Es ist mir einfach … was dazwischengekommen. Luke und ich hatten etwas zu erledigen und es gab dort kein Handynetz. Wir sind dann erst sehr spät zurückgekommen.«

Er machte ein mürrisches Gesicht. »Du hast dich doch die ganze Woche über schon versteckt … wir hätten uns endlich sehen können und Zeit für uns gehabt.«

Ich spürte ganz genau, wie ärgerlich er war, aber plötzlich empörte mich seine Ungerechtigkeit. Wie konnte er es wagen, mir Schuldgefühle einzujagen, wo er die ganze Nacht mit Genevieve herumgesprungen war?

»Und? Wie war die Party?«, fragte ich mit kaum verhohlener Verachtung.

Merlins Gesicht wurde finster. »Mit dir zusammen wär sie schöner gewesen, aber wir konnten sie nicht aufschieben. Das Zeltdach musste heute wieder abgenommen werden, das heißt, wir mussten gestern feiern oder gar nicht.«

»Das kann ich gut verstehen.«

Er sah mich an. »Und warum habe ich dann solche Schuldgefühle?«

Ich starrte ihn an und gab zurück: »Keine Ahnung, das musst du selber wissen. Wenn du dich wegen gestern Abend schuldig fühlst, dann ist es doch nicht mein Problem.«

»Warum zum Teufel sollte ich mich schuldig fühlen?«, fragte Merlin hitzig. »Ich hab den ganzen Abend lang versucht, dich zu erreichen.«

Ich wollte eigentlich gar nicht weiterstreiten, doch es hatte sich ein kleiner Dämon in mir breitgemacht. Das Bild von Genevieve und Merlin ließ mich einfach nicht mehr los. »Den ganzen Abend sicher nicht. Du scheinst genügend Zeit für einen langen engen Tanz gehabt zu haben …«

Merlin verstand sofort, worauf ich anspielte, und brauste auf: »Das ist nicht fair, Katy. Es war nur ein einziger Tanz. Jetzt weißt du, wie es mir ging, als ich das Foto von dir und Luke gesehen habe.«

»Dann … hast du's nur getan, um es mir heimzuzahlen?«, fragte ich ungläubig.

»Das ist doch lächerlich … so bin ich wirklich nicht.«

»Mir kommt es trotzdem komisch vor … so nach dem Motto ›Wie du mir, so ich dir‹.«

»Wenn wir schon mal bei diesem Thema sind«, brummte Merlin böse, »in unserer Beziehung waren wir immer zu dritt – und Nummer drei ist ganz bestimmt nicht Genevieve. Wieso du das nicht einsiehst, ist mir völlig schleierhaft.«

»Das seh ich nun mal anders.«

»Dieser ganze Ermittlungsscheiß ist doch nichts weiter als ein Vorwand für diesen … Luke, um Zeit mit dir verbringen zu können.«

»Wenn du es ganz genau wissen willst«, teilte ich gereizt mit, »es ist *meine* Ermittlung und Luke tut *mir* einen Gefallen.«

»Ich habe doch gemerkt, wie er dich ansieht.«

»Das ist total absurd und lächerlich«, entgegnete ich, bemüht um einen erwachsenen Tonfall. »Lukes Freundin ist auch meine Freundin und ich kenne sie seit Jahren. Wir sind die ganze Zeit zusammen.«

»So? Wann denn?«

Darauf fiel mir nichts ein, weil mir gerade klar geworden war, dass ich Laura schon lange nicht mehr gesehen hatte. Es war fast so, als ginge sie mir aus dem Weg.

»Genevieve ist doch diejenige, die ständig dazwischenfunkt«, fuhr ich fort, ohne auf seine Anspielung einzugehen.

»Sie hat nun einmal Unterstützung nötig.«

Ich humpelte auf die andere Seite der Küche, weil ich Abstand von Merlin brauchte. »Vielleicht siehst du es mal von meinem Standpunkt aus. Immer ist sie überall, kann alles besser und ergreift Besitz von meinem Leben. Sie ist mein Spiegelbild – nur viel perfekter.«

Das war mein Wink an Merlin. Jetzt musste er mich bestätigen.

Red keinen Unsinn, Katy. Gar nichts kann sie besser. Und sie ist auch nicht schöner, klüger oder netter. Sie kann dir nicht das Wasser reichen. Für mich bist du einmalig und ich liebe dich genau so, wie du bist.

Aber Merlin sagte nichts dergleichen. Stattdessen murmelte er mürrisch: »Seit Kurzem kommt es mir so vor, als ob du keine Zeit mehr für mich hättest, Katy.«

»Ich muss die Sache nun mal durchziehen, sie ist mir wichtig.«

»Alles scheint wichtiger zu sein als ich.«

»Ich glaube, wir beide brauchen eine Pause«, rutschte es mir heraus und ich war selbst verblüfft darüber. Doch da es nun einmal gesagt war, war es nicht mehr rückgängig zu machen.

Merlin stützte den Kopf in beide Hände und gab einen entsetzten Laut von sich. Dann stand er auf, kam auf mich zu und nahm meine Hand. »Katy ... ich will das nicht. Lass uns darüber reden ... und dieses Chaos schnell wieder in Ordnung bringen. Es war doch alles wunderbar bei uns.«

Doch ich blieb ungerührt, als wäre ich zu Eis erstarrt, und während Merlin noch meine Hand hielt, spürte ich Genevieve in jeder Faser meines Körpers. So blieb ich stumm und reagierte nicht.

»Ich will nicht, dass wir uns trennen«, sagte Merlin beinahe flehend. »Vielleicht hat Genevieve ja wirklich zu oft bei uns abgehangen ... sie hat mir eben leidgetan. Aber ich lass dich nicht so einfach gehen, Katy.«

»Das kannst du nicht allein entscheiden, Merlin.«

»Dann werde ich eben um dich kämpfen«, sagte er hartnäckig. »Das bist nicht du, die diese ganzen Dinge sagt.«

»Doch, Merlin.«

»Ich hab noch immer deine SMS auf meinem Handy: *PS Ich liebe dich X* ... War das nicht ernst gemeint? War das nur eine Lüge?«

Ich zögerte und beobachtete ganz genau, wie Merlin reagierte: Sein Gesicht war vor lauter Ärger und Verzweiflung stark gerötet und seine Augen funkelten, obwohl er mich doch eigentlich um etwas bat.

»Ich geh dann besser, Merlin.«

»Du darfst jetzt noch nicht gehen. Erst will ich dir noch

etwas geben … nimm es als eine Art verfrühtes Weihnachtsgeschenk.«

Ich hätte mich selbst ohrfeigen können – warum nur hatte ich mich überreden lassen, so kurz nach dieser Party hierher, in Merlins Haus, zu kommen! »Ich kann nichts von dir annehmen … wirklich nicht.«

»Aber außer dir kann niemand etwas damit anfangen«, sagte Merlin grübelnd, »und ich wäre echt verletzt, wenn du's nicht tust. Meinst du, du schaffst es die Treppen rauf ins Studio? Ich möchte, dass du mein Geschenk in der richtigen Umgebung siehst.«

Er sagte es so eindringlich, dass ich nicht länger protestieren konnte und zuließ, dass er mir die Treppe in sein Studio hinaufhalf, wo mir schon an der Tür ein kalter Windstoß entgegenschlug. Das Dachfenster stand weit offen und einige vertrocknete Blätter waren hereingeflogen und lagen verstreut auf den Holzdielen herum. Merlin schien meine Anwesenheit zu beleben, denn er legte mir beide Hände auf die Schultern. Mir wurde flau von der Berührung und schlagartig war ich von dem Gefühl erfüllt, was er und ich verloren, nie gesagt und nie erlebt hatten. Es drängte bis in meine Kehle vor und blieb dort stecken, nahm mir allen Atem. Ein Teil von mir hätte Merlin am liebsten weggestoßen, der andere aber sehnte sich danach, sich in ihm zu verkriechen.

Dann sah ich unser Spiegelbild in Merlins Spiegel und war verblüfft: Wir beide sahen so gut zusammen aus! Einen größeren Beweis, dass er mich liebte, konnte es doch gar nicht geben. Nicht Genevieve, nein, ich war mit ihm hier und er tat alles, um sämtliche Missverständnisse aus der

Welt zu räumen. Ich wurde weicher und wollte mich gerade zu ihm umdrehen, da stach mir etwas Farbiges ins Auge. An einem Haken oberhalb des Seitenfensters hing ein kleiner Gegenstand, der sich im Luftzug wirbelnd drehte und feine smaragdgrüne Strahlen aussandte. Woher er stammte, war unschwer zu erkennen und ich rückte instinktiv von Merlin ab.

Finster sah ich zum Fenster hinüber und sagte: »Den Anhänger da kenn ich doch ... der ist von Genevieve.«

»Der ist mir überhaupt nicht aufgefallen«, murmelte er. »Die Dinger macht sie haufenweise und verschenkt sie an Mums Schüler.«

»Aber nicht solche wie diesen da.«

»Dann hat sie ihn wahrscheinlich hier vergessen.«

»War Genevieve denn hier? In deinem Atelier?«

»Ja ... sie hat ... sie hat mir nur bei dem Geschenk für dich geholfen.«

Ich konnte mich nicht einmal mehr zu einem Kommentar aufraffen und sah den sich am Himmel rasch bewegenden Wolken zu, die wunderschön und wie ein lebendes Kunstwerk vom Dachfenster des Ateliers eingerahmt zu sein schienen. Merlin ging zu seiner Staffelei hinüber und plötzlich graute mir. Über allem, was in letzter Zeit geschehen war, hatte ich das Bild von mir, das er begonnen hatte, ganz vergessen – na klar ... natürlich war *das* sein Geschenk für mich.

»Ich kann das nicht annehmen, Merlin ... nicht jetzt.«

»Das musst du aber«, sagte er drängend. »Es ist fertig und ich hab es nur für dich gemacht.« Er fuhr sich mit der Hand durchs Haar. »Ich kann es niemand anderem schenken.«

»Und dabei hat dir Genevieve geholfen?«, fragte ich misstrauisch.

Er nickte.

»Aber … du hast doch selbst einmal zu mir gesagt, du könntest mich auch blind malen.«

Merlin streckte die Hand aus und berührte mich an der Wange. »Das stimmt auch, Katy, nur … als ich so eifersüchtig war auf Luke … da hab ich dich auf einmal aus dem Blick verloren.«

»Du hast mich aus dem Blick verloren«, wiederholte ich verzweifelt.

»Nicht lange, Katy … und ich hätte auch jederzeit eine Ähnlichkeit mit dir herstellen können, verstehst du, aber … ich musste einfach deine Seele einfangen, sonst wäre es wie jedes x-beliebige andere Bild geworden.«

»Und Genevieve? Wie hat denn ausgerechnet sie dir dabei helfen können?«

Er runzelte die Stirn und rang nach Worten. »Na ja … ihr beide seid ja ähnlich kreativ und in gewisser Weise spirituell … allein schon ihre Gegenwart hat mich daran erinnert, wie wunderbar du bist.«

Da hatte also Genevieve meinen Platz als Merlins Muse eingenommen. Wenn ich jetzt eines sicher nicht mehr wollte, dann dieses Bild ansehen – für mich war es verdorben, ein für alle Mal. Ich war schon auf dem Weg zur Tür, da bemerkte ich, wie Merlin sukzessive das Tuch von der Leinwand zog, und wurde gegen meinen Willen Zeuge ihrer schrittweisen Enthüllung. Irgendwann im Laufe des Entstehungsprozesses hatten sich winzige Details verändert – die Augen wirkten jetzt größer und leuchtender, die

Lippen voller, dafür ohne Zweifel grausamer, die Wangenknochen höher und nach und nach erschien eine befremdliche Kreuzung aus Genevieve und mir, deren Augen mir überallhin folgten.

Ich sah das Bild, sah Merlin in der Hoffnung an, dass es sich nur um einen makabren Witz handelte. Die Galle stieg mir hoch und ich war kurz davor, mich zu übergeben. Aber Merlin war völlig ahnungslos und sah mich mit einem solchen Stolz an, dass ich vielleicht sogar hätte lachen müssen, wäre die Situation nicht so tragisch gewesen.

»Hast du denn gar nichts zu dem Bild zu sagen, Katy?«

Ich sagte nur drei Worte. »Leb wohl, Merlin.«

Kapitel 27

Die Herbstferien hatten begonnen und ich war froh, meine Wunden lecken zu können und Merlin im College nicht alle fünf Minuten in die Arme zu laufen. Alles, was Genevieve angekündigt hatte, war eingetroffen – sie hatte mir meine Freundinnen und meinen Freund genommen, meinen Kurs im College sabotiert und genau vorhergesehen, was ich tun und wie ich reagieren würde. Was mich jedoch am allermeisten schmerzte, war die Sache mit dem Gemälde und die damit verbundene Demütigung und Schande. Gott sei Dank hatte ich mit Merlin schon Schluss gemacht, bevor er mir das Bild gezeigt hatte. So hatte ich mir einen Vorsprung verschafft und meine Würde behalten, was immerhin ein kleiner Trost war. Es war vielleicht verrückt, aber die Unsicherheit, die Merlins und meine Beziehung zum Schluss ausgemacht hatte, hatte ich beinahe schlechter verkraftet als die Erkenntnis, dass er nicht länger mir gehörte.

Viel Ablenkung von meinem Kummer gab es leider nicht – Hannah war für ein paar Tage nach Paris gefahren, um ihr Französisch aufzupolieren, und Nat musste den größten Teil der Ferien auf ihre kleine Schwester aufpassen. Ausnahmsweise hatte ich einmal viel Zeit für meine

Entwürfe, aber die Farben gerieten mir so matt und trist, dass die Skizzen allesamt morbide aussahen und man den Eindruck gewinnen konnte, jemand hätte mich beauftragt, eine Kollektion für eine Trauergemeinde zu entwerfen. Die meiste Zeit brachte ich in meinem Zimmer zu, um Mum aus dem Weg zu gehen, die sich immer noch sonderbar verhielt. Völlig unerwartet schlug sie mir nämlich vor, wir sollten doch in eine andere Stadt ziehen und einen Neuanfang machen. Mum hasste jede Art von Veränderung und mein Verdacht wuchs, dass dieser Vorschlag mit ihrer Reaktion auf Genevieves richtigen Namen zu tun hatte.

Als Luke von der Entwicklung zwischen Merlin und mir erfuhr, kreuzte er nach der Arbeit mit einem Strauß Blumen bei mir auf und sprach mit so gedämpfter Stimme, als ob tatsächlich jemand gestorben wäre. Da ich noch immer nicht richtig gehen konnte, kam er zu mir in die Küche und arrangierte die Blumen für mich eher schlecht als recht in einer Vase.

»Wie geht's denn deinem Knöchel?«

»Ist immer noch geschwollen.«

Ich hob den Saum meiner Jeans an. Der Bluterguss leuchtete in allen Regenbogenfarben und sah wie ein Schwamm aus.

Luke griff sich einen Apfel aus unserer Obstschale und biss so kräftig hinein, dass ihm der Saft übers Kinn lief. »Du solltest ihn mal vorsichtshalber röntgen lassen.«

»Das hat Mum auch gemeint.«

»Tut er noch weh?«

»Höllisch.«

»Wenn du dir keine Krücken besorgst, verpasst du nach den Ferien vielleicht deinen Kurs.« Er winkte mir mit seinem Autoschlüssel zu. »Los, komm, ich fahre dich ins Krankenhaus … und zwar jetzt gleich … bringen wir's hinter uns.«

Ich stöhnte, weil er wie immer recht hatte. Widerwillig griff ich nach meiner Tasche und humpelte zu Lukes Wagen. Während der Fahrt sah ich ihn von der Seite an und musste daran denken, was Merlin über Laura gesagt hatte, fand aber nicht den Mut, Luke darauf anzusprechen. Im Krankenhaus gingen wir direkt zur Notaufnahme.

»Gut, dass wir nicht spätabends gekommen sind«, flüsterte Luke. »Ein schöner Anblick ist das nämlich nicht.«

»Luke, hör mal, ich komme schon allein zurecht«, sagte ich tapfer. »Geh du jetzt ruhig, ich nehme mir dann ein Taxi.«

»Fällt mir doch nicht im Traum ein«, murmelte er und fing fröhlich an zu pfeifen.

»Laura muss mich ja allmählich hassen«, schnitt ich nervös besagtes Thema an.

»Warum denn das?«

»Weil ich ständig mit dir rumhänge.«

»Macht ihr nichts aus.«

»Das sagst du immer so. Du sagst mir immer, dass es ihr egal ist.«

Luke änderte seine Sitzhaltung und warf mir einen Blick zu. Normalerweise hatte Luke lachende Augen, doch heute sahen sie so tief und eisig blau aus wie ein Fjord. »Ja, und, Katy?«

»Es ist nur … warum kommt sie denn in letzter Zeit nie

mehr bei mir vorbei? Wir waren doch früher immer alle drei zusammen.«

Er zuckte mit den Achseln. »Sie hat zu tun und außerdem ist es jetzt anders ... ich meine, früher hat sie dich frisiert und so ... da warst du noch ein Kind.«

Darüber musste ich erst einmal nachdenken. Ich hatte keine Ahnung, worauf Luke hinauswollte, aber es klang nicht gut. Vielleicht ging Laura mir tatsächlich aus dem Weg?

»Na gut, aber ... vernachlässige sie nicht, Luke ... pass ein bisschen auf.«

»Hat Merlin sich denn vernachlässigt gefühlt?«, fragte Luke ruhig.

»Offensichtlich.«

»Es wird dir bald schon wieder besser gehen«, murmelte er, »dann suchst du dir einen neuen Freund.«

»Einen neuen Freund?«, wiederholte ich entgeistert. »Ich bin nicht auf der Suche nach einem neuen Freund und außerdem war ich es, die mit Merlin Schluss gemacht hat.«

Luke machte ein zerknirschtes Gesicht. »Wow, Kat, das war mir gar nicht klar. Ich dachte, du wärst ...«

»Todunglücklich?«

»Nein, aber ziemlich mitgenommen immerhin.«

Ich hatte bisher noch mit niemandem über die Trennung von Merlin gesprochen und war erleichtert, dass ich Luke hatte, auch wenn ich mich nicht überwinden konnte, den Vorfall mit dem Bild zu erwähnen.

»Mit einem Mal war etwas anders zwischen uns. Merlin ist immer noch der Gleiche, aber irgendetwas fehlte plötzlich ... als wäre mir ein Teil von ihm genommen worden. Klingt ziemlich albern, oder?«

»Nein«, antwortete Luke nachdenklich. »Eher … einfühlsam. Auf emotionaler Ebene bist du inzwischen sehr erwachsen, Katy.«

»Hör mit der Frotzelei auf, Luke.«

»Das meine ich ernst«, beharrte er und ausnahmsweise zeigte sich nicht die Spur eines Grinsens auf seinem Gesicht. »Und wie geht's jetzt mit Genevieve weiter? Du warst so aufgeregt, als wir vom Speicher runterkamen. Ich dachte, du hättest irgendeine wichtige Erkenntnis gehabt.«

»Nein, mir ist seitdem nichts mehr eingefallen. Diese York-Verbindung … die blockiert mich irgendwie.«

Im gleichen Moment kam eine schwangere Frau an uns vorbei und ich sah sie mit ängstlicher Scheu an – wie konnte sich ein Bauch nur so weit dehnen? Die Rädchen in meinem Hirn begannen zu surren, aber dieses Mal nahm ein Gedanke eine so beängstigende Form an, dass ich mich nach vorn beugen musste und meinen Kopf um ein Haar zwischen meine Knie geschoben hätte.

»Geht's dir nicht gut, Katy?«

»Luke … wir sitzen hier in einem Krankenhaus«, flüsterte ich. »Und was geschieht in Krankenhäusern?«

»Na ja … hier werden kranke Menschen behandelt.«

»Und manche kriegen Babys.«

»Jawoll.«

Ich vergrub mein Gesicht in den Händen. »Verstehst du nicht?«

»Was meinst du denn?«

In diesem Augenblick rief eine Schwester meinen Namen auf und ich war froh, dass ich aufstehen und meinen wehen Knöchel drücken, quetschen, röntgen lassen konnte – alles war mir lieber, als über die Möglichkeit nachzudenken, die mir immer wahrscheinlicher erschien.

Mit fest verbundenem Knöchel und einem Paar Krücken ausgestattet fuhr ich mit Luke zurück nach Hause, weigerte mich aber, ein weiteres Wort von mir zu geben, bis wir dort angekommen waren. Es war spät geworden und in Mums Schlafzimmer brannte kein Licht mehr. Luke folgte mir ins Haus und schloss leise die Eingangstür hinter sich. Eine Weile lang ging er, die Hände auf dem Rücken, in unserem Wohnzimmer auf und ab, was mich normalerweise sicher zum Lachen gebracht hätte, denn er sah dabei aus wie ein Mitglied der Royal Family.

»Also: Erzählst du's mir jetzt endlich?«

»Da drüben in dem Sideboard liegt ein Fotoalbum, Luke. Kannst du es mir bitte bringen?«

Gehorsam kniete Luke sich vor das Sideboard, öffnete es, tastete darin nach dem braunen Lederalbum und reichte es mir, ohne irgendwelche Fragen zu stellen. Ich blätterte mich rasch durch die Seiten und stoppte erst in der Mitte. Dann hielt ich Luke das Album hin. »Das hier bin ich als neugeborenes Baby.«

»Ja, und?«

»Das ist ja wohl eindeutig… selbst du musst erkennen, dass das hier nicht das gleiche Baby ist wie auf dem andern Foto.«

»Nicht wirklich… ich hab dir schon gesagt, für mich sehen alle Babys gleich aus.«

Ich nahm das Foto vom Speicher aus der Tasche und wedelte damit herum. »Ich war ein Frühchen und hatte so gut wie keine Haare. Das Baby auf dem Speicherfoto wiegt einiges mehr und hat pechschwarze Haare. Es ist mein voller Ernst … das Baby hier, das bin ich nicht.«

Luke seufzte. »Dann war deine Mutter nach zahlreichen schlaflosen Nächten vielleicht übermüdet und hat ihre Fotos falsch beschriftet oder die falschen Abzüge vom Fotolabor zurückbekommen.«

»Und nie gemerkt, dass da das falsche Baby drauf war!«, sagte ich in vernichtendem Ton.

»Babys verändern sich doch von einer Minute zur nächsten. Sie verlieren Gewicht, nehmen wieder zu, die Haare fallen ihnen aus …«

»Aber es ist nicht mein Gesicht«, insistierte ich. »Und ganz bestimmt hat Mum das Foto mit der Geburtsurkunde und dem Babyarmband aus gutem Grund versteckt. Ich kann nicht glauben, dass du das nicht sehen willst. Übrigens hat mir da das Krankenhaus den entscheidenden Anhaltspunkt gegeben.«

Luke zog ein missmutiges Gesicht. »Was willst du damit sagen, Kat? Glaubst du vielleicht, Genevieve und du, ihr seid in der gleichen Entbindungsklinik geboren worden?«

Ich holte Luft. »Schlimmer noch. Ich weiß, es klingt total verrückt, aber … ich halte es für denkbar, dass Mum das falsche Baby aus der Klinik mitgenommen hat.«

Luke musste sich Mund und Nase zuhalten, um seinen Lachanfall zu stoppen, aber er entschuldigte sich gleich darauf.

»Das hab ja nicht mal ich vorhergesehen. Dabei sollte doch ich als Journalist eigentlich auf Verschwörungstheorien und dergleichen abfahren.«

Ich war nicht beleidigt, weil meine Theorie ja wirklich aberwitzig klang, versuchte jedoch trotzdem, möglichst glaubwürdig rüberzukommen, damit Luke mich ernst nahm. »Luke, es geht um die Verbindung zwischen Genevieve, Mum und mir. Ich wurde nicht in der Stadt geboren, in der ich lebe, bin nicht das Baby, das so heißt wie ich, und Mum wurde bleich, als ich den Namen Grace erwähnt habe. Es könnte die Antwort darauf sein, warum Genevieve mich so sehr hasst.«

»Weißt du eigentlich, was du da sagst, Kat? Dass Genevieve die Tochter deiner Mum ist und du die Tochter … von jemand anderem.«

»Sieht ganz danach aus.«

»Aha, und deine Mutter weiß natürlich Bescheid. Nur … warum hätte sie das alles zulassen sollen?«

»Das hab ich noch nicht rausgekriegt, aber … hältst du es denn für völlig unwahrscheinlich?«

Luke verdrehte die Augen. »Ach Katy, ich glaube, du hast zu viele Schundromane gelesen und zu viele amerikanische Soaps gesehen.«

»Hör zu … die Sachen waren doch nur in dem Kästchen versteckt, damit ich sie nicht finde. Mum hat mir nie erzählt, wo ich geboren wurde, und sich von allen Menschen abgekapselt, einschließlich ihrer Familie. Seit ich auf der Welt bin, läuft sie vor irgendwas davon und hat auch schon mal angedeutet, dass sie Angst hat, sie könnte mich verlieren.«

»Aber wir leben in Großbritannien, Katy. Hier werden in den Kliniken keine Babys vertauscht, schon gar nicht, ohne dass es einer merkt. Deshalb gibt es ja die Babyarmbänder. Die nimmt man dem Baby erst ab, wenn es entlassen wird.«

Ich schluckte und sagte mehr zu mir selbst als zu Luke: »Plötzlich ergeben alle Drohungen von Genevieve einen Sinn. Sie sagt doch auch, dass für uns beide nicht genügend Platz da ist … und dass sie Anspruch auf mein Leben hat, weil es ihres hätte sein sollen. Sie kann mir nicht verzeihen, weil sie eine schreckliche Kindheit hatte. Und Mum hat sie unter dem Vorwand, Schmuck verkaufen zu wollen, aufgesucht, weil sie ihre Mutter kennenlernen wollte.«

»Und wie hätte sie das alles herausfinden sollen?«

»Das weiß ich eben auch nicht … dass sie clever ist, wissen wir allerdings sehr wohl.« Luke trommelte mit den Fingern auf unserem Couchtisch herum, während ich laut weiterdachte. »Es würde auch erklären, warum Mum immer so verschwiegen war und nicht gern über ihre Vergangenheit geredet hat. Ich habe immer gedacht, es hat mit meinem Dad zu tun, aber vielleicht habe ich mich ja da getäuscht.«

»Darüber muss ich erst mal nachdenken.«

»Könntest du nicht noch ein bisschen weiterrecherchieren, Luke? Auf die Krankenhausakten oder die Geburtsregister zugreifen oder … ich weiß auch nicht … du hast da doch bestimmt deine Quellen.«

»Wir kennen Genevieves – Graces richtigen Familiennamen noch immer nicht«, erinnerte mich Luke, während er seine Jacke anzog. Er war schon mit einem Fuß aus der Tür, als ihm noch etwas einfiel: »Es gibt aber eine einfachere Lösung, Kat: Du musst ihren Geburtstag rauskriegen. Deine Theorie ist nämlich nur stimmig, wenn ihr beide im Abstand von wenigen Tagen geboren worden seid.«

»Du bist genial«, sagte ich dankbar. »Obwohl … direkt fragen kann ich sie nicht, weil sie mich bestimmt anlügen wird.«

»Sorry, aber die Lösung dieses Problems muss ich leider dir überlassen, Kat. Dir wird schon etwas einfallen.«

Sobald Luke sich verabschiedet hatte, ging ich nach oben in mein Zimmer, legte mich ins Bett und zog die Schublade meines Nachtschränkchens auf. Eine Sache hatte ich vor Luke verheimlicht – meine fixe Idee bezüglich Genevieves Anhänger. Es war bestimmt keine Einbildung – tatsächlich fühlte sich der Anhänger jedes Mal schwerer an, wenn ich ihn in die Hand nahm, als wüchse er simultan zu Genevieves Macht. Warum gelang es mir nicht, ihn loszuwerden? Ich konnte es mir selbst nicht erklären, doch es war so, als würde es durch irgendetwas verhindert. Und während ich unter meiner Decke lag und über alles nachdachte, was in der letzten Zeit geschehen war, warf der Anhänger unheimliche Schatten an die Wand in meinem Zimmer.

Du bist gebrandmarkt, Katy.

Mir fiel die Frau des Pfarrers wieder ein und wie sie behauptet hatte, sie könne Genevieves Präsenz in ihrem Haus noch immer so spüren, als habe sie damals, vor all den Jahren, etwas von sich zurückgelassen. Vielleicht war sie ja auch gebrandmarkt? Luke hatte für alles eine rationale Erklärung, aber auch er konnte mich nicht davor bewahren, dass ich mich vor dem smaragdgrünen Glas fürchtete. Mum hatte dem Anhänger Einlass in unser Haus verschafft und ich hatte das seltsame Gefühl, dass ich ihn nur loswerden würde, indem ich ihn Genevive zurückgab. Ich hatte es ja schon einmal erfolglos versucht, doch jetzt wusste ich, was zu tun war.

Kapitel 28

Luke musste für eine Woche auf einen Workshop fahren, bot mir aber vorher an, mich am ersten Tag des neuen Trimesters mit dem Auto zum College zu bringen. Er setzte mich genau in dem Moment vor dem Eingang ab, als Genevieve sich einem Grüppchen von Studenten näherte, die gerade draußen vor dem College standen und dann auf mich zugelaufen kamen, um mir zu helfen. Genevieves eifersüchtiger Blick, als mir einer von ihnen die Tasche abnahm, ein anderer meinen Ordner trug und alle Witze über meinen Fuß rissen oder sich die Krücken von mir borgen wollten, war mir den Schmerz in meinem Knöchel mehr als wert. Normale Schuhe konnte ich nicht tragen, da mein Fuß noch zu stark angeschwollen war, und so diente mir ein Paar von Mums flachen Slippers als Ersatz, die an mir wie riesige Schiffe aussahen. Sie waren so scheußlich, dass es fast schon wieder cool war, auf alle Fälle aber ein Gesprächsthema. Ich humpelte auf direktem Weg in meinen Kursraum und ließ mich da mit meiner Arbeit nieder, erleichtert, meinen Fuß entlasten zu können.

Miss Clegg kam lächelnd zu mir herüber. »Ich habe eine Mitteilung von unserer Sekretärin für dich, Katy. Du möchtest dich bitte bei ihr im Sekretariat melden. Bestimmt nur eine Formalität, um sicherzugehen, dass du keine akrobatischen Übungen machst, solange du noch verletzt bist.«

Allmählich gewöhnte ich mich an die Krücken, obwohl ich Muskeln dafür brauchte, von deren Existenz ich nicht mal ahnte, und meine Arme höllisch wehtaten. Die Sekretärin, Mrs Wright, bot mir einen Stuhl an und las mir aus einer Sicherheits- und Gesundheitsschutzbestimmung all jene Punkte vor, die mir untersagt waren. Meine Augen mussten vor Langeweile schon etwas glasig ausgesehen haben, denn sie entschuldigte sich bei mir und meinte, das alles sei ja ohnehin eine Selbstverständlichkeit. Während sie mit mir sprach, fiel mir ein, was Luke zu mir gesagt hatte.

»Die Lösung dieses Problems muss ich leider dir überlassen, Kat. Dir wird schon etwas einfallen.«

Wer, außer Mrs Wright, hatte schon Zugang zu Genevieves Studentenakte? Das konnte die Gelegenheit sein, auf die ich gewartet hatte.

»Dürfte ich Sie um einen Gefallen bitten?«, sprudelte ich hervor, während ich mich mit übertrieben schmerzverzerrtem Gesicht von meinem Stuhl erhob. »Unsere Neue, Genevieve, ist so ein nettes Mädchen, aber sie ist sehr zurückhaltend und verrät niemandem, wann sie Geburtstag hat, weil sie keinen Wirbel um sich möchte.«

Hier unterbrach ich mich erwartungsvoll und hoffte, Mrs Wright habe meinen Wink mit dem Zaunpfahl verstanden und erspare es mir, konkret zu werden, doch leider sah sie mich verständnislos an.

»Könnten Sie mir vielleicht ihr Geburtsdatum sagen, damit sie nicht um ihre Party betrogen wird? Die Arme ist nämlich Waise und wir würden sie gerne ganz groß überraschen.«

Mrs Wright schüttelte bedauernd den Kopf. »Tut mir leid, Katy, das darf ich nicht. Es verstößt gegen die Schweigepflicht. Ich darf keine Informationen über unsere Studenten herausgeben.«

Ich stand auf und humpelte enttäuscht zur Tür. Das wäre *die* Gelegenheit gewesen, aber mein Versuch war kläglich gescheitert. Jetzt sah ich einfach keinen anderen Weg mehr, denn Genevieves Pflegeeltern auf ihr Geburtsdatum anzusprechen war zu gefährlich, sie würden sie vermutlich warnen.

»Katy?«

Ich blieb stehen, bemühte mich um einen sicheren Stand und drehte mich zu Mrs Wright um, die mich grinsend ansah. »Wenn du magst, Katy, kannst du ja mich nach meinem Geburtstag fragen.«

War Mrs Wright vielleicht ein bisschen überarbeitet? Sie zwinkerte mir verschmitzt zu. »Eine unserer neuen Studentinnen hat nämlich im gleichen Monat Geburtstag wie ich, nur liegt meiner eher am Ende und ihrer eher am Anfang des Monats – ganz am Anfang, um präzise zu sein.«

Es war nicht schwer zu raten, was sie meinte, und ich grinste von einem Ohr zum andern.

»Wann haben Sie denn Geburtstag, Mrs Wright?«, fragte ich erwartungsvoll.

Sie verschränkte die Arme. »Danke der Nachfrage, Katy. Am 29. Juni.«

Sie hielt mir die Tür auf, als ich ging, und ich dankte ihr überschwänglich. Genevieve musste also am 1. Juni geboren sein, folglich lagen unsere Geburtstage vier Tage auseinander. Das bekräftigte meine These, dass unsere Mütter möglicherweise im gleichen Krankenhaus gelegen hatten. Noch war ich der Wahrheit nicht viel näher gekommen, aber immerhin gab es einen neuen Anhaltspunkt.

Allerdings war da noch eine andere Hürde. Früher oder später würde ich Merlin über den Weg laufen, und da ich nervös war und in meinem Bauch die Schmetterlinge tanzten, wollte ich die Begegnung so schnell wie möglich hinter mich bringen. Als Merlin mittags in die Cafeteria kam, machte mein Herz genau den gleichen Satz wie noch vor wenigen Wochen und unsere Blicke trafen sich sofort. Er lächelte mich etwas kläglich an und mir verschlug es für einen Moment den Atem, weil er so attraktiv aussah und mir einen so sehnsüchtigen Blick zuwarf. Ich kam mir wie in einem Schwarz-Weiß-Film vor, in dem sich Held und Heldin unwiederbringlich und für alle Zeiten trennen müssen, sich aber tapfer und mit zurückgehaltenen Tränen in die Augen sehen – und während es dem Zuschauer vor Rührung das Herz zerreißt, fährt ein Zug mit klagendem Geräusch und untermalt von trauriger Musik aus dem Bahnhof.

Oh, werd doch endlich mal erwachsen, Katy Rivers.

Nach dem College wartete ich oben auf der Treppe vor der automatischen Tür auf Nat, weil sie unbedingt wollte, dass ich mich von ihrer Mum nach Hause fahren ließ. Ich stellte mich in eine Ecke, um nicht von der Tür eingeklemmt oder umgestoßen zu werden, und – gerade noch allein – sah ich plötzlich Genevieve vor mir, die beide Arme wie eine Schranke ausstreckte, als wolle sie mich schützen. Es war ein klarer Tag und wir standen uns im spätherbstlichen Sonnenschein direkt gegenüber. Ich fühlte mich wie hypnotisiert, unfähig, mich abzuwenden, und wahrscheinlich fiel mir daher auch die kaum sichtbare Narbe auf der einen Seite ihrer Nase auf. Verunsichert fasste ich mir an meine eigene Nase und spürte die kleine erhabene Stelle, an der ich eine ganz ähnliche Narbe hatte wie Genevieve und die von dem Sturz von einer Schaukel stammte, als ich etwa zehn Jahre alt gewesen war. Genevieve schob sich den Pony aus den Augen und ich bemerkte die eigentümlich sternförmige Anordnung von Sommersprossen auf ihrer Hand. Ich hatte ein ähnliches Mal, nur auf der anderen Hand – Mum sagte immer, es sei mein Glücksbringer.

Ich hatte Genevieve eine Woche lang nicht mehr gesehen und fast vergessen, wie schlecht ich mich jedes Mal fühlte, wenn ich ihr begegnete.

Heute bot sie mir ein seltsames Spektrum aus triumphierendem Gehabe, Schadenfeude und nervöser Spannung.

»Tut mir sehr leid für dich, dass du die Party verpasst hast, Katy – wir waren alle *am Boden zerstört*.«

»Schon okay, Genevieve, es ließ sich nun mal nicht ändern. War aber nett von dir, die Party für Nat zu organisieren, sie hat sich wahnsinnig gefreut.«

»Ja, das hat sie.« Sie musterte ihre Fingernägel. »Deine Freundinnen hab ich schon längst erobert … jetzt fehlt mir nur noch einer.«

»Du meinst Merlin?«

Sie zuckte lässig mit den Schultern.

»Willst du vielleicht behaupten, er hat es dir noch nicht erzählt?«

»Was?«

»Merlin war vor den Herbstferien bei mir und … leider … hab ich mich von ihm trennen müssen.«

»Wer's glaubt, wird selig«, sagte sie mit gedehnter Stimme. »*Du* willst mit Merlin Schluss gemacht haben?«

»Frag ihn, wenn du mir nicht glaubst.«

Sie brauchte einige Sekunden, um diese Nachricht zu verdauen, und ihre Zungenspitze tauchte zwischen ihren Lippen auf. »Du meinst, er wollte sich von dir trennen, aber du bist ihm zuvorgekommen, um dein Gesicht zu wahren.«

»Ganz und gar nicht«, stellte ich klar. »Er wollte, dass wir mehr Zeit miteinander verbringen, aber ich … ich habe mich von ihm erstickt gefühlt.«

Sie schlug einen hohen Kleinmädchenton an und sagte mit vernichtendem Sarkasmus: »Vielleicht wäre ja alles anders gekommen, wenn ihr zwei eure romantische Nacht miteinander verbracht hättet. Aber das werden wir wohl nie erfahren.«

Ich machte einen Schritt auf sie zu und antwortete mit süßlichem Grinsen: »Jetzt gehört Merlin jedenfalls dir und bald wird jeder wissen, dass du nur Ersatz bist … die Zweitbeste sozusagen, weil ich ihn nicht mehr wollte.« Ihr Gesicht war ein Bild für die Götter, als sie sich bemühte, ihre Gefühle zu beherrschen, und so streute ich noch mehr Salz in die Wunde. »Jetzt ist er nicht mehr ganz so attraktiv wie vorher, stimmt's, Gen? Du solltest ihn genießen, solange du ihn hast.«

Erst dachte ich, ich hätte sie tatsächlich getroffen, doch dann lachte sie so schrill, dass mir das Blut gefror. »Dir hat er nie gehört … nicht eine Sekunde lang. Ich habe eure Beziehung nur geduldet, weil es mir in den Kram gepasst hat …«

»Wer's glaubt, wird selig.«

Sie seufzte sehnsüchtig und sah in den weißen Himmel hinauf. »Ich könnte dich da jetzt hinunterstoßen … ein kleiner Schubs und alle würden denken, Katy ist gestolpert. Leichtsinnige Kat … hat oben auf der Treppe gewartet, anstatt den Lift zu nehmen.«

Ich war tatsächlich leichtsinnig gewesen, mich so in die Enge treiben zu lassen. Ganz automatisch hatte ich den Haupteingang genommen und war nicht mit dem Lift zur Straßenebene hinuntergefahren.

»Was für eine Befreiung das wäre«, flüsterte sie.

»Du bist ja nicht mal in der Lage, dir ein eigenes Leben aufzubauen«, sagte ich herausfordernd. »Deswegen stiehlst du mir ja meins. Wie armselig!«

Genevieve machte eine kleine wirbelnde Bewegung mit der Hand, als ob sie etwas in die Luft schreiben würde. »Es bedurfte nur einiger weniger Pinselstriche und schon warst du ausradiert.«

Ob sie auf das Gemälde anspielte? Sie ging nicht näher darauf ein und ich hielt mich an der ganz und gar unrealistischen Hoffnung fest, dass Merlin es ihr nicht gezeigt hatte. Ich schob den Fuß bis zur vorderen Kante der obersten Treppenstufe und blickte so lange starr nach unten, bis sich die Welt vor meinen Augen drehte. Ich fühlte mich wie ausgeliefert, war mir aber gleichzeitig des Gewichts in meiner Hand und der Kälte von Glas und Metall bewusst.

Fast wäre ich gestolpert, konnte mich gerade noch an Genevieves Jacke festhalten, was die Gelegenheit bot, auf die ich lange gewartet hatte. Ich ließ den Anhänger in ihre Jackentasche gleiten, richete mich gerade auf und fühlte mich sogleich viel ruhiger.

»Das machst du wohl mit allen so, auf die du wütend bist, was?«, sagte ich mit frisch gestärktem Selbstvertrauen.

Genevieve schob das Kinn vor. »Vielleicht solltest du mehr auf der Hut sein.«

»Das mit deinen Adoptiveltern tut mir ja entsetzlich leid«, sagte ich spöttisch. »Ich habe von deiner traurigen Geschichte gehört… aber irgendwie scheint mir, als ob alle, die dir nahekommen, sterben müssen.«

Fast wirkte sie erfreut, als ich das sagte, und sie verzog die Mundwinkel. »Gut, dass du's begriffen hast. Andere Leute unterschätzen mich gern, aber du nicht – wir zwei verstehen uns.«

Mir kam der skurrile Gedanke, dass ich an einem Montagnachmittag um 15.30 Uhr Zeugin eines Mordgeständnisses geworden war. Doch plötzlich packte Genevieve mich am Handgelenk und in meinem Kopf tauchte ein grauenhaftes Bild auf: Ich selbst stand vor dem brennenden Cottage und sah, wie die Flammen nach dem Holz züngelten, hörte das Splittern von Glas und die furchtbaren Schreie der Menschen, die drinnen gefangen waren wie in einer Falle. Ich sah, wie Genevieve sich freute, spürte ihre Genugtuung über das, was sich vor ihren Augen abspielte – ohne jede mitleidige Regung. Ich hatte sie unterschätzt. Wenn sie wirklich zu einer solchen Tat in der Lage war, dann musste ich jetzt handeln.

»Es könnte sein, dass Mum und ich von hier wegziehen«, sagte ich schnell. »In eine andere Stadt, um noch mal ganz von vorne anzufangen.«

»Dafür ist es zu spät, Katy.«

»Zu spät?«, wiederholte ich. »Aber du wolltest doch, dass ich verschwinde und dir den Weg frei mache.«

Mit gespieltem Bedauern zog sie die Nase kraus. »Ja, stimmt, das wollte ich. Aber jetzt ... reicht mir das nicht mehr. Du wärst ja immer irgendwo da draußen in der Welt ... und damit käme ich nicht zurecht.«

»Und was soll ich dann tun? Sterben?«

»Am liebsten wäre mir, du wärest nie geboren worden. Deswegen sind wir uns begegnet.«

Wie immer sprach sie in Rätseln, doch diesmal musste ich sie einfach fragen: »Wie hast du mich eigentlich gefunden?«

Genevieve schien ganz leicht auszuatmen, denn ein zarter Lufthauch streifte meine Wange. »Du kennst die Antwort ... sie ist dir nur noch nicht bewusst.«

Ich kniff die Augen zu – und schon war sie verschwunden. Dafür stand Nat jetzt neben mir und schimpfte, weil ich nicht den Lift genommen hatte.

Als ich zu Hause ankam, war ich so beunruhigt, dass ich mich in meinem Zimmer einschloss. Mir wurde schlecht, wenn ich nur daran dachte, dass Genevieve das Bild gesehen haben könnte. Ich strich mir die Haare aus dem Gesicht und gab einen tiefen Seufzer von mir. Da sah ich mich plötzlich in meinem Spiegelschrank und schreckte regelrecht zurück – so grausam und so rachsüchtig blickte ich mir daraus entgegen, dass ich mich selbst kaum kannte. Ich atmete mehrmals tief durch und strich mir über Wangen, Stirn und Mund, um diese fürchterliche Miene wegzuwischen. Mit Luke zu sprechen hätte mir jetzt gutgetan, aber es hatte keinen Sinn, ihm zu erzählen, was geschehen war, bevor er von seinem Workshop zurückkehrte.

Ich hatte das Gefühl, heute ein Stück vorangekommen zu sein. Nur – wie sollte es jetzt weitergehen?

Kapitel 29

Der Zug war bereits brechend voll, doch der Umstand, dass ich humpelte, wirkte wohl so mitleiderregend, dass er mir zu einem Fensterplatz verhalf – wenn auch neben einem Typen mittleren Alters, der eine Brotzeitdose vor sich auf dem Tisch aufgebaut hatte, Eiersandwiches in sich hineinmampfte und dazu aus einer Thermosflasche trank. Sobald wir die Stadt hinter uns ließen, veränderte sich die Szenerie jenseits des Zugfensters – Hochhäuser, Fabriken und Einkaufszentren wichen Kuhweiden und abgelegenen Farmen und nur die riesigen Hochspannungsmasten verunzierten die Landschaft. Meinen kleinen Ausflug hatte ich ganz spontan geplant und mich bei Gran und Granddad kurzfristig telefonisch angekündigt; doch jetzt kam der schwierigere Teil, denn ich musste mir überlegen, was ich den beiden als Grund für meinen Besuch nennen wollte. Ich hatte eine Stunde Zeit, um mir irgendeine Story auszudenken. Ich lehnte den Kopf nach hinten an die Kopfstütze, damit ich meine Gedanken besser schweifen lassen konnte, war aber so müde, dass mir die Augen schwer wurden und schließlich sogar zufielen.

Vor uns stand der dreiteilige geschnitzte Spiegel. Genevieve und ich saßen Seite an Seite auf einem gepolsterten

Hocker und unsere Bewegungen schienen – wie in einer Art Scharade – genau aufeinander abgestimmt zu sein. Auf dem Frisiertisch lagen eine antike silberne Bürste und ein silberner Kamm, und als ich die Bürste anhob und an meine Haare hielt, ahmte Genevieve diese Bewegung so exakt nach, als wäre sie mein Spiegelbild. Ich führte meine Gebärden schneller aus, um sie daran zu hindern, sie mir nachzuahmen, aber ihr Timing war perfekt und ich konnte sie nicht abhängen. Ich wurde noch schneller, weil ich hoffte, dass sie vielleicht einen Fehler machen würde, doch bald schon holte sie mich ein bei unserem kleinen Spiel und plötzlich merkte ich, wie ich nun ihren Bewegungen folgte und meine eigenen nicht mehr steuern konnte. Sie brachte mich sogar dazu, die Hände zuckend zu bewegen und hemmungslos mit dem Kopf zu wackeln. Mich verwirrte und erschöpfte dieses Spiel, aber Genevieve konnte kein Ende finden und zog an meinen Schnüren, als ob ich ihre Marionette wäre. Dann plötzlich packte sie ihren Kopf mit beiden Händen und fing zu schreien an – doch eigentlich war ich es, die da schrie, obwohl ich keine Stimme hatte –, ein stummer, angstvoller Ohnmachtsschrei war es, den ich an ihrer Stelle von mir gab.

Panisch sah ich mich im Abteil um, überzeugt davon, dass mir ein schauerlicher Laut entfahren sein musste, aber keiner der Mitreisenden nahm auch nur Notiz von mir. Jetzt drang Genevieve also schon in meine Tagträume ein. Da der Zug gleich in den Bahnhof einfahren würde, nahm ich meine Tasche und bemühte mich um einen fröhlichen und entspannten Gesichtsausdruck.

»Katy!«

Zwei rundliche Arme umfingen mich und ich atmete Grans Parfum ein, das wie immer nach Zitronen duftete. Als ich meinen Kopf etwas zur Seite wandte, spürte ich Granddads kratzigen Schurrbart auf meiner Wange.

»Na, du warst wohl im Krieg«, sagte er mit seiner barschen Stimme.

»Nein, es ist nichts Ernstes, nur mein Knöchel. Vor ein paar Tagen bin ich noch mit Krücken rumgelaufen und durfte den Fuß überhaupt nicht belasten.«

»Hast du zu viel getanzt?« Gran lächelte und auf jeder ihrer Wangen erschien ein Grübchen.

Granddad bestand immer noch darauf, mir eigenhändig den Sicherheitsgurt anzulegen, bevor wir in das Dorf fuhren, in dem meine Großeltern leben, und Gran nahm mich sofort am Arm, als wir aus dem Wagen stiegen.

»Jetzt komm erst mal in die Küche und dann mache ich uns eine schöne Tasse Tee. Es gibt frische Scones und Schokoladenkuchen und die Kekse, die du so gerne magst. Ich hoffe, du hast immer noch einen gesunden Appetit. Für Teenager, die sich zu Tode hungern und wie Skelette aussehen, habe ich nämlich gar nichts übrig.«

In der Küche mit der altmodischen Speisekammer hatte sich seit meinem letzten Besuch nichts geändert. Hier standen noch derselbe uralte Gefrier-Kühlschrank, das große Spülbecken aus Emaille und der runde Tisch mit Marmorplatte, um den wir alle immer saßen.

Wenn ich nervös war, hatte ich meistens Hunger. Gran ließ mich erst einen leicht aus der Form geratenen Scone verschlingen und anschließend den Schokoladenkuchen in Angriff nehmen, bevor sie sich ein Herz fasste und fragte:

»Und … wie geht es deiner Mum … Rebecca … ich meine, ist alles so weit in Ordnung bei ihr?«

»Es geht ihr eigentlich ganz gut«, erwiderte ich mit so vollem Mund, dass die Kuchenkrümel flogen. »Sie geht jetzt öfter aus dem Haus und beginnt mit einer Therapie. Sie hat sogar davon gesprochen, dass sie wieder arbeiten will.«

Grans Miene hellte sich auf. »Das ist ja wunderbar. Dann werde ich sie anrufen … wir könnten euch doch mal wieder besuchen kommen. Das haben wir eigentlich immer vor, aber … manchmal … so einfach ist es eben nicht mit ihr.«

Sie hüstelte verlegen und bestrich ihren Scone besonders sorgfältig mit Butter, um ihr Unbehagen zu überspielen. Aber mir musste sie nichts vormachen, ich wusste ja, warum die beiden uns nicht häufiger besuchten – Mum ließ sich immer wieder neue Ausreden einfallen.

»Weiß denn Rebecca, dass du bei uns bist?«, fragte Granddad.

Ich schüttelte den Kopf und er murmelte: »Aha«, als sei das von besonderer Bedeutung.

Ich musste mehrmals schlucken, denn meine Zunge schien am Gaumen festzukleben, und sagte schließlich: »Ich … muss euch etwas fragen.«

»Ja, was denn?«, fragten beide wie aus einem Munde.

»Ich möchte etwas über die Zeit wissen, als ich ein Baby war.«

Einen Moment lang herrschte verlegene Stille, dann sagte Gran: »Du bist jetzt fast erwachsen, Katy … wir haben uns schon gedacht, dass du bald Fragen stellen wirst.«

»Geht es um deinen Vater?«, fragte Granddad behutsam.

»Hm … nicht direkt. Es ist nur … ich habe neulich meine Geburtsurkunde gefunden und möchte etwas über den Ort erfahren, an dem ich geboren wurde.«

Die beiden warfen sich einen beunruhigten Blick zu. »Ich bin nicht sicher, ob wir mit dir darüber sprechen sollten, ohne dass Rebecca davon weiß«, murmelte Gran. »Eigentlich solltest du sie fragen.«

»Aber sie will ja nicht mit mir darüber reden«, rief ich frustriert. »Ich weiß genau, dass sie's nicht tut. Sie hat mir ja noch nicht einmal erzählt, dass ich in einer anderen Stadt geboren wurde, und wenn ich ihr Druck mache … dann wird sie doch nur wieder krank.«

Granddad erhob sich von seinem Stuhl und meinte brummend, er müsse mal nach seinen Pflanzen sehen, obwohl es draußen regnete.

»Ich werde dir erzählen, was ich weiß«, sagte Gran schließlich, »aber viel ist es nicht.« Sie goss sich von dem starken Orangenblütentee nach und lehnte sich auf ihrem Stuhl zurück. »Rebecca war erst einundzwanzig, als du geboren wurdest. Sie hat damals in York Musik studiert und wir hatten keine Ahnung, dass sie schwanger war. Wir haben erst davon erfahren, als sie uns anrief und uns von deiner Geburt erzählte.«

»Mum hat euch nichts von ihrer Schwangerschaft erzählt?«, fragte ich überrascht. »Hat sie geglaubt, ihr würdet verärgert darauf reagieren?«

Gran gab einen kleinen Seufzer von sich. »Sicher dachten wir in dieser Hinsicht ein wenig konventionell, aber natürlich hätten wir unserer Tochter immer beigestanden;

ich denke, das würden alle Eltern tun. Sie war eben sehr selbstständig und eigenwillig und ich glaube, sie wollte einfach allein zurechtkommen.«

Mum verbrachte ihre Tage meist im Bett und war alles andere als selbstständig oder eigenwillig und ich fragte mich zum wiederholten Mal, was nur eine solche Veränderung ausgelöst haben konnte.

»Und was geschah dann, als ihr sie im Krankenhaus besucht habt?«

»Tja, das war so eine Sache, Katy. Rebecca hatte sich bereits selbst entlassen und deshalb sind wir zu ihr in die Wohnung gefahren.«

Mich verließ aller Mut. »Ihr habt mich also nicht im Krankenhaus gesehen?«

Grans Stirn legte sich in Falten, während sie in ihren Erinnerungen suchte. »Nein … wir haben dich zum ersten Mal gesehen, als du fünf Tage alt warst.«

»Und wie kam Mum damit zurecht? Ich meine, ging es ihr denn gut, so ganz allein mit einem winzigen Baby?«

»Sie hat dich mit allergrößter Selbstverständlichkeit umsorgt«, sagte Gran und ihre Stimme klang beglückt.

»Und … war sonst noch jemand bei ihr? Habt ihr denn keine Freunde von ihr angetroffen?«

»Nein. Als wir sie besuchen kamen, war sie völlig durcheinander und betonte immer wieder, sie wolle nichts wie weg aus ihrer Wohnung und zu uns nach Hause kommen. Sie hatte gerade ihr Examen hinter sich und ihre Taschen waren schon gepackt. Da haben wir ihr natürlich geholfen.«

»Und euch kam gar nichts komisch daran vor?«

Gran lachte. »Nein, wenn man mal von der Tatsache absieht, dass meine einzige Tochter auf einmal selber eine Tochter hatte und ich darauf nicht gefasst gewesen war.«

»Wie hat sie ihre Schwangerschaft denn nur vor euch geheim gehalten?«

»Sie hat sie unter ihren weiten Kleidern gut versteckt und ihre Gewichtszunahme haben wir auf das ungesunde Studentenessen zurückgeführt. Außerdem – vergiss nicht, wie winzig du bei deiner Geburt warst.«

›Und warum steht mein Name dann auf dem Foto eines gesund aussehenden, pummeligen Babys?‹, wollte ich schon rufen, aber das ging wohl einen Schritt zu weit und und es kam mir unfair vor, Gran mit meinen Sorgen zu belasten. Außerdem wusste ich instinktiv, dass sie auf diese Frage keine Antwort hatte. Wenn meine Großeltern nicht im Krankenhaus gewesen waren, dann war das fünf Tage alte Baby das einzige Kind, das sie zu Gesicht bekommen hatten.

»Wonach suchst du eigentlich, Katy?«, fragte Gran mit sanfter Stimme.

»Weiß ich auch nicht so genau«, antwortete ich ehrlich. »Wahrscheinlich nur nach einem Grund, weshalb mir Mum nie etwas über meine Geburt erzählt hat. Ich dachte immer, dahinter verbirgt sich ein Geheimnis.«

Gran griff nach der Teekanne, um sich noch einmal nachzuschenken, und schaffte es irgendwie, sich dabei die Hand zu verbrühen. Sie hielt sie unter den Kaltwasserhahn, während ich besorgt aufsprang und mich neben sie stellte.

»Ist schon gut, ist nicht so schlimm«, beruhigte sie mich,

aber sie war blass geworden und sah angespannt aus. Ich hatte ein unglaublich schlechtes Gewissen, weil ich einfach hier aufgekreuzt war und ihr so zusetzte. Mir kamen die Tränen, doch ich versuchte, sie so schnell wie möglich wegzublinzeln. Nicht nur die Anspannung, die Genevieve in mir auslöste, machte mir zu schaffen, sondern auch die Tatsache, dass ich meine Großeltern zum ersten Mal nach längerer Zeit wiedersah und merkte, wie sehr ich sie vermisst hatte. Gran musste spüren, was in mir vorging, und bedeutete mir, ich solle mich wieder an den Tisch setzen. Dort legte sie ihre runzlige Hand auf meine.

»Das war tatsächlich noch nicht alles«, begann sie. Sie sah mich einen Moment lang an, als ob sie es sich anders überlegen wollte, fuhr dann aber stockend fort: »Die Wohnung, in der Rebecca damals lebte … war ziemlich heruntergekommen und lag in keinem schönen Viertel. Und einige der Mieter in ihrem Haus hatten wohl auch ziemliche Probleme … mit Drogen, vermute ich.«

»Hat Mum etwa …?«

»Du liebe Zeit, nein! Aber … es gab da einen Zwischenfall.«

»Was denn für einen Zwischenfall?«

Gran räusperte sich, spielte mit ihren Ringen und verschränkte die Arme auf die gleiche Weise wie Mum, wenn sie nervös war. »Eine der Frauen, die dort in dem Haus wohnten … hatte wohl eine Überdosis genommen … und unglücklicherweise nicht überlebt.«

»Kannte Mum sie?«

Gran nickte. »Rebecca war zutiefst erschüttert. Sie hat sehr lange gebraucht, um darüber hinwegzukommen, und eine Weile haben wir uns große Sorgen um sie gemacht.«

Das war vielleicht der Schlüssel zu der Frage, warum Mum immer so labil gewesen war. »Wie hat sie reagiert?«

Gran sah aus dem Fenster und die Sorge stand ihr ins Gesicht geschrieben. »Sie hat sich ganz in ihre eigene Welt zurückgezogen … war so ganz anders als das heitere, aufgeweckte Mädchen, das von zu Hause fortgegangen war. Wir wussten beide, dass sie leidet, konnten ihr jedoch nicht helfen.«

»Aber … Mum ist doch irgendwann wieder bei euch ausgezogen und hat ihren eigenen Ort gefunden. Da muss sie sich doch etwas stabiler gefühlt haben?«

Gran nickte. »Nach einer Weile schien unser Garten sie zu heilen. Sie verbrachte ja den halben Tag damit, sich um die Pflanzen zu kümmern. Ihr Lieblingsplatz war übrigens unter unserer Trauerweide; sie hat sie sogar nach dir benannt, Katy.«

Ungeheure Traurigkeit stieg in mir auf. »Und … ist Mum danach noch mal in ihre alte Wohnung zurückgegangen?«

»Nein, nie mehr. Und sie wollte über die Jahre, die sie dort verlebt hat, nicht mehr sprechen, und auch wir haben dieses Thema niemals mehr erwähnt.«

»Hatte Mum denn Feinde?«

Gran lachte. »Nein, im Gegenteil. Rebecca hatte ein so sonniges Wesen.«

Ich brachte nur mühsam ein Lächeln zustande. »Könnte ich vielleicht die frühen Babyfotos von mir sehen?«

Gran holte das Familienalbum nur allzu gern für mich heraus. Ich sah sofort, dass ihre Fotos die gleichen waren

»Ich hab es doch gesehen«, insistierte ich, obwohl ich wusste, dass ich ihr damit in die Hände spielte.

»Du hast nicht mehr gesehen als ein paar Kleckse auf einer Leinwand … eine Idee, die noch nicht ausgeformt war. Du hättest dich so gern darin erkannt und deshalb hast du es dir eingebildet. Aber sobald Merlin die Details ergänzte, war es mein Gesicht.«

»Glaub, was du willst, Genevieve.«

Abrupt blieb sie vor mir stehen, sodass auch ich stehen bleiben musste. »Das Bild ist schon seit vielen Wochen fertig«, flüsterte sie und ein Lächeln breitete sich auf ihrem Gesicht aus. Sie musste meine Verunsicherung spüren, denn sie lächelte noch breiter. »Selbst als Merlin noch mit dir zusammen war, wollte er nur mich.«

Sie öffnete die Faust, spitzte die Lippen und tat so, als ob sie eine Pusteblume von ihrer Hand pusten würde. »Jetzt ist die Sache beinahe abgeschlossen – und jeder ist an seinem Ort.«

Und damit ging sie davon, ohne sich noch einmal umzusehen.

Luke hatte den Kopf unter die Motorhaube gesteckt und bastelte an seinem Auto herum, als ich die Straße herunterkam. Es war in dieser Woche schon zum zweiten Mal nicht angesprungen.

»Du siehst aus, als ob es dir die Petersilie verhagelt hätte«, sagte er grinsend.

»Und du klingst wie meine Mutter«, brummte ich böse. »Wenn du damit meinst, dass ich total genervt aussehe, dann sag's doch einfach.«

Luke wischte sich die Hände an einem alten Lappen ab. »Muss ich erst fragen, warum?«

Ich zögerte. Ich hatte Luke noch immer nicht erzählt, was in seiner Abwesenheit geschehen war. Ich hatte Bedenken, wie er reagieren würde, aber für mich behalten konnte ich es auch nicht.

»Genevieve hat praktisch zugegeben, dass sie eine Mörderin ist. Es war, als wollte sie, dass ich es weiß ... als wäre sie sogar noch stolz darauf.«

Luke schüttelte den Kopf. »Das könnte eine Warnung sein.«

Ich hob und senkte rasch die Augenbrauen, um die Stimmung etwas aufzulockern, und beschloss, Luke nicht die ganze Wahrheit zu verraten. »Und im Scherz hat sie gesagt, sie wolle mich die Collegetreppen runterschubsen.«

»Das ist nicht witzig, Kat.«

»Sie will immer, dass ich weiß, was sie gerade tut.«

»Das ist genau das, was mir nicht daran gefällt«, antwortete Luke besorgt. »Sie rückt dir zu nah auf die Pelle.« Luke sah beunruhigt aus und ich hatte das Gefühl, dass er sich in der ganzen Geschichte nicht mehr so wohlfühlte wie noch vor einiger Zeit. »Mir kommt es vor, als ob sie etwas ansteuern würde«, sagte er nachdenklich. »Ein Ultimatum oder so.«

»Vielleicht wäre das ja sogar eine Erleichterung«, antwortete ich. »Dann wäre endlich klar, was sie wirklich will ... besser als diese ewige Ungewissheit.«

Er nickte zögernd, als ob er wüsste, was ich meinte, aber nicht besonders glücklich damit sei.

Ich schüttelte den Kopf und stieß einen tiefen Seufzer

aus. »Das ist aber noch nicht alles, Luke. Merlin und Genevieve … gehen jetzt miteinander. Er war so niedergeschmettert über die Trennung von mir, dass er … na, mindestens eine Woche abgewartet hat, bevor er sich mit Genevieve zusammentat.«

»Das tut mir leid, Kat.«

»Mum hatte recht«, klagte ich. »Meine Eifersucht ist schuld daran, dass sich alles so entwickelt hat wie eine sich selbst erfüllende Prophezeiung.«

»Aber Genevieve hat doch wohl ihren Teil dazu beigetragen, oder? Sie hat sich nun wirklich alle Mühe gegeben, Zweifel an Merlin in dir zu wecken.«

Ich klopfte mir auf die Brust. »Nein, der Zweifel saß in mir; das grünäugige Monster hat einfach weggenagt, was zwischen mir und Merlin war. Ich kann ihr wirklich nicht die *ganze* Schuld zuschreiben.«

Luke sah mich skeptisch an. »Sie hat dich manipuliert … und deine Schwäche ausgenutzt.«

»Aber dazu braucht man jemanden, der entsprechend reagiert. Mum hat schon recht: Wenn man jemanden liebt, muss man ihm seine Freiheit lassen.«

»Sehr weise«, stimmte Luke mir unbekümmert zu.

»Das ist das Gute an unserer Beziehung, Luke«, fügte ich noch hinzu. »Zwischen uns gibt es all diese Probleme nicht. Wir können uns sagen, was wir denken, und bleiben trotzdem Freunde. Freundschaften sind einfach besser als jede Liebesgeschichte.«

»Wenn du meinst«, murmelte er, aber seine Stimme klang merkwürdig gereizt.

Ich starrte auf das Innenleben des Autos, als ob ich was

davon verstehen würde. »Ich bin gespannt, ob Genevieve mich jetzt in Ruhe lässt und ich mich von meiner Theorie, dass wir als Babys vertauscht wurden und Mum ein finsteres Geheimnis verbirgt, verabschieden kann.«

Luke unterbrach seine Reparaturarbeiten und sah mir ins Gesicht. »Glaubst du denn wirklich, dass damit die Angelegenheit für Genevieve erledigt ist? Dass sie erreicht hat, was sie wollte?«

»Sie hat doch Merlin … er war der Hauptgewinn.«

Mit besorgtem Gesicht klappte Luke die Motorhaube zu. »Vielleicht benutzt sie Merlin nur, um abzulenken. Vielleicht bist du ihr eigentlicher Hauptgewinn. Pass einfach weiter auf, Kat.«

Kapitel 31

Und dann geschah so etwas wie ein Wunder – eines Morgens erschien Genevieve nicht im College. Angeblich hatte sie sich eine schwere Angina eingefangen und konnte kaum sprechen, was die beste Nachricht war, die ich je erhalten hatte. Natürlich versuchte ich, meine Begeisterung zu verbergen, als Nat es mir erzählte, aber wahrscheinlich scheiterte ich kläglich. Es war schon beinahe ungewohnt für mich, dass ich morgens plötzlich wieder ohne Angstgefühle aufstehen und in meinen Kursen sitzen konnte, ohne dass sie mich mit ihren schrecklichen Augen anstarrte und ich beim Lunch jedes einzelne Wort in die Waagschale legen musste. Der erste Tag, an dem sie fehlte, war einfach wundervoll, der zweite ein Geschenk des Himmels, am dritten hätte ich vor lauter Freude tanzen können. Und ich erinnerte mich wieder, wie schön das Leben gewesen war, bevor Genevieve in unserer Stadt aufkreuzte. Kaum zu glauben, dass erst drei Monate seitdem vergangen waren.

Hannah, Nat und ich beschlossen, an einem Donnerstag zusammen unsere Weihnachtseinkäufe zu machen, weil die Geschäfte da abends länger offen hatten. Es war wie früher – wir standen in der Schlange an, um auf den Bus zu warten, lachten über dies und das – das Schoßhündchen einer alten Dame beispielsweise, das versuchte, mit seiner Schnauze Hannahs Rock zu liften – und zogen uns gegenseitig wegen unseres unterschiedlichen Klamottengeschmacks auf. Dann sprangen wir aus dem Bus und kämpften uns durch die Menge, um uns in ordentliche Shoppinglaune zu versetzen. In einem der Kaufhäuser erstand ich für Mum eine Bluse in einem hinreißenden Fliederton und ich dachte an all die Jahre, in denen ich ihr ein Nachthemd oder einen Bademantel schenken musste, weil sie in diesen Sachen ihr Leben zu verbringen schien. Nat dagegen fand ich ziemlich einfallslos, denn sie kaufte Pantoffeln für ihren Dad und Parfum für ihre Mum, während sich Hannah nur die Auslagen in den Schaufenstern ansah und behauptete, sie besorge ihre Geschenke immer erst in der allerletzten Minute, weil sonst keine richtige Weihnachtsstimmung bei ihr aufkäme.

Nach weniger als einer Stunde schwächelte Nat schon vor Hunger und zerrte uns in eine Pizzeria, wo wir uns eine Megapizza mit fünferlei Belag bestellten. Mich faszinierte die Innenausstattung des Lokals, das im Stil der Fünfzigerjahre eingerichtet war und Sitznischen in Kunstleder und Halbmondform und eine altmodische Jukebox hatte. Die Bedienungen trugen Söckchen und Glockenröcke und einer der Kellner hatte eine riesige gegelte Haartolle und trug einen Teddy-Boy-Anzug in Neonblau. Die ganze Zeit über wartete ich nur darauf, dass alle wie in einem Musical zu singen und zu swingen anfangen würden.

»Schade, dass Genevieve nicht dabei sein kann«, sagte Hannah nachdenklich.

»Ja, wirklich«, stimmte ich ihr zu, entschlossen, nicht jedes Mal zu versteinern, wenn jemand ihren Namen erwähnte. »Genevieve geht wahnsinnig gerne shoppen. Wir haben vor Kurzem mal zusammen ein wunderschönes Abendkleid in einem Wohltätigkeitsladen gesehen, aber leider war sie schneller als ich.«

»Hat sie es denn gekauft?«, fragte Nat neugierig.

»Nein, man hätte ein Menge daran ausbessern müssen und da hat sie es sich anders überlegt.«

»Und warum hast du's dir nicht gekauft?«, wollte Hannah wissen. »Nähtechnisch kriegst du doch alles hin.«

Ich zuckte mit den Achseln. »Ich hab den Schalter umgelegt, nachdem Genevieve es anprobiert hatte. Sie sah so gut darin aus.«

Aus irgendeinem Grund schien Hannah das Thema Abendkleid keine Ruhe zu lassen. »Du siehst genauso gut aus wie sie, sogar noch besser.«

Ich lachte unsicher. »Genevieve überlegt es sich bestimmt noch mal und kauft es doch noch für den Weihnachtsball.«

»Sie wird kein Kleid brauchen«, sagte Nat schnell und errötete. »Ich … ich meine … sie wird sich doch wahrscheinlich selbst eins nähen.«

»Kann es sein, dass du uns vielleicht irgendwas verschweigst?«, fragte Hannah provozierend.

»Nein … nein, ehrlich nicht.«

»Ich kenne dich jetzt schon seit dem Kindergarten«, sagte sie frotzelnd. »Komm, raus damit.«

Nat verlor plötzlich das Interesse an ihrer Pizza und schob mürrisch den Teller von sich. Dann trank sie erst einmal einen großen Schluck von ihrer Cola, bevor sie antwortete. »Ich hab ihr versprochen, nichts zu sagen.«

Hannah zeigte erst auf mich, dann auf sich selbst. »Aber wir sind doch deine besten Freundinnen. Wir werden niemandem etwas verraten.«

Nat zögerte noch einen Moment, aber ich hatte das Gefühl, dass sie schon fast überredet war. »Okay … es geht um Genevieve. Sie wird wahrscheinlich nicht mehr lange hier sein.«

Mein Messer rutschte mir vom Teller und fiel laut scheppernd auf den Boden. »Sie wird nicht mehr lange hier sein? Ist das dein Ernst?«

»Wann hat sie dir denn das erzählt?«, fragte Hannah.

Nat sah zu Boden, als müsse sie erst nachdenken. »Am … Wochenende.«

»Und wie kommt sie dazu?«, stammelte ich.

»Sie meinte, hier sei es ihr zu langweilig, sie fühle sich wie eingesperrt. Ich glaube gar nicht, dass sie krank ist, sondern einen Plan ausheckt, wie sie von hier verschwinden kann.«

»Und wohin will sie gehen?«

Nat antwortete ein wenig wichtigtuerisch: »Sie hat von irgendeinem Ort gesprochen … an dem es besser sein muss als an jedem anderen, den sie kennt.«

Ich musste diese Neuigkeiten erst mal sickern lassen. »Und sie hat nicht gesagt, was für ein Ort das sein soll? Im Ausland oder hier?«

»Nein, hat sie nicht. Aber ich glaube, sie will mit ihrem Rucksack einmal um die Welt trampen und ihren Schmuck verkaufen. Sie denkt zu frei, um es bei uns hier aushalten zu können.«

Was für ein dramatischer Sinneswandel – vor Kurzem noch hatte Genevieve mir gesagt, ich dürfe nicht mit Mum wegziehen, und jetzt, ganz plötzlich, wollte sie selber von hier fort, und das schon bald. Vielleicht war es ja das, worauf sie hingearbeitet hatte: genauso schnell von hier zu verschwinden, wie sie gekommen war. Für den Bruchteil einer Sekunde war ich fast neidisch auf das Bild des Freigeists, das Nat von Genevieve entworfen hatte, doch es hielt nicht lange vor.

»Ich weiß nicht, was ich dazu sagen soll, Nat… es kommt so unvermittelt.«

»Für Genevieve nicht«, betonte Nat. »Sie kann es kaum erwarten, von hier abzuhauen.«

Hannah runzelte die Stirn. »Und was sagen die Leute dazu, bei denen sie wohnt?«

»Keine Ahnung. Aber sie meinte, sie würde nicht alleine gehen.«

Auch wenn es mir schwerfiel, fragte ich nicht nach, wie Genevieve Merlin denn so einfach verlassen konnte, und konzentrierte mich auf meinen Teller. Nach diesen Neuigkeiten schmeckte mir die Pizza noch viel besser, sodass ich nicht nur meine eigene ganz verputzte, sondern auch noch den Rest von Nats. Als sie kurzzeitig auf die Toilette verschwand, warf mir Hannah einen vielsagenden Blick zu.

»Das ist ja mal eine Überraschung, Katy, oder?«

»Absolut«, erwiderte ich trocken.

Hannah verdrehte die Augen. »Ich weiß überhaupt nicht, ob ich das glauben soll. Genevieve ist super… aber eben auch ein bisschen unberechenbar.«

Ich seufzte. Ich war so von meiner Hoffnung geblendet gewesen, dass ich gar nicht auf die Idee gekommen war, dass Genevieve gelogen haben könnte. »Vielleicht will sie ja, dass wir es rauskriegen, weil … es nur ein Scherz ist.«

»Nat hat ihr jedenfalls geglaubt«, gab Hannah zu bedenken. »Wie auch immer … besonders witzig ist der Scherz nicht gerade, oder?«

In kürzester Zeit hatte sich meine Freude in Verzweiflung verwandelt. Ich kreuzte die Finger an beiden Händen, versteckte sie schnell auf dem Rücken, als Nat zurückkam, und betete still vor mich hin, dass wahr sein möge, was Nat erzählt hatte. Wir verließen die Pizzeria und machten uns durch die Menschenmenge, die die Fußwege verstopfte, auf den Weg zur Bushaltestelle. Wir kamen an dem Wohltätigkeitsladen vorbei, in dem Genevieve und ich zusammen gewesen waren und dessen Schaufenster neu dekoriert war. Dort standen jetzt zwei Schaufensterpuppen in hässlichster Weihnachtskluft – ein goldbesetztes Kleid mit Puffärmeln und eine schwarze Samtkreation mit einem monströsen wadenlangen Rock und einer Schärpe im Schottenmuster.

»In fünfundzwanzig Jahren«, witzelte Nat, »trägt Katy dieses Kleid zum Dinner des Golfclubs.«

Hannah kicherte. »Oder zum Ball des *Frauenclubs.*«

Ich zwickte beide in die Arme. »Auch wenn ich sechzig bin, werd ich mich nicht so anziehen. Dann ändere ich mir mein Polyesterkleid in einen Mini um und stapfe in Doc Martens durch die Gegend.«

Nat feixte. »Katy, die Höllenomi.«

»Die hatten letzte Woche noch richtig cooles Retrozeug«, sagte ich. »Kommt, gehen wir rein, dann zeige ich es euch.«

Es sah so aus, als ob der Laden jeden Moment schließen würde, denn die beiden Verkäuferinnen waren gerade dabei, die Kasse zu leeren und die Einnahmen zu zählen. Ich sah rasch auf die Kleiderständer, wusste aber auf den ersten Blick, dass das Meerjungfrauenkleid nicht mehr hier hing, weil es so unverwechselbar war.

»Jemand muss es gekauft haben«, sagte ich mit einem enttäuschten Seufzer.

Eine Stimme rief zu uns herüber. »Als Sie das Kleid anprobiert haben, wusste ich, dass Sie noch mal wiederkommen würden ... ich habe es für Sie zurückgelegt. Eigentlich hätten wir es gar nicht ausstellen dürfen, weil es viel zu kaputt ist.«

»Aber ich habe es gar nicht anprobiert«, antwortete ich gereizt. »Das war das Mädchen, mit dem ich hier war.«

Jetzt erkannte ich auch die Verkäuferin wieder, die Dame, deren Frisur so steif vor Haarspray war, dass nicht einmal Windstärke zehn ihr etwas anhaben konnte. Sie kam zu mir herüber, starrte mich an und sagte leise: »Wenn Sie nicht möchten, dass Ihre Freundinnen davon erfahren, dann geht das schon in Ordnung. Es bleibt unser kleines Geheimnis.«

Ich dagegen wurde jetzt lauter. »Nein, wirklich ... das war nicht ich. Ich war mit einem anderen Mädchen hier ... sie ist mittelgroß, hat rote Locken und ist schlank und hübsch.«

Die Verkäuferin presste die Lippen aufeinander. »Ich erinnere mich sehr wohl an das andere Mädchen, aber Sie waren es, die das Kleid anprobiert hat. Ich mag ja alt sein, aber so jemanden wie Sie behält man im Gedächtnis.«

Ich streckte den Arm von mir und deutete auf eine Stelle im Laden. »Nein. Ich stand da drüben und habe zugesehen.«

»Wenn Sie meinen.« Sie lachte und ich merkte, dass sie es nur sagte, damit ich meinen Willen hatte. Sie verschwand im hinteren Teil des Ladens und ich dachte, wie albern es war, sich über den Vorfall zu ärgern. Die Verkäuferin war schon alt und hatte vielleicht schlechte Augen oder einfach auch kein gutes Gedächtnis mehr. Was spielte es schon für eine Rolle, dass sie Genevieve mit mir verwechselte? Als sie zurückkam, nahm ich missmutig das Kleid entgegen.

Nat kam mit verwundertem Gesicht zu mir herüber. »Was ist denn los?«

»Die Dame hat mich mit Genevieve verwechselt«, murmelte ich. »Selbst dann noch, als ich ihr gesagt habe, dass Genevieve sehr hübsch und schlank ist und rote Locken hat.«

»Da hast du dich gerade leider selbst beschrieben«, sagte Nat.

Ich drehte mich zu ihr herum. »Mich selbst beschrieben? Mich kann man ja wohl kaum als schlank und hübsch bezeichnen.«

Nat sah mich mit einem seltsamen Blick an. »Wie du meinst.«

Hannah strich zärtlich über das Kleid, als wäre es ein Schoßhündchen, und schob mich dann in Richtung

Umkleidekabine. Es war eiskalt im Laden und ich stand da und schlang die Arme fest um mich. Ich zögerte, das Kleid anzuziehen, denn es hatte Genevieve gepasst, nicht mir, und sie hatte eine völlig andere Figur als ich. Ich brauchte eine Ewigkeit, um aus meinen Klamotten zu kommen, und schlotterte so sehr, dass ich eine Gänsehaut bekam. Der Laden war alt und feucht, ich entdeckte Schimmel auf der zerschlissenen orangefarbenen Tapete und meine Füße klebten an dem hässlichen Blumenteppich fest.

»Kommst du da auch irgendwann mal wieder raus?«, rief Hannah ungeduldig.

Der Spiegel in der Umkleide war gesprungen, sodass ich mich nur bruchstückhaft sehen konnte. Zögernd trat ich hinter dem Vorhang hervor und Hannah befestigte geduldig die Träger an meinem Kleid, bevor sie mich zu dem Spiegel führte, der im Laden hing.

»Katy geht zum Ball«, verkündete sie lautstark und tat so, als ob sie eine Fanfare blasen würde.

Ich stand wie angewurzelt da und starrte mich mit weit aufgerissenen Pupillen an, als würde ich einen Geist sehen. Das Kleid war mir auf den Leib geschneidert. Es saß perfekt und die Person, die mir entgegenblickte, sah ganz und gar nicht aus wie ich – war vielmehr eine schönere Version von mir.

Ich schloss die Augen, wartete einen Moment und öffnete sie wieder, doch das Mädchen, das mir entgegensah, war immer noch dasselbe. »Das ist ja eigenartig. Ich sehe so anders aus. Warum sehe ich so anders aus?«

»Du siehst super aus. Wir haben auch schon festgestellt, dass du dich verändert hast«, sagte Hannah freundlich. Sie legte mir ihren Mantel um die Schultern, weil ich am ganzen Körper zitterte. »Du scheinst … erblüht zu sein.«

Irgendetwas ging hier vor, das ich nicht verstand, und ich versuchte, den beiden meine Verwirrung zu beschreiben. »Die Dame dort hat mich mit Genevieve verwechselt. Ich meine … ich fand das merkwürdig, aber ehrlich gesagt erkenne ich mich heute selbst nicht wieder.«

Nat schien perplex zu sein. »Wenn Genevieve dir ähnelt, dann musst auch du ihr ähneln, oder?«

Ein wenig stockend sagte ich: »Schon, aber ich habe immer gedacht, dass sie mich nachahmt. Doch jetzt … jetzt bin ich mir da plötzlich nicht mehr sicher.«

»Vielleicht … hast du sie ja die ganze Zeit gestalkt«, sagte Nat grinsend.

Ich versuchte zu lächeln, doch meine Gesichtsmuskeln ließen mich im Stich. Hannah beschloss jetzt, einzugreifen und übernahm die Regie. Sie half mir aus dem Kleid und zahlte für mich, während ich dankbar in meine eigenen Kleider zurückschlüpfte. Dann reichte sie mir die Tüte, zwinkerte mir zu und sagte: »Wir sollten uns am Samstag treffen und unsere Ballkleider anprobieren. Dann schminken wir uns gegenseitig und machen uns die Haare.«

Ich nickte und heuchelte Begeisterung, obwohl mir ihr Vorschlag nur noch wenige Tage Zeit ließ, um das Kleid instand zu setzen. Auf der Busfahrt nach Hause sagte ich nicht viel und beobachtete, um die Unruhe in mir loszuwerden, die Kondenswassertropfen, die mit gleichmäßiger Geschwindigkeit vom oberen Rand der Fensterscheibe bis ganz nach unten liefen. All die Wochen hatte ich mir eingebildet, ich sei es gewesen, die vor Genevieve davongelaufen war. Hatte ich mich stattdessen etwa zu ihr hingezogen gefühlt, so wie die Motte zum Licht? Ich lehnte den Kopf gegen die kühle Scheibe und hatte plötzlich große Angst, dass ich nicht mehr unterscheiden konnte, was real war und was nicht.

Aus einer Orgel klingt ein Hochzeitsmarsch und weht mir über die Wendeltreppe entgegen. Ich aber kralle mich am Geländer fest und hinterlasse Furchen im Holz, als wäre ich ein wildes Tier. Wie immer wartet oben Genevieve auf mich, mit ihrem geheimnisvollen Lächeln. Sie hält ein Blumenbouquet in der einen und ein wunderschönes elfenbeinfarbenes Kleid, das ich gleich anprobieren soll, in der anderen Hand. Es ist aus zarter, kunstvoll durchbrochener Spitze über einem Mieder aus Satin. Ich schlüpfe in das Kleid hinein, als sei es meine zweite Haut, doch es fühlt sich so kalt an wie Eis und am liebsten möchte ich es mir auf der Stelle wieder herunterreißen. Ich zerre am Stoff, aber er haftet an mir und fühlt sich kälter und kälter auf meiner Haut an. Jetzt rieche ich nicht mehr nur die Feuchtigkeit im Haus … Verwesung, Fäulnis steigen mir in die Nase, so intensiv, dass ich fast würgen muss. Genevieve drängt mich, mich im Spiegel zu betrachten, und ich habe keine andere Wahl, als das zu tun, was sie befiehlt. Jetzt sehe ich, dass es kein Hochzeitskleid mehr ist – es ist mein Totenhemd. Kalt und reglos blicke ich mir entgegen, meine Wangen sind fahl und die Lippen blau. Der Hochzeitsmarsch, der aus der Orgel klang, ist jetzt ein Totenlied. Ich bin auf meiner eigenen Beerdigung, lebendig, doch gefangen in einem gelähmten Körper und nicht mehr in der Lage, zu sprechen oder mich zu rühren. Bald wird man mich bei lebendigem Leib begraben und Genevieve wird dabei zusehen.

Der Morgen graut schon, als ich wage, meine Augen zuzumachen.

Kapitel 32

Katy, kann ich dich irgendwo außerhalb des Colleges sprechen? Gegen Mittag, wenn du Zeit hast? X

Ich starrte lange auf mein Handy, verärgert, weil ich immer noch zu zittern anfing, wenn ich Merlins Nachrichten las. Aber diesmal hatte meine Reaktion einen bitteren Beigeschmack – alles in mir stemmte sich dagegen, so herbeizitiert zu werden, als wären wir noch zusammen. Meine Antwort fiel entsprechend cool und wenig interessiert aus.

Sorry, Merlin, gehe schon mit Nat und Hannah mittagessen. Vielleicht später – 16 Uhr im La Tasse?

Merlin bekam hundert Punkte für seine Beharrlichkeit, aber letztendlich willigte ich nur ein, weil mich die Neugier trieb. Seit dem Vorfall mit dem Porträt hatten wir uns nicht mehr unter vier Augen gesehen und ich konnte mir nicht vorstellen, was er mir zu sagen hatte. Glücklicherweise hatte ich mir heute Morgen noch die Haare gewaschen und mich ernsthaft um ein ordentliches Outfit bemüht, statt mich für meinen üblichen Grunge-Style zu entscheiden.

Wegen einer Verzögerung am Bahnübergang kam ich mit angemessener Verspätung im Café an und sah mich um. Als mein Blick auf Merlin fiel, spürte ich einen heftigen Stich – er saß am Fenster in der gleichen Nische, in der wir uns zum ersten Mal getroffen hatten, und es kam mir vor, als ob seit jenem Tag eine Ewigkeit vergangen wäre. Damals hatten uns alle Leute im Café angesehen, weil wir frisch verliebt gewesen waren, heute aber war es hier gerammelt voll und niemand schenkte uns besondere Beachtung. Ich ließ mich auf den Stuhl ihm gegenüber gleiten und fühlte mich dabei, als ob mein Geist seit damals immer noch hier schweben würde.

»Du siehst super aus, Katy.«

»Danke.«

Ich deutete auf seinen Laptop, der offen vor ihm auf dem Tisch stand. »Hausaufgaben?«

»Nein, ich mach da so ein bisschen Webdesign.«

Ich wusste, dass ich ihm so hölzern gegenübersaß, als ob ich einen Besenstiel verschluckt hätte. »Wie geht es Genevieve?«

»Sie hat immer noch dick geschwollene Mandeln.«

Das war das Stichwort für eine Miene voller Mitgefühl. »Hoffentlich geht es ihr bis Weihnachten wieder besser.«

Ich beobachtete Merlin ganz genau, bemerkte aber keinerlei Reaktion bei ihm. Falls Genevieve tatsächlich vorhatte, die Stadt zu verlassen, wusste er ganz sicher nichts davon. Doch warum sprach sie mit Nat darüber, nicht aber mit ihm?

Er trank seinen Kaffee bis auf den letzten Tropfen aus und meinte dann: »Ich bestell noch einen, oder? Für dich auch eine Tasse?«

Freundlich, aber bestimmt sagte ich: »Merlin? Wir könnten jetzt den ganzen Nachmittag weiterplaudern und ein

Vermögen für Kaffee ausgeben. Aber warum wolltest du mich treffen?«

Er nickte zögernd und sah auf seine Hände. »Katy, ich möchte etwas klarstellen zwischen uns. Wir haben noch keinen reinen Tisch gemacht seit damals … seit unserem letzten Mal.«

Ich bemühte mich um eine ungerührte, kontrollierte Miene. »Das müssen wir auch nicht. Wir können trotzdem Freunde sein.«

»Es geht doch aber nicht allein um uns«, sagte er bittend. »Was ist mit den anderen? Es wird nie mehr so wie früher sein, wenn du und ich … wenn wir uns nicht aussprechen.«

Er hatte recht. Nat, Hannah und ich hatten einen super Sommer mit Merlin, Adam und deren Freund Harvey verbracht, und wenn Merlin und ich unsere Beziehung nicht endlich hinter uns ließen, würde es nie mehr so werden können.

»Okay«, murmelte ich. »Dann fang du an.«

»Ich möchte dir die Sache mit dem Bild erklären.«

»Da gibt es nichts zu erklären«, entgegnete ich, weil die alte Verletztheit trotz aller guten Vorsätze sofort wieder in mir hochkam.

Merlin schloss die Augen. »Ich sehe immer wieder dein Gesicht vor mir, als ich es dir zeigte … es war so furchtbar.«

Ich fuhr mir mit der Zunge über meine Zähne, als ob ich einen scheußlichen Belag darauf hätte. »Und warum, glaubst du, war ich so wütend, Merlin?«

»Ich glaube … ich habe deine Augen nicht wirklich hingekriegt«, murmelte er.

»Nicht nur die Augen«, fuhr ich ihn an, denn ich konnte

meinen Ärger nicht mehr länger unterdrücken. »Das ganze Porträt hatte nicht viel Ähnlichkeit mit mir.«

»Ich seh dich aber immer noch darin«, behauptete er beharrlich.

Ja, Reste von mir, ein gespenstischer Schatten, dachte ich bitter. Es blieb mir nichts anderes übrig, als Merlin mit den Tatsachen zu konfrontieren. »Ich denke, du weißt ganz genau, wessen Züge diese Leinwand dominieren.«

Merlin sah mich nicht an. »Du meinst Genevieves?«

»Ja, Merlin, genau die meine ich.« Meine Stimme klang geschraubt und förmlich.

Merlin kratzte sich am Kinn und ich wusste, dass er jetzt nach Worten suchte. »Aber ich habe *dich* gemalt, Katy. Das schwöre ich. Dich und niemand anderen.«

»Davon hab ich aber nichts gemerkt.«

»Genau das versuche ich dir ja gerade zu erklären ... es war nicht Genevieve ... jedenfalls nicht am Anfang.«

Ich ertappte mich dabei, wie ich Genevieves Worte wiederholte und sie Merlin vorhielt. »Du konntest doch das Bild am Schluss gar nicht mehr verändern.«

»Aber so war es«, sagte er grübelnd. »Ich habe hier und da noch etwas nachgebessert ... bis zu dem Tag, an dem ich's dir gezeigt habe und ...«

»Dann ist es also nicht schon ... seit vielen Wochen fertig?«, unterbrach ich ihn.

»Nein ... ich lass mir immer Zeit mit meinen Bildern.« Er formte einen Kreis mit seinen Händen. »Das Thema muss sich ja erst nach und nach entwickeln und manchmal nimmt es dann so etwas wie ein Eigenleben an.«

In diesem Fall mit Sicherheit, dachte ich missmutig,

sagte allerdings nichts. Ich schwankte noch, ob ich ihm glauben konnte oder nicht, ärgerte mich aber, denn ich hätte es fuchtbar gern getan.

»Katy … ich hatte mir gerade dein fast vollendetes Porträt angesehen und im nächsten Moment warst du auch schon bei mir im Atelier, warst bestürzt und schockiert … und erst, als du gegangen warst, dämmerte mir nach und nach, warum.«

Ich lächelte höflich und und blinzelte ein paarmal. »Vielleicht war ja dein Unterbewusstsein am Werk … und hat dir die Hand geführt. Vielleicht wolltest du ja insgeheim mit Genevieve zusammen sein.«

Er schüttelte den Kopf. »Nein, und ich habe sie auch nicht gemalt. Ich wünschte, du könntest mir das glauben, Katy.«

»Warum ist dir das eigentlich so wichtig, Merlin?«

»Weil die Wahrheit immer wichtig ist«, antwortete er und ich konnte ihn nicht ansehen, denn es klang so ehrlich. Er ließ den Kopf hängen. »Du und Genevieve – ihr zwei seid mir ein Rätsel. Immer wenn man denkt, man kommt euch näher, seid ihr längst schon wieder Lichtjahre entfernt.«

Ich schloss die Augen, denn Merlin sprach genau das aus, was auch ich ihm gegenüber immer empfunden hatte. »Jetzt bist du aber mit Genevieve zusammen«, konnte ich mir nicht verkneifen zu betonen. »So rätselhaft wird sie inzwischen kaum noch für dich sein.«

Merlin schüttelte den Kopf und wirkte fast verzweifelt. »Katy, Genevieve war immer da, während du nie wirklich greifbar warst.«

Ich sah ihm in die Augen. »Aber jetzt spielt das doch keine Rolle mehr.«

Plötzlich war ich überwältigt von der Erkenntnis, dass wahr war, was ich soeben gesagt hatte. Ich glaubte tatsächlich nicht, dass Merlin und ich uns noch jemals etwas bedeuten konnten, und die heutige Begegnung mit ihm war deshalb für mich auch wie ein Abschied von einem Teil meiner Persönlichkeit.

»Dann ist jetzt alles wieder okay zwischen uns, Katy?«

»Natürlich.«

Merlin schüttelte den Kopf, als ob er sich wachrütteln wollte. »Genevieve hat mich gebeten, dir den aktuellsten Designwettbewerb im Netz zu zeigen. Der Preis ist ein einwöchiges Praktikum in einem der großen Modehäuser.«

»Danke, aber die Ausschreibungsdetails find ich sicher auch im College. Miss Clegg hängt sie eigentlich immer am Schwarzen Brett aus«, sagte ich, bemüht, nicht undankbar zu klingen.

»Genevieve meinte aber, dass es sich um eine ganz besondere Ausschreibung handelt, von der man normalerweise nicht erfährt.« Er drehte den Laptop in meine Richtung. »Sie hat sie unter ›Favoriten‹ abgespeichert, mit dem Dateinamen ›**Nur Für Katy**‹.«

Empört über Genevieves Unverfrorenheit klickte ich die Datei an und wartete, bis sie auf dem Bildschirm erschien.

»Ist die Verbindung zu langsam?« Er lächelte, während ich das Gefühl hatte, als ob sich der Boden unter mir öffnen und ich in einem schwarzen Loch versinken würde. Ich starrte so lange auf den Bildschirm, wie ich es in Merlins Anwesenheit riskieren konnte, las den Text wieder und wieder und hoffte, dass ich ihn vielleicht einfach nur falsch verstand. Dann stand ich eilig auf.

»Merlin, ich muss jetzt gehen, mir ist da plötzlich etwas eingefallen.«

»Ist alles in Ordnung?«

»Ja, ja … ich muss nur schnell nach Hause. Dann bis … demnächst vermutlich.«

»Das kann schneller sein, als du denkst«, sagte er flachsend, aber ich war zu erschrocken, um darauf zu reagieren.

Wahrscheinlich stellte ich den Rekord darin auf, gleichzeitig anderthalb Kilometer zu rennen und eine SMS zu schreiben, denn ich drosselte mein Tempo nicht, bis unser Straßenschild in Sicht kam. Dann sackte ich mit einem stechenden Schmerz in der Seite und klopfendem Herzen an der Mauer neben unserem Haus zusammen und mir wurde übel vor Angst und Erschöpfung. Ich war so erleichtert, dass ich Lukes Auto vor seinem Haus stehen sah, denn ich musste ihm unbedingt erzählen, was Genevieve mir hatte zeigen wollen. Seine Mutter öffnete mir die Tür und meine Stimme klang schrill vor Atemlosigkeit, als ich sie fragte: »Hallo, Mrs Cassidy. Ist Luke vielleicht zu Hause?«

»Nein, tut mir leid, Kate. Er ist mit Laura in der Stadt … die beiden haben was zu feiern.«

Grenzenlos enttäuscht fragte ich sie: »Hat Laura Geburtstag?«

Lukes Mum strahlte übers ganze Gesicht. »Nein, sie feiern ihren Jahrestag. Drei Jahre sind die beiden jetzt zusammen.«

»Oh, wow, nicht schlecht!«

»Wahrscheinlich hat er deshalb auch sein Handy ausgeschaltet.« Sie zwinkerte mir zu. »Sie wollen vermutlich nicht gestört werden.«

Am liebsten wäre ich im Boden versunken. »Nein… ja… natürlich wollen sie nicht gestört werden. Ich würde nicht im Traum dran denken.«

»War's denn was Wichtiges, Katy?«, rief sie mir hinterher.

»Nein, nichts, das nicht noch warten könnte. Ich… ähem… ich rühre mich dann morgen wieder.«

Es blieb mir also nichts anderes übrig, als bis zum nächsten Tag zu warten, denn ich hatte sonst niemanden, der diese allerneueste Entwicklung nur annähernd nachvollziehen konnte. Mich nervte es, dass ich so abhängig von Luke war, und ich versuchte, ihn aus meinem Kopf zu verbannen, aber es gelang mir einfach nicht. So lag ich wach im Bett und lauschte dem Heulen des Windes, der stoßweise durch die morschen Fensterrahmen in meinem Zimmer blies und die Vorhänge aufblähte. Langsam nahm ich das Foto von Luke und mir aus der Schublade und hielt es unter die Nachttischlampe. Jedes Mal, wenn ich es mir ansah, überraschte es mich ein bisschen mehr. Sorgfältig legte ich es wieder zurück. Eigentlich wusste ich selbst nicht genau, warum ich es aufbewahrt hatte.

Sogar im Schlaf kann ich die Hitze spüren. Ich stehe wieder vor dem alten baufälligen Haus, doch völlig hilflos diesmal und nicht in der Lage, weiter zu gehen als bis zur Veranda. Ich bin gezwungen zuzusehen, wie Genevieve ein Streichholz wirft, wie nach und nach die Flammen übergreifen, die Treppe berstend, splitternd brennt, als wäre sie aus Zunder. Doch Genevieve geht mitten durch die Feuersbrunst, bleibt unversehrt, schwebt einen halben Meter oberhalb des Bodens. Es gibt nur eine Möglichkeit, wie ich gerettet werden kann – ich muss mit ihr zusammen gehen. Auch wenn ich es nicht will, ich habe keine andere Wahl. Sie streckt mir ihre Hand entgegen, ich gehe auf sie zu und dann verschmelzen unsere beiden Körper, werden eins, und was sie denkt, das denke ich. Sie nimmt mich mit zum Hauptplatz, wo wir den Strick anstarren, der vom Galgen baumelt, umrahmt von einem Nachthimmel in brennendem Orange.

Kapitel 33

Es klang wie Hagelkörner, die erst noch leicht, dann aber immer heftiger gegen mein Fenster schlugen. Ich schwebte zwischen Schlaf- und Wachzustand und brauchte eine Ewigkeit, bis ich erkannte, dass es ein völlig anderer Rhythmus war und jemand Steinchen an meine Fensterscheibe warf.

Hastig öffnete ich einen Fensterflügel und streckte den Kopf heraus. Unten stand Luke mit einer Handvoll feiner Kieselsteine aus dem Garten.

»Luke? Es ist doch noch so früh!«

»Mum meinte, du hättest gestern Abend noch bei uns vorbeigeschaut. Ich wusste gleich, dass was passiert sein muss.«

Ich hielt beide Hände in die Luft, um anzudeuten, dass ich in zehn Minuten unten sein würde.

Dann wusch ich mir eilig das Gesicht, putzte die Zähne, ging mit dem Kamm durchs Haar und zog mir eine Jogginghose und ein Sweatshirt an. Zuletzt griff ich nach einem Blatt Papier und stopfte es in meine Tasche. Luke stand mit müden Augen und zerzausten Haaren neben seinem Auto und wartete auf mich. Er musste wohl in seinem T-Shirt geschlafen haben, denn es sah ganz zerknittert aus und roch genauso wie sein Zimmer. Meine Nase schien auf Hochtouren zu laufen, denn ich witterte auch einen Hauch von Knoblauch und eine leichte, süßlich riechende Bierfahne.

»So dringend war's nun auch wieder nicht«, sagte ich schuldbewusst.

»Mum meinte aber, du hättest so atemlos vor unserer Tür gestanden, als ob du einen Marathon gelaufen wärst.«

»Könnten wir nicht irgendwohin fahren, Luke?« Ich hatte das ganz dringende Bedürfnis, von allem wegzukommen, was mir zu vertraut war.

Ich schob mich in sein Auto und Luke salutierte etwas spöttisch. »Wohin soll es denn gehen, meine Dame?«

»Du hast wahrscheinlich keine Lust, ans Meer zu fahren, oder?«

Luke hielt sich gar nicht erst mit einer Antwort auf. Er machte einen U-Turn und stieg aufs Gas. Bis zur Küste waren es nur zwanzig Minuten, die wir schweigend und in Gedanken verloren zurücklegten, bis Luke den Wagen schließlich auf einem Parkplatz am Ende der Strandpromenade abstellte und mir riet, mich warm einzupacken. Es war gerade Flut und die Wellen waren gewaltig, die Brandung, die krachend gegen den Damm schlug, bestimmt drei Meter hoch. Wir setzten unsere Kapuzen auf und wollten durch die Dünen laufen, aber schon bald haftete eine feine Sandschicht auf unseren Gesichtern und die Augen taten uns weh. Zwischen Kieseln und Tang erspähte ich ein kleines Stückchen Seeglas und mir wurde sofort flau im Magen. Der Wind zwang uns schnell zum Rückzug in einen Sitzplatzbereich, der einigermaßen geschützt lag und in dem ein Wagen stand, der Getränke und Fast Food verkaufte.

Erst hier nahm ich den Zettel aus der Tasche, gab ihn Luke und wandte mich zur Seite, weil ich den Artikel nicht noch mal lesen wollte. Die Überschrift – FEUER IM PFARRHAUS DER GEMEINDE – hatte sich ohnehin längst in mein Gedächtnis eingegraben.

Luke schwieg eine Weile, die mir wie eine Ewigkeit erschien. Ich hörte zwei Hunde bellen und ein kleines Mädchen lachen, das der Wind vor sich hertrieb, und ich fragte mich, wie diese ganz alltäglichen Geschehnisse nur ihren Lauf nehmen konnten, solange jemand wie Genevieve auf der Welt war.

»Ich habe den Artikel gestern Abend von meinem Computer ausgedruckt«, sagte ich zu Luke.

»Gut möglich, dass sie mit der Sache nichts zu tun hat«, murmelte er schließlich.

»Also wieder mal ein Zufall, ja?«, antwortete ich spöttisch.

»Sie kann unmöglich durch das halbe Land gefahren sein, um so was anzuzetteln.«

»Das haben wir doch auch getan. Wir sind durchs halbe Land gefahren, um in ihrer Vergangenheit zu graben, und ich finde es schon sehr merkwürdig, dass sich solche Vorkommnisse in ihrem Dunstkreis häufen.«

Selbst Luke schien dieses eine Mal mit seiner Weisheit am Ende zu sein. »Zumindest geht es allen gut … ich meine, natürlich ist die ganze Sache fürchterlich, aber … sie konnten alle noch entkommen.«

»Aber nur, weil das Haus eine schmiedeeiserne Feuertreppe im Obergeschoss hatte«, flüsterte ich. »Wäre die Pfarrei kleiner gewesen …« Mich schauderte, wenn ich daran dachte, was in dem Artikel stand: Das Erdgeschoss war völlig ausgebrannt und das Treppenhaus, das ich in meinen Träumen so oft hinaufgestiegen war, vom Fluchtweg abgeschnitten.

»Wenn das wirklich Genevieve getan hat, Katy, dann hat sie eine alte Rechnung beglichen und es hat nichts damit zu tun, dass wir beide mit dem Pfarrer und seiner Frau gesprochen haben.«

Ich war fassungslos – wie konnte Luke nur so blind sein? Ob er mich schützen wollte, damit ich keine Angst hatte? »Sie hat Merlin dazu gebracht, mir den Artikel auf seinem Laptop zu zeigen, Luke … und hat der Datei sogar den Namen ›Nur für Katy‹ gegeben.«

»Das ist doch krank«, erwiderte Luke aufgebracht.

»Sie ist uns nach wie vor auf der Spur«, beharrte ich, »und weiß genau, was wir … was ich im Schilde führe. Sie weiß es immer.«

Je mehr ich mich ereiferte, desto ruhiger blieb Luke – das hatte ich allmählich schon begriffen. »Das Ganze hat dich wohl sehr mitgenommen und schockiert. Wahrscheinlich überreagierst du jetzt ein wenig.«

Ich stemmte beide Hände in die Hüften. »Und das sagst ausgerechnet du?«

»Ich kenne schließlich deine Vorliebe für rätselhafte Vorkommnisse«, sagte er taktvoll, »aber es gibt für alles eine Erklärung. An diesen telepathischen Draht zwischen euch beiden glaub ich nun mal nicht.«

»Aber sie kommt mir zunehmend gefährlicher vor, Luke.«

»Wolltest du deshalb gestern Abend so schnell nach Hause?«, fragte er.

»Ich hatte einen richtigen Schock … und plötzlich solche Angst, dass niemand vor ihr sicher ist.«

»Wir sollten vielleicht noch mal zu der Pfarrei fahren«, schlug Luke vor, »mit der Frau des Pfarrers sprechen und sie davon überzeugen, dass sie zur Polizei gehen muss.«

Ich schüttelte heftig den Kopf. »Das wird sie nicht tun. Das steht doch schon in dem Artikel. Sie schreibt die Schuld doch irgendwelchen Lausbuben zu, die angeblich mit Feuerwerksartikeln rumgespielt haben … ein Jux, der aus dem Ruder gelaufen ist. ›*Es war kein böser Wille*‹, so wurde sie zitiert, was das Signal für Genevieve ist, dass sie nichts unternehmen wird, um sie zu outen.«

»Das macht doch überhaupt keinen Sinn.«

»Sie weiß genau, wozu Genevieve fähig ist«, widersprach ich. »Sie glaubt doch, dass sie ein schlechter Mensch ist. Deswegen konnte Genevieve ja ihrer Meinung nach auch nicht an einem geweihten Ort leben.«

Luke warf mir einen gereizten Blick zu.

Ich atmete tief durch und beschloss, mich nicht zurückzuhalten. »Ich weiß, dass für dich immer alles logisch sein muss, Luke, und dass du nichts für Aberglauben und Magie übrighast, aber … Genevieve ist nicht so wie wir. Sie hat etwas an sich, das sie von allen anderen unterscheidet.«

»Vielleicht ist sie ja wirklich eine Soziopathin«, erwiderte Luke. »Jemand, dem es ganz und gar an moralischem Empfinden mangelt und der auch kein Gewissen hat, aber sie ist und bleibt von dieser Welt – mit Haut und Haaren, durch und durch.«

Luke starrte in die Ferne und ich musste mich zusammenreißen, um mich nicht näher an ihn ranzukuscheln und mich vor dem Wind zu schützen. Seit ich das Foto von uns beiden gesehen hatte, achtete ich mehr darauf, wie ich mich verhielt und wie andere uns sahen. Der Tee aus dem Imbisswagen schmeckte nach Plastik und heißem Wasser, aber ich schlürfte ihn trotzdem tapfer.

»Es war schon eigenartig, Merlin gestern wiederzusehen.«

»Ja?«

»Ja … es war fast so wie in der Zeit, als wir noch zusammen waren.«

»Und du willst nicht zurück zu ihm?«

Meine Kapuze war mir vom Kopf gerutscht und Luke setzte sie mir wieder auf, knotete die Bänder zu und schob ein paar einzelne Haarsträhnen darunter. »Ich glaube, in dir geht gerade eine ganze Menge vor, Kat.«

»Er war mein Traumtyp, weißt du, Luke … ich hätte nie gedacht, dass er mich überhaupt beachten würde, und als er es dann doch tat, da kam es mir wie ein Wunder vor.«

»Vielleicht warst du ja mehr in dein Bild von ihm verliebt als in ihn selbst«, sagte Luke mit einem eigentümlichen Lächeln.«

Ich war verblüfft über Lukes Scharfsinn, denn erstaunlicherweise war ich zu diesem Schluss inzwischen selbst gekommen. »Als ich zum ersten Mal zu Merlin ging, war hinter seinem Haus ein wahnsinniger Regenbogen zu sehen, und obwohl ich wusste, dass ich ihn nie erreichen würde, hab ich es versucht. So ähnlich war es auch mit unserer Beziehung.«

Luke räusperte sich und schien leicht verlegen. »Es muss momentan schwer für dich sein, noch jemandem zu vertrauen, aber wenn du da mal durch bist…«

»Da gibt es kein Zurück mehr«, sagte ich mit äußerster Bestimmtheit.

»Sag niemals nie, Kat.«

Ich trat mit meinen Turnschuhen gegen die Betonmauer, um den nassen Sand abzuschütteln, und Luke hielt mir seine Fast-Food-Schachtel entgegen. Ich schüttelte höflich den Kopf und sah zu, wie er seinen Hotdog mit allem Drum und Dran hinunterschlang, was ich zur Frühstückszeit als doppelt ekelhaft empfand.

»Und wie steht es bei dir und Laura? Ihr seid ja jetzt schon eine Ewigkeit zusammen. Drei ganze Jahre.«

Luke antwortete nicht und ich befürchtete schon, dass meine Frage zu intim gewesen war, doch als ein Möwenschwarm über unsere Köpfe flog, der verzeifelt auf der Suche nach Speiseresten war, hob er den Kopf. »Es ist einfach so wahnsinnig bequem mit ihr.«

»So wie in alten Lieblingsschuhen?«, fragte ich scherzhaft.

Luke lächelte, sah aber traurig dabei aus. Wir schwiegen lange, dann sagte er: »Ich glaube nicht, dass wir es noch hinkriegen, Kat. Wir haben einfach zu unterschiedliche Vorstellungen von einer Beziehung. Laura hat mir ein Ultimatum gesetzt.«

»Das tut mir echt leid…«

Ich verstummte, weil ich nicht wusste, was ich sagen sollte, und überdies schockiert war, denn ich spürte, wie ich mich über diese Nachricht freute.

»Das ist schon okay«, erwiderte er gelassen. »Wir haben uns verändert … so was passiert nun mal.«

Ich drückte seine Hand und wir beobachteten, wie die anschwellenden Fluten die Holzbohlen der Ufermauer umtobten. Als ich in das schmutzige Wasser und die gelbe Gischt sah, lief mir ein Schauer über den Rücken, weil ich etwas auf mich zukommen sah, das nicht greifbar war.

»Ich fühle mich manchmal, als ob ich ertrinken würde«, sagte ich nur.

Genau in diesem Moment öffnete der Himmel seine Schleusen. Luke zog mich von meinem Sitz und gemeinsam rannten wir zum Auto zurück. Dort schaltete er die Scheibenwischer ein und dann saßen wir noch einige Minuten da und beobachteten die furchterregende Kraft der schlingernden See und den Horizont, in dessen grauem Dunst sich Wasser und Himmel berührten.

»Das Maß ist jetzt voll«, sagte ich mit ungewohnter Entschiedenheit. »Das brennende Pfarrhaus hat alles verändert. Ich muss endlich versuchen, Genevieve zu bremsen, muss dieser ganzen Geheimnistuerei ein für alle Mal ein Ende setzen.«

Luke sah mich an und hob erwartungsvoll die Augenbrauen. »Du klingst ja sehr entschlossen.«

Ich nickte grimmig. »Ich hab es viel zu lange vor mir hergeschoben. Ich weiß jetzt ganz genau, was ich als Nächstes tun muss.«

»Mum?«

Sie lag nicht mehr im Bett, war aber noch im Morgenmantel. Ich hatte mir etwas vorgemacht, als ich dachte, sie schlage sich wacker, denn der Gegenbeweis starrte mir ins Gesicht – tief liegende Augen, neue und gleichsam über Nacht hinzugekommene Sorgenfalten und ein Blick voller Angst. Sie war nervlich so überreizt, dass das geringste Geräusch sie aus der Haut fahren ließ.

»Mum, wir beide müssen miteinander reden. Du musst mir endlich sagen, was Sache ist.«

Kapitel 34

Draußen pfiff der Wind ums Haus und der Regen peitschte gegen die Fensterscheiben, als wir zusammen vor dem Feuer saßen. Neben uns auf dem Tisch standen zwei unberührte Tassen Kaffee. Ich war nervös vor lauter Ungeduld, aber ich wusste, es war wichtig, Mum alle Zeit zu lassen, die sie brauchte. Und sie brauchte lange, bis sie endlich anfing zu erzählen, so lange, dass ich fast schon dachte, sie würde sich mir entziehen.

Doch schließlich holte sie tief Luft und sagte: »Als du geboren wurdest, wohnte ich außerhalb von York.«

Da ich nichts davon wissen durfte, tat ich überrascht. »Das heißt, ich bin nicht hier geboren?«

»Nein … ich habe noch studiert, als ich schwanger wurde, und habe diesen Umstand, so lang es ging, verheimlicht. Ich habe dir das nie erzählt, weil … tja … ich weiß es eigentlich selber nicht genau.«

Mum sah mich wehmütig an und ich überlegte, ob sie jetzt wohl an meinen Vater dachte, von dem sie auch nie sprach.

»Und warum hast du es verheimlicht?«

Mum ballte die Fäuste, bis ihre Fingerknöchel weiß hervortraten. »Meine Eltern … Gran und Granddad, waren ziemlich streng und hatten sich gefreut, dass ich zur Universität gegangen bin … ich konnte es nicht über mich bringen, die beiden zu enttäuschen.«

»Und hast du damals in einem Studentenwohnheim gewohnt?«

»Nein … alle Plätze gingen an Studenten aus dem ersten Jahr. Die einzige Unterkunft, die ich finden konnte, war eben außerhalb der Stadt – eine schäbige Wohnung in einem großen alten Haus mit mindestens fünf anderen schäbigen Wohnungen … die alle feucht waren, sich von den Wänden lösende Tapeten und Mäuse als Untermieter hatten.«

Mum griff nach ihrer Tasse, trank einen Schluck und merkte gar nicht, dass sie etwas Kaffee auf ihrem Pullover verschüttete. Sie machte eine Pause und ich spürte, dass ich ihr gut zureden und meine Worte sehr behutsam wählen musste.

»Hat dieses Haus … ich meine … wäre es denn möglich, dass sich dort irgendeine Verbindung mit Grace … vielmehr mit Genevieve herstellen lässt, wie sie sich ja mittlerweile nennt?«

»Das kann ich nicht mit Bestimmtheit sagen«, antwortete Mum mit einer Mischung aus Hoffnung und Verzweiflung. »Das Ganze könnte auch nur ein fataler Zufall sein. Ich meine, es gibt ja keinerlei Beweise … nichts weiter als einen Namen.«

Aber Mums Augen sprachen eine andere Sprache als ihre Stimme. Es gab nur eine einzige Option, um Genevieves Identität ein für alle Mal zu klären. »Würde dir denn Graces Geburtstdatum noch einfallen?«

Mum spulte das Datum sofort herunter, was mich überraschte, doch ich erklärte es mir so, dass es sich ihr eingeprägt hatte, weil Genevieves Geburtstag nur vier Tage vor meinem eigenen lag.

»Dann gibt es keinen Zweifel mehr«, entgegnete ich nüchtern. »Das ist genau das Geburtsdatum, das in Genevieves Kartei am College vermerkt ist. Genevieve und Grace sind ein und dieselbe Person.«

Mum reagierte kaum und ich vermutete, dass sie in Wahrheit nicht einmal geschockt war. Mir dagegen drehte sich der Magen um und wilde Fantasien schossen mir durch den Kopf, als ich an das Foto von dem unbekannten Baby dachte. Mum hatte vermutlich eine postnatale Depression gehabt und nicht durchschaut, was vor sich ging; Genevieves Mutter hatte sie mit einem Trick dazu gebracht, das kleine kränkliche Baby als ihres anzunehmen, während sie selbst das kräftige, gesunde Baby für sich behalten hatte; oder die beiden hatten eine Art Experiment gewagt und wollten das Kind der jeweils anderen großziehen, um zu sehen, wie die beiden sich entwickelten. All diese Vorstellungen waren absolut irrsinnig und ich konnte kaum erwarten, endlich eine Antwort auf meine Fragen zu bekommen. Doch es war wichtig, Mum nicht einzuschüchtern. Ich atmete ein paarmal tief aus und versuchte, mich wieder zu beruhigen.

»Hast du Genevieves Mutter gut gekannt?«

»Nein, aber ich wusste einiges über sie«, betonte Mum und ich hörte heraus, dass es nichts Gutes war. Sie runzelte die Stirn und versuchte, sich zu erinnern. »Jeder wusste, dass sie Drogen nahm, aber niemand sah genau hin … wir ignorierten es einfach und wollten nichts damit zu tun haben, weil es so einfacher für uns war.«

»Und … was ist dann passiert?«

Mum schloss langsam die Augenlider und ihre Stimme wurde leiser. Ich musste mich mit meinem Ohr zu ihr hinüberbeugen, damit ich sie verstehen konnte. »Sie wurde Mutter … und von da an zerstörte sie nicht nur sich selbst.«

Ich kannte die Antwort ja bereits, musste allerdings trotzdem noch mal fragen: »War ich auch dort … zur gleichen Zeit wie Genevieve?«

Mum ließ den Kopf auf die Brust sinken, was ihre Art war, ›Ja‹ zu sagen. Sie räusperte sich angestrengt. »In der Nacht, als ich mit dir aus dem Krankenhaus kam, hast du wie ein kleiner Engel geschlafen, so schön und ruhig, und auch am nächsten Morgen warst du … ja, so friedlich.« Mum unterbrach sich und eine dicke Träne rann ihr über das Gesicht und tropfte auf ihr Bein. »Und da hörte ich wieder das Baby schreien … ganz verzweifelt … und so furchtbar trostlos. Da bin ich nach unten gegangen, um nachzusehen.«

Ich schreckte hoch, weil Gemma ins Wohnzimmer stolzierte, als ob es ihr gehören würde. Sie rollte sich vor meinen Füßen zusammen und ich war froh über die Ablenkung und streichelte ihr Fell. »Und? Was hast du da gesehen?«

Mum starrte vor sich hin und sagte ohne jeden Ausdruck in der Stimme: »Wir hatten damals gerade eine Hitzewelle und schon um neun Uhr morgens war es brütend heiß. Neben mehreren Abfalltüten sah ich einen Kinderwagen stehen … und darin ein winziges Gesicht … die Kleine war ganz schmutzig und ihre Windel voll … sie ruderte verzweifelt mit ihren Ärmchen und eine Wespe kroch auf ihr herum. Das Gesicht war voller Flecken und so heiser war sie von dem vielen Schreien …«

Ein Kribbeln lief durch meinen Körper und ich wünschte, ich hätte Mum diesen Schmerz ersparen können. Plötzlich fielen mir auch Grans Worte wieder ein – sie hatte doch von einem Todesfall wegen Drogenmissbrauch gesprochen, der Mum tief erschüttert hatte.

»Und was war mit … Genevieves Mum?«, fragte ich vorsichtig.

Mum schüttelte den Kopf und fuhr sich hastig über das Gesicht. »Ich konnte nichts mehr für sie tun, keiner konnte mehr etwas für sie tun … und ich war starr vor Entsetzen.«

»Es war nicht deine Schuld«, sagte ich sofort, aber Mum ignorierte meinen Einwurf und fuhr mit derselben monotonen Stimme fort.

»Trotzdem wusste ich genau, dass ich … ich wohnte ja im gleichen Haus zu jener Zeit … ich war auch Mutter und es war einfach meine Pflicht. Ich habe das so stark gespürt, dass nichts mich davon abhalten konnte.«

Was sie da sagte, klang ein wenig seltsam, doch ich kommentierte es nicht. »Du hast die Polizei gerufen?«

Mum gab keine Antwort.

»Hast du die Polizei angerufen?«, insistierte ich.

»Sie sind gekommen, ja«, erwiderte sie. »Daran erinnere ich mich noch.«

»Und was passierte dann mit Genevieve?«

Mums Mund verzog sich schmerzlich. »Das weiß ich nicht genau, ich war ja so weit weg. Ich war zu Hause, bei

Gran und Granddad, und lebte dort ganz abgeschieden und von allem abgekapselt, aber genau das brauchte ich.«

Ich spürte meine Erleichterung wie eine Hülle, die mich wärmte. Da waren sie, die Antworten, nach denen ich gesucht hatte. Mum hatte sich nichts zuschulden kommen lassen, hatte sich nur wie ein sozial handelnder Mensch verhalten. Wäre sie der Sache an diesem Morgen nicht nachgegangen, hätte alles noch viel schlimmer ausgehen können. Vielleicht wäre auch Genevieve gestorben. Ich fühlte mich wie ein Ballon, aus dem die Luft entwichen ist, und konnte wieder unbeschwert atmen. Wie lächerlich, sich so groteske Szenarien auszudenken, wo die Erklärung doch ganz einfach war – traurig, aber einfach.

»Und das hast du niemals jemandem erzählt?«

»Bis zum heutigen Tag – nein.«

Ich stellte mich mit dem Rücken zum Feuer, um mir die Beine zu wärmen. Jetzt konnte ich Genevieve wieder wie jemanden betrachten, der einfach psychische Probleme hatte, und musste mich nicht länger darauf fixieren, dass sie mich auf abnorme Weise in der Hand hatte.

»Ich bin inzwischen erwachsen genug, um beurteilen zu können, dass du Genevieves Mum unmöglich hättest retten können. Jeder würde bestätigen, dass du nicht falsch gehandelt hast.«

»Jeder außer Genevieve«, betonte Mum.

Ich kannte Genevieve so gut, dass ich wusste, dass dies mehr als wahrscheinlich war, doch erst mal kam es darauf an, Mum zu beschwichtigen. »Sie wird es schon verstehen.«

Mum richtete sich plötzlich kerzengerade auf. »Ich glaube nicht, dass sie sehr stabil ist.«

Es schien mir nicht der richtige Zeitpunkt zu sein, um Mum darüber aufzuklären, wie gestört Genevieve tatsächlich war. Ich weiß bis heute nicht, wie sie es geschafft hatte, uns ausfindig zu machen, aber in jedem Fall musste sie die Fakten in ihrem Kopf so verdreht haben, dass Mum an irgendetwas die Schuld trug. Und es war auch leicht nachzuvollziehen, wieso sie mich hasste – ich hatte eine Mutter und sie nicht, was wohl der Grund für ihre ständigen Drohungen war, dass sie sich mein Leben aneignen würde.

So saßen wir schweigend da und lauschten dem Sturm, der draußen tobte. Es war schön, sich gemeinsam so einzuigeln und zu spüren, dass die Distanz zwischen uns aufgehoben war. Ich wollte meinen Kaffee trinken, doch der war mittlerweile kalt geworden. Mum brütete noch über etwas und ich wartete, bis sie das Gespräch wieder aufnahm.

»Und ... was hatte Genevieve für eine Kindheit? War sie sehr unglücklich?«

Ich verdrehte die Augen. »Nach allem, was ich gehört habe ... war sie wohl ein Problemkind. Viele Leute haben versucht, ihr zu helfen, aber am Ende war sie jedes Mal allein.«

Die Wirkung meiner Worte war erschreckend. Mum sah erschüttert aus und biss sich auf die geballte Hand. Dann fing sie an zu weinen und heftige Schluchzer ließen sie am ganzen Körper erbeben. »Ich hätte damals einschreiten sollen, Katy. Wir waren schließlich beide junge Mütter, nur ... ich hatte Gran und Granddad, die mich unterstützten, und sie niemanden ... ein paar Minuten eher und ich wäre vielleicht noch rechtzeitig gekommen ...«

»Du hattest genug mit deinen eigenen Problemen zu tun«, sagte ich tröstend.

»Aber ich habe zwei Leben zerstört...«

Ich kniete mich neben Mums Stuhl. »Genevieves Mum starb, weil sie nicht von den Drogen loskam, nicht einmal ihrem Baby zuliebe. Sie hat einfach keinerlei Verantwortung übernommen und dafür hat sie einen hohen Preis gezahlt.«

Mums Mund formte sich wie bei einem verängstigten Kind zu einem kleinen verzweifelten O.

»Ich habe kein Recht, darüber zu urteilen, ich bin ja selbst so eine schlechte Mutter...«

»Du bist gar keine schlechte Mutter«, entgegnete ich. »Ich war weder unglücklich noch habe ich mich vernachlässigt gefühlt.«

Mum schien immer noch verzweifelt und ich hätte mich ohrfeigen können, dass ich mit der Situation nicht besser klarkam.

»Es hat mich mein Leben lang verfolgt«, sagte sie weinend. »Seiner Vergangenheit kann man nun mal nicht entkommen, sosehr man sich auch bemühen mag.«

»Ich werde mit Genevieve reden«, kündigte ich an. »Und sie davon überzeugen, dass du nichts falsch gemacht hast.«

Eigensinnig schüttelte Mum den Kopf und schob die Unterlippe vor. »Nein, halt dich von diesem Mädchen fern. Sie will es mir jetzt heimzahlen ... und missbraucht dich dafür.«

»Jetzt aber nicht mehr«, sagte ich. »Sie kann mich nicht mehr treffen, weil ich die Wahrheit kenne.«

Mum sackte in sich zusammen. »Die Wahrheit ist nicht immer das, wofür wir sie halten«, presste sie hervor.

Es hatte keinen Sinn, dem noch etwas hinzuzufügen. Mum schien mit ihren Gedanken an jenem Ort zu sein, an den ich ihr nie folgen konnte. Ich half ihr ins Bett zurück und in weniger als fünf Minuten war sie eingeschlafen. Ich sah sie eine Weile an. Ich hatte gedacht, dass ihr Geständnis eine Last von ihr nehmen würde, doch das schien nicht der Fall zu sein. Selbst im Schlaf war ihre Stirn zerfurcht und ihre Mundwinkel zuckten, als erinnere sie sich an etwas. Aber immerhin hatte sie einen Anfang gemacht und das war der erste Schritt, um wieder gesund zu werden. Zwischen uns gab es keine Geheimnisse mehr.

Ich schickte Luke eine lange SMS, in der ich ihm schrieb, was passiert war und wie sich das Rätsel schließlich gelöst hatte und in der ich ihm außerdem für all seine Hilfe dankte. Seltsamerweise schwang eine gewisse Traurigkeit in dieser Nachricht mit, denn wir beide waren ein so tolles Team gewesen. Letztlich hatte Luke doch recht behalten – an der Sache war nichts Mysteriöses oder Unerklärliches, sondern dahinter steckten lediglich die traurige Geschichte einer Frau, die mit ihrem Leben nicht zurechtgekommen war, und deren Folgen. Mum war nur eine Zuschauerin am Rande des Geschehens gewesen, in dessen Sog sie hineingeraten war und dessen Nachwirkungen man bis heute noch spüren konnte. Keiner wusste, wie Genevieve die Wahrheit herausgefunden hatte, aber das war auch nicht mehr von Bedeutung. Jetzt musste ich sie nur noch davon überzeugen, dass meine Mutter zu ihrem Besten gehandelt hatte und sie uns in Ruhe lassen sollte. Ende der Debatte – das war es, was jetzt dringend angesagt war.

Kapitel 35

Das Kleid war so hauchdünn, dass es wie feiner Sand durch meine Hände glitt. Ich würde all meine Geduld und sehr viel Ausdauer aufbringen müssen, um es instand zu setzen, und seine Farbe ganz genau zu treffen war unmöglich, weil sie sich je nach Lichteinfall veränderte. Kaum hatte ich ein passendes Garn gefunden, schien sie schon wieder eine andere Schattierung anzunehmen. Deshalb reparierte ich das Kleid von der Innenseite aus und ging wie bei einem Fadenspiel vor, um die ausgefransten Stoffteile behutsam wieder zusammenzufügen. Wäre das Gewebe heller gewesen, hätte das wahrscheinlich nicht funktioniert, aber zum Schluss war der Riss praktisch nicht mehr zu sehen.

Wir hatten uns darauf geeinigt, uns um circa sieben Uhr bei Hannah zu treffen. Mum wollte vorher noch wissen, was für ein Kleid ich mir gekauft hatte, und so zog ich es an, schwebte die Treppe herab und drehte mich unten einmal wirbelnd im Kreis.

»Oh … was für eine Veränderung! Du siehst fantastisch aus.«

»Wir haben heute Abend eine Art Kostümprobe für den Ball.«

Mum wirkte immer noch sehr abgespannt, gab sich aber alle Mühe, sich mit mir zu freuen. »Das wird bestimmt schön ... ich glaube, ich muss irgendwo noch ein Paar lange Handschuhe haben.«

Ich klatschte aufgeregt in die Hände. »Oh ja, könntest du die vielleicht ausgraben und mir dann zeigen, wie ich meine Mähne bändigen und so hochstecken kann, dass sie elegant und mondän aussieht?«

Mum fand nicht nur die Handschuhe sofort, sondern auch ein Paar schwarze, hinten offene Satinschuhe mit Riemchen und Pfennigabsätzen sowie ein richtig cooles unechtes Perlenohrgehänge. Ich zog die Jeans wieder an und legte das Kleid in die Tasche, die ich mitnehmen wollte. Mum ging noch mal nach oben und kam mit einem Beutel voller Haarklammern, Spangen, Kämmen und Haarspray zurück und brachte ewig damit zu, mein dickes welliges Haar zu einer Frisur zu bändigen, die eine vage Ähnlichkeit mit der von Audrey Hepburn in *Frühstück bei Tiffany*, einer von Mums Lieblingsfilmen, hatte.

»Findest du nicht auch ... dass sich so einiges verändert hat, seit Genevieve hier aufgetaucht ist?«, begann sie wieder zögernd das Gespräch.

»Na ja, schon«, sagte ich ächzend und zuckte zusammen, weil Mum meinen Kopf nach links zerrte.

»Du wirkst viel selbstbewusster ... und bist nicht mehr so sehr ...«

»Der Fußabtreter?«

»Nein, Katy, das war nicht das Wort, das ich meinte«, schimpfte Mum. »Du bist jetzt viel mehr du selbst.«

»Vielleicht«, stimmte ich ihr zu.

»Auch bei mir hat sich übrigens einiges geändert.«

»Ja?«

Mums geschickte Hände streiften meinen Hals. »Ich habe eingesehen, dass du inzwischen fast erwachsen bist und bald deine eigenen Wege gehen wirst. Vielleicht möchtest du ja studieren?«

»Darüber hab ich auch schon nachgedacht. Den für mich vermutlich besten Studiengang bieten sie in London an.«

»Gut, Katy, ich hab dich jetzt so lange für mich gehabt, dass es Zeit wird, dich gehen zu lassen.«

In Mums Stimme klang nicht eine Spur von Selbstmitleid mit, was ungewöhnlich für sie war. Ich hörte draußen eine Möwe kreischen und fuhr zusammen. Durchs Fenster sah ich, wie sie die Flügel ausbreitete und sich in den Winterhimmel aufschwang, und mir erschien es wie ein Zeichen dafür, dass Mum bereit war, mich in die Freiheit zu entlassen, damit ich meinen eigenen Weg einschlagen konnte.

»Du bist kein Kind mehr und ich muss mir auch wieder ein eigenes Leben aufbauen ... vielleicht war Genevieves Einfluss doch nicht durch und durch schlecht.«

»Da wäre ich mir nicht so sicher«, erwiderte ich säuerlich. »Selbst wenn ich sie in meinem ganzen Leben nie mehr wiedersehen würde, wäre mir das noch zu wenig.«

Mum sprühte meine Frisur sorgfältig mit Haarspray ein und begutachtete sie wie ein Kunstwerk von allen Seiten. »So sehr lehnst du sie ab?«

Mit sprühenden Augen sagte ich: »Allerdings. Ich weiß, sie hat es nicht leicht gehabt, aber sie ist eingebildet, hinterhältig, verschlagen und manipulativ ...«

»Oje!« Mum lachte nervös.

Ich warf ihr einen finsteren Blick zu. »Ich hoffe nur, sie verzieht sich auch wirklich bis ans andere Ende der Welt.«

»Wie bitte?«

»Ach ... nichts.« Es war besser, nicht davon zu sprechen, dass Genevieve die Stadt verlassen wollte, bevor es nicht ganz sicher war, sonst würde Mum sich nur von Neuem schuldig fühlen.

Ich holte meinen Lieblingsmantel heraus, da Genevieve ja heute Abend nicht mit uns zusammen sein würde, und es war wunderbar, ihn wieder mal zu tragen: Es war, als würde ich von einem alten Freund umarmt. Mum winkte mir noch nach und ermahnte mich, vorsichtig zu sein, da es draußen glatt und für die nächsten Tage Schnee angekündigt worden war. Ich kam in meinen Turnschuhen klar, aber viele andere Leute waren nicht auf die Glätte eingestellt. So sah ich eine Frau auf Stilettos, die versuchte, sich an einer Hauswand entlangzuhangeln, und einen alten Mann, der die Arme wie ein Seiltänzer nach beiden Seiten ausgestreckt hatte, weil er an einer vereisten Stelle weder vor- noch rückwärtskam. Etliche Kinder rutschten begeistert auf den Gehwegen herum, was sie noch gefährlicher machte. Ich selber rutschte auf einer Stelle aus, an der Wasser aus einem alten undichten Abflussrohr tropfte, doch ich schaffte es, mich in der Senkrechten zu halten.

In Hannahs Haus brannten alle Lichter und die Vorhänge waren weit aufgezogen. Zwei Gesichter drückten sich an die Fensterscheibe und sahen mir schon entgegen. Dann stürzten Nat und Hannah zur Tür und zogen mich ins Haus. Beide waren bereits umgezogen – Hannah trug ein eng anliegendes, elfenbeinfarbenes Satinkleid, das einmal das Hochzeitskleid ihrer Großmutter gewesen war, Nat einen schwarzen Hosenrock mit hoher Taille und eine weiße Bluse mit U-Ausschnitt, die sie sich von einer Tante ausgeliehen hatte, die fürs Stadttheater tätig war. Ich wurde von der gleichen wunderbaren Aufregung erfasst wie damals, wenn ich als Kind Mums Kleider und Make-up probiert hatte, wollte aber nicht zugeben, dass ich dabei immer alleine mit mir gewesen war.

»Deine Haare sehen super aus«, riefen die beiden im Chor, während sie mich, statt in Hannahs Wohnküche, wo wir normalerweise abhingen, ins Wohnzimmer bugsierten. »Jetzt zieh dein Kleid an, Katy.«

»Wieso habt ihr's denn nur so eilig?«, fragte ich. Ich zog die Vorhänge zu und schälte mich leicht verlegen aus meiner Jeans heraus. »Wir haben doch noch den ganzen Abend Zeit.«

»Wir können es einfach nicht erwarten, dich zu schminken«, sagte Hannah ungeduldig.

Nat zog mir den Reißverschluss zu und ich wollte schon auf- und abstolzieren, als irgendeine Hand mich auf einen der Stühle drückte und mein Gesicht zum Licht hindrehte.

»Grundierung«, sagte Nat im Kommandoton. Hannah wühlte in ihrem Schminktäschchen und holte eine Puderdose heraus. Ich konnte nichts mehr sagen, weil Nat mein Gesicht bearbeitete und anschließend befahl: »Gib mir das Rouge, danach den Lidschatten.«

»Das ist ja hier wie im OP«, scherzte ich, als sie sich an meine Augen machte. Ich sah mir Nat aus der Nähe an und warf dann einen Blick auf Hannah. »Moment mal … Wieso seid ihr eigentlich schon geschminkt?«

»Uns war so langweilig«, antwortete Nat. Sie attackierte mich so heftig mit der Wimperntusche, dass ich wie wild zu blinzeln anfing. Dann trat sie einen Schritt zurück, begutachtete ihr Werk und schien erleichtert zu sein, dass es vollendet war.

»So, bitte schön, Katy … du siehst fantastisch aus.«

Ich betrachtete mein Gesicht im Spiegel und musste zugeben, dass sie ganze Arbeit geleistet hatte. Meine Haut schimmerte, meine Augen blickten mir rauchgrau über rasiermesserscharf herausgearbeiteten Wangenknochen entgegen und die Konturen meiner Lippen waren auffällig betont. Ich holte meine Accessoires hervor, um die Gesamtoptik zur Vollendung zu bringen, und bemühte mich, keine Enttäuschung aufkommen zu lassen, weil es noch nicht mal acht war.

»Tja … das war's dann wohl. Und was fangen wir mit dem Rest des Abends an?«

Nat sah auf ihre Armbanduhr und dann zu Hannah, und ich hatte den Eindruck, dass die beiden mir etwas verschwiegen. Da läutete es an der Tür und Hannah sprang auf und verkündete mit lauter Bühnenstimme: »Wer mag denn das wohl sein?«

Ich folgte ihr, als sie zur Haustür ging und öffnete, und dann fiel mir die Kinnlade herunter.

»Hör auf zu glotzen«, sagte Hannah lachend, »und geleite die Herren lieber zur Tafel.«

Auf der Türschwelle stand Merlin im Frack mit kanariengelber Weste und Zylinder, daneben Harvey im schwarzen Smoking und mit weißem Rüschenhemd und Adam in einem merkwürdigen gesteppten Gehrock mit Krawatte. Ich konnte kaum glauben, dass sie sich getraut hatten, in diesem Aufzug auf die Straße zu gehen, auch wenn es bereits dunkel war. Ich spähte hinter die drei, weil ich erwartete, dass sich als Nächstes Genevieve in Szene setzen würde, doch sie war nicht zu sehen.

Merlin machte einen Schritt auf mich zu, nahm meine schwarz behandschuhte Hand und küsste sie, ehe er über die Schwelle trat – welch theatralischer Moment! Ich folgte Hannah wie ein Schatten durch die Diele und in die Wohnküche des Hauses. Dort standen Weinkelche auf dem Tisch, es lagen Stoffservietten aus und in der Mitte prangte ein kunstvoller silberner Kerzenleuchter. Mein Blick fiel in den Wintergarten, der mit Lampions und Lichterketten dekoriert war. Unter dem gläsernen Dach hing eine Discokugel und die Fenster schmückten zahlreiche paillettenbesetzte Gebilde.

»Ist zwischen dir und Merlin alles okay?«, flüsterte Hannah. »Er meinte, ja, aber …«

»Alles okay«, flüsterte ich zurück.

»Tut mir leid, dass du die Party verpasst hast«, sagte Nat grinsend. »Leider haben wir aber kein richtiges Zeltdach zustande gekriegt.«

Vor lauter Rührung konnte ich kaum sprechen. »Das hier ist viel besser«, sagte ich schließlich und ich meinte es auch so. »Es ist einfach überwältigend.«

Der Tisch war nur für sechs Personen gedeckt und mir fiel schwer zu glauben, dass Genevieve mir einen solchen Abend gönnte, ohne den Versuch zu machen, ihn zu ruinieren. Hannah klopfte mit einem Löffel an eines der Gläser. »Bitte nehmt alle Platz und seht auf eure Tischkarten. Es gibt eine Sitzordnung und ihr müsst euch daran halten.« Hannah zwinkerte mir zu, denn es war offensichtlich, dass Adam aus strategischen Gründen neben Nat gesetzt worden war. »Mum hat das Essen gekocht, ganz ungenießbar kann es also nicht sein. Leider haben wir kein Personal, das uns bedient, aber Nat wird ganz bestimmt ihr Bestes geben.«

Nat stöhnte laut auf, packte aber dann sofort mit an. Da ich selbst keinen Finger rühren und mich auch nicht vom Tisch entfernen durfte, saß ich dümmlich grinsend da, beobachtete das Geschehen und sog die Atmosphäre in vollen Zügen in mich auf. Das Essen war leicht und vegetarisch – es gab Gemüselasagne, Berge von Salat und Ciabatta. Wir fingen an zu essen, bis Nat einen Trinkspruch auf mich und unsere Freundschaft ausbrachte, was mir eine Träne in die Augen trieb, die ich schnell wegblinzelte. Genevieve konnte mit ihrer Angeberparty bleiben, wo sie wollte; diese Runde hier war klein, intim und sehr viel ausgefallener.

Hannahs Dad besaß einen alten Plattenspieler, auf dem man Schellackplatten spielen konnte, und so hörten wir während des gesamten Essens Musik aus den Zwanzigerjahren, lachten über die Kratzer im Vinyl und über die Nadel, die immer wieder hängen blieb. Nach dem zweiten Glas Perlwein fanden wir alles nur noch komisch und ich war mir sicher, dass Hannah einen Schuss von etwas sehr viel Stärkerem dazugegeben hatte. Trotz der Kälte brannten meine Wangen, weil alles so gelungen war und meine

Freunde sich so für mich ins Zeug gelegt hatten. Merlin saß mir gegenüber, aber ich redete und scherzte mit allen am Tisch, um seinen Blick zu meiden, dem ich nur schwer widerstehen konnte und ganz bestimmt erlegen wäre, wenn wir allein gewesen wären.

Hannah scheuchte uns auf, indem sie plötzlich aufsprang und laut rief: »Oh mein Gott, es schneit!«

Wir stürzten alle an die Fenster im Wintergarten und sahen zu, wie die ersten puderigen Flocken vom Himmel fielen. Es war verrückt, doch plötzlich überkam mich ein überwältigender Drang, nach draußen zu rennen, mitten in das Schneetreiben hinein. Ich riss die Terrassentür auf, lief ohne Mantel auf die Wiese und bestaunte die Schönheit der Schneeflocken, die auf meine Schultern, meine Haare und auf mein Gesicht fielen. Ich warf den Kopf in den Nacken, wirbelte im Garten umher und rieb mir die Schneeflocken in die Haut. Ich war die Ballerina, der entflogene Ballon, das Blatt im Wind, das auf einer weißen Decke kreiste und seine Pirouetten drehte. Ich hörte die anderen lachen und meinen Namen rufen, aber ich drehte mich immer weiter, bis ich am Ende des Gartens vor einer Gruppe Nadelbäume anhielt. Ich war so nass und glitschig wie ein aus dem Fluss geschnellter Fisch, als zwei meiner Freunde mich schließlich ins Haus zurückbugsierten. Nat warf mir ein Handtuch zu und ich rieb mir Hals und Arme trocken, die von der beißenden Kälte kribbelten.

»Der Schnee in deinem Haar sieht wie Konfetti aus«, flüsterte mir Merlin ins Ohr und ich spürte, wie seine Hand über meinen bloßen Rücken strich. Da wusste ich, dass dies meine zweite Chance war und die Nacht, die ich mir immer erträumt hatte. Heute Nacht glänzte ich und konnte nichts Falsches tun, heute Nacht war ich nicht die unscheinbare Katy. Und dafür gab es nur eine einzige Erklärung – Genevieve hatte losgelassen. So selbstbewusst und frei konnte ich mich nur fühlen, wenn ihr Einfluss schwächer geworden war. Sie musste sich von mir verabschiedet haben. Merlin starrte mich an, als sähe er mich zum ersten Mal, und ich schenkte ihm mein strahlendstes Lächeln, bevor ich zu den anderen zurückging.

Meine Stimmung riss die anderen mit. Gemeinsam räumten wir den Tisch ab und die Tanzfläche wurde eröffnet. Wir tauschten Partner, tanzten Charleston, Tango und Foxtrott und beim Walzer hielt mich Merlin in den Armen.

»Stell dir mal vor, wir hätten damals schon gelebt, Katy«, sagte er. Er beugte mich mit dem Oberkörper nach hinten und fing mich auf, bevor ich den Boden berühren konnte. »Hättest du mich eines Blickes gewürdigt … in deinem prächtigen Haus?«

Ich versuchte, es spielerisch anzugehen. »Vermutlich wärst eher du der Gutsherrensohn gewesen und ich die Dienstmagd, die dir die silbernen Schnallen auf den Stiefeln putzt.«

»Klingt gut«, sagte Merlin grinsend, »dann hätte ich mir das Dienstmädchen gefügig machen können.«

Ich machte einen spöttischen Hofknicks, obwohl ich ganz genau wusste, was im Gange war und dass ich ihn dazu ermutigte.

»Hast du mir auch ganz bestimmt verziehen?«, fragte er, jetzt plötzlich wieder ernsthaft.

»Da war nichts zu verzeihen.«

»Und jetzt?«

»Jetzt tanzen wir zusammen«, scherzte ich.

»Und jetzt, Katy?«, sagte er drängend.

Merlin blieb mitten im Tanz stehen, nahm mich an der Hand und führte mich hinaus in Hannahs Diele. Ich hatte seine Frage noch immer nicht beantwortet und sein Gesicht war jetzt ganz nah vor meinem. Ich entzog mich nicht und er begann, sich sanft an meinem Hals hinaufzuküssen, bis er mein Ohrläppchen erreichte. Es kam mir wie ein Traum vor, hier mit ihm zu sein, und ich schob alles andere weit von mir. Gleich würde er meinen Mund erreichen und es würde sein, als hätten wir uns nie getrennt. Das Beste aber daran war, dass Genevieve es verdient hatte, ohne jeden Zweifel. Das hier war meine ultimative Rache.

Da sah ich plötzlich mein Gesicht in einem kleinen Spiegel, der neben dem Garderobenständer hing, und schreckte zurück, weil ich so hart und grausam darin aussah und meine Augen böse funkelten. Ich erkannte mich selbst kaum wieder und die Erkenntnis traf mich wie ein Schlag: Was sagte es über Merlin aus, wenn er sich hinter Genevieves Rücken so leichtfertig verhielt? Und was über mich? Wütend auf mich selbst riss ich mich von ihm los und zupfte mein Kleid zurecht. Genevieve würde es ja recht geschehen, aber wenn ich ihr heimzahlen wollte, was sie mir angetan hatte, musste ich mich auf ihr Niveau begeben, und das kam nicht infrage.

»Genevieve und ich sind nicht austauschbar, Merlin«, fuhr ich ihn an. »Du kannst nicht einfach eine von uns beiden abschleppen und die andere fallen lassen.«

Merlin griff sich an die Stirn. »Ich weiß wirklich nicht, was über mich gekommen ist… es tut mir leid.«

»Ist okay, aber wir können nicht so tun, als wäre nichts gewesen, und du bist jetzt mit Genevieve zusammen.«

Wir konnten uns beide nicht in die Augen sehen.

»Ich hätte fast vergessen, dass du nicht mehr zu mir gehörst«, murmelte er und ging weg.

Kapitel 36

Ein Taxi setzte mich direkt vor unserer Haustür ab. Es war jedoch nicht einfach auszusteigen, da mein Kleid so eng geschnitten war, dass ich die Beine nicht weit strecken konnte, ohne einen neuen Riss zu riskieren. Ich hatte bis Mitternacht auf der Party durchgehalten, hatte allen überschwänglich gedankt und war dann schnell verschwunden, nachdem ich Merlins Angebot, mich nach Hause zu begleiten, abgelehnt hatte. Wir beide waren uns zu nahe gekommen und ich musste auf der Hut sein, damit sich eine solche Situation in Zukunft nicht mehr wiederholte. Im Haus war alles dunkel, und weil ich, um Mum nicht zu wecken, das Außenlicht nicht anknipsen wollte, kramte ich eine Weile in meiner Tasche, bis ich den Hausschlüssel gefunden hatte. Da hörte ich plötzlich eine Stimme, die aus dem Dunkel etwas zu mir sagte, und fuhr vor Schreck zusammen.

»Ich wusste, dass du noch mal in den Laden gehen würdest, um dir das Kleid zu kaufen.«

»Genevieve! Mensch … hast du mich erschreckt! Was machst du denn um diese Uhrzeit hier?«

»Auf dich warten, Katy.«

Genevieve tauchte aus dem Dunkel auf; ihre Haare

waren straff zurückgekämmt und sie war totenblass. Ich war so erschrocken, dass es mir erst beim dritten Versuch gelang, den Schlüssel ins Schloss zu stecken.

»Hast du mich nicht vermisst?«

»Nicht besonders«, flüsterte ich und deutete auf das obere Stockwerk, um ihr zu verstehen zu geben, dass sie leiser sprechen sollte. Sie trug nicht einmal einen Mantel, nur eine dicke Strickjacke über einem T-Shirt, und ich sah, wie kalt ihr war, denn sie stand mit gekrümmten Schultern da und ihre Hände waren gerötet. Unmöglich, dass sie mitten im Dezember hier draußen auf mich wartete, nur um herumzusticheln.

»Was willst du, Genevieve?«, fragte ich sie arrogant.

»Wir beide sind noch nicht fertig miteinander.«

»So?«

»Das weißt du ganz genau. Willst du mich nicht hineinlassen?«

Die Tür stand jetzt offen und ich konnte Genevieves Atem in die kalte Luft steigen sehen.

»Es ist schon spät … wir können morgen reden.«

Genevieve gab ein dumpfes Lachen von sich. »Was du heute kannst besorgen … kennst du doch auch, oder?«

Sie sah auf ihre Uhr. »Es ist bereits nach Mitternacht, das heißt, es ist schon morgen.«

Da ich Panik davor hatte, dass sie mir eine Szene machen und Mum aus dem Bett aufschrecken würde, ließ ich zu, dass sie sich an mir vorbei in den Eingang unseres Hauses drängte. Ich folgte ihr, schloss die Tür hinter mir und deutete mit einem Kopfnicken in Richtung unseres Wohnzimmers. Dort sah ich mit verschränkten Armen zu, wie sie den Raum inspizierte, als ob sie eine potenzielle Käuferin sei. Sie fuhr sogar mit der Hand über das Sideboard, als wolle sie seine Qualität prüfen.

»*Das* hätte ich nun wirklich nicht erwartet«, sagte sie gedehnt.

Ich war erschöpft, versuchte aber trotzdem, mich ihrem lässigen Sarkasmus anzupassen. »Was hast denn du erwartet?«

Sie seufzte tief. »Ich weiß es nicht ... was anderes jedenfalls ... was Originelleres, Besonderes, damit der ganze Aufwand sich auch lohnt. Aber für eine solche Vororthölle alles zu riskieren ...?«

»Ich empfinde es hier nicht als Hölle. Schließlich ist es mein Zuhause.«

Genevieve verzog angewidert das Gesicht. »Du kennst es halt nicht anders, Katy.«

»Genevieve ... ich bin müde – zu müde für deine Scherze.«

»Vielleicht wär's dir ja lieber, wenn ich ein bisschen lauter würde? Wir beide könnten gut etwas Gesellschaft brauchen.«

Sie wusste ganz genau, auf welchen Knopf sie drücken musste, um mich nervös zu machen. »Nein ... tu das bloß nicht. Von mir aus können wir reden. Komm in die Küche, ich mach uns was zu trinken.«

Ihre verächtliche Haltung übertrug sich auch auf unsere Küche.

»Ist das nicht eine hübsche Kiefernholzküche? ... Und diese niedlichen Blümchen an den Wänden ... ein Fach fürs Müsli und ein Bord für die Teller. Ich wette, ihr habt ein

Service für besondere Anlässe und ein paar Porzellantässchen in Reserve, falls Besuch kommt.«

Sie hatte recht. Mum besaß beides, doch ich ließ mich nicht provozieren und erwärmte in aller Ruhe weiter meine Milch. Dann reichte ich ihr eine dampfende Tasse und sie schnupperte daran, stellte fest, dass es Kakao war, und hob die Augenbrauen bis zur Decke.

»Das alles langweilt mich unglaublich. Willst du vielleicht so leben?«

»Ich weiß noch gar nicht, wie ich leben will«, gab ich zurück. »Wer weiß das schon in unserem Alter?«

»Mag sein«, sagte sie kühl, »aber wenigstens solltest du wissen, dass du so nicht existieren willst, sondern dir ein besseres Leben wünschst.«

»Ich habe nie was Besseres erwartet«, sagte ich. Ich trank einen Schluck von meinem Kakao.

Kritisch sah sie mich von oben bis unten an. »Dann hat das Kleid deinen Zauber also nicht zur Entfaltung gebracht …?«

»Wie meinst du das?«

Sie lächelte ihr Katzenlächeln. »Bei dir und Merlin?«

»Ich hab es dir schon mal gesagt, Genevieve: Ich will ihn nicht mehr.«

»Er ist ja sowieso nichts weiter als ein Trugbild. Das hab ich ziemlich schnell bemerkt.«

»Du hast ihn nur gewollt, weil ich ihn wollte«, konterte ich. »Das ist doch mehr als offensichtlich.«

Sie zuckte mit den Achseln und gab einen Laut von sich, der alles hätte heißen können. »Was soll's, ich gehe sowieso bald weg von hier … aber das weißt du ja bereits.«

»Ich habe davon gehört.«

Sie gähnte und reckte die Arme. »Zu schade, dass es sich nicht lohnt, dir dein Leben zu nehmen. Wenn ich an deiner Stelle wäre … und dieses Leben mit deiner durchgeknallten *Mutter*, deinen öden Freundinnen und deinem Retortenfreund wäre meins gewesen … ich weiß wirklich nicht, was ich getan hätte.«

»Willst du deshalb weg von hier?«, fragte ich gelassen.

Sie nickte. »Ich hatte viel Zeit nachzudenken. Vielleicht hatte all das ja sein Gutes.«

»Ich werde dich ganz sicher nicht vermissen«, sagte ich, obwohl ich wusste, dass es nicht besonders fair war.

Genevieve stand auf und sah sich unsere Familienfotos an. »Dir hab ich doch nur einen Gefallen getan, Katy. Als ich kam, warst du in einem jämmerlichen Zustand … so trutschig wie ein graues Mäuschen. Inzwischen bist du … ziemlich attraktiv geworden und hast an Selbstbewusstsein zugelegt.«

Plötzlich empfand ich es als nachteilig, auf meinem Stuhl zu sitzen, während Genevieve mich stehend überragte. Also stand ich auf, fühlte mich aber unwohl in dem Kleid, das wir beide hatten haben wollen, und war froh, dass ich meinen Mantel noch nicht abgelegt hatte. Ich zog ihn enger um mich, denn im Haus war es eiskalt; der Wind pfiff durch die Ritzen und Löcher im Dach, durch die Fenster und selbst durch die Fußbodenleisten. Das Haus war schäbig und verwahrlost und es war mir eine unangenehme Erfahrung, es unverhofft mit Genevieves Augen zu betrachten. Mir kam es vor, als würde ein Dieb unseren persönlichen Besitz durchstöbern.

So versuchte ich, meiner Stimme einen Anstrich von Endgültigkeit zu geben, und sagte: »Dann ... sind wir also beide froh, unsere eigenen Wege zu gehen.«

»Ja ... deine durchgeknallte Mutter ist aus dem Schneider.«

Es war jetzt schon das zweite Mal innerhalb kürzester Zeit, dass sie Mum als durchgeknallt bezeichnete. »Sie hat in ihrem ganzen Leben keiner Fliege was zuleide getan«, erwiderte ich scharf.

Genevieves Gesicht verfinsterte sich. »Dann weißt du's also immer noch nicht ...«

Ich sah ihr direkt ins Gesicht und versuchte, souveräner zu klingen, als ich mich fühlte. »Doch. Mum hat mir die Wahrheit gesagt.«

Die grünen Augen leuchteten gefährlich. »Und um welche Wahrheit ging es da?«

»Dass deine Mutter drogensüchtig war. Meine Mum hat im gleichen Haus gewohnt wie sie und die Polizei an dem Morgen benachrichtigt, an dem sie ...« Ich konnte das Wort *starb* nicht über die Lippen bringen, aber Genevieve schloss die Augen, als ob ein plötzlicher Schmerz sie durchzucken würde. »Genau genommen hat sie dir das Leben gerettet, Genevieve. Du warst erst ein paar Tage alt, hast jämmerlich geschrien und warst durch nichts zu trösten.«

Genevieves Lippen bewegten sich lautlos, während sie ganz offensichtlich verarbeitete, was ich gesagt hatte. »Das hat sie dir erzählt? Und du hast es geglaubt?«

»Natürlich.«

»Aber diese Version liefert keine Erklärung für den entscheidenden Punkt.«

»Und der wäre?«

»Wir beide – du und ich.«

»Ach, das spielt sich alles nur in deinem Kopf ab«, sagte ich mit Nachdruck, obwohl mein Magen bereits wieder revoltierte.

Genevieve betrachtete mit scheinbarer Gelassenheit ihre Fingernägel und erwiderte: »Deine Lieblingsfarbe ist Indigoblau, du beobachtest gern die Wolken am Himmel und suchst darin Gesichter, dir wird schlecht, wenn du Fleisch riechst, und fühlst dich wie ein Außenseiter, du hast Angst vor Wasser und magst deine Zehen nicht, weil sie kleine Höcker haben, und … ach ja, den Winter hast du lieber als den Sommer, fragst dich aber, ob das vielleicht nicht normal ist …«

Sie unterbrach sich und ich setzte mich wieder. »Das kann dir doch jeder erzählt haben.«

»Warum siehst du den Tatsachen nicht einfach ins Auge«, sagte sie und gähnte.

»Weil du dich täuschst … du machst dir etwas vor.«

Genevieve setzte sich mir gegenüber an den Tisch. »Kennst du diesen Traum?« Sie lächelte so breit, dass ihre Zähne sichtbar wurden. »Als ich klein war, habe ich immer geträumt, dass du vor einem Spiegel saßt und mich beobachtet hast. Ich habe mir vorgestellt, es wäre wie in Narnia, nur dass uns beide eine Glasscheibe getrennt hat.«

Ihre Worte trafen mich wie ein Dolchstoß, denn noch nie hatte ich jemandem von diesem Traum erzählt.

»Kannst du es etwa nicht verkraften, dass wir gleich sind, Katy?« Sie beugte sich zu mir hinüber und nahm meine rechte Hand. Unsere Finger passten haargenau aufeinander, genau wie damals, an dem Tag im Bus. »Deine … *Mum* verschließt noch immer die Augen vor der Wahrheit«, sagte sie mit sanfter Stimme. »Sie hat ihre Vergangenheit so lange umgeschrieben, bis sie sie selber geglaubt hat … und ist überzeugt davon, dass ihre Version der Ereignisse die richtige sein muss, weil das, was sie getan hat, viel zu schmerzlich ist, um sich damit auseinanderzusetzen.«

Obwohl ich wie erstarrt war, sagte ich mit bebender Stimme. »Ich will jetzt nichts mehr weiter hören … geh weg von hier, so wie du es versprochen hast.«

Sie schüttelte bedächtig den Kopf. »Ich kann jetzt noch nicht gehen, Katy … und das liegt nur an dieser Frau. Sie verbreitet immer noch Lügen und verheimlicht, was sie getan hat. Ich muss dich von ihr befreien, Katy. Bist du bereit? Bist du bereit für die Wahrheit?«

Kapitel 37

Es wurde die längste Nacht meines Lebens, denn jede einzelne Minute kam mir wie ein Jahr vor. Als Mum mich am nächsten Morgen fand, saß ich immer noch in ihrem Sessel, aus dem ich mich nicht fortbewegt hatte, seit Genevieve gegangen war. Ich muss schrecklich ausgesehen haben, denn sie kauerte sich gleich neben mich und fasste mich prüfend an, aber ich spürte nichts, war wie versteinert. Sie strich mir über meine Wange, dann ließ sie die Hand fallen und sackte in sich zusammen.

»Was ist denn nur passiert, Katy? Du bist ja ganz verfroren und hast dich gar nicht hingelegt. Hat dir etwa jemand etwas getan? Bist du überfallen worden?«

Die Antwort fiel mir schwer und ich sagte mit heiserer Stimme: »Genevieve ist heute Nacht hier gewesen. Sie hat auf mich gewartet, als ich nach Hause kam.«

Mum fuhr zusammen, als habe man ihr einen Schlag versetzt. »Und … was wollte sie von dir?«

Ich antwortete nicht. Mum machte einen Schritt zurück, dann einen weiteren und zog sich so bis an die Tür zurück, als wolle sie die Flucht ergreifen. Sie gehe nur schnell in die Küche, sagte sie entschuldigend. Wenige Minuten später kam sie mit einer dampfenden Tasse zurück und legte mir die Hände darum, damit ich nichts verschüttete. Ich protestierte nicht einmal dagegen, denn meine Finger waren wie taub.

Ich trank von dem Tee, verschluckte mich aber sofort, weil er so heiß war. »Eigentlich wollte sie ja weg von hier«, sagte ich hustend. »Es ist ihr zu langweilig bei uns und sie findet auch mein Leben viel zu unattraktiv, um es mir zu nehmen … aber dann, plötzlich … war alles anders.«

»Was war anders?«

Ich betrachtete Mum, als hätte ich sie lange nicht gesehen. »Wir haben über dich gesprochen. Das hat den Ausschlag gegeben.«

»Du hättest sie gleich wegschicken müssen, Katy … sie hat in unserem Leben nichts zu suchen.«

»Ich musste dich doch verteidigen«, entgegnete ich erregt. »Sie sollte wissen, dass du sie nur schützen wolltest.«

Mum suchte Halt an einem Stuhl und ich begann so stark zu zittern, dass meine Zähne an den Rand der Tasse schlugen. »Sie hat gesagt … es gibt einen Grund, weshalb wir zwei so viel gemeinsam haben.«

Mums Augen huschten unruhig hin und her. Ich war nicht sicher, ob ich weitersprechen sollte, und ich hätte fast schon resigniert und so getan, als hätte es die letzte Nacht niemals gegeben und alles wäre wieder wie zuvor. Doch das war mir unmöglich nach allem, was ich mittlerweile wusste. So blieb mir nur, die Augen fest zu schließen und mit der Wahrheit rauszurücken.

»Genevieve hat mir gesagt, dass wir verwandt sind … dass wir nicht nur Schwestern sind, sondern sogar Zwillinge … zweieiige Zwillinge.«

»Und das glaubst du ihr?«, flüsterte Mum.

Ich stellte meine Tasse auf dem Beistelltisch ab und verdeckte mein Gesicht mit beiden Händen. »Es ist völlig irrsinnig und unglaubwürdig, grauenhaft und abartig, aber…«

»Aber?«

»Aber es gibt keine andere Erklärung. Warum würden wir wohl sonst so ähnlich denken, uns kopieren, ohne dass es uns bewusst ist, und sogar den gleichen Traum haben, seit wir klein sind?«

Ich dachte schon, Mum würde auf der Stelle kollabieren, doch sie setzte sich und sah aus, als sei sie von einem Moment auf den anderen um zwanzig Jahre gealtert. Die Minuten verstrichen und auf ihrem Gesicht zeigten sich die unterschiedlichsten Regungen und das Schweigen im Raum verdichtete sich, bis es mir wie Donner in den Ohren dröhnte. Dann endlich sagte Mum, fast so, als ob sie sich geschlagen geben würde: »Es stimmt.«

Ich biss die Zähne so fest zusammen, dass es mir wehtat. »Du hast uns auseinandergerissen«, brauste ich auf, »kein Wunder, dass Genevieve dich so sehr hasst.«

»Sie hat jeden Grund dazu«, erwiderte Mum mit einem Gleichmut, der mich befremdete.

Ich wurde lauter und fragte ungläubig: »Hast du vielleicht eine Münze geworfen oder was? Und das Kind weggegeben, das am wenigsten geschrien hat? Wie kann eine Mutter so was tun!«

»Ich habe damals aus guten Gründen gehandelt.«

»Sag das nie mehr…«

»So dachte ich zumindest… damals«, sagte sie.

Mum saß reglos da, hatte den Kopf gesenkt und die verschränkten Hände lagen schlaff in ihrem Schoß. Ich hatte große Lust, zu ihr zu gehen und sie zu schütteln. »Du kannst doch nicht nur einfach hoffen, dass sie von hier verschwindet. Sie gehört nun mal zu unserm Leben, ob uns das passt oder nicht.«

»Es ist zu spät, etwas daran zu ändern, Katy. Du weißt doch, wie sie ist. Sie wird unser Leben zerstören.«

»Du denkst nur an dich selbst.«

»Nein, ich denke dabei an dich und an das, was sie dir bereits angetan hat.«

Es war unglaublich, aber tatsächlich ertappte ich mich dabei, wie ich Genevieve verteidigte. »Vielleicht ist sie ja selber hilflos? Du hast ihr doch nie eine Chance gegeben …«

Mum protestierte nicht. »Du hast recht, Katy. Ich musste mich zwischen euch beiden entscheiden und diese Wahl fiel mir entsetzlich schwer.«

»Erwarte bloß nicht, dass ich auch noch dankbar dafür bin, dass du dich für mich entschieden hast«, sagte ich voller Verachtung.

Sie starrte mich sekundenlang an, dann senkte sie den Blick. »Ich erwarte keinen Dank, aber … wenn du erst die Einzelheiten kennst …«

»Ich will sie gar nicht wissen«, herrschte ich sie an.

Mum sagte nichts mehr, doch ich war noch nicht fertig.

»Und die Geschichte von der Drogensüchtigen, die angeblich in der Wohnung unter dir gelebt hat? Die ist auch nur eine Lüge, oder?«

Mum wurde kreidebleich und in ihren Augen spiegelten sich Betroffenheit, Demütigung und Scham. Trotzdem blieb mein Herz versteinert.

»Ich habe nicht gelogen«, war alles, was sie hervorbrachte.

»Natürlich hast du das, du lügst ja sogar jetzt noch. Mein ganzes Leben ist eine einzige Lüge.«

Ich sprang auf, weil ich ihre Gegenwart keinen Moment länger ertragen konnte.

»Geh nicht, Katy, es ist nicht so, wie du denkst«, sagte sie in flehendem Ton. »Ich werde dir die Wahrheit sagen. Die ganze Wahrheit.«

Aber ich hatte bereits die Wohnzimmertür hinter mir zugeschlagen und stürmte aus dem Haus. Draußen sah ich noch ein paarmal zurück, weil ich dachte, Mum würde mir vielleicht folgen, doch das tat sie nicht. Es war noch vor sieben und das einzige Auto, das auf der Hauptstraße fuhr, war der Lieferwagen des Milchmanns aus unserem Viertel. Er drehte sich nach mir um, als er mich in meinem Abendkleid sah, lächelte und zockelte weiter. Es gab nur einen einzigen Ort, an den ich wollte, das wusste ich sofort. Die umgebaute Scheune lag am Stadtrand auf einem Stück Land, das etwa zwei Quadratkilometer maß und Weidefläche für gerade mal ein Pferd bot. Ich kletterte über einen Zaunübertritt und nahm die Abkürzung über die Felder, die so tief verschneit waren, dass der Saum meines Kleides bald schon durchnässt war und riss. Auch die feinen Satinschuhe waren im Nu ruiniert und ich rutschte gefährlich in ihnen herum, weil sie sich mit Wasser füllten und sich ein Absatz löste. Ich konnte nur langsam vor mich hin staksen, was anstrengend war, und so war ich froh, als endlich die Scheune in Sicht kam. In die alten Scheunentore hatte man riesige Glasscheiben eingelassen, die bis hinunter zum Boden reichten, und als ich näher kam, sah ich Genevieve dahinter, die an einem Tisch saß. Sie blickte genau in diesem Moment hoch und winkte mir zu.

»Ich wusste, dass du kommen würdest«, sagte sie nur.

»Und ich wusste, dass du wusstest, dass ich kommen würde.«

Wir mussten beide lachen und zum ersten Mal schienen wir ehrlich zu reagieren und uns nicht wie sonst gegenseitig ausstechen zu wollen.

»Komm rein, ich geb dir was Trockenes zum Anziehen.«

Das Erdgeschoss bestand aus einem offenen Wohnbereich, in dem ein L-förmiges Sofa mit weichen Kissen, ein moderner Esstisch für acht Personen und eine durch einen Wandschirm abgetrennte Arbeitsecke untergebracht waren. Selbst die abgefahrene rote Küche, die so sauber aussah, als ob nie in ihr gekocht würde, war noch in den Raum integriert. Überall mischte sich Altes und Neues auf harmonische Weise. Oberhalb des Wohnbereichs befand sich eine in hellem Eichenton gebeizte Empore, zu der eine Treppe im gleichen Holz und mit vier Absätzen hinaufführte.

Genevieve stieg nach oben und ich folgte ihr und lauschte auf unsere Schritte, die in dem höhlenartigen Raum widerhallten. Ihr Schlafzimmer war nicht besonders groß, aber von hier hatte man einen Blick über die ländliche Gegend, die heute von makelloser Schönheit war – mit weißem Reif überzogene Dächer, eine schneebedeckte Kirchturmspitze, Bäume und Büsche, die die verschneiten Zweige in alle Richtungen reckten. Genevieve holte ein Paar Jeans und einen Pullover aus dem Schrank und ich streifte ohne jede Scham mein nasses Kleid ab, mir voll und ganz der Ironie bewusst, dass Genevieve sich jetzt wie meine zweite Haut anfühlte: Ihre Kleider und selbst die Turnschuhe saßen wie angegossen. Sie reichte mir auch eine Bürste, und erst als ich in den Spiegel sah, wurde mir bewusst, dass meine Haare immer noch zu einem strengen Zopf zusammengebunden waren, der zu der legeren Kleidung deplatziert aussah. Vorsichtig zog ich die Haarklammern heraus, löste ihn und ließ die Haare, die sich jetzt wellten, als ob ich einen Lockenstab benutzt hätte, auf meine Schultern fallen.

»Warst du ein Wildfang, als du klein warst?«, fragte Genevieve neugierig.

Ich nickte. »Ja … am liebsten wollte ich immer mit Luke und seiner Bande spielen.«

Sie zog eine Schnute. »So eine war ich auch, aber ich musste bubblegum-farbige Kleider, die mit Herzchen und Bändchen verziert waren, und Rüschenblüschen anziehen.«

Da fiel mir wieder ein, was ich mal in einer Zeitschrift gelesen hatte. »Manche Zwillinge entwickeln ihre eigene Sprache und lernen jahrelang nicht richtig sprechen … aber … wir zwei sind ja nicht eineiig, deshalb …«

»Das spielt doch keine Rolle«, unterbrach sie mich ungestüm. »Zwillinge teilen immer alles. Du hast schon recht, wir beide sollten zusammen sein … findest du nicht auch?«

Etwas an ihrem Blick war so intensiv, dass es mich schauderte. »Es ist ohnehin sensationell, dass wir hier … zusammen sind.«

»Ich kann dich aber jetzt nicht mehr verlassen, Katy. Das weißt du, oder? Ich habe dich so lang gesucht.«

Ich nickte, spürte aber gleichzeitig das mir so sehr vertraute Grauen, obwohl sich Genevieve doch ausnahmsweise fast normal verhielt. »Du willst ja nicht mehr fort von hier … wir werden uns also häufig sehen«, murmelte ich.

»Ich will dich nicht nur einfach *sehen*«, sagte sie verächtlich. »Wir waren schließlich neun Monate lang im Mutterleib zusammen … so ist das nun einmal mit Zwillingen … sie gehören zueinander und du gehörst zu mir, Katy.«

Da kam mir plötzlich wieder in den Sinn, was sie einmal zu mir gesagt hatte: *Am liebsten wäre mir, du wärst nie geboren worden*. Ich wusste zwar noch immer nicht genau, was sie mir damit hatte sagen wollen, aber ich fröstelte schon bei dem bloßen Gedanken daran.

Sie musterte das ruinierte Fischschwanzkleid und fragte: »Hast du überhaupt geschlafen?«

»Nein … nicht eine Sekunde.«

»Ich auch nicht«, gab sie zu. »Dann lass uns erst mal frühstücken.«

Die Küche war ein Traum für Hightech-Fans: schimmernde rot lackierte Türen, Arbeitsflächen aus schwarzem Granit sowie Herd und Spritzschutz aus glänzendem Edelstahl. An dem amerikanischen Kühlschrank, der Kaffeemaschine – und wahlweise fünf verschiedenen Kaffeesorten –, dem Entsafter und anderen Geräten, die ich nicht einmal identifizieren konnte, ließ sich unschwer erkennen, dass die Besitzer der Scheune gut lebten. Genevieve machte uns Rühreier – weich, doch nicht wässrig, genau so, wie ich sie gern mochte –, es gab Vollkornbagels, Müsli und frische Orangen. Sie schien hier ganz zu Hause zu sein und ich fragte mich, wie sie das alles für ein Leben in Ungewissheit aufgeben konnte.

»Wissen die Leute, bei denen du hier wohnst, eigentlich von uns?«, fragte ich voller Dankbarkeit über diese erste Mahlzeit des Tages.

Sie schüttelte den Kopf. »Sie sind nett zu mir und unterstützen mich, aber ich weihe niemanden in meine Angelegenheiten ein ... ich traue niemandem ... nicht mehr.«

Mir musste sie nichts erklären. Ich war schließlich mein ganzes Leben lang darauf bedacht gewesen, niemanden zu nah an mich heranzulassen. Früher hatte ich immer geglaubt, die anderen seien es, die sich von mir fernhielten, doch jetzt wurde mir klar, dass wahrscheinlich meine distanzierte Ausstrahlung die Barriere war.

»Es ist besser, sich auf niemanden zu verlassen«, fügte sie hinzu. »Dann kann man auch nicht verletzt werden.«

Es war mir unbegreiflich, wie wir uns trotz des unterschiedlichen Lebens, das wir geführt hatten, so ähneln konnten. Ich musste ihr auch nicht einmal erzählen, dass ich mich schwertat, Freundschaften zu schließen, denn darauf hatte sie mich ja auf ihre grausame Art schon ganz zu Anfang hingewiesen, als wir uns gerade kennenlernten. Ich tat so, als würde ich nicht bemerken, dass Genevieve ihre Eier zwar pfefferte, aber nicht salzte, und ihr Müsli lieber knusprig aß und nur wenige Löffel Milch zugab. Beides machte ich genau wie sie – ganz und gar ihr Spiegelbild. Jetzt war genau der richtige Zeitpunkt, die 1-Million-Dollar-Frage zu stellen. Ich legte mein Besteck zur Seite, trank meinen Kaffee aus und sagte: »Seit wann weißt du es schon?«

Nachdenklich fuhr sie sich mit dem Finger über die Lippen. »Immer schon, glaube ich. Ich kann mich an keinen Zeitpunkt erinnern, an dem ich nicht von dir gewusst hätte, aber ich dachte immer, dass ich schuld daran sei, dass du nicht bei mir warst.«

»Warum?«

»Meine Adoptiveltern haben mir vermittelt, dass ich durch und durch schlecht sei«, erwiderte sie in beinahe belustigtem Ton, »und deshalb dachte ich, dass es meine Schuld war, dass wir getrennt wurden.«

»Und wie hast du mich gefunden, Genevieve?«

Sie starrte mich mit ihren grünen Augen an. »Das war ein Zufall … oder Schicksal … wie immer du es nennen willst.«

Ich holte tief Luft. »Wirklich?«

»Ja, wirklich«, sagte sie mit Nachdruck. »Ich bin so viel herumgezogen … wie groß ist da die Chance, in genau der Stadt zu landen, in der du lebst? Der Tag, als wir im Bus saßen, hat den Ausschlag gegeben … das musst du doch auch gespürt haben.«

Wir waren uns also rein zufällig begegnet. Ich war mir nicht sicher, ob diese Variante weniger glaubwürdig war als die Vorstellung, dass sie irgendwie herausbekommen hatte, wo ich lebte, und mich dann aufgestöbert hatte. Sie hielt es nun einmal für Vorsehung und dem war schwer zu widersprechen.

»Ja, ich habe auch etwas gemerkt«, gab ich zu, »aber ich konnte es nicht einordnen. Ich habe nur gespürt, wie eine Welle von Gefühlen über mich hereinbrach … ich dachte allerdings, es wären Hassgefühle.«

Genevieve legte den Kopf auf die Seite wie ein erwartungsvoller Hund. »Das stimmt, ich hab dich auch gehasst. Du hast so glücklich ausgesehen und ich wollte dir dein Lächeln aus dem Gesicht radieren und dich aus deiner selbstzufriedenen kleinen Welt herausrütteln.«

»Du hast mich für das verantwortlich gemacht, was geschehen ist?«

»Ja«, erklärte sie mit absoluter Bestimmtheit. Ich wartete ab, ob sie ihre Antwort relativieren würde, doch sie starrte mich nur mit ihrem hypnotisierenden Blick an. Niemand hatte mich je zuvor so angesehen und sie konnte zudem meine ureigensten Gedanken lesen, was einen doppelten Übergriff bedeutete.

»Hast du mir deshalb alle diese Gemeinheiten angetan?«

Genevieve zuckte lässig mit den Schultern. »Du hast nie einen solchen Schmerz verspürt wie ich … wusstest nicht mal, dass ich existierte. Ahnst du eigentlich, wie ich mich gefühlt habe, als ich dich an jenem Tag zum ersten Mal gesehen habe … lachend und völlig sorgenfrei?«

»Dafür konnte ich doch nichts …«

»Ich habe so lange versucht, zu dir vorzudringen«, behauptete sie. Sie klopfte sich mit der Hand seitlich an den Kopf. »Das hättest du spüren, hättest empfänglich dafür sein müssen. Ich habe dich so sehr geliebt, aber … im Laufe der Jahre habe ich angefangen, dich zu hassen und dir deine Existenz übel zu nehmen.«

»Ich habe aber doch nichts falsch gemacht«, sagte ich wieder. »Warum war ich in deinen Augen die Schuldige?«

Sie streckte ihre Hände aus und sagte wie zu sich selbst: »Am Anfang wollte ich dich nur leiden sehen … und später wollte ich, dass du vom Erdboden verschwindest. Doch dann hab ich erkannt, dass das hier unsere zweite Chance ist, und jetzt wird alles gut.«

Ich schnappte nach Luft. »Einfach so, ja? Du erwartest einfach so von mir, dass ich dir verzeihe und alles vergesse.«

Sie schien verblüfft zu sein, dass ich mich wehrte. Offensichtlich war für sie die Lage klar.

»Versuch mal, dich in meine Situation zu versetzen, Katy. Ich hatte nichts, du hattest alles. Aber es war sinnlos, dich zu hassen oder wegzujagen. Jetzt erst ist mir klar geworden, dass wir uns niemals mehr entkommen können und uns auch keiner jemals wieder trennen kann.«

Das Ganze lief nicht gut und ihre Worte machten mir echt Angst. Nichts von dem, was sie bisher getan oder gesagt hatte, überzeugte mich davon, dass sie sich noch mal ändern würde. Sie fiel von einem Extrem ins andere: Erst hatte sie mich auslöschen wollen und jetzt legte sie eine besitzergreifende Art an den Tag, die mich erstickte und mich genauso verunsicherte. Und außerdem war da noch Mum. Wie sollte sie das Ganze überstehen?

»Mum war erst einundzwanzig«, versuchte ich ihr zu erklären. »Sie wusste doch noch gar nicht wirklich, was sie tat. Niemand hat ihre Schwangerschaft geahnt und wahrscheinlich war sie total deprimiert …«

»Wieso verteidigst du sie immer noch?«

»Es ist schon eigenartig«, murmelte ich, »wenn sich herausstellt, dass der Mensch, den du am besten kennst und dem du wie niemandem sonst auf der Welt vertraust, auf einmal jemand anders sein soll … jemand, der offensichtlich in der Lage ist, Unvorstellbares zu tun.«

»Sind wir nicht alle anders, als wir scheinen, Katy? Wir tragen doch alle eine Maske und haben Angst, dass wir nicht geliebt werden, wenn wir unser wahres Gesicht zeigen.«

Ich nahm meinen ganzen Mut zusammen, um zu fragen, was ich fragen musste. »Deine Adoptiveltern … du hast ihnen doch nichts … getan?«

Ich war nicht sicher, ob Genevieve tatsächlich lächelte oder ob es mir nur so vorkam. »Die beiden waren so grauenhaft … engstirnig und selbstgerecht, ohne einen Funken Liebe oder Freude in ihrem Herzen. Für sie gab es nur Leid, Gehorsam oder Strafe. Sie haben mich an meinem Hausaltar, auf dem zwei brennende Kerzen standen, allein zurückgelassen … ich sollte dafür beten, dass ich mich bessere. Da habe ich ein Fenster aufgemacht … der Vorhang fing gleich Feuer … und das hat sich in Windeseile ausgebreitet.«

Ich schloss die Augen und schickte ein stilles Dankgebet zum Himmel, weil das Feuer offensichtlich keine Absicht gewesen war; trotzdem war der Brand in der Pfarrei damit noch nicht geklärt. »Und seitdem bist du nie wieder dort gewesen?«

»Nein, nie.«

Ich wollte nichts lieber, als ihr glauben, denn die Alternative war zu schrecklich, um sie in Betracht zu ziehen. »Vielleicht musste ja wirklich alles so kommen«, sagte ich trotz meiner Ängste. »Vielleicht war es ja wirklich vorbestimmt, dass wir uns finden und unserer Mutter eine zweite Chance geben.«

»Wir haben die gleiche Mutter, ja, das stimmt«, sagte sie,

aber ihr Tonfall klang wie einstudiert. »Und das kann niemand abstreiten.«

»Okay … was jetzt?«

»Ich glaube, es ist Zeit, dass wir sie besuchen, Katy … und zwar zusammen.«

Kapitel 38

Genevieve und ich saßen Seite an Seite auf der Rückbank des Wagens. Hin und wieder fiel ihr der Kopf vor Müdigkeit herunter und blieb auf meiner Schulter liegen, aber ich schob ihn nicht zur Seite. Im Rückspiegel beobachtete ich Mums Gesicht, deren Augen weit aufgerissen waren und gehetzt aussahen und meinen Blick nicht ein einziges Mal erwiderten. Kaum gab es einen Moment, in dem ich alles klarer zu durchschauen schien, entglitt mir die Erkenntnis auch schon wieder wie ein Spielzeugschiff, das in rascher Auf- und Abbewegung weiter auf das offene Meer zutrieb.

Wir waren zu mir nach Hause gegangen, wo ich eine Art Showdown erwartet hatte, der allerdings nicht eintrat. Mum schien weder Liebe noch ein Gefühl der Reue für das Kind aufzubringen, das sie weggeben hatte, oder gar zu einer Rechtfertigung dafür anzusetzen, warum sie nur eines ihrer Babys hatte behalten können – sie sah uns einfach nur erschrocken und beklommen an. Dann wechselten Genevieve und sie gedämpfte Worte, die Mum so aufgescheucht haben mussten, dass sie innerhalb weniger Minuten eine Tasche mit Proviant, Getränken, warmen Decken und einer Taschenlampe packte. Mum drang ohne jegliche Begründung darauf, dass ich meine wärmste Jacke, dicke Socken und Stiefel anzog und anschließend ins Auto einstieg.

Dann raste sie wie ein Grand-Prix-Fahrer von unserem Haus aus los, obwohl Fernsehen und Rundfunk Warnungen herausgegeben hatten, nur unbedingt notwendige Fahrten mit dem Auto zu unternehmen. Normalerweise war Mum eher übervorsichtig, und obwohl wir nur wenige Meter weit sehen konnten, erkannte ich an den Schildern, dass wir uns auf dem Weg zur Autobahn befanden. Was immer auch zu tun war, es konnte jedenfalls nicht warten. Irgendwann musste ich wohl vor Erschöpfung eingenickt sein; das Schneegestöber, das sich Meile für Meile hinter dem Fenster rasch an uns vorbeibewegte, hatte mich mit der Zeit in einen nahezu hypnotischen Zustand versetzt und ich war erleichtert, dass mein Kopf endlich den Kampf aufgegeben hatte und ich abschalten konnte. Meine Augen fühlten sich bleiern an und fielen mir immer wieder zu, bis sie sich schließlich ganz schlossen und ich in einen tiefen, traumlosen Schlaf sank.

Als ich nach und nach wieder zu mir kam, hatte ich keinerlei Vorstellung, wie viel Zeit inzwischen vergangen war. Mein Kopf befahl mir zwar, ganz aufzuwachen, aber mein Körper weigerte sich. Es war so angenehm, in meiner eigenen Dämmerwelt zu schweben. Ich hörte leise Stimmen, konnte sie jedoch nicht voneinander unterscheiden, ja, ich war mir nicht mal sicher, ob sie wirklich existierten oder nur in meiner Fantasie.

»Sind wir hier auch richtig?«

»Ganz bestimmt.«

»Bist du sicher? Es sieht jetzt so anders aus.«

»Doch, ich bin schon hier gewesen … oft sogar schon, um sie zu besuchen.«

»Und Katy weiß noch immer nichts?«

»Sie hat keine Ahnung. Ich kann mir gar nicht vorstellen, was sie denkt.«

»Wie sollen wir's ihr denn beibringen?«

»Das werden wir nicht müssen. Es wird ihr sofort klar sein, wenn wir da sind.«

Meine Augenlider fingen an zu flattern und sofort verstummten die Stimmen. Ich streckte mich und gähnte laut. Auf meiner Armbanduhr sah ich, dass ich fast zwei Stunden geschlafen hatte.

»Wo sind wir denn?«

»Wir haben gerade angehalten und machen eine Pause«, antwortete Mum. Sie warf Genevieve einen nervösen Blick zu.

Ich wischte die Fensterscheibe frei und spähte nach draußen. Der Schnee fiel hier dichter und der Himmel war elfenbeinfarben ohne auch nur einen Hauch von Blau darin. Es war erst früher Nachmittag, doch es dämmerte schon. Mum hatte das Auto vor einem ziemlich großen, ehemals stattlichen Haus mit wuchtiger schwarzer Haustür und sieben oder acht Klingelschildern geparkt, zu der eine Treppe hinaufführte. Keine von uns sagte ein Wort.

»Das ist das Haus, in dem du mal gewohnt hast, stimmt's?«, fragte ich schließlich.

»Ja«, erwiderte Mum, ohne mir eine Erklärung dafür zu liefern, warum wir eine dreistündige Autofahrt hinter uns bringen mussten, nur um jetzt draußen vor der Tür ihres alten Hauses zu sitzen.

»Können wir da nicht reingehen?«

Mum schüttelte den Kopf. »Das sind jetzt Eigentumswohnungen, Katy, mit Gegensprechanlagen und allem Drum und Dran. Die würden uns nicht reinlassen.«

»Es gibt da ohnehin nichts mehr zu sehen«, fügte Genevieve hinzu.

»Nein, da ist nichts mehr zu sehen«, wiederholte Mum.

»Außerdem müssen wir noch woandershin«, sagte Genevieve entschieden, was das Signal zu sein schien, auf das Mum gewartet hatte. Sie zog den Schlüssel aus dem Zündschloss und streifte die Handschuhe über, bevor sie die Wagentür öffnete. Genevieve stieg aus, knöpfte den Mantel zu und setzte ihre Pudelmütze auf. Ich wusste, dass sie auf mich warteten. Die beiden waren auf der Reise und ich folgte ihnen blind.

Trotz des Schnees schien Genevieve Flügel an den Füßen zu haben und schon nach wenigen Minuten wurde klar, dass sie hier das Sagen hatte und Mum sich ihr fügte. Ich sah mich um. Der Ort, an dem ich geboren war, hatte so gar nichts Faszinierendes an sich und weckte auch keinerlei Erinnerungen in mir. Es schien hier weit und breit nur schmale dunkle Straßen zu geben, in denen sich Terrasse an Terrasse reihte, die nicht mal durch den Schnee an Attraktivität gewannen. Die Straßenbeleuchtung brannte schon und wirkte vor der reinweißen Umgebung leuchtend gelb. Wir begegneten kaum einem Menschen, während wir hintereinander herstapften, und bald schon sahen wir nur noch verschwommen, weil die Schneeflocken so dicht vor unseren Augen wirbelten. Sie blieben sogar an meinen Wimpern kleben und ich blinzelte sie ungeduldig weg. Ich kam mir vor, als stände ich in einer umgedrehten Schneekugel.

Genevieve führte uns durch eine Reihe enger Gassen. »Das hier ist eine Abkürzung«, teilte sie uns mit. Ich musste darauf achten, genau in der Mitte des Bürgersteigs zu gehen, weil ich immer wieder in die Abwasserrinne rutschte, die neben einer mit Graffiti beschmierten Backsteinmauer verlief. Im Vorübergehen las ich flüchtig ein paar Namen, Parolen und Liebeserklärungen und dachte an die Leute, die vor uns hier gewesen waren. Ob Mum wohl auch mal diese Abkürzung gegangen war, als sie, nur wenige Jahre älter als ich, noch Hoffnungen hatte und voller Leben war? Vielleicht war ja mein Vater genau an dieser Stelle stehen geblieben, hatte sie geküsst und ihr ewige Liebe geschworen, bevor er sich wieder verabschiedet hatte. Ich warf Mum heimlich einen Blick zu, aber sie starrte vor sich hin, ohne sichtbares Zeichen, dass sie hier etwas wiedererkannte oder auch nur interessiert war. Wir traten durch einen Durchgang in eine andere Straße mit viktorianischen Reihenhäusern, in deren Erkern je ein Weihnachtsbaum prangte. Dann blieb Genevieve vor dem Tor einer alten Kirche stehen.

Sie lachte bitter. »St. Jude – der Patron der hoffnungslosen Fälle.«

Ich warf Mum einen Blick zu, um zu sehen, wie sie reagierte, doch auf ihrem Gesicht lag ein zugleich distanzierter und verletzter Ausdruck und ich sagte nichts. Genevieve stemmte das schwere Holztor auf und folgte dem Pfad, der zur Kirche führte. Ich überlegte, ob dies vielleicht eine Art Bewährungsprobe werden und Mum in einer Kirche, die für Genevieve von Bedeutung war, der Prozess für ihr Vergehen gemacht werden sollte. Ein so theatralischer Auftritt war eigentlich ganz Genevieves Stil und auch die Anspielung auf Judas Thaddäus würde dann einen Sinn ergeben. Es war der ideale Ort für eine Beichte. Aber Genevieve steuerte nicht auf den Kircheneingang zu, sondern bog rechts davor an einer Stelle ab, an der ein steinerner Engel stand, der größer war als alle anderen Grabsteine hier.

Es kam mir nicht einmal seltsam vor, meilenweit von zu Hause entfernt und mitten im eiskalten Schnee auf einem Friedhof zu stehen, zumindest nicht seltsamer als alles andere, was sich in jüngster Zeit ereignet hatte. Vorsichtig bahnte ich mir einen Weg durch die Gräber, indem ich Genevieves Fußstapfen folgte, und sah zum Himmel hinauf. Die Stare schossen schon herab und bereiteten sich flügelschlagend auf den Einbruch der Dunkelheit vor. Sie sahen aus wie winzige schwarze Kreuze.

Dann blieb Genevieve plötzlich stehen und ich blickte nach unten. Selbst in schneebedecktem Zustand wirkte das Grab zu unseren Füßen vernachlässigt und alle möglichen Unkrautarten drängten sich durch die verschneite Erde. Genevieve bückte sich, klopfte den Schnee von einem Strauß Kunstblumen und ordnete sie sorgfältig neu. Ihr Gesicht wirkte lebendig dabei, doch der Ausdruck darauf war schwer zu deuten. Für gewöhnlich waren ihre Gefühle so heftig, dass ich sie wie ein Buch lesen konnte. Mums Lippen bewegten sich lautlos, als würde sie beten, und ich begriff, dass sie den Menschen gekannt haben musste, der hier lag. Immer noch war ich die Einzige in dieser Inszenierung, die keine Rolle bekommen hatte. Vielleicht gab ja der Name auf dem Grabstein – *Jessica Myers* – einen Hinweis.

»Wer ist das?«, fragte ich leise.

Genevevieve sah in die Ferne und fing an zu sprechen: »Jessica Myers hatte nicht die geringste Chance. Sie hatte keine Eltern, die sie ins Bett gebracht und ihre Kinderzeichnungen an die Wand geheftet hätten. Sie kam von einer Obhut in die andere, wurde hin und her geschoben wie ein streunender Hund, den niemand wollte, bis sie auf einmal merkte, dass sie schwanger war – damals war sie fast noch ein Teenager und lebte in einer verwahrlosten Wohnung.«

»Ich verstehe nicht …«

»Vielleicht hat sie gehofft, ihrem Leben eine neue Richtung geben zu können, denn endlich hatte sie jemanden, den sie lieben und von dem sie Liebe empfangen konnte … aber das hat wohl nicht ausgereicht, um sie zu retten.«

»Wer war sie, Genevieve?«

»Sie war ein einsames Mädchen, das zu Lebzeiten von allen gemieden und nach ihrem Tod als Ungeheuer deklariert wurde. An diesem einen verhängnisvollen Tag … war sie auf einmal für alle von Interesse.«

Stille Tränen liefen über Mums Wangen und glitzerten wie Eis.

»An was für einem Tag?«, fragte ich.

»An dem Tag, an dem sie starb und ihr Baby verschwand. Niemand hatte bei ihr eingebrochen, der Kinderwagen stand noch in ihrer Wohnung und es konnte sie nur jemand betreten haben, der sich auskannte. Doch diese Möglichkeit wurde von der Polizei nie in Betracht gezogen, denn alle vermuteten das Schlimmste. Man behauptete, sie hätte sich das Leben genommen, um zu verschleiern, dass sie ihre Aufsichtspflicht verletzt hatte.«

Ich sah zu Mum hinüber, um von ihr eine Reaktion zu bekommen, doch sie war so starr wie die Statuen um uns herum. Genevieve sprach weiter, als lese sie aus einem Drehbuch vor.

»Sie durfte nie ihre Vergangenheit hinter sich lassen, wurde immer nur verurteilt und verdammt ... und der einzige Mensch, der die Wahrheit kannte, hat sich nie zu Wort gemeldet.«

»Wer war sie denn? Und wer war ihr Kind?«, rief ich frustriert.

»Ich«, erwiderte Genevieve nach einer Weile mit bewegter Stimme.

Ich verlor den Halt und wäre um ein Haar auf das Grab gestürzt. »Aber ... wie kannst du ihr Kind sein? Wir sind doch Schwestern, dachte ich ... Zwillinge sogar.«

»Ich weiß.«

Sie zog einen Handschuh aus, schob den Schnee zur Seite, um einen weiteren Teil des Grabsteins freizulegen, und es gelang mir, drei Worte zu entziffern – *Mutter von Grace.* Ich sah auf Genevieve hinunter, die meinen Blick mit dem eines Zauberers erwiderte, der sich nicht sicher ist, ob sein Trick gelingen wird. Fast unmerklich bewegte sie wieder die Finger – ich ließ sie nicht aus den Augen und beobachtete, wie der zur Seite geschobene Schnee die folgenden ergänzenden Worte enthüllte – *und Hope. Ruhe in Frieden bis in alle Ewigkeit*.

»Mutter von Grace und Hope«, las ich laut. »Und wer ist Hope?«

»Du«, flüsterte Genevieve und sank wie ein Stein zu Boden.

Kapitel 39

Die Kälte hatte bereits meinen ganzen Körper durchdrungen und ich bewegte die Zehen, um sie wieder etwas zu beleben. Ich fühlte mich so leer, als hätte jemand alles Leben aus mir gepresst und nur die Schale zurückgelasssen. Genevieve sagte die Wahrheit, dessen war ich mir gewiss. Ich sah die Frau an, die sechzehn Jahre lang behauptet hatte, meine Mutter zu sein.

»Dann hast du mich also … entführt?«

»Ich hatte es bestimmt nicht vor«, flüsterte sie, »ich wollte dich doch nur beruhigen.«

»Und damit bist du ungestraft davongekommen?«, rief ich. »Wie konntest du mich denn so einfach behalten?«

»Ich war ja mit meinem eigenen Baby aus dem Krankenhaus entlassen worden und es war auch eine Hebamme bei uns gewesen, um nach dem Rechten zu sehen … wieso hätte jemand vermuten sollen, dass ich in die Sache verwickelt war?«

»Ja, *du* warst eine anständige Person«, sagte Genevieve verächtlich. »*Unsere* Mum dagegen war keine Unbekannte im Sozialamt. Sie war ein Problemfall, ein schlechtes Vorbild, jemand, den man unter Beobachtung hielt und über den man eine Akte führte.«

»Und außerdem hast du mich weit weggebracht von meinem Geburtsort«, fügte ich hinzu.

Mum schloss die Augen. »Ich hätte nie und nimmer dort bleiben können.«

Mir kam das alles wie ein schlechter Traum vor und meine Stimme klang noch immer ganz benommen, als ich fragte: »Und wie soll ich dich jetzt nennen?«

»Ich bin noch immer deine …«

»Nein. Du bist nicht meine Mum«, fiel ich ihr vehement ins Wort und bemerkte gleichzeitig, wie Genevieve lächelte. »Und ich glaube auch nicht, dass ich es jemals wieder zu dir sagen kann.«

Sie nickte angestrengt. »Du hast ja recht, ich habe es verdient. Vielleicht kannst du mich ja … Rebecca nennen.«

Bestürzt sah ich sie an und versuchte, irgendetwas an ihr wiederzuerkennen, das mir vertraut war, aber sie hatte sich von einem Moment zum nächsten in eine fremde Frau verwandelt. Ängstlich wich sie meinem prüfenden Blick aus, als ob meine Augen Pfeile aussenden würden, die sie durchbohrten.

»Bitte sieh mich nicht so an«, sagte sie schließlich, »ich bin nicht so, wie du glaubst.«

»Ach … und wie bist du dann?«

»Das alles hat sich in einem Moment abgespielt, in dem ich nicht mehr Herr meiner Sinne war. Ich war so aufgelöst, nachdem ich Jessica gefunden hatte, und später … war ich voller Angst und habe bereut, was ich getan hatte.«

Sie verstummte und ich bemühte mich zu verstehen, was sie mir da gesagt hatte. Sie hatte sich selbst eingeredet, nur einen einzigen Moment lang die Kontrolle über sich verloren zu haben, aber ich konnte einfach nicht darüber hinwegsehen, dass sie sechzehn Jahre lang Zeit gehabt hätte, um die Sache wieder ins rechte Lot zu rücken. Ebenso wenig konnte ich allerdings vergessen, dass sie mich sechzehn Jahre lang geliebt hatte. Ich wusste nicht mehr, was ich fühlen sollte, und mein Kopf tat scheußlich weh.

»Du hast nur an dich selbst gedacht«, sagte Genevieve anklagend.

Mit zitternder Stimme erwiderte Rebecca: »Nein, das ist nicht wahr. Ich habe doch geglaubt, ich könnte wenigstens einer von euch ein Zuhause geben, aber ich habe immer zutiefst bereut, dass ihr getrennt wurdet. Seit damals lebe ich mit diesem Albtraum, Tag für Tag ... und mit den allerschlimmsten Schuldgefühlen ...«

Genevieve machte ein finsteres Gesicht und zerrte an meinem Arm. Wir suchten Schutz in einer der bogenförmigen Nischen der Kirche, in der breite Steinbänke auf uralten Steinplatten standen. Sie setzte sich neben mich, aber Rebecca blieb stehen und trank in kleinen Schlucken aus der Thermosflasche. Ich fasste sie an der Schulter an. »Was ist denn nun wirklich an diesem Tag geschehen?«

Sie suchte in ihrer Manteltasche nach einem Taschentuch und brauchte einen Augenblick, bevor sie wieder sprechen konnte. »Bis auf einen einzigen Punkt war alles so, wie ich es dir gesagt habe: Ich bin mit dem Ersatzschlüssel in Jessicas Wohnung gegangen. Ich wusste, wo sie ihn versteckt hatte, und dachte, sie wäre krank ... und ich konnte das Weinen des Babys einfach nicht mehr länger aushalten.«

Ich spürte, wie Genevieve neben mir starr wurde, aber sie unterbrach sie nicht.

»Jessicas Körper war noch warm, doch ihre Augen sahen schon so leblos aus … und trotzdem schienen sie mich darum zu bitten, etwas für sie zu tun. Der Kinderwagen stand zwar da, aber es lag nur ein Baby darin. Das andere musste wohl in seinem Bettchen sein. Ich nahm die Kleine hoch und redete mir ein, ich wolle sie nur trösten. Und weil ihre Windel voll war, hab ich sie mit zu mir nach oben genommen.«

»Und wo war dein eigenes Baby?«, fauchte Genevieve. »Wo war denn das?«

Rebecca streckte den Kopf aus der Nische und starrte auf das Schneegestöber. Als sie sich wieder zu uns umdrehte, glänzte ihr Gesicht vor Nässe und die Haare klebten an ihrem Kopf. »Meine geliebte kleine Katy war da schon kalt und schlaff«, flüsterte sie mit größter Anstrengung. »Als ich einschlief, war sie noch ganz warm, aber … irgendwann … in der Nacht … hat sie wohl einfach aufgehört zu atmen.«

Es war hart, sich damit abzufinden, dass die Katy, von der sie sprach, nicht ich war. Ich hatte meine Identität verloren und existierte nicht mehr. Selbst mein Geburtstag war nicht an dem Tag, an dem er sechzehn Jahre lang gefeiert worden war.

»Vielleicht ein plötzlicher Kindstod?«, sagte ich, weil ich das Gefühl hatte, ich müsste es ihr leichter machen.

Rebecca nickte und schluckte schwer und ihre Nase fing an zu laufen. »Ich glaube, ja, und hoffe, dass ich ihren Tod nicht durch irgendetwas, das ich getan oder unterlassen habe, verschuldet habe.«

»Darauf wird dir niemals jemand eine Antwort geben können«, brummte Genevieve.

Rebeccas Augen wurden feucht. »Aber ich habe meine eigene kleine Katy nie auch nur eine Sekunde vergessen und trage die Erinnerung an sie immer mit mir.«

Jetzt verstand ich endlich, woher ihr ganzer Kummer kam – dieser Frau, die mich gestohlen hatte, um ihr eigenes Kind zu ersetzen, war es nie gelungen, diesem Trauma zu entkommen.

»Und du hast dir eingebildet, es ist in Ordnung, wenn du einfach jemand anderem sein Kind wegnimmst?«, fragte Genevieve zornig.

»Ich werde für das, was ich getan habe, geradestehen müssen«, erwiderte sie mit so viel Würde, wie sie aufbringen konnte, und ich fragte mich, was sie jetzt vorhatte. Ob sie sich der Polizei stellen wollte? Aber das würde Genevieves verlorene Kindheit auch nicht wieder zurückbringen.

»Meine Adoptiveltern haben mir weisgemacht, dass man uns getrennt hat, weil ich so böse war«, entgegnete Genevieve verbittert. »Und als ich dann älter wurde, kam ich dahinter, dass alle dachten, meine Mutter wäre verantwortlich für den Tod meiner Zwillingsschwester.«

Rebecca machte ein schniefendes Geräusch und Genevieve warf ihr einen erbosten Blick zu, bevor sie fortfuhr.

»Und dann hab ich dich gesehen, Katy, an dem Tag im Bus, und wusste sofort, wer du warst … Ich hab nicht lange gebraucht, um herauszufinden, was damals wirklich geschehen sein musste.«

Rebecca verlor jetzt völlig die Fassung, wandte sich von uns ab und lehnte sich gegen die schwere hölzerne Kirchentür. Ich wäre gern zu ihr hingegangen und hätte sie getröstet, aber ich konnte mich nicht dazu durchringen.

»Du hast jedes Recht, mich zu hassen«, sagte sie schluchzend. »Was ich getan habe, war grundfalsch und ist durch nichts zu rechtfertigen ... durch gar nichts. Ich will versuchen, es wiedergutzumachen.«

Genevieves Gesicht verzerrte sich vor Wut und sie sprang auf. »Nichts, gar nichts, was du tun könntest, würde es je wiedergutmachen.«

Ich sah, wie Rebecca sich auf die Lippe biss und sie so fest zusammenkniff, als habe sie Angst vor ihren eigenen Worten. Ich blickte von unserer Nische aus nach draußen und spürte eine wachsende Beklemmung in mir. Die Schneeflocken waren mittlerweile so groß wie Fünfzigpencestücke und fielen mit einer unglaublichen Geschwindigkeit. Unsere Fußabdrücke auf dem Pfad waren schon nicht mehr zu sehen.

»Wir sollten aufbrechen«, drängte ich. »Gehen wir zum Auto zurück und entscheiden dort, was wir tun.«

Rebecca nickte zustimmend und beide sahen wir Genevieve auffordernd an, damit sie uns den Weg zeigte.

Einen Moment lang lag ein belustigter Ausdruck auf ihrem Gesicht und ich überlegte, woran sie wohl denken mochte, aber da zog sie sich auch schon die Mütze tiefer ins Gesicht, streifte die Handschuhe über und forderte uns mit einer Kopfbewegung auf, ihr zu folgen. Der Rückweg dauerte doppelt so lang wie der Hinweg, doch Genevieve musste einen guten Orientierungssinn haben, denn die menschenleeren Straßen sahen jetzt alle gleich aus. Ich entdeckte auch nur wenige frische Fußspuren im Schnee, was wohl bedeutete, dass die Leute hier den Rat beherzigt hatten, zu Hause zu bleiben. Als wir dann endlich unser Auto erreichten, waren wir tropfnass, erschöpft und hatten rote Nasen und verfrorene Gesichter.

Rebecca ließ sich auf den Fahrersitz fallen. »Wir sollten das Radio anstellen«, sagte ich zu ihr. »Es könnte sein, dass sie die Autobahn gesperrt haben.«

Sie wischte meine Bedenken mit einer Handbewegung zur Seite und ich war verblüfft über ihren plötzlichen Wagemut. Es dämmerte bereits, und seit wir aufgebrochen waren, war bestimmt ein halber Meter Schnee gefallen, doch sie war bereit, den Kampf gegen Schnee, Glatteis und schlechte Sichtverhältnisse aufzunehmen, und das in einem Auto, das fünfzehn Jahre alt war. Bei dem Gedanken an die Fahrt, die uns bevorstand, krampfte sich mir der Magen zusammen. Ich fragte mich, ob es Genevieve wohl genauso ging, aber sie sagte nichts mehr und starrte teilnahmslos aus dem Fenster.

»Lass uns nach einem Gasthof Ausschau halten«, schlug ich ihr vor und merkte selbst, wie schrill meine Stimme klang.

Sie griff hinter sich und klopfte mir beruhigend aufs Knie. »Ich lasse es langsam angehen auf der Rückfahrt und überhole auch nicht. Es wird schon gut gehen, vertrau mir nur.«

Ich versuchte, mich zurückzulehnen und zu entspannen, doch meine Angst wurde von Minute zu Minute größer. Ich konnte nicht verstehen, wie Genevieve so ruhig bleiben konnte. Die Szenerie da draußen erinnerte mich an einen unheimlichen apokalyptischen Film, der in einer

Stadt ohne Einwohner spielte und in dem die Autos in den abgelegensten Winkeln zurückgelassen worden waren. Keine der Nebenstraßen war gestreut und unser Wagen kam mir alles andere als fahrtüchtig vor. Er gab ein dumpfes Geräusch von sich und ab und zu drehten die Reifen durch, wenn sie in eine Schneewehe oder wir zu nah an den Randstein gerieten.

»Die Autobahn ist sicher frei«, verkündete Rebecca strahlend. Der Tacho hatte bisher nicht mehr als 15 Stundenkilometer angezeigt und wir kamen einfach nicht von der Stelle. Ich bemerkte ein Schild, das den Weg zur Stadtbibliothek wies, und hatte die Befürchtung, dass wir vor fünf Minuten schon einmal an ihm vorbeigefahren waren.

»Ich glaube, das ist keine gute Idee«, sagte ich leise vor mich hin. Die Kehle schnürte sich mir zu, als ob mir langsam die Luft abgeschnitten würde. Über allem lag eine Zwangsläufigkeit, die ich nicht verstand.

»Das ist die Strecke, auf der wir gekommen sind, Mädels. Von hier aus sollten wir eigentlich zur Schnellstraße und danach auf den Autobahnzubringer kommen.«

»An diese Brücke hier kann ich mich aber nicht erinnern«, flüsterte ich, als der Wagen die flache Steigung hinauffuhr.

Rebeccas Lachen klang entschieden nervös. »Ich mich auch nicht, aber schauen wir doch erst mal, wo sie hinführt.«

Genevieve hatte sich seit unserer Abfahrt weder gerührt noch hatte sie ein einziges Wort von sich gegeben und ich hatte größte Lust, sie anzuschreien und aus ihrer Teilnahmslosigkeit herauszurütteln. Sie schien völlig abgeschaltet und sich von uns zurückgezogen zu haben. Ich konzentrierte mich wieder auf die Straße. Es gab keinen Zweifel daran, dass wir uns mittlerweile außerhalb der Stadt befanden und weiter aufs Land hinausfuhren. Hier gab es keine Straßenbeleuchtung mehr und mir kam es vor, als würden wir uns auf direktem Weg in die Hölle begeben. Irgendetwas lief ganz furchtbar schief, das spürte ich genau, aber ich war nicht in der Lage, etwas daran zu ändern. Selbst als Rebecca irgendwann einräumte, dass sie sich wohl getäuscht haben musste, ließ dieses Gefühl nicht nach. Sie versuchte zu wenden, doch die Straße war schmal und der Schnee verhinderte das Manöver zusätzlich. Sie ließ den Kopf aufs Lenkrad sinken.

»Vielleicht versuchst du mal zurückzusetzen?«, schlug ich vor.

»Das ist unmöglich. Wir müssen weiterkommen und zusehen, dass wir einen Bauernhof oder irgendein Haus finden.«

Sie trat mehrmals hintereinander aufs Gaspedal, worauf der Wagen zwar leicht schaukelte, sich aber keinen Meter fortbewegte. Dann ließ sie die Räder vorwärts- und rückwärtsrotieren, doch die gaben lediglich ein scheußlich knirschendes Geräusch von sich. Ich hatte Angst, dass das Auto plötzlich einen Satz nach vorne machen und im Graben landen würde, aber es blieb stehen, wo es war, und blockierte die Straße.

»Mädels … wir stecken fest.«

Ich versuchte, mich zu konzentrieren. »Wir können ja hier im Auto sitzen bleiben und warten, bis es hell wird. Du hast doch Proviant und Decken mitgebracht.«

Rebecca rieb sich am Kinn und spähte aus dem Wagen. »Hier können wir nicht stehen bleiben. Wenn wir die Scheinwerfer ausmachen, sind wir für alle eine Gefahr.«

»Und was sollen wir jetzt machen?«, fragte ich.

»Wir schaufeln uns einfach selber frei«, verkündete sie in etwas albernem Singsang. »Ich habe einen Spaten dabei, das haben sie im Radio geraten. Man soll auf alle wichtigen Fahrten eine Taschenlampe, Proviant, Wasser, Decken, Handy und einen Spaten mitnehmen.«

Niemand hat uns gezwungen, ausgerechnet heute hierherzufahren, wollte ich schon sagen, spürte aber, dass Rebecca keine Wahl gehabt hatte. Sie hatte Genevieve so lange verleugnet, dass sie ihr diese Fahrt unmöglich abschlagen konnte. Ich sah wieder zu Genevieve hinüber. Sie schien eingenickt zu sein, obwohl ich nicht wirklich davon überzeugt war, dass sie es nicht nur vortäuschte. Rebecca und ich stiegen beide aus dem Auto. Sie wollte sich nicht von mir helfen lassen, aber ich hielt ihr die starke Taschenlampe so hin, dass sie gut sehen konnte. Bis auf Rebeccas keuchenden Atem und die Bewegungen, die ich machte, um mich warm zu halten, war hier weit und breit kein Laut zu hören. Es hätte noch so viel zwischen uns zu sagen gegeben, doch ich glaube, wir beide hatten fürs Erste genug geklärt.

»Hasst du mich jetzt?«, fragte sie schließlich und ich sah, wie sie rasch einen Blick ins Auto warf, als wollte sie nicht, dass Genevieve uns zuhörte.

»Nein«, antwortete ich ohne Umschweife. »Ich hasse dich nicht.« Selbst in meinem jetzigen verwirrten Zustand musste ich ihr die Wahrheit sagen, die mir plötzlich so einleuchtend schien. »Ich kann nicht entschuldigen, was du getan hast, aber ich glaube, ich kann verstehen … warum du es getan hast.«

Das schien sie zu erleichtern und ich sah Tränen in ihren Augen. Jedenfalls schaufelte sie mit frischer Energie weiter und schien sich mit meiner Antwort zufriedenzugeben. Da der Schnee noch immer leicht und weich war, hatte sie ihre Arbeit nach einer Viertelstunde beendet. Sie öffnete den Kofferraum, legte den Spaten wieder zurück und trat sich den Schnee von den Stiefeln. Dann sagte sie nur noch: »Ich hoffe … dass du mir eines Tages verzeihen kannst.«

Sie schaltete die Zündung wieder ein und fuhr langsam an. Tatsächlich gelang es ihr, den Wagen aus dem Loch herauszumanövrieren, aber er schlitterte immer noch gefährlich hin und her.

»Wir müssen einen Rastplatz suchen oder irgendwo auf einem Seitenstreifen halten«, sagte sie und ich konnte die nackte Angst in ihrer Stimme hören.

Sie hielt das Lenkrad fest umklammert und versuchte, das Auto unter Kontrolle zu halten, aber das hatte sich selbstständig gemacht. Ich wusste, es war hoffnungslos, und sie wusste es auch. Wir hatten nur zwei Möglichkeiten – wir konnten anhalten und die Pannenhilfe anrufen, ohne eine Ahnung zu haben, wo wir uns befanden, oder wir blieben hier und hielten Ausschau, ob es ein Schneepflug oder Traktor durch den Schnee schaffte. Ich wollte gerade meinen Plan verkünden, als ich sie erleichtert seufzen hörte.

»Da drüben ist ein Schild … da links.«

Schwerfällig bog der Wagen in einen Feldweg ein und

fuhr dann seitlich auf eine Lichtung neben ein paar Bäumen. Das Schild warb für einen Angelteich inklusive Öffnungszeiten und Preisen pro Stunde. Rebecca schaltete den Motor aus und ich sah, wie die Anspannung aus ihrem Körper wich.

»Ich hole gleich die Decken und den Proviant aus dem Kofferraum. Hier sind wir erst mal sicher«, sagte sie seufzend. »Auf jeden Fall bis morgen früh.«

Kapitel 40

Erst dachte ich, ich würde träumen. Da war ein Licht und eine Hand, die an mir rüttelte, und eine Stimme sagte flüsternd: »Katy? Kommst du mit mir? Alleine hab ich Angst.«

»Genevieve? Was ist denn los?« Hastig griff ich nach ihrer Taschenlampe und schob sie zur Seite, weil sie mir direkt in die Augen leuchtete.

»Ich muss mal«, sagte sie und lachte leise. Sie deutete auf den vorderen Teil des Wagens, wo ich eine schlafende Gestalt sah, die sich auf beiden Vordersitzen ausgestreckt und eine Decke bis hinauf zum Kinn gezogen hatte.

»Wie spät ist es denn?«, fragte ich stöhnend.

»Drei Uhr morgens.«

Ich öffnete meine Tür und wankte steif und völlig desorientiert ins Freie. Meine Füße versanken in dem etwa dreißig Zentimeter tiefen, frisch gefallenen Schnee, obwohl der Himmel jetzt ganz klar aussah. Der Kaffee aus der Thermoskanne hatte Wirkung gezeigt und meine Glieder kribbelten.

»Ich hab noch was für dich«, flüsterte Genevieve. Sie griff in ihre Hosentasche und zog etwas heraus. Erst als sie mit beiden Händen sanft meinen Hals umfasste, wusste ich, was es war.

»Der Anhänger, Katy, du hast ihn nie getragen.«

Ich befühlte den glatten Stein und lächelte nervös, denn ich konnte ihn vor ihren Augen schlecht wieder abnehmen. Hastig schob ich ihn in die Innenseite meines Mantels. »Such dir einen Busch, Genevieve. Und ich geh und such mir auch einen.«

Leider hatte ich den blöden Tick, nur pinkeln zu können, wenn niemand anderes in meiner Nähe war, und die Vorstellung, mir die Jeans runterziehen und mich in den Schnee hocken zu müssen, war mir sowieso unerträglich, aber ich hatte nun mal keine andere Wahl. Genevieve witzelte noch herum, dass wir's besser hätten, wenn wir Jungs wären, doch dann gingen wir in verschiedene Richtungen. Ich brauchte lange, bis ich den passenden Ort gefunden hatte und mich überwinden konnte, meine nackte Haut den Minusgraden auszusetzen. Genevieve hatte die Taschenlampe mitgenommen, weshalb ich weder sie noch einen Funken Licht sah. Ich wusste zwar, in welcher Richtung unser Auto stand, wollte aber nicht ohne sie zurückgehen. Plötzlich hörte ich es in den Büschen rascheln und fuhr vor Schreck zusammen. Ob sie mir einen Streich spielen wollte?

»Genevieve? Genevieve?«, rief ich aufs Geratewohl.

Ich hörte erneut Geräusche, glaubte aber, dass ich sie mir nur einbildete, weil sie von weit weg zu kommen schienen. Ich hörte genauer hin und tatsächlich hallte eine Stimme durch die Bäume zu mir herüber.

»Komm und sieh dir das an, Katy. Es ist fantastisch hier. Katy, komm doch her zu mir.«

Schwerfällig stapfte ich weiter und blieb nur hin und

wieder stehen, um zu lauschen. Genevieves Stimme klang so, wie ich sie zuvor noch nie gehört hatte – ehrfürchtig und voller Staunen. Eigentlich wie ein Kind. Ich musste daran denken, wie sie mich auf dem Kunsthandwerkermarkt dazu gebracht hatte, ihr zu folgen, stolperte weiter und überlegte, warum ich ihr eigentlich immer hinterherlief.

»Genevieve, ich kann nichts sehen und mir ist eisig kalt.«

»Es ist jetzt nicht mehr weit«, rief sie mir zu. »Ich kann dich deutlich hören.«

»Du solltest lieber in meiner Nähe bleiben«, rief ich ärgerlich zurück.

Der Schnee verdeckte alles, was der Boden barg. Ich stolperte über unebene Stellen im Gras und über Steine und Baumwurzeln. Es war unheimlich hier so allein und ich versuchte, mich auf die Bäume zu konzentrieren, um mich zu beruhigen. Am besten gefielen mir die schlanken, eleganten Tannen, die bereitstanden wie auf den Einsatz der Musik wartende Tänzer, und die alten stämmigen Eichen mit ihren knorrigen und blasig aufgewölbten Stämmen. Ich malte mir aus, wie lange sie hier gestanden und wie viel sie schon gesehen hatten, sodass nichts auf der Welt sie mehr überraschen konnte, und tatsächlich entdeckte ich kurz darauf ein weises altes Gesicht in einem der Stümpfe eines gestutzten Astes. Da fiel ein Lichtstrahl durch die Bäume, was hieß, dass Genevieve ganz in der Nähe sein musste, und ich fragte mich, warum sie mir nicht längst schon geleuchtet hatte. Ungeduldig ging ich weiter, bis der Boden eben wurde und das Unterholz endete.

»Was zum …? Genevieve, bleib stehen!«

Entsetzt schnellte meine Hand an den Mund. Ich hatte jetzt den gefrorenen See erreicht und sah, wie sie, den Kopf im Nacken, lachend auf ihm herumrutschte.

»Ich bin noch nie Schlittschuh gelaufen, Katy. Es ist super, auch ohne Eislaufschuhe. Komm her, du kannst meine Partnerin sein.«

Ich wollte sie auf keinen Fall erschrecken und versuchte, unbeeindruckt zu klingen. »Mir ist kalt und ich bin müde und ich will nicht aufs Eis. Komm, wir gehen zurück zum Auto.«

»Nein«, protestierte sie lauthals. Sie schlitterte weiter und streckte dabei ein Bein nach hinten. Ich hätte mich nicht gewundert, wenn sie auch noch eine Drehung gemacht hätte. »Du musst einfach mit mir tanzen. Es ist drei Uhr früh, wir haben uns ans Ende der Welt verirrt und der See ist so schön …«

Laut und gekünstelt lachte ich auf. »Aber er trägt vielleicht nicht… denk doch daran, wie sie immer davor warnen, dünnes Eis zu betreten… komm zurück zum Ufer.«

Aber ihre Arme wirbelten jetzt wie die Propellerflügel eines Hubschraubers und sie sah so berauscht aus, dass ich einen Moment lang neidisch war. »Der Himmel ist ganz schwarz«, sang sie. »Wie polierter Gagat, besetzt mit funkelnden Diamanten. Vielleicht ist das alles schon morgen vorbei.«

»Es wird auch morgen früh noch da sein«, versicherte ich ihr, »und dann laufen wir bei Tageslicht auf dem Eis und können besser sehen.«

»Nein«, rief sie mir trotzig zu. »Ich will nicht mehr auf morgen warten. Von jetzt an mach ich nur noch, was ich will und wann ich es will. Und der See wird nie mehr so zauberhaft sein wie heute Nacht.«

Einen aberwitzigen Moment lang glaubte ich ihr. Der See sah so einladend aus im Mondschein und sie schien so frei. Ich dagegen war immer die Langweilige und Vernünftige gewesen und jetzt lockte sie mich zu sich heran.

»Katy? Denk an all das, was wir nie zusammen machen konnten. Sie hat uns doch alles genommen. Du weißt, dass du zu mir gehörst. Du musst einfach bei mir sein.«

Vorsichtig setzte ich einen Fuß aufs Eis und wusste im gleichen Moment, dass es nicht sehr dick war. Ich spürte, wie es sich bewegte, wie es unheilvoll knackte. Es war unfassbar, dass sich Genevieve so weit in die Mitte des Sees gewagt hatte.

»Geh nicht mehr weiter«, rief ich ihr zu. »Ich komme dir entgegen, aber beweg du dich vorsichtig zurück und dann treffen wir uns in der Mitte.«

»Ich hatte gerade eine super Idee«, rief sie, ohne auf meine Warnung zu achten. »Du kannst doch deinen Namen ändern … so wie ich.«

Ich ging ein paar Zentimeter weiter, obwohl sich alles in mir sträubte, das schützende seichte Ufer hinter mir zu lassen. »Warum sollte ich das tun?«

»Weil du eine andere bist, als du immer geglaubt hast. Katy ist tot und auch Hope existiert seit über sechzehn Jahren nicht mehr.«

Noch ein paar Zentimeter … und ich zitterte am ganzen Körper vor Angst. »Aber ich fühle mich noch immer wie Katy.«

»Vergiss Katy. Von jetzt ab kannst du sein, wer du willst.«

Es war genau der richtige Zeitpunkt für die Frage, die ich ihr immer hatte stellen wollen, seit sie in mein Leben getreten war. »Wer ist Genevieve Paradis?«

»Die gibt es nicht«, rief sie beinahe euphorisch. »Ich habe sie in einem Buch entdeckt. Als ich den Namen las, da wusste ich, dass ich so sein wollte wie sie. Ich habe mich genau wie sie gefühlt. Du kannst sein, wer du willst … lass dir von keinem etwas anderes einreden.«

Ich hatte mich jetzt etwa zehn Meter weit von der Böschung entfernt, und was ich vor mir sah, erschien mir völlig surreal: der Mond, der auf das Eis schien, die schemenhaften Bäume mit ihren verdrehten schwarzen Ästen, die sich vor uns verneigten, die gespenstische Gestalt von Genevieve, die über das Eis glitt, und schließlich ihre Stimme, die in der Stille widerhallte. Ich konnte nur Mut fassen und weitergehen, wenn ich mir sagte, dass diese Szenerie nicht wirklich war. Ich war noch immer Katy Rivers, ehemals Pfadfinderin, die jede nur erdenkliche Sicherheitsvorschrift kannte und sich niemals, niemals auf einen zugefrorenen See begeben würde, an dessen Ufer Schilder standen, die vor ›Tiefem Wasser‹ warnten.

Dann plötzlich hörte ich ein bedrohliches Geräusch, das die gespenstische Stille wie ein Peitschenhieb durchtrennte.

»Genevieve«, rief ich warnend, »das Eis – es bricht! Leg dich flach auf den Boden und verteil dein Gewicht.«

Ich war mir gar nicht sicher, ob das der richtige Ratschlag war, aber ich hatte ihn aus den Untiefen meines Gedächtnisses hervorgeholt.

»Ich komme dir entgegen«, rief Genevieve. »Ich wollte immer nur mit dir zusammen sein. Mein ganzes Leben lang hab ich nach dir gesucht. Wir sind nicht wie die anderen, Katy, und was uns hier geschieht, bist du mir schuldig.«

Ich sah keinerlei Panik in ihrem Gesicht, aber ich wollte sie unbedingt trösten. »Du hast mir auch gefehlt, nur habe ich es nicht erkannt.«

»Hab keine Angst. Das hier ist nicht das Ende für uns beide … das weiß ich ganz bestimmt.«

Da hörte ich eine andere mir vertraute Stimme rufen, doch ich wagte nicht, mich nach ihr umzudrehen.

»Zurück, Katy! Geh langsam Schritt für Schritt zurück. Es ist nicht weit.«

Ich musste nicht eine Sekunde überlegen und rief ihr mit äußerster Bestimmtheit zu: »Ich kann sie nicht allein zurücklassen.«

Es waren die letzten Worte, die ich von mir gab, bevor wir ein grausames Knacken hörten und Genevieve unter der Eisdecke verschwand, so als hätte sich bei einem Erdbeben ein Spalt aufgetan. Ich achtete nicht auf Rebeccas verzweifelte Schreie im Hintergrund und zögerte nur wenige Sekunden. Noch stand ich auf beiden Beinen und die Alternativen lagen auf der Hand: Ich konnte mich auf festen Untergrund zurückziehen, solange es noch möglich war, oder versuchen, Genevieve zu retten.

Nichts auf der Welt hätte mich auf diese Kälte vorbereiten können. Sie war elementar, rein und schneidend und fuhr mit ihrer Grausamkeit durch meinen ganzen Körper. Sie raubte mir nicht nur von einem Moment zum anderen den Atem, sondern verwehrte es mir auch, danach noch weiter ein- und auszuatmen, bis jeder Nerv und jede Körperfunktion seine Tätigkeit einstellte. Meine Kleider wurden schwer vor Nässe und ihr bleiernes Gewicht zog mich nach unten. Ich dachte an die Sage von dem Greis, der die Reisenden mit einer List dazu bringt, ihn über den Fluss zu tragen. Sie willigen ein, aber er schlingt seine Beine wie einen Schraubstock um sie und wird schwerer und schwerer, bis sie ertrinken. Ich wehrte mich wahrscheinlich nur eine einzige Minute lang. Ich war nie eine gute Schwimmerin gewesen, genauso wenig wie Genevieve, und war erleichtert, als ich schließlich resignierte.

Das Wasser war erstaunlich klar und so fand ich Genevieve mühelos, deren Haare wie bei einer Meerjungfrau in alle Richtungen strömten. Sie wartete auf mich, wie eh und je, und ich legte meine Arme um ihren leblosen Hals. Ich hatte mir immer vorgestellt, es müsse hart sein zu sterben, aber es fiel mir überraschend leicht; weit in der Ferne lockte ein Licht und zog mich näher und näher zu sich heran. Dankbar bewegte ich mich darauf zu, von einer unsichtbaren Hand geleitet, als plötzlich das stille Wasser aufgewühlt wurde. Ein Hand packte mich und zerrte mich nach oben und ich wurde dem See in einem grausamen Akt der Wiedergeburt entrissen und über das Eis gezogen. Alles, wovor ich hatte fliehen wollen, erwartete mich dort am Ufer – Kälte, Ungewissheit, Kränkung, Verlust und Schmerz. Ich würgte und keuchte, überzeugt davon, dass meine Lungen geplatzt waren. Man rollte mich auf die Seite und ich spuckte Wasser.

Rebecca zögerte und ich spürte, was sie im Sinn hatte. Ich hielt sie am Arm fest. »Du kannst da nicht mehr reingehen.« Aber sie sah wild entschlossen aus und entzog sich meinem Griff. Ich musste meine ganze Kraft aufwenden, um sie zurückzuhalten. »Sie lebt nicht mehr … es ist sinnlos.«

»Ich muss es wenigstens versuchen, Katy. Ich kann nicht anders.«

Ich schüttelte den Kopf und meine Zähne klapperten. »Riskier doch nicht dein eigenes Leben. Bleib hier bei mir … Mum.«

Kaum hatte ich mein letztes Wort gesagt, brach sie in meinen Armen zusammen und Hilfe suchend klammerten wir uns aneinander. Ich glaube, noch nie in meinem ganzen Leben habe ich jemanden so festgehalten.

Nach wenigen Minuten war auf dem See nicht mehr die kleinste Kräuselung zu bemerken. Es war, als wäre seine Ruhe nie gestört worden. Ich starrte in die glänzende Tiefe und sah, dass auf der Oberfläche, nah am Ufer, etwas schwamm. Es war eine grüne Glasscherbe, die in der Dunkelheit beinahe die gleiche Farbe hatte wie der See. Nur ein paar Augenblicke schwamm sie träge auf der Oberfläche, dann sank sie, ohne eine Spur zu hinterlassen.

Epilog

»Was ist ein Name? Was uns Rose heißt, wie es auch hieße, würde lieblich duften.«

Luke streckte die Arme auf der Rückenlehne der hölzernen Bank aus und wartete auf meine Reaktion.

»Romeo und Julia?«

Er streckte den Daumen nach oben.

»Mit meinem Namen hab ich ganz sicher kein Problem«, erwiderte ich und zupfte verlegen an meinem Ohrring. »Ich fühle mich noch immer wie Katy Rivers … und überhaupt … seh ich vielleicht wie eine Hope aus?«

Er schüttelte den Kopf. »Ein Mädchen mit dem Namen Hope würde sich gesitteter verhalten und Geige oder Harfe spielen.«

»Ich bin extrem unmusikalisch.«

Luke blinzelte in die Dezembersonne. »Du warst wirklich tapfer heute, Kat. Ich bin stolz auf dich.«

Ich antwortete nicht, weil noch immer Tränen lauerten und ich nicht mehr weinen wollte. Luke reichte mir meine Sonnenbrille; meine Augen sahen sicher furchtbar aus. Ich schlug die Beine übereinander, weil mein steifer schwarzer Hosenanzug unbequem war, aber ich hatte es nicht eilig, den Friedhof von St. Jude's zu verlassen. Viele Leute empfanden ja Friedhöfe als morbid, doch ich fühlte mich eigentlich ganz wohl unter den Toten. Es waren heute mehr Besucher da, als ich gedacht hätte, wohl weil bald Weihnachten war und die Angehörigen ihre Gräber mit Stechpalmenkränzen und kleinen Tannenbäumen schmückten.

»Es ist richtig, dass sie gemeinsam in einem Grab liegen«, sagte ich. Ich beobachtete zwei Spatzen, die sich um ein Stück Brot stritten. Neben mir auf der Bank summte Luke verlegen vor sich hin und ich wusste, dass er etwas auf dem Herzen hatte und es mir erzählen würde, wenn ich lang genug wartete.

»Ich weiß, es steht mir nicht zu, das zu sagen, Katy, aber vielleicht bräuchtest du jemanden, mit dem du mal reden kannst?«

»Worüber denn?«

»Über alles ... Du denkst jetzt natürlich, dass alles vorbei ist, aber die ganze Geschichte könnte ... ähem ... irgendwann später wieder auftauchen und dir zu schaffen machen.«

Ich sah ihn entsetzt an. »Du meinst, ich brauche einen Seelenklempner?«

»Nein, aber vielleicht jemanden, der dich berät«, erwiderte er taktvoll.

»Luke, es ist nicht so gewesen, wie du denkst«, protestierte ich. »Ich habe ein Leben geführt, das nicht meines war ...«

Luke blinzelte heftig und lockerte seinen Kragen. »Wünschst du dir immer noch, du wärst Genevieve nie begegnet?«

»Jetzt nicht mehr«, antwortete ich nachdenklich. »In gewisser Weise hat sie mich sogar ... befreit.«

Luke zögerte und sagte: »Sie hat versucht, dich umzubringen, Katy. Du warst ihr Feind, vergiss das nicht.«

»Sie war sich selbst ihr ärgster Feind«, sagte ich leise. »Aber mit einem hattest du recht … sie war tatsächlich nur aus Fleisch und Blut.«

Luke schien über mein plötzliches Mitgefühl irritiert zu sein. »Glaubst du denn, du hättest sie retten können?«, fragte er skeptisch. »Vor sich selbst, meine ich?«

Ich dachte einen Augenblick darüber nach. »Da bin ich mir nicht sicher. Genevieve war wie besessen. Am Anfang hat sie mich gehasst und wollte mich vernichten und dann, am Ende, da wollte sie auf einmal, dass wir zusammenbleiben.«

»Für immer vereint«, fügte Luke düster hinzu.

Ich lächelte erschöpft. »Manchmal … höre ich immer noch, wie sie meinen Namen ruft.«

»Trotzdem ergibt das Ganze keinen Sinn für mich«, sagte er seufzend.

Ich versuchte, es ihm genauer zu erklären, weil mir wichtig war, dass gerade er mich verstand.

»Als wir an jenem Tag losfuhren … da hat sie meiner Meinung nach bereits geahnt, dass er schlimm enden würde. Irgendwie war sie darauf gefasst.«

Luke nickte, als ob er mir in etwa folgen könnte. »Und du, Kat? Wie geht es denn bei dir jetzt weiter?«

Ich verschränkte die Arme hinter dem Kopf und lächelte. Auf diese Frage hatte ich keine Antwort.

»Du hast dich nicht verändert«, insistierte er.

»Das stimmt, ich hab mich nicht verändert«, wiederholte ich, »nur alles andere um mich herum.«

Luke berührte mich an der Schulter. »In deinem Herzen bist du immer noch die Gleiche und du brauchst keinen, der dir erzählen müsste, wer du bist.«

»Und ich kann sein, wer ich will.« Das waren Genevieves Worte und ein kleiner Schauer lief mir über den Rücken. Ich biss mir auf die Lippe. »Bevor sie starb, hat Genevieve etwas zu mir gesagt … sie sagte, dass wir alle eine Maske tragen und unser wahres Wesen keinem zeigen.«

»Und was meinte sie damit?«

»Ich denke, sie wollte damit sagen, dass wir erst wirklich wissen, wozu wir in der Lage sind, wenn man uns auf die Probe stellt.«

Luke grinste mich an. »Da könnte sie recht haben. Immerhin hast du ja mich. Wir zwei sind doch ein gutes Team, oder?«

»Wenn auch nicht gerade Starsky und Hutch«, sagte ich lachend.

»Und wie wär's dann mit Rivers und Cassidy? Guter Name für ein Pärchen, das eine Bank ausrauben will.«

Er nahm mir die Sonnenbrille ab und wir sahen uns in die Augen. Ich beugte mich zu ihm und tat, was ich schon längst mal wieder hatte tun wollen: Ich küsste ihn sanft auf den Mund. Er lächelte mich zärtlich an und wischte mir die letzte Träne von der Wange. In seinen Augen las ich alles, was ich wissen wollte, und fühlte mich wie angekommen. Es reichte uns, dass wir zusammen waren, wir mussten nicht darüber sprechen, was sich verändert hatte.

Nicht weit von uns entfernt stand eine Frau, die eine einzelne Rose in der Hand hielt. Sie hatte sich verändert in der letzten Woche, war schmal geworden und ihre Augen waren leicht gerötet, doch ihr Gesicht sah friedlich aus wie nie zuvor. Ich machte ein paar Schritte auf sie zu, bis wir uns an der Stelle trafen, wo der Weg sich gabelte. Wir waren vielleicht nicht blutsverwandt, aber sie war der einzige Mensch, zu dem ich jemals Mutter sagen würde. Wir gingen nebeneinanderher und schwiegen einträchtig. Still war es hier und seltsam schön: die gepflegten Wege, die alten und die neuen Gräber, die von der Trauer sprachen, die sich in einem ewigen Kreislauf wiederholte. Die schon verblühten und zerdrückten Blumen lagen in Behältern neben frischen, tränenfeuchten Blüten. Tote und Lebende würden immer dicht beisammen sein und erst jetzt begann ich zu verstehen, dass die Schwelle zwischen beiden nicht so groß war, wie die Menschen immer glaubten.

Luke war jetzt an meiner Seite. Hand in Hand verließen wir den Friedhof.

Danksagung

Ein riesiges Dankeschön allen Mitarbeitern bei Darley Anderson – für ihre Unterstützung, ihre Beratung und ihren Zuspruch.

Mein ganz besonderer Dank geht an die wunderbare Madeleine Buston, die mir am 2. April 2010 in einer E-Mail aus dem Zug nach Dorchester anbot, meinen Roman zu vertreten. Ich war völlig überwältigt und bin es heute noch.

Ihnen allen danke ich dafür, dass sie mir dabei geholfen haben, meinen Traum zu verwirklichen.

Des Weiteren möchte ich von ganzem Herzen allen Mitarbeitern bei Quercus danken, allen voran Roisin Heycock, einer erstklassigen Lektorin, von der ich viel gelernt habe (vor allem über Happy Ends), aber auch Talya Baker, die eine fantastische Projektmanagerin ist. Ich fühle mich sehr geehrt, dass ›Die Besessene‹ bei Quercus ein Zuhause gefunden hat – als ich das Cover zum ersten Mal sah, hat es mir schier die Sprache verschlagen.

Zutiefst dankbar bin ich natürlich auch meinen ausländischen Verlegern, die mein Buch übersetzen lassen und es rund um den Globus verbreiten wollen, und meiner Familie und meinen Freunden, die meine Bemühungen, Autorin zu werden, ertragen mussten – ohne euer geduldiges Ohr wäre mir das nicht gelungen.

Zu guter Letzt aber muss ich Princy, der kleinen herrenlosen Katze, danken, die sich in mein Haus und in mein Herz geschlichen und mich mit ihren schönen grünen Augen inspiriert hat.